他来了
又走了

王岩森·编

U0750437

张贤亮纪念文集

黄河出版传媒集团
阳光出版社

图书在版编目（CIP）数据

他来了，又走了:张贤亮纪念文集/王岩森编.
银川:阳光出版社,2024.7（2025.1重印）.--
ISBN 978-7-5525-7441-8

Ⅰ.I217.2

中国国家版本馆CIP数据核字第2024N5387H号

他来了，又走了——张贤亮纪念文集　　　　王岩森 编

责任编辑　申　佳
封面设计　晨　皓
责任印制　岳建宁

黄河出版传媒集团
阳 光 出 版 社　出版发行

出 版 人　薛文斌
地　　址　宁夏银川市北京东路139号出版大厦（750001）
网　　址　http://www.ygchbs.com
网上书店　http://shop129132959.taobao.com
电子信箱　yangguangchubanshe@163.com
邮购电话　0951-5047283
经　　销　全国新华书店
印刷装订　宁夏凤鸣彩印广告有限公司
印刷委托书号　（宁）0031484

开　　本　710 mm×1000 mm　1/16
印　　张　21.25
字　　数　300千字
版　　次　2024年7月第1版
印　　次　2025年1月第2次印刷
书　　号　ISBN 978-7-5525-7441-8
定　　价　98.00元

在国外出访的张贤亮

张贤亮与文怀沙

张贤亮与王蒙

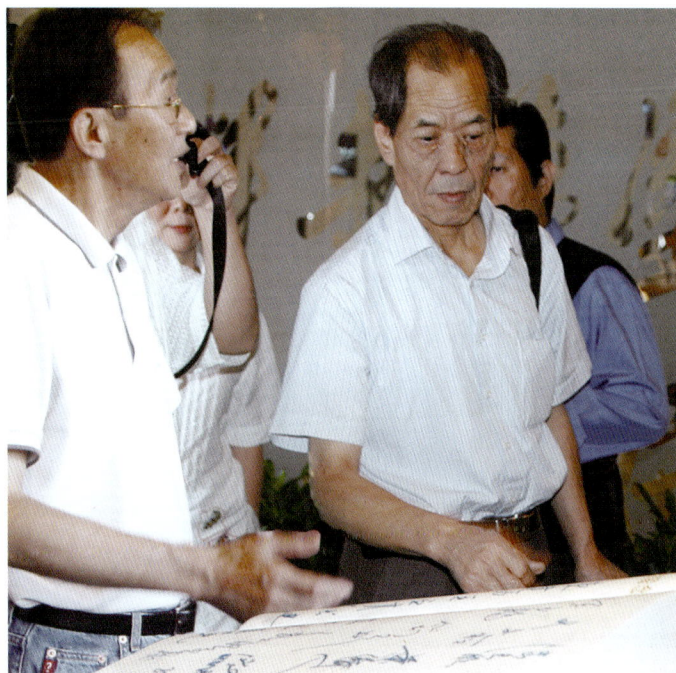

张贤亮与陈忠实

张贤亮与张洁（右二）冯骥才（右一）

张贤亮与莫言（右）、瞿弦和（左）

张贤亮与余秋雨

张贤亮与易中天

张贤亮与韩美林

张贤亮与张艺谋

张贤亮与李国立

张贤亮与魏明伦（左）、巩俐（右）

甫调入宁夏文联的张贤亮

张贤亮参加《朔方》青年小说家座谈会

张贤亮在镇北堡西部影城"中国电影从这里走向世界"影壁前

张贤亮在镇北堡西部影城"马缨花"石旁

张贤亮与谢晋（中）、李準（右）

张贤亮与朱时茂（中）、丛珊（右）

张贤亮与丛珊（中）、朱时茂（右）

第十三届金鸡百花电影节在镇北堡西部影城举办

张贤亮书写的"镇北堡西部影城"

张贤亮书写的"文化是生产力"

选编说明

本书选编的文章大体分为两类：

一、张贤亮先生逝世后，其家人、朋友、同事撰写的悼念、纪念、回忆文章，以及生前其同事、晚辈撰写的有关张贤亮先生生平、文学活动、社会活动情况的记述文章；

二、张贤亮先生逝世后，海内外主要媒体所做的深度报道，以及生前海内外媒体刊发的作家、媒体人对张贤亮先生所做的访谈、对话等。

原本还想收录 20 世纪 80 年代以来有关张贤亮先生及其文学创作的重要研究、评论文章，与前述两部分构成互证关系，使读者能更好地走近张贤亮，走进张贤亮的文学世界，但因为工程浩大，加之其他因素，只能放弃了。

本书在选编过程中，力图全面反映张贤亮先生生前身后、文学内外的完整情况。所收录的绝大多数文章，除对其中的错别字做了修改，其余均按最早发表时的样貌录入，并注明发表、出版信息。个别文章，则因篇幅等原因，做了一定的删节处理并在文末注明，以备读者与原文比对。

目 录

CONTENTS

第二辑·好大一棵树

世间再不见贤亮

世间再不见贤亮

冯剑华

按照民间的说法，今天是"五七"，贤亮，你走了已经三十五天了，我却总是不愿、不能、不想相信你已经离开了这个世界！虽然已经告别过了，虽然亲眼目送你走过了在这个世界的最后一段路，我却总觉得这一切是那样的不真实！

1979 年下半年，《宁夏文艺》(《朔方》的前身)连续收到几篇小说，《四十三次快车》《吉普赛人》和《霜重色愈浓》，文笔老到，立意高远，在一大堆来稿中鹤立鸡群，一看作者就是受过很好的文字训练的！几篇小说都在重要位置刊发，随之而来的是作者的信息：张贤亮，1957 年因在《延河》发表诗歌《大风歌》被打成右派，在农场劳改二十多年，现在南梁农场中学任教！领导爱才，张贤亮顺理成章地调入《宁夏文艺》任编辑！

一件农场版的的确良黄军装，掩不住高大挺拔的身材，谦卑、寡言却绝不委琐，周身透出浓浓的书卷气！你就这样走进了《宁夏文艺》编辑部，也走进了我的生活！

一间十几平方米的小屋，做了我们的新房！一张双人床，一个大衣柜，另有一对你从农场带来的自制的土沙发，便是我们全部的家当！只是那沙发很是奇怪，只可端坐，不可后靠。人坐在沙发上，若想放松一点，向后靠去时，那沙发靠背便会顺势驮在人的后背上！所以无论主人还是客人，便一律像小学生一样，端端正正，正襟危坐！

婚礼在单位会议室举办，没有婚纱，没有酒宴，甚至没有钱做一件新衣裳，你穿着你农场版的黄军装，我穿着从学校带回的衣裳，同事们用红纸做了两朵红花，别在我俩的衣襟上，这便是新郎和新娘！单位的领导、一位延安时期的老革命主持了婚礼，几乎单位的全体同事参加了婚礼，简朴到极致，却也真诚热烈到极致！招待他们的只有放在会议桌上的一些葵花籽，还有一些花花绿绿的水果糖！

在那十几平方米的小屋里，你从身上掏出仅有的七元钱，交到我的手里："咱们这个家今后你当家！"看着你那条穿了不知道多少年，你亲手用黑白两色生羊毛织成的，已然破得几乎只剩两条腿的毛裤，听你讲二十二年的劳改生活，听你讲你"从死人堆里爬出来"的经历，我的心紧缩着、颤抖着！

每天清晨，你骑着除了铃铛不响、到处都响的用二十八元钱买来的二手自行车，我坐在后座上，湖滨街、利民街、新华街、电影机械修配厂，迎着春日的暖阳，我们上下班！一天又一天，我们很清贫，可是我们很快乐！

有一天，我们看到《宁夏日报》刊登的灵武农场严纪彤、王柏龄夫妇二人的事迹。他们是巴西华侨，为了热爱的事业，他们放弃了国外优裕的生活，谢绝了亲人的挽留，毅然回到祖国，回到灵武农场！经过多年的潜心研究，他们培育出一种新型的肉猪品种，从而丰富了宁夏人民的餐桌！这是一个很好的报告文学的题材，你和我向领导请求到灵武农场采访！他们的事迹，使我们深受感动，也触发了你创作的灵感。你一气呵成写出了小说《灵与肉》，在《朔方》发表，同年获得全国优秀短篇小说奖，随即被拍摄成电影《牧马人》！一经放映，立即在全国引起轰动！"张贤亮"这三个字也从此被外界广泛知晓！

双喜临门，伴随着《灵与肉》的发表，我们的儿子出生了！不知道该怎样抱孩子的你双手托着襁褓中的婴儿，一步步登上四楼我们的新家，喜极而泣："想不到我张贤亮这辈子还能有儿子！"四十五岁的你终于有了自己的后代！

《灵与肉》发表后，一发而不可收，《河的子孙》《男人的一半是女人》

《龙种》《绿化树》《邢老汉和狗的故事》《早安！朋友》《习惯死亡》……短篇、中篇、长篇，《十月》《当代》《收获》《小说月报》……"张贤亮"这三个字频繁出现在读者眼前！全国优秀短篇小说奖、全国优秀中篇小说奖、各种刊物奖……获奖证书、奖牌、奖章摆满了书架，塞满了抽屉，你被大家戏称为"获奖专业户"！如积压太久的地火，一经爆发，便烈焰烛天；如汇聚太久的洪水，一朝破堤，便惊涛裂岸！20世纪80年代的中国，真是文艺的春天！你的创作至此呈井喷状态，成为中国文坛一道瑰丽的风景！你也成为中国文坛一位重量级的作家！你的作品因在思想和艺术上的独特探索，一次又一次引起反响，影响波及世界文坛！无论是你的中短篇小说，还是你的长篇小说，所涉及的题材都是重大的，具有与时俱进的时代意义，而且，你对此有着深刻的反思；作为一个资本家出身的知识分子，党的十一届三中全会后，你不仅得到了平反，同时又成为改革开放的受惠者！于是，在清水里、血水里、碱水里泡过、浴过、煮过的你用充满智慧的大脑，自觉超越苦难的历程，在真理的天堂里寻找并试图解答国家和民族的命运，以此感恩祖国和人民！

长达二十二年的劳改农场生活，来自底层劳动人民的温暖、同情和怜悯，以及劳动者粗犷的原始的内心美，给予你创作的最基本的情感因素！经过你的不断过滤、提升和升华，便唱出了一支支"夜莺般的歌""雄鹰般的歌"和"大风歌"！你的作品自觉而深刻地叙写了民间的喜怒哀乐，表达了底层劳动人民的善良和温情，也深刻地体现出一个人道主义作家高尚的情怀、社会责任感和道德良心！

书生意气，家国情怀，文以载道——贤亮，这就是你！

在中国文学的版图上，从此有了宁夏的一席之地，很多人通过你知道了宁夏，知道了宁夏文学！在我们组织的一次次文学活动中，你是有邀必至，侃侃而谈，激励青年，提携后进，在你这棵大树的浓荫下，"三棵树""新三棵树"及宁夏青年作家茁壮成长，开创了宁夏文学的新纪元！

在创造了文学的辉煌之后，永不想停歇的你又将目光投向了另一个领域！你带着我和儿子，坐在牧民家的炕头上，在镇北堡实地考察。之后，你便将我们成家以来的全部积蓄投入进去，创办了镇北堡西部影城，同时投入进去的还有你的全部精力和年过半百的岁月，还有你著名作家的名望，还有你二十二年底层生活中积累的生活阅历！你又一次证明了你自己，你又一次创造了辉煌！之后，你又进行了救生行动，挽救了几百条鲜活的生命。善莫大焉！

作家，企业家，慈善家，"平生故事堪沉醉"，贤亮，你此生无憾！

你英灵不远，你一定看到了那摆满殡仪馆场地的花圈，你一定看到了来为你送行的各级领导，你一定看到了那么多自发地来为你送行的各界读者，"哀荣备至"，贤亮，你此生无憾！

你更一定看到了我们高高大大的儿子、我们活泼可爱的孙子来为你送行！

贤亮，你不但有了儿子，你还有了已经三岁多的孙子，你有了自己的后代！贤亮，你此生再无憾事！

断肠送君从此去，世间再不见贤亮！

贤亮夫君，一路走好！

（原载于《朔方》2014 年第 11 期）

父亲一生最大的敌人是平庸

张公辅

我父亲一生所扮演的角色，看似是一位文质彬彬的学者，但这只是表象！他其实是一位战士！那么，他都在与谁战斗呢？他一生最大的敌人，就是平庸！他一直都在与其战斗，而现在，从结果来看，他是很荣耀地胜利了！

在四十多岁时，大部分人在这个年龄阶段已经安于现状，他却写出了在世界范围都深有影响的文学作品，其中更有好几部被改编为脍炙人口的电影！

在五十多岁时，大部分人在这个年龄阶段已经很难接受新生事物，他开始学习使用电脑写作！而在他开始学习电脑的那个年代，就连很多年轻人都不知道电脑具体的功用！而且，我父亲配置电脑并不是简单地看看新鲜就算了！我父亲配置的586，还装了那时候最先进的硬解压卡和CD光驱，可以看VCD和玩游戏！父亲真的买了游戏来玩，可能很多人都没有料到。他买来玩的就是直到现在都是国内的知名游戏《仙剑奇侠传》！所以，父亲不经常玩游戏的原因并不是他不会玩，而是他不愿意玩物丧志——也差不多就在他开始学习使用电脑的时候，他同时开始从零起步学习书法，从如何握笔开始直到后来自成一派，最终在书法上也有了很高的造诣！

虽然不愿意玩物丧志，但父亲对电脑这个信息时代最重要的工具，一直都没有放弃学习，因为他深知未来信息化是不可逆转的！有一本著名的书《数字化生存》，父亲第一时间买来阅读，并推荐给身边的朋友和我，叮嘱我："一定要认真看！"后来，父亲亲自搭建了公司内网，影城很早就实现了电子化和无纸化办公！从586到现在的iPad，父亲全部会使用，都是他亲自摸索并熟练掌握使用方法的！他最后使用的电脑，就是现在最时尚的Mac Book Air。

父亲一直都在紧追时代的步伐，他是银川最早拥有录像机的人之一，在录像机上看的第一部电影是《星球大战》！直到近几年，父亲在"追剧"上也不甘落后，《纸牌屋》《致命毒师》《反恐24小时》等，父亲一部也没落下。直到他走的前一个星期，他还在病床上兴致勃勃地观看《权力的游戏》，并向我解说里面错综复杂的人物关系！父亲也是个很时尚的人，当年他之所以看中那辆宝马车，就是因为1997年的《007：明日帝国》里，007开的车就是那款车！车买来后，父亲非常高兴，一直念叨他总算也和邦德开上同一款车了！父亲甚至走到了时代的前面！2000年，我在四川美院开始学习动漫游戏专业时，他就对我说："以后要是你能做个游戏，能和历史上的知名人物聊天才好玩呢！"最近，安卓的程序市场里就有一款日本人做的可以和日本历史上的英雄人物，如织田信长、德川家康等互通短信的游戏，叫作《历史上的请回短信》！

在快满六十岁时，大部分人已经在家含饴弄孙、颐养天年时，他又开始谋划创办西部影城，并将其最终创办成一个西北地区最具特色的5A级旅游景区！

不过，以上所说的这些，在父亲战胜平庸这个敌人的过程中，他认为只是一种手段。他认为，战胜平庸最大的武器，是人的精神力量！

一是勇气。父亲当年创办影城投入了全部身家，可以说一旦失败，我们全家恐怕都要露宿街头了，但他毅然决然地开始创业！

二是同情心。父亲一生都很关心弱者。有一次，父亲和我谈起现在有很多人身患绝症却看不起病，说着说着甚至哭了起来！之前，他一直在用自己的收入做"救生行动"。在最后的日子里，他特别嘱咐我，今后一定要加大做慈善事业的力度，只要影城还在营业，就要一直坚持下去！

三是人人平等的思想。父亲从来没有等级观念，对任何人都一视同仁！

我小时候和他一起坐火车时发现，在火车上，不管是打工的农民还是学富五车的教授，他都可以和他们打成一片！我在重庆上学和在成都的时候，他来看我，一起在出租车上，他总是用四川话和司机师傅聊得火热！影城的员工大部分都是农民出身，他们有时候工作没做好，父亲即使批评他们，也只是就事论事，从来不会因为他们是农民而有一丝一毫的歧视！有员工生病，父亲总是能帮就帮，还亲自帮着找药方！

四是乐观的人生态度。父亲很喜欢和朋友、员工们开玩笑！有一次在北京做节目，父亲和郭德纲同台对话，在搞笑方面，和郭先生比起来并不逊色！在北京治病时，父亲即使被病痛折磨，也不忘和医生、护士开玩笑。很多次，医生一脸沉重地进来，却笑着出去！

父亲的遗体送到殡仪馆时，我很伤心！不仅因为父亲刚去世，而且因为这里的灵堂太简陋了！父亲一生都很讲究体面，这个简陋的灵堂他肯定不满意！但很快，我心里又欣慰了！因为前来吊唁的人络绎不绝，父亲灵前的香火从来没断过！是的，父亲的灵堂是简陋了些，但就算我们用黄金给他打造一个金碧辉煌的灵堂，再打造一副水晶棺，周围镶满钻石，又请来交响乐团给他现场演奏哀乐，最后却一个人也不来看望他，这才是真正的悲哀！

父亲以前经常说："要想别人关爱你，你就要先关爱别人！"己所不欲，勿施于人——就是他待人接物的原则！父亲说到做到，一生都在践行这个原则！

"他来了，又走了。"这就是父亲交代给我，让我刻在他墓碑上的话！父亲不愿意有烦琐的墓志铭，这就是他留给世人和世界的告别语！

父亲，您一路走好！

（原载于《朔方》2014 年第 11 期）

悼　念

冯骥才

文坛失去贤亮，应是痛失；我失贤亮，其痛有过文坛！贤亮是我人生的挚友，此时此刻，痛彻我心。我深知他所经历的那些磨难，他文学的才气和勇气，他的坦率、憨厚与好胜，他内心的种种冲突；我还知道他是带着哪些心愿与遗憾走的。我只能默默地说，贤亮，放下心走吧，你已经完成了自己，因为你的笔、你的人物、你自己，真实和无情地记录了时代；对于作家来说，谁记录了时代，历史一定记住他。

（发布于人民网）

我印象中的"帅哥作家"张贤亮

叶永烈

昨天（2014 年 9 月 27 日——编者），作家张贤亮因癌症去世，终年七十八岁。

张贤亮是一个帅气的作家。他爽朗、豁达，看不出曾经的苦难。他在 1957 年因一首《大风歌》而戴上右派分子帽子，进而被劳改二十二年。他把痛苦的经历，化为他人写不出的作品。当我第一次读他的《绿化树》《男人的一半是女人》，有一种心灵的震撼。这就是张贤亮，这就是张贤亮式的作品。

张贤亮有南方人的细腻观察力，有北方人的粗犷与豪迈。他出生于江苏"小龙虾"家乡——盱眙，"被劳改"到了宁夏，无意中造就他的"双面性"。

他很坦荡。记得 1996 年 12 月，出席中国作家协会第五次全国代表大会时，"宫雪花事件"使张贤亮成为新闻焦点。

在中央首长接见代表的那天，他忽然穿了一件最最时髦的上装——APEC 上海会议上首脑们穿的唐装。他穿的是蓝色对襟唐装，跟美国总统布什、俄罗斯总统普京在 APEC 上海会议上穿的唐装同色。张贤亮似乎特别高兴，跟许多人握手、打招呼。

在大会闭幕那天晚上，我在人民大会堂出席联欢晚会，张贤亮忽地来到我那一桌——他并不是坐在这一桌的。我这"八十四"桌，全是上海代表，由于好几位代表没来，座位空着，张贤亮就过来了。张贤亮显得很坦然，仿佛什么事情都没有发生。他很健谈。那天，他大谈气功。他说，他很信气功，也学过气功……我问他最近在写什么，他说"厚积薄发"，即使写了，现在也不急于发表。他不时朗朗大笑，看得出，是一个非常机智而又乐观的人，根本不把闲言碎语放在心上。

2007年，在文坛聚会上我又遇张贤亮。在作家之中，话最多的是张贤亮，最爱说笑话。他说，去年在上海开会，上海朋友都说他长得像中共上海市委书记陈良宇，他也曾经跟陈良宇握手。不过，幸亏他不是"良宇同志"，不然要被"双规"了。

我仔细打量了张贤亮，发现他确实有几分像陈良宇。

张贤亮问我上海的情况，我说，陈良宇一案被"双规"的上海干部已经达五十人。在上海，老百姓把被"双规"的干部称为"住校生"，把那些受到传唤的称为"走读生"。

他既是一个敢闯写作禁区的人，又能与时俱进，从作家进一步成为企业家，创办宁夏华夏西部影视城有限公司，担任董事长。张贤亮对我说，他的影视城是四方城。……

2012年，我在银川书博会见到他时，他正意气风发。他告诉我，他在写"立体文学作品"。他的西部影视城，就是"立体文学作品"。他还要创作"立体散文"。

作为作家，他成功了。作为企业家，他也成功了。

意想不到，才过了两年，这位"帅哥作家"就被癌魔夺去了生命。

我的这篇短文，算是献在他的墓前的一束小花。

2014年9月28日

（发布于新浪博客。有删节）

大漠落日自辉煌
——追忆张贤亮

高建群 / 口述　夏欢 / 记录

　　作家高建群老师告诉我，张贤亮先生是他的老师辈。他几日来总是心惊肉跳，昨日听到张先生去世的消息，猛然间脊背发凉……现在，高老师正沉浸在若隐若现的梦境中，讲述对张先生的深深回忆……

　　1992年路遥去世的时候，我为他写了悼念文章，名字叫《扶路遥上山》。我说，先走为神，死者为大。

　　2000年昌耀去世的时候，我正在新疆。新疆的诗人们在乌鲁木齐一心书店召开"昌耀之死"纪念会。我在会上作了《西部不但是中国的地理高度也是精神高度》的演讲，以此悼念这位中国新诗发展史上杰出的青海诗人。

　　今天，我写这篇文章来悼念我最好的朋友和兄长张贤亮先生。这几天我就有一种不祥的预感，心惊肉跳，他可能要出什么事。几天前，一位网友还在网上问我……张贤亮老师得了不好的病，不知道他现在怎么样了。我看了这个博文也不知道如何回答是好。记得8月2日我在贵阳参加第二十四届书博会，晚上老作家何士光还问我张贤亮先生的情况。我说好像不太好，我打个电话吧。电话打过去也没有人接，于是我发了个短信，让他安心养病。我得到贤亮先生得癌症的消息是在今年春节正月初五，那天十月出版社编辑张引墨回西安，饭间她对我说，贤亮先生得了不好的病，记得当时我还跟他通了电话拜年。电话中不好说病的事，于是我又发了个短信说，当代文坛第一人，大漠落日自辉煌。我想他应当明白我短信中的哀伤之意。

昨天晚上，一群朋友们正在一起吃饭，突然有人说贤亮先生过世了，我在那一刻后脊梁骨发凉，打了一个冷战，眼前陡然一片黑暗。之后我在微信上发了七八条短文，以表达我的心情。第一条，我的最好的朋友和兄长贤亮先生去世了。我在第一时间表示深深的哀悼。世界在这一刻一片黑暗！如果必要，我准备动身去银川亲自吊唁！第二条，我的三位好友，先是路遥，再是昌耀，再是张贤亮，他们都先走了。第三条，今年春节，我已经得到贤亮得癌症的消息，我给贤亮发短信说，当代文坛第一人，大漠落日自辉煌。第四条，网上有人问我对贤亮先生的评价。我回答，那一年，高行健先生刚刚获奖，一位美国访问学者请我谈感想。我说，这个瑞典火药商设的奖，也不是那么太神秘，这个奖，如果要颁给中国作家的话，第一个也许是写《习惯死亡》的张贤亮……网友朋友，要问对贤亮先生的评价，这是老高的评价！第五条，宁夏文联、作协并剑华女士：绝代风华、文坛巨子、我的最好的朋友和兄长贤亮先生大行，谨表示最诚挚的哀悼！我将文章纪念，大师已去，再无大师！陕西高建群痛悼。第六条，张贤亮创作的最重要的意义在于，五四运动、"为人生"的文学主张，在隔断许多年后，新时期文学开始时，被重新拾起，张贤亮先生就是这股文学潮流的重要代表作家、旗帜人物。我看了新浪网上一些所谓的学者评论张贤亮，都是隔靴搔痒，不得要领！

我和贤亮先生比较深入的接触是在1991年的中国作协庄重文文学奖颁奖会上。那次获奖的陕西作家除了我之外，还有贾平凹、杨争光。张贤亮则是评委。颁奖仪式在西安举行，中国作协张锲来主持。那次好像张贤亮刚刚从贵州讲学回来，还带着他的孩子。晚上省作协李秀娥说，请我们去东新街吃夜市。贤亮说，他有评审费，意外之财，他请客。就这样一个地摊、一个地摊吃到半夜。那次他讲了一个重要的文学观点。他说他对贵州作家们说，如何才能写出一个民族的史诗？这要寻找他们的断代史，把断代史写出来了自然就把民族史写出来了。例如，苗族妇女头顶上戴着十几斤重的银首饰，家里却穷得买不起盐巴。这个民族在历史上一定有过雍容华贵的时期，然后被赶入深山，沦落到后来赤贫的地步。你把这个节点和拐点写出来了，你就把这个民族写出来了。

几年以后我去宁夏，因为宁夏电视台拍一部电视剧的事，我去拜谒贤亮先生，贤亮先生见我来了提出要和我比赛书法。来到办公室，他坐在一个大大的老板桌背后，身旁站着秘书小姐。他对我说，这个老板桌不是文联给配的也不是作协给配的，是公司给配的。我说文化人混到这个分上让我很眼红。我说，我们陕西作家怎么不懂得经商？他说，你们陕西作家都是一些著名农民而已，怎么跟我比，我家三代都是资本家。然后又说，你们陕西有个作家叫个什么娃，他把这个娃改成那个凹了，他以为改成这个凹了就不是农民了。

说话间，在老板桌上铺开稿纸开始比赛书法，我问他的书法是跟谁学的，他说是跟高占祥学的。他问我的书法是跟谁学的，我说是跟魏碑学的。他提笔为我写了个"春秋多佳日，西北有高楼"，称赞我是西北一座高楼。我为他写了"驾长车踏破贺兰山缺"。写罢，我解释说，当年气吞万里的赳赳武夫岳飞，站在江南岸，立志要将贺兰山踏破，结果没有踏破。如今江南才子张贤亮，一支秃笔，雄霸文坛有年，倒是真的把贺兰山踏破了。

记得那次西影厂编剧张敏先生也去了，张先生曾是张贤亮电影《黑炮事件》的编辑，和张贤亮很熟。他提着张贤亮的耳朵，让给自己写"以笔做剑，横扫文坛"八个字。写好以后，张贤亮觉得有点不合适就不写落款。张敏说，你签名啊，签名啊。张贤亮脑子一转，写道：录张敏老弟豪言——张贤亮。

那次还参观了西部影城。贤亮先生说，宁夏有什么？宁夏不就是有荒凉吗，我这叫出卖荒凉。游客们来这里带走的是一脚土，留下的是口袋里的钱。还说，开始的时候镇北堡里面住着的牧民不搬家，一有拍电影的，牧民就把羊赶来捣乱。他给牧民做工作。牧民说，当年马鸿逵马主席手握两把盒子枪都没能把我们赶走，你张主席手无缚鸡之力的一介书生想把我们赶走，休想！贤亮说，于是他把牧民的孩子聘作讲解员，又拉他们到广州培训了一次，这样孩子给家长做工作，算是把牧民赶走了。

记得那次宁夏的作家们请我吃饭，他们对张贤亮的骄傲自大、目空天下多有微词。我对他们说，理解张贤亮，包容张贤亮，一个中国文坛的堂吉诃德而已。我还说，每个真正意义上的艺术家都是一个自我中心主义者，一个自我膨胀、有着深深自恋情结的人，古今中外概莫能外。既然你们和一位大师生活在一起，那么你们就得忍受他。

还有一次，大约1997年冬天，我随央视"中国大西北摄制组"到宁夏（周涛、毕淑敏、我是总撰稿）。贤亮先生听说后请我们吃饭。那天饭局上，有西宁的市委书记刘忠。记得张贤亮给刘忠书记倒他的宁夏干红时把酒杯打翻了，张贤亮马上大声说，恭喜你啊书记，你要发了，三点水加个发字就是"泼"，恭喜恭喜，你要发了！倒完酒后在我耳边说，建群老弟你要好好跟老兄学，这叫给领导点眼药水。那次贤亮夫人剑华女士没有来，第二天她又单独请我们吃饭。记得我给她写了一幅字"骑驴过小桥，独叹梅花瘦"。我和剑华女士认识得好像还要早一些。

2010年，我去额济纳旗看胡杨林，到了银川，过江东、拜乔老，我去影视城看张贤亮先生。大门口有两个穿着古装衣服、背上印着"兵卒"字样的门卫把守，手上好像还拿着刀不让我的车进。我指着两个士兵的鼻子说，回去禀报你们张主席，就说陕西的高主席来了。记得他说过，这影视城我当一半的家。门卫听后，有一个跑步去禀报了。一会儿，张贤亮总管影视城的马缨花老总出现了。她说贤亮已经接到文联的电话知道我来了，正在会客室等我。后来在会客室，我和贤亮先生促膝长谈了一个小时。谈当代文坛，谈物是人非，他还给我介绍了他的新作《一亿六》的情况。最后，他拿出一幅早就写好的字送我到门口。那次我已经明显地感到他气力虚弱。

他写的那一幅字是"迎风冒雪不趋时，傲骨何须伯乐知，野马平生难负重，老来犹向莽原驰。建群仁弟雅正，庚寅秋，张贤亮"。

大漠落日自辉煌。贤亮先生的诗中明显有一种满怀抱负、未竟之志、尚未完成的憾意。记得有一次他对我说，一次开作代会，一个代表上来拍着他的肩膀说，祝贺你连任副主席。后来才发现认错人了，两人都很尴尬。还记得有一次他对我，这一次开全国政协会，我参加的是文史组，下一次我就要到企业组去了……还记得最后一次见面时，他雄心勃勃地与我谈起他的那些创作计划。

贤亮先生一路走好！我在这里想说的是，人生不满百，一个人能如此波澜壮阔地度过一生就该知足了。正如先生在网上发布告别宣言中所说的那样，"我的一生本身就是一部大书"。是的，是一部大书，一部有着这个时代深深印记的大书，一部值得后世反复咀嚼、常读常新的大书！

2014 年 9 月 28 日

（发布于新浪博客。有删节）

张贤亮和他的孤独
——送作家张贤亮

刘宇隆

作家张贤亮去世，时年七十八岁。

不好调用现成的情绪模板去整理这个年龄（化陈行之语）"痛惜"吗？相比徐志摩之死在三十四岁，海子之死在二十五岁，甚至路遥、穆旦之死在四十多岁、五十多岁的中年，七十八岁不必"痛惜"——怎么算也比前几位"够本儿"。"哀悼"吗？七十八岁又不至高寿到受哀悼——一群人围着念"伟大几何"的程度，及于张贤亮的成就，更不如马尔克斯等充满受哀悼的"资格"。怎么办？不办！就谈谈这个作家以及他的孤独。

要说这七十八岁对别人可能不算什么，对张贤亮这种身世的人物，算奇迹般的善终了。自他二十一岁被扣上右派的帽子，辗转宁夏的国营农场、劳改营、监狱，达二十二年。这些时间足可以将"生活"和"苦难"在一个人的人生中掉个个儿：凡人以生活消化苦难，因苦难毕竟相比生活是次要；张贤亮却以苦难去消化生活，生活种种成了苦难的点缀。不必说出人头地、笔走春秋这种事，人陷此境，活下来都是艰难的。张贤亮可以死在他四十三岁前的任何一年，但他死在《灵与肉》《绿化树》《初吻》《黑炮事件》《男人的一半是女人》之后，"作家"这件事就要结结实实地挣开历史的胶体——独自、清澈地发生。

作家究竟是什么？有很多职业只好将其归于职业，比如摩托车修理工，也许哪天人类鼓捣出更先进的机器人或压根儿不用修理的摩托车，这项职业就被取消。作家则完全不同。它不会被取消、取代，即便人类造出可以写小说写诗的机器，也一定有人对人类本身的书写、言说情醉意深。作家根本上不是"必要不必要"的问题，它不参与任何社会分工，不是谁的螺丝钉或纽扣，它来自"人"这个物种天然的发声欲望以及对言说这个世界的不懈追求，甚至它可以算是一种最古老的思考世界的结构。把人直接丢进《基督山伯爵》里邓蒂斯住的那种断绝希望的黑狱，便立即不存在修理摩托车之类的事，还有什么呢？发声，言说。攀住满墙囚徒留下的代表语言的刻痕，我们也会留下些发声和言说的痕迹，即便那毫无被他人阅读的可能。我们每个人都是天然的作者，尤其给丢入生命的绝地，扔掉可以扔掉的一切，除了发声和言说没别的什么可干。

从这一意义上看，张贤亮之为作家，是坐监狱坐出来的。他超过四分之一的人生被生命的绝地悍然裹去，除去生死两件事，可依偎的便只剩下表达。他的表达也因此牢牢地和生死站在一起，可以说，一生一死一表达，是"张贤亮"这座监牢里的狱友，它们长久摩挲在一起，互相丝丝缕缕地凝视——把自家的近视眼也渗透进对另外两者的关切里。夏志清评价张贤亮的《初吻》，就套用华兹华斯的名句，说它"忆童年而悟死亡"；张贤亮1989年出版《习惯死亡》，"在他死的那一刹那，我们终究合而为一，那一刹那无比愉快"。乃至"死"与"表达"相遇直接发生美感的爆炸，而非转接于表达以慢慢升起火堆——照亮美感的星空。

如《初吻》里的一段："所以，现在，不论是在报纸上、在书本上、在大会上、在小会上，一提起'台湾'，我就会想到那里有一座像'傅厚岗'一样的小小的山冈，山冈上有一座小小的白色的坟墓。那第一次吻过我的异性的嘴唇、第一次贴过我的异性的面颊、第一次抚弄过我的纤小的异性的手掌，早已化成了泥土，但那咬过我的门齿，大约还完好无损地坤藏在那遥远的地方吧。"

难以相信只靠写作技艺和天赋的敏锐能从轰然而来的死亡中推出"咬过我的门齿"这一缠绵悱恻、静谧病态的表达组合。"初吻"通过自"门齿"而起的物理联想，再一次被死亡以生命着的活的感受提出。读者所闻到的不是棺材底抠出的团团烂泥，而分明是鲜花般的味道——不对，假花而被淋上新鲜露水后拟制出的存在的味道。张贤亮这一笔非常像李贺。李贺的《苏小小墓》："幽兰露，如啼眼。无物结同心，烟花不堪剪。……冷翠竹，劳光彩。西陵下，风吹雨。"就有"存在"与"假存在"相对而自然烧出的美。所不同，张贤亮把死亡投入现代汉语的窑火——窑变而出"门齿"之悚然、凄清；李贺用古典汉语的冷光包围死亡，将它团团护送在表达里——不许放肆到真死的地步。

作家张贤亮，就是这样。他在生、死、表达所搭成的等边三角形里不断体会自己、言说自己、写作自己。他的作品所蕴含的想象力、爆发力是对他二十二年囚徒生活激烈而丰富的反弹，他的体会、言说、写作无不从自己生命的处境出发，从一点一点收归到内心的真实出发，从求生不得求死不能出发，从无数次绝望与希望的互相埋葬出发。我只好在我有限的知识里把他归为体验派作家，他的体验之深足能穿过作品枷住我的脖颈——把完全没有这番生死体悟的平常之我拖入生、死、表达的三角地，而不断以铅字滴成的洁白的血去刻自己憨憨长长的影子。

所以张贤亮之孤独，用他自己的话：

> 我为什么要写作呢？我就是要向亲人倾诉我过去没有机会倾诉的感受、想法和心里话。但我后来又发现，我用笔倾诉出来的声音并不完全被大家所理解。这样，我的孤独感并没有因生活条件和社会地位的变化而消除。——于是，我只有不断地倾诉下去。

仍关乎表达，只不过这次不是与表达一同爆炸，是循着它的余音沉默下去。不仅张贤亮，伟大作家的孤独感是沉默在表达之后的，沉默在他们所创造出的无限美感之很后很后。你无法像整理美感一样整理一些表达的组合，标上"这些代表孤独"，但任何一寸美的用心背后是作家永远无法倾诉、无法宣泄的孤独在支撑。

只要像作家一样使用语言，必然孤独。作家一事除去是人类发声本能的体现，更是人类不断琢磨发声方法、发声美学、发声的意义与目的的体现。前者是人类就发声一事的平民愿望，后者是人类对这件事的贵族追求。作家使用语言不像普通人主要集中在平民愿望一端，也不像专家学者可以单纯去弄他们的贵族追求。作家语言，或说文学语言，本身是一种二律背反，一种二元对立，它不断向下去靠近本能和生命，又不断向上去过滤本能和生命。作家面对语言时的处境，庶几在于叔本华所谓求生意志与尼采所谓求胜意志的混合。作家之孤独，孤独在不可解，也断不能解，解开则无文学这回事。

能无限去消解孤独其实强化孤独的便只有张贤亮所谓"不断地倾诉下去"，唯有表达，才能把玄虚的孤独感树立为可以触碰、琢磨的美学形象，似给荒地上拍球不已的孩子领到了灯光篮球场。但反过来，那些美学形象毕竟不是堆砌出万里长城的砖石，它们替世界的蒙眬一面清醒不少，又将世界看似清透的更大面积处理为蒙眬。如此，作家只要"不断地倾诉下去"，便不断将世界拆了装、装了拆；万千作家化为万千独立的建筑师，弄着同样一堆建筑材料终生、来生地建筑无数王国。这些王国互相叠加，为世界真正拓展出无数人的维度。

2011 年夏天，我在银川走了走张贤亮先生发起并经营的西部影城。难想象张先生竟有如此经营之才，圈出西部中国再寻常不过的一处角落，延展为《牧马人》《红高粱》浑然天成的粗粝背景。遥远的宁夏那拍电影的一片园子今天仍把大口迎向风沙——品尝那里面的胭脂，而树立起它的人——作家张贤亮，终于到自由中去了。

写于诺丁汉 Raleigh Park

2014 年 9 月 28 日，星期日

（发布于爱思想网）

痛失知己张贤亮

周建萍

今天，我代表韩美林，赴银川与张贤亮做最后的告别，一个懂我们的人走了⋯⋯

我认识贤亮比认识美林时间要早些，那是 90 年代末，在谢晋从影五十周年活动上，贤亮作为电影《牧马人》和《老人与狗》的编剧，我作为《女儿谷》的编剧，还有《高山下花环》编剧李存葆等，都是在那个时候认识的，当时感觉这个高个子男人气质出众，谈吐不凡，虽然来自西部，但活脱脱一个江南才子！

后来与美林在一起之后，我才知道他们是几十年的好友，于是开始了读解他与美林⋯⋯二十多年相似的经历和别样的人生⋯⋯在美林和我为数不多的几个特别要好的朋友中，贤亮绝对是其中一个！我们都很喜欢他，他虽然轻狂小资，但为人厚道。

他孤傲地活在自己的世界里

曾经每年的"小政协"（两会期间文艺组代表聚会），大家都会聚集在一起，大多是在我们家吃吃喝喝聊聊玩玩，那时候贤亮总是用他那宽喉大嗓侃侃而谈。有时他也召集大家吃饭，印象最深的是他吃东西比较讲究，有时候菜不对胃口，他会一个个问："你们还想吃点什么？"大家表示"饱了，不需要了"之后，他会给自己单点一个鲍鱼或鱼翅或海参什么的，自己慢条斯理地吃将起来。

很多年之前，我去他们家时，第一次发现那种卖冰棍的卧式冰箱静静地躺在他们家厨房，打开一看，一袋袋一人份额的鲍鱼、燕窝、海参有序地排列在那里，他的家人说每天都要做给他吃，还有满屋子凉着的刚从青海买来的冬虫夏草……贤亮的日子过得的确很滋润，与他相比，美林就是个苦孩子出身，山珍海味他从来不碰，平日里酱牛肉夹烧饼算是他的最爱。

四年前，我和美林，还有潘虹，一起去银川看贤亮，下了飞机，只见贤亮亲自开着宝马车来接我们，司机尽管一同前来，但只负责给他停车。一路上贤亮开着车，告诉我们说他刚领养了一个小女儿，小名毛毛，大名孝贤，希望长大了孝顺贤亮。

那一次，我们住在他位于西部影视城的四合院里，我和美林住在东厢房，潘虹住在西厢房，过了三天世外桃源的生活，我终于明白了贤亮为何不愿意来北京过都市生活的原因，他在自己的"独立王国"里是多么的自在！他吃的菜是由专人种的，完全绿色，我每天都去他家菜园子摘取最新鲜的菜，每每饭后，我们大家会围坐在院子里，身边是跟随贤亮多年的爱犬"家宝"，黄昏来临，高高的围墙上来回晃动着时刻守护着主人的一群藏獒……那是怎样的一种得大自在的生活？

最后的午餐

今年 3 月，春寒未过，贤亮来北京治病，我和美林略知一些他的病情后，托朋友联系了德国、日本的几家医院，与潘虹一起抱着说服他的信念，去当时为他治疗的北京一家中医医院看望他，医院里人满为患，我们提着大包小包如难民般花了半个小时才等到电梯，好不容易进入贤亮住的那层病房，发现这里真是别有洞天！偌大一层楼只住了他一个病人，所有医生护士围着他转，病房俨然成了他的家，难怪贤亮愿意住在这里治病，协和医院哪怕是部长楼也没有这里宽敞自在。

说属龙的和属鼠的比较有缘分，尽管我属龙，贤亮和美林均属鼠，且都是摩羯座，但说服美林容易，说服贤亮太难。当我们刚刚开口劝贤亮先做活检，将病灶的性质了解清楚后再去国外治疗时，被他一口否决，而且没有任何商量余地，他说自己今明两年犯太岁，不能动刀子，必须保守治疗。

事实上，贤亮比美林固执多了，十几年来美林两次大手术均主动配合大夫逃过劫难。美林了解贤亮，知道劝说不动，便一个劲地在旁边签书签挂历送给医生护士，以表示对贤亮无微不至照顾的感谢。

临近中午，贤亮嚷着要出去请我们吃饭，完全不像个病人，我们去了医院对面一家酒店，好客的贤亮将饭店所有的美味都点了个遍！美林有一个习惯，就是到哪儿吃饭只要他在，别人就别想买单，唯独在贤亮这儿行不通。

那是我们最后一顿午餐。

（发布于韩美林艺术网。有删节）

张贤亮在巴黎的日子

郭　凝

张贤亮走得潇洒，一生精彩，抡圆了活，穷则独善其身，达则兼济天下。他留下作品《灵与肉》《肖尔布拉克》《绿化树》《男人的一半是女人》……其中九部拍成电影。他投入二十年心血的镇北堡西部影视城成为国家级 5A 级旅游景区，已有两亿文化资产。张贤亮还捐献过两千万善款，按照他自己的信条"空手而来，空手而去"，挥一挥手，驾鹤西归。

1

20 世纪 80 年代的一个春天，张贤亮作为访问学者住在巴黎国际大学城，那时已是中国著名作家，作品翻译成二十七国文字，且担任宁夏文联主席。张贤亮一到巴黎便伏案创作长篇小说，这部小说还没起名，就有六个国家的出版社与他签了合同。

当时我在《欧洲时报》任职，并在法国社会科学高等学院攻读。中国改革开放不久，社会思想活跃，身处巴黎面对西方各种现代观念，结合中国情况思考，访谈张贤亮是极好的交流机会。

张贤亮有睡午觉的习惯，我在巴黎大学城宿舍楼门口恭候，张贤亮精神抖擞地走出来，风度儒雅，着装一丝不苟。

张贤亮出身大家，外交官的祖父，进士官员的外祖父，留美归国的父亲，大学毕业的母亲，家庭教育奠定他的心灵基础，富裕家境培育他的独特性格。生在南京，童年在重庆，少年在上海法租界，家中花园洋房气派，佣人园丁簇拥，母亲将佛教信仰与西方文明深深植入张贤亮心底，以致二十二年的右派、反革命劳役没有动摇他的精神向往。

在宁夏荒漠劳改，张贤亮仅有的财产是一个脸盆，煮菜、洗脚也用它，就在这样的绝境中，他仍然觉得自己原本应该当总统，这种近乎狂妄的念头拯救了他。

现实残酷，他寄托于熟读《资本论》……幻想着青春的美梦。苦难生活对张贤亮确实是一笔无价财富，"灵"超越"肉"，精神超越物质，无不体现于他的作品，实践于他的人生。

处在中国改革开放的时代，张贤亮不趋名利，不附权贵，不屑俗人。他的自信自尊，带给社会一种独立进取的风骨，谁说中国没有贵族精神？看看张贤亮吧，真诚、坦率、慈善、刚烈、坚定、探索、开拓、担当、反思、感恩、报国……

探讨中国问题，如果没有长时间在农村艰苦劳作的坎坷经历，谈不上深刻。同样，如果没有西方文明的入骨熏陶，也很难理解中西文化融合。

张贤亮的家庭影响以及蒙冤受难，成为他生命的两极，支撑他超凡脱俗成为清醒的作家。

他谈论过去，没有抱怨，将之与民族患难相连，开启反思，升华境界。谈论西方，张贤亮更注重借鉴经验，文学描写性，美术描绘裸体，这些文明创作表现人体美和人性美，从而认识人的需求和人的价值。张贤亮的作品不躲避性本能的需求，犹如欧洲艺术家对人的剖析，直面中世纪对人的摧残。

张贤亮反思一系列政治运动、阶级斗争，认为需要从最基本的人性开始思考，了解人性才懂得人，懂得自由平等，这是一条绕不过去的路。

张贤亮担当起作家的责任，从文学角度开辟了这条路。

我的访谈文章刊出后反响不错，张贤亮很高兴，准备了两张巴黎歌剧院的演出票，打电话到报社邀请我听歌剧。这样的答谢礼节，即便对于法国人来说也是很高规格的。

可惜，我外出跑消息，没接到电话，失去与作家欣赏交流欧洲古典音乐的机会。

五年后在北京见面重提此事仍感遗憾，那天是中国作家协会举行一个会议，我应邀出席。会后《人民文学》杂志社编辑高远告诉我："张贤亮请你吃饭，我们大家都作陪。"

北京钓鱼台国宾馆餐厅，十多位作家编辑欢聚一堂。

席间，文人们妙语飞扬，笑声不断，尽情尽兴，这是一顿令人十分享受的朋友午餐。张贤亮照顾大家进餐，豪情满怀，大谈特谈他的西部影视城规划，决心进军了，朋友们举杯祝福"张老板"。那时候尊称"老板"是一种时尚，比叫什么什么"总"早了十年。

忽然，张贤亮望着远方，十分深情地公开了他心中的女神，告诉大家，有时候从闪过的地铁车厢玻璃窗恍惚看见她的身影，有时候从自己笔头写作的作品流出对她的怀念。

众人不解，我知道那是我的法国密友贝阿特丽丝。

2

张贤亮被读者广泛谈论着，他太丰富。有人试图为这位"文化大革命"后率先突破性禁区描写的作家渲染一些绯闻，也是徒劳的，他太脱俗。

接近张贤亮的人都知道，他孤独，但很自由，从小被父母培养了国际视野，到了知天命的年龄以后，坐镇西部宁夏，朝向全世界。

90年代张贤亮管理宁夏镇北堡影城，在那里悄悄建起了纪念博物馆，将母亲陈勤宜美丽善良的巨幅照片高悬大厅。

张母出身安徽进士名门，燕京大学高才生，三十岁以后经历了中国最痛苦的几个时期：丈夫坐牢死于狱中，儿子西北劳教二十二年。张母无依无靠，以编织为生，"文化大革命"时在北京……孤身死亡，年仅六十一岁。

母亲高贵的笑容永远留在张贤亮心中，他继承了母亲乐观宽容的精神。

张贤亮不谙法语，80年代在巴黎驻访，工作交流倚仗翻译，法方委派贝阿特丽丝担任。这是一位年轻貌美的法国女郎，单身母亲，文学硕士，从事法国文化工作。巴黎的中国人把贝阿特丽丝这一长串名字简化为"贝阿" 两个字，念起来顺口多了。她有着惊人的语言能力，脾气温和，语气亲切，喜欢咯咯笑，尤具感染力，说中文流畅到了毫无障碍的地步，我听她说出 "尿尿儿" 这个北京皇城根儿老百姓的词，感到贝阿特丽丝真是绝了，中国没有她搞不懂的事儿。

张贤亮在巴黎，吸引着汉学界和众多法国读者，贝阿特丽丝为自己能够担任张贤亮的翻译感到荣幸。演讲会、座谈会以及各种场合的交流，贝阿特丽丝承担着繁重的沟通工作。

贝阿特丽丝善良如圣母，可爱如天使，舞跳得极好，在朋友们的聚会场所，音乐中她随意跳起 Rock 舞，轻松活力从她身上迸发出来，魅力溢满全室。我专门学过 Rock 舞，每周六都要狂舞一晚，自认为精通此道，可在贝阿特丽丝面前，我认输，她的那种灵性从骨子里溢出，学不来。

我和贝阿特丽丝之间无话不谈，讨论社会，分析人生，研究男人与女人。贝阿特丽丝兴趣广泛，文学、哲学、心理学、音乐、舞蹈、美术。有一次我俩在餐馆吃午饭，各自点菜后闲聊起来。一会儿，服务员小伙端上满满一盘，笑问："这是你俩谁的？"贝阿特丽丝冲着英俊小伙调皮一笑："你看我俩谁更漂亮就是谁的。"那法国小伙儿没被难住，把盘子往中轴线一放，笑说："我给你俩放在中间！"

贝阿特丽丝咯咯笑起来。

苦难中涅槃的作家，对人性的体会最深刻。在他的书中，母性高尚，母爱温暖，女性是救助苦难的女神象征，带来自由的希望。贝阿特丽丝的出现，无疑激活了张母留在张贤亮心底的光辉。

贝阿特丽丝出生在法国南部一个富裕的大酒商家庭，蔚蓝的地中海赋予她浪漫天性，醉人的葡萄园带给她宽阔胸怀。

上大学的时候，有一天父亲开着一辆满是鲜花的汽车，去学校接她和两个妹妹，回到故乡才知母亲患病突然去世。

贝阿特丽丝一下成熟了。为了排除悲痛，她做了一件对于法国人来说最困难的事情，学习汉语。

她怀念亲爱的母亲，独立坚强，把母亲的善良带给朋友们。张贤亮的作品深深打动了她，女性，母爱，很难有一位读者能够像贝阿特丽丝那样深切理解作家。

张贤亮看着她援助朋友，化解危难，宽慰人心，进取努力，一次又一次尽心尽力帮助中国留法学生。我听着贝阿特丽丝无数次兴奋地讲着张贤亮，感动而又担心，但愿不会发生什么。

贝阿特丽丝与张贤亮，翻译与作家。性解放时代的法国女郎，与突破性禁区描写的中国第一人，互相仰慕敬佩，升华的情感永远定格在理性的黄金尺度，我的担心多余了。

1993 年 7 月我与张贤亮意外重逢，北京钓鱼台国宾馆作家编辑朋友聚会，餐桌上张贤亮面对挚友们说出深藏多年的怀恋。巴黎，由于有了贝阿特丽丝，在张贤亮心中更加神圣。

（本文第二部分原题《郭凝悼念张贤亮：巴黎往事（下）》，

发布于新浪博客）

晚年的张贤亮

舒　乙

　　张贤亮突然走了。想起大前年曾和他在银川相见，一切都好好的，怎么这么快就没了，不禁唏嘘，深感惋惜和难过，回想起许多往事。

一位时代的弄潮儿

　　和张贤亮相识已有整整三十年。中国现代文学馆成立的时候，他也到场。当天在万寿寺西路的后罩楼后面的大殿里举行了隆重的开馆典礼，巴金先生亲自主持，老中青作家欢聚一堂。张贤亮当时不满五十，风华正茂，短篇小说《灵与肉》和根据它改编的电影《牧马人》双双得奖，紧接着《绿化树》又获中篇小说奖，名声大振，红得不得了。当天他穿了一件时髦西装上衣，配一条牛仔裤，风流倜傥。那时还不讲究请歌星来助兴，开馆典礼后，大殿内音乐响起，人们翩翩起舞。张贤亮带头下场，跳一种类似迪斯科的现代舞，非常时尚，给大家留下了很深的印象。以后在20世纪90年代初全国政协开会时，我和他同是文艺组的政协委员，分在一个组开会，交往更密切。他在会间休息时曾邀我去咖啡厅喝咖啡闲谈，而且小声宣告，由他买单，当时喝咖啡刚开始流行，给人一种印象，他是一位紧跟时代的弄潮儿。由银川到北京来开会，他居然是乘坐自己的小卧车让司机把他送来的，那个时候还没有那么多高速公路可走，他有意无意地在显示他已是一个私营企业的大老板。

2011 年 8 月我曾有宁夏之游，在银川去看望了张贤亮。他知道我来了，非常热情地接待了我。我驱车去了他所在的镇北堡西部影城，他在堡里的百花堂里等着我，这里是他待客的正式客厅。在百花堂里的谈话自然是由他的企业谈起，这是他的心血和骄傲。

当代儒商

到 2011 年，张贤亮的镇北堡西部影城已是一个有十八年创业历史的成熟企业，完全正规了，每天游人如织，一般的日子平平常常也有一万人入场，门票价格为六十元，并宣告很快要提到八十元。这样，每天的门票收入也在六十万元以上，利润率是 50%，年利润轻而易举也能达到千万元以上。职工人数很多，收入也都很丰厚，每个人都能尽心尽责，把整个园区管理得井井有条，各个部门都有得力的干部各司其职。张贤亮的第一职责仍是放在出点子上。他说宁夏人忠厚老实，是非常理想的交易对象，只要有一个好点子就能赚大钱。他界定他的企业是"智力企业"，一开始的"出卖荒凉"，就是建立在就地取材因地制宜上，以极少的投入换回丰厚的收入，靠的是点子多和点子好。问他，最近又有什么新点子？他突然兴奋起来，说他拥有土地一千亩，目前只用了三百亩，还可以做许多事情。明、清两代此地的财主建了两座土堡，用以防盗，相当于两座小城，后来荒废，久而久之牧羊者将它们变成了圈羊的地方。张贤亮突发奇想，何不将它们用自己的稿费买下来，建成一座中式的迪士尼乐园，将全国各地的，特别是西北地区的非物质文化遗产，包括表演类的和工艺技巧类的，一应俱全，全部搞来，每天歌舞升平，宛如办庙会和过大年，岂不乐哉。当然，偌大的西北荒原，用来充当拍电影的外景也是一大亮点，于是引来了包括《牧马人》《黄土地》《红高粱》《红河谷》等影片的著名导演到这里来取景，终成大气候。张贤亮说，他正准备办一个鹿苑，养几百头鹿，割鹿茸卖钱，同时用采茸时流出的鹿血勾兑酒，是高级的营养品，专供男人饮用。他还准备将马鸿逵故居整个克隆下来，再仿建一整条银川古街，开办各种名牌店和特产店，把文化产业搞得更加红火。

张贤亮就是一个国王式的人物。这么多人聚到这里，特别是在节假日，几万人蜂拥而至，每天吃喝拉撒玩，加上有表演的，有卖艺的，有开店的，有开车的，有采购的，有扫地的，有保安的，有导游的，有搞宣传的，有办外交的……不得了，还有无数的纠纷、冲突和突发事件等着他，外加税收、卫生、安检、交通、财务等督查，全都随时随地找上门来。张贤亮往那儿一站，指挥若定，但他小事不管，大事也不管；他就是一个牌位，一个象征，一块吸铁石，有他在一切都乱不了套，早有专职人员坐镇指挥，有他的大儿子替他当第一线的总经理，出面处理，对应排解，整座机器运转自如。

他的名声在外，无数人要来见他，包括各种级别的官员，他一概拒绝，愣是不见，一心筹划未来，把全部心思用在出点子上。什么叫精神支柱，张贤亮在大西北，就是一例。他就是一个聪明人，大脑发达，胆大心细，终于碰上了好时代，成功了，发达了，发财了，成了一位划时代的人物——大作家兼大儒商，名扬天下。

他是一个大男孩

张贤亮领我去看他的庄园城堡，看他的演出专场，看他的各种非遗表演，到处是锣鼓喧天，到处是摩肩接踵，到处是热闹非凡，最后他领我去了他的家。家就在城堡里，是他新盖的，外表朴素得很，和城堡的"土"完全一致，一点不特别，正如他的员工办公室一样，后者至今还在土窑中。进了家门，哇，不得了，整个一个豪宅，是他的设计，按老四合院的形式构建。我跟着他去了他的书房、客厅、创作室和文物展厅。我大开眼界。他布置得极富文人气质，雅致，高贵，而不奢华，到底是位有修养的雅士，不同一般。他的收藏也颇有品位，甚至有散落于民间的来自圆明园的遗物。看得出张贤亮的晚年生活过得很充实，很安逸，很舒适，将他早年失去的一切都统统补偿了回来，他是幸福的。

这里有他的爱，有他的浪漫，有他的理想，有他的完美，有他的归宿。

　　张贤亮前半生生活经历非常坎坷，但他生性直率，是个很天真的人，像个大孩子，非常可爱。在全国政协小组讨论会上，他发起言来，滔滔不绝，越讲越来劲，越讲越兴奋，忘了时间，动辄一两个小时，形同个人包场。大家非但不反感，反而挺喜欢，都洗耳恭听，下来还要纷纷向外组的委员介绍："张贤亮今天又包场了，讲得很有趣，也很有见解。"只有王蒙委员、冯骥才委员往往钻他的空子，专挑他的错，拿他个别的谬误调侃他，开他的玩笑，拿他开涮。在这种时候，只见他非但不生气，也不反驳，反而也跟着大家一起哈哈大笑。他是个开朗的人，在逆境中他曾饱受伤害，但亏得乐观而挺过来，活了下来。

　　张贤亮身上继承了浓郁的中国知识分子的士大夫气，注意自我修养，在二十二年劳改期间他由头到尾读过五遍马克思的《资本论》，修得一身正果，有很深的马克思主义理论功底。而且，他始终有救国富民的抱负，一有机会便要高谈阔论一番，甚至在他的小说中，如在《绿化树》中，也要大段地让他笔下的人物大谈经济法则，大讲社会变革的基本规律，引经据典，显得异乎寻常。其实，他写的就是他自己。他在生活中就是一个爱谈政治的人，热衷参政议政，爱提建议，很像解放前的沈从文。这又是他的天真可爱的一个突显的特征。

　　其实，张贤亮是一个很有创新能力的人，他爱动脑筋，爱想问题，爱别出心裁，爱放头一炮，爱当第一个吃螃蟹的人。写小说，他起头写性，打头炮写早恋和婚外恋；办企业，他带头下海，全然得益于他直率天真的性格。真要感谢他的天真可爱，让中国当代文坛多了一名闯将。他的作品，他立下的轰轰烈烈的伟业都会长久保存下去。张贤亮，大家会记住你，一个体面的绅士，一个狂热的理想主义者，一个华丽的变身人，一个永不停步的畅想家，一个可爱的大男孩。

（原载于 2014 年 10 月 11 日《文汇报》）

对阅读张贤亮的回忆

史杰鹏

9月27日，作家张贤亮去世。他的小说内容完全来自自身遭遇，最真实而有触感，悲痛常在字里行间。他洋溢着赤子之心，宛如婴儿，仿佛幼稚，但其实厚重有力。谨以此缅怀张贤亮先生。

有一天，老师说："张贤亮到南昌来讲座了，在江西师范大学，他的小说很大胆。"那时，我还是个只读古代诗词、读者文摘、江西广播电视报的高中生，所以也没当回事。直到那年暑假，我在二伯家找到一本破烂不堪的刊物，第一篇就是张贤亮的《早安，朋友》。

……

从此我记住了张贤亮这个名字，真是接地气的作家。我从小的生活仿佛是文化沙漠，从小读的不过是《三国演义》《西游记》或者其他革命连环画，当然，我还读过各种地摊小报，《左江文艺》《鹃花》《金盾》，每一页都充斥着色情描写，我当时虽然不知道这算不算文学，但还是能感觉到，张贤亮和这些玩意不一样。

大学我念的是中文系，才有机会找来张贤亮的全部小说，很好找。学校旁边有一条巷子，黄昏时候总是有很多卖旧书、旧杂志的，我喜欢买过期的《小说选刊》《小说月报》，尤其是《新华文摘》，每期都会转载那些在文学史课本上介绍的名作，张贤亮的小说，《男人的一半是女人》《绿化树》《灵与肉》，我都是在《新华文摘》上看完的，如痴如醉。事到如今，那些性描写全部忘得精光，但那可怕的劳改……却一直留在心中。当然，作为一个年轻的大学生，看到对性饥渴的描写，确实感同身受。

我在大学时读了大量文学作品，凡是文学史教科书上能找到的，基本一网打尽，在此就不妨以张贤亮为例，谈谈总的感受。我认为，相比后期的先锋文学，尤其是余华的早期小说、格非的早期小说、孙甘露等人的小说，张贤亮的东西无疑要沉重得多。张的小说内容完全来自自身遭遇，最真实而有触感，悲痛常在字里行间。他也不玩技巧，完全是平实叙述，不动声色，娓娓道来，内容虽然沉重如泥，给我的感受，却仿佛一颗颗晶莹的水珠，璀璨透明。他撕破了人道德中伪善的一面，释放出人自己假装不承认的共同情怀。他因为真实，所以透亮。他洋溢着赤子之心，宛如婴儿，仿佛幼稚，但其实厚重有力。也许我是一个没有思想的人，我特别看不惯一些所谓先锋作家，非常装，明显是模仿国外写的一些不知所云的东西，却被评论家过分解读，被捧成了大师。不过，我看好后来的余华，他的《许三观卖血记》，才算回归了真人，他以漫画式的笔法，勾勒了那些逝去荒诞时代的人的命运，从技巧上来讲，当然比张贤亮进步。但故事毕竟是虚构的，刻意极端化的，比起张贤亮，又多少加了点矫饰。

那个时代是再也回不去了，大家的文学技巧越来越高，以写得让人看不懂为高，和早期的先锋虽略有不同，却是人是鬼都仿效卡佛、耶茨、奥康纳，坠入另一种的装，殊不知人家生活的环境和心态，本来和你国完全不同，何必呢？假颓废，浑浊得像死鱼眼，还自以为玲珑剔透七窍心，其实真的不如村姑一样的张贤亮好吧，人家是真的纯真质朴好看。至于各大文学期刊上的普通作品，倒还没有变，几十年如一日，都是《小说月报》式农村小黄文，让人叹气。

呜呼，谨写一点感受，缅怀张贤亮先生。

（原载于 2014 年 10 月 20 日《南方都市报》。有删节）

忆贤亮

郑法清

几个月前，就听说贤亮身患重病！当时，本想去看看他，但因拨通电话之后，始终无人接听，后又听说他的病一经确诊便基本切断了对外联系，结果未能成行！没想到，前几天，他竟然驾鹤西去了！

我和贤亮的相识，是在 1983 年《小说家》创刊的时候！其时，期刊竞争十分激烈！新办一种大型文学刊物，没有实力派作家的支持，是很难打开局面的！时任市委副书记兼宣传部部长的陈冰同志曾在宁夏工作多年，与贤亮友谊甚深，他动员贤亮将手头即将结稿的长篇小说《男人的风格》交由百花文艺出版社所属的《小说家》发表，以示支持！贤亮欣然同意！于是出版社总编辑谢国祥同志责成我抓紧落实！我接受任务后，当天下午便启程经北京坐夜车前往宁夏。第二天上午到达银川！因为与贤亮是头一次见面，按照事先电话约定的方式，出站时我手中举起一本《小说月报》！刚一抬手，不远处便传来一声热情的呼唤："是郑法清同志吧？我是张贤亮！"这就是我与贤亮第一次握手的情景！

20 世纪 80 年代，汽车很少，贤亮还特意找来一辆小车，将我送到招待所，并与我共进午餐；下午，又陪我拜访了宁夏文联《朔方》编辑部的众多友人；晚间，还和朋友们一起，请我吃饭，共话当时的小说创作！从此之后，我便有了一群宁夏文艺界热情好客的朋友！

第二天上午，贤亮将我接到他的家中，商谈《男人的风格》结稿和发稿事宜，并设家宴款待！就是在他的家中，我第一次吃到了鲜嫩可口的羊羔肉！

按照贤亮的安排，他还想陪我去黄河岸边，让我坐一坐那里的羊皮筏子！我告诉他《小说家》创刊号发稿在即，我必须尽快返回天津！贤亮感到有些遗憾，沉吟一下，终于表示："那也好，将来还有机会！正好我去北京还有些事情要办，我们明天一起坐飞机去北京！三天以后，我去天津找你，稿子稍事整理就可以交付审阅！"

几天之后，贤亮如约来到天津并如期交稿！我知道出版社老编辑刘国良同志曾为贤亮编过第一本小说集《灵与肉》，他们彼此可说是知音！于是，特别请国良担任这部稿子的责任编辑，作为《小说家》第2期头条发表！

由于《小说家》创刊号同时发表了蒋子龙、冯骥才、叶辛三位作家的中篇力作，第2期、第3期相继推出张贤亮的长篇和程乃珊的中篇，发行量一跃而达到24万余份，出现了当时期刊竞争中极为罕见的现象！

《小说家》创刊的成功，靠的是作者阵容和稿件质量！为了保证佳作不断，编辑们四方出动，广泛约稿！这时，贤亮又热情地提出建议，他主张出版社在北戴河举办一次《小说家》笔会！他认为把作家们请到一起，比一个一个去找要方便得多，并表示如觉此议可行，他愿意出面帮助组织！国祥同志听过我的汇报，立即拍板："这主意很好！力促落实！"于是便出现了1984年7月的北戴河《小说家》笔会。

由于贤亮的鼎力相助和出版社编辑们的广泛邀请，《小说家》笔会可谓名家云集！笔会分为上半月、下半月两期举办！仅上半月就有陆文夫、冯骥才、李国文、邓友梅、从维熙、张贤亮、张洁、程乃珊等当代文坛最活跃的代表性作家到会！这使我十分感动！

当时还在改革开放初期，宾馆的条件远不如现在！居住环境应说尚可，餐饮条件却十分之差，大盆盛菜，大盆盛饭，吃得好坏暂且不论，只那乱乱哄哄的环境就很难使作家们适应！大家虽然没有一字之怨言，但我心中却十分不安，很觉对不起大家，急得我满嘴起泡！后来几经斡旋，才找到一个小屋，总算有了一个安静吃饭的地方，而且也盘子是盘子、碗是碗了！为了对朋友们表示谢意，出版社曾在当地的起士林西餐厅聊设小宴招待大家一次！这小宴却使我出了一个大洋相！我自幼生活在农村，从来不知西餐为何味，以致在服务员问我点什么菜时，居然说不出一道菜名！没有办法，只好说了一句大实话："中餐嘛，咱们天天吃；西餐嘛，咱们没吃过！你就看着安排吧！"此语一出，竟引出在座者一阵大笑！从此，成为话柄！后来，贤亮居然将我这句"名言"写进他的小说《浪漫的黑炮》！我得知以后，电话上"批评"他"不够意思"，他却在电话那端慢条斯理地说："那也是一个正面人物嘛！你这话有独特的幽默感！"

《小说家》北戴河笔会是一次名副其实的会议！每天上午，大家坐在一起研讨当代小说创作的问题！作家们畅所欲言，发表了许多颇具见地的意见！这次笔会还有一个特殊的成果，使我喜出望外，那就是大家商定由王蒙、陆文夫、蒋子龙、冯骥才、李国文、邓友梅、从维熙、张洁、张贤亮等共同搞一项"同题小说"的创作活动，题目定为《临街的窗》！此类小说创作活动应属首创，在中国现代文学史上，也只有过朱自清、俞平伯等写过同题散文《桨声灯影里的秦淮河》一个事例，当时曾产生很大社会影响！因此，消息一出，全国关注，很多媒体广为传播，一时成为文坛佳话，《小说家》也因此而广受赞誉！

诚如贤亮所言，他与"百花"的关系，是很深厚的，从社长、总编到司机、工人都是他的好友！他的第一本小说集《灵与肉》是"百花"出版，他的第一部长篇小说《男人的风格》是"百花"出版，他的第一本散文集《飞越欧罗巴》也是"百花"出版，他的许多小说曾在《小说月报》转载；"百花"还给他出过《张贤亮选集》……按照他的说法："提起'百花'，我每每有种亲切感和自豪感！"作为"百花"的老编辑，我觉得"自豪"之说似乎有些过誉，但"百花"乃至天津文艺界确有许多贤亮的朋友！他每次来津，大家总要坐在一起海阔天空地说说笑笑！记得他写完《习惯死亡》，来"百花"送稿，当时恰好王蒙、李存葆、冯大中等朋友也来天津，我曾请子龙、骥才、范曾和他们一起在正阳春鸭子楼吃饭，那时他正准备与骥才同赴美国爱荷华（艾奥瓦——编者）参加聂华苓女士举办的笔会！席间谈到他的小说《习惯死亡》将由"百花"出版，范曾当场毛遂自荐："贤亮，我给你画一个封面如何？"贤亮当即表示："那当然很好！"不久，范曾便画来一幅《山鬼》，这就是《习惯死亡》封面的插图！

1993 年，我从百花文艺出版社调到新闻出版局机关工作，当时贤亮也已经"下海"，很多精力放在了他那镇北堡西部影城的开发上，彼此的联系也就很少了！还是西安举办图书订货会的那一年，我们在一家宾馆的前厅不期而遇！贤亮还是那样热情，还是那样爽朗，还是那样爱开玩笑！当时可能是两家出版社同时来车接他参加售书活动，因此他一见我便嘻嘻哈哈："咦！咱们法清也来了？瞧，你这当官的还不如咱们这老百姓！你一部车子，咱们两部车子！哈哈！"

陈冰同志去世之后，我协助他原来的秘书陈继亮编辑《陈冰文稿选集》，为了使读者在阅读陈冰其文的同时，进一步了解陈冰其人，我曾约贤亮写一篇怀念陈冰同志的文章！他欣然同意并很快交稿，文中谈到陈冰同志在宁夏工作期间，落实知识分子政策，关心知识分子生活，与知识分子交朋友的种种情况，感激与怀念之情溢于纸外……

（原载于《朔方》2014 年第 11 期）

未了情

黄济人

张贤亮有一段未了情!

故事的开头发生在 1997 年北京两会期间。那时张贤亮是全国政协委员,我是全国人大代表,他来我们四川团代表驻地的时候,经我介绍,认识了当时的重庆市委主要领导!领导是张贤亮的粉丝,邀我作陪,在驻地附近的一家餐馆请张贤亮吃饭!席间,这位领导对他说,在这次全国代表大会上,如果国务院关于设立重庆直辖市的议案能够通过,那么重庆这座城市的格局将发生重大的变化,随着经济的发展,文化的跟进是必不可少的,有鉴于此,"张老师得为我们出出主意"。张贤亮微微笑道:"你可找对人了!"接着,他把一个深思熟虑的想法和盘托出!

按张贤亮的想法,重庆需要在市郊拨荒山一座,建立绝无仅有的世界和平公园!公园的主题是纪念第二次世界大战,亦即全人类的反法西斯战争!公园的展品是雕塑,据张贤亮统计,在反法西斯阵营中,现存于各个国家的主题雕塑约有两百多个,这些雕塑不仅是纪念品,而且是艺术品,将它们集之大成,无疑是个深远与深刻的创意!张贤亮又说,关于展品的收集,不用你走出家门,自有人送上门来!他举例说,若是美国人想在曼哈顿的街心花园竖立重庆的解放碑,那么重庆方面肯定会十分乐意,然后十分迅速地按相同的材质相同的比例做好送过去!张贤亮最后说,这件事情北京做不了,上海做不了,天津做不了,因为这三个直辖市不具备重庆独有的远东反法西斯指挥中心的历史地位!

那位领导闻言大喜，啧啧连声道"听君一席话，胜读十年书"！时隔半年，张贤亮为儿子在四川美术学院读书的事情来到重庆，那位领导再次宴请张贤亮，再次谈及世界和平公园，因为这时重庆已经成为直辖市，相关事宜可以进入筹备阶段了。给我留下深刻印象的是，这次见面，深思熟虑的不是张贤亮而是那位领导。他这样告诉我们，张贤亮的创新得到了市委的认可，考虑到万事开头，市委需要把主要精力放到三峡移民的后续问题上，因为这是重庆的立市之本，还需要把主要精力放到三千万老百姓的温饱问题上，因为这是重庆的发展之根！鉴于此，"我想请张老师以文化大家的名义而不以重庆市委的名义，给中央有关部门写一份报告"！

张贤亮明白这位领导的意思，也知道另一件既成事实的例子，那就是通过巴金先生上书给中央的建议，促成了中国现代文学馆的建成。于是乎，张贤亮决意去找巴金。离开重庆后，他来到上海，适逢巴金在杭州疗养，他又赶去西子湖畔。得知来意后，巴金对张贤亮说，你在做一件重要的工作，建议你再去找冰心签名，请注意，她的名字一定要放在我的前头！于是乎，张贤亮连夜赶去福州，在一家医院的病榻上见到冰心，用事后张贤亮告诉我的话说，当时冰心骨瘦如柴，身体极度虚弱，两位护士将她慢慢扶起，而她斜倚在床头，用颤抖的右手，在报告书的下方写上名字的时候，站在侧旁的张贤亮再也忍不住了，他流着眼泪对冰心说："大姐，我替重庆感激你，我从小在重庆长大，所以我也要替自己感激你！"

就这样，连续奔波数日，张贤亮终于将签了名的报告书带回重庆！在递交到市委主要领导手里之前，他小心翼翼地从箱底拿出报告书，然后平平整整地放在书桌案头，让市委一位副秘书长和我过目！在我的记忆里，签名的文化大家有五位，除了巴金和冰心，还有王元化、贺绿汀以及张贤亮自己！

有准确消息说，张贤亮离渝不到半月，市委主要领导便趁到中央开会的机会，将只此一份的报告书带去北京，并送到中央有关部门！在随后的日子里，关于这份报告书，不断有一些不准确的消息传来，有的说文化部门批了，外事部门没批；有的说外事部门批了，文化部门没批！不管怎么说，有一个事实是确定的，那就是这份报告自从去了北京，便再也没有下文！

最为关注此事进展的，自然非张贤亮莫属！他先是每日打电话，以后是三天五日打电话，最后给我打电话的时候，似乎连询问的勇气也丧失了，总是环顾左右而言他，末了才是一句："你看这事儿搞的！"诚然，数年之内，这事儿虽不再提及，但我相信仍装在他心里！好在时间能够生长一切，也能够摧毁一切，数年之后，他写他的长篇《一亿六》，他忙他的西部影城，在我的判断里，关于世界和平公园的故事，应该从他的记忆中彻底消失了，没有人物，没有情节，更没有主题与意识，荒诞而离奇！

然而，不可思议的事情还是发生了！时隔十八年，张贤亮居然耿耿于怀，旧话重提！那是今年年初中国作协召开主席团会议的时候，适逢张贤亮因患肺癌在北京就医，原本与会者相约前往医院探视的，不料他早早给我们发来短信，邀请大家与他共进"最后的晚餐"！令我心酸的是，走进饭厅，那张熟悉得如同兄长的面孔突然变得陌生了！饭桌上，张贤亮谈笑风生，神情依旧，虽然时不时掺进一些关于死亡的话题！"活到老，学到老，这话不错"，张贤亮面朝众人道，"可是直到现在，我才知道我的最后一门功课是什么。"是什么呢？众人没有提问，只是洗耳恭听。张贤亮一拍桌子，语惊四座："那就是学会死亡！"这时有人提问了，何谓学会死亡呢？张贤亮成竹在胸，不紧不慢地说："这就需要把想做的事情做完，两眼闭拢之前，不留下一丝遗憾！"又有人提问了，如你所言，你自己做得到吗？张贤亮稍有迟疑，摇了摇头，然后将目光直直地对准了我："至少有一件事情我没有做到！这件事情济人是知道的，只有开头，没有结尾，它使我不得不抱憾终身……"

我离京返渝不久，张贤亮也回到银川，回到西部影城的寓所养病！整整两个月，他和我没有通过一次电话！于我而言，明知他肺癌晚期，危在旦夕，再去嘘寒问暖，互道珍重，未免有些矫揉造作，故而不曾主动打过电话！两月之余，他的电话打过来了，声音依然洪亮，他说他已经足不出户了，整日待在家中，或坐或卧，甚感寂寞与孤独！电话里，他向通过我认识的几位重庆朋友问好，他说每次来渝，都受到大家的盛情款待，如果来日不多的话，恐怕就没有机会报答了！

我把张贤亮的问候转达给了那几位朋友！大家决定集体动身，专程去银川看望张贤亮！负责接待我们的是张贤亮的助理马红英，她告诉我们说，我们的到来，让张贤亮兴奋不已，天刚放亮，他便拄着拐杖来到我们下榻的马缨花宾馆，然后登上楼梯，查看每一间客房，瓶中的鲜花是否插上，盘里的水果是否放齐！心肠，还是张贤亮过去的心肠；身体，却不是张贤亮过去的身体了！我们在影城待了五六个小时，他与我们的交谈断断续续，总共加起来还不到二三十分钟！他显得如此虚弱，又十分乏力，以至说话的声音也越来越小了！离别时分，在百花厅茶坊，他呷了口咖啡，突然提高嗓门儿道："明年是反法西斯胜利七十周年，报纸上的宣传现在就开始了！其实，重庆只要建起了世界和平公园，那才是中国人永恒的纪念……"

不要说掷地有声，至少说余音绕梁，可是，说完话不到一百天，张贤亮便匆匆走了！得知他去世的翌日，我再次飞抵银川，为的是多送他一程，再给他说几句话！市郊的殡仪馆大厅，我面对张贤亮的遗像，深深三鞠躬，然后走近灵柩，隔着玻璃，望着他安详的遗容，禁不住在心里喃喃自语：情未了，心已尽，贤亮兄长，你有十足的理由走好……

（原载于《朔方》2014 年第 11 期）

往事钩沉忆贤亮

吴淮生

> 来时骤雨去时风，落花漂萍偶相逢！
> 待到梦回夜已残，水中唯有月朦胧！

上面的诗是张贤亮赠送给我的他的一幅书法作品，诗也是他的创作！经过装裱，悬挂在我的卧室里，好多年了，直到现在！而今，物在人亡，对之，潸然泪下！贤亮走了——永远地走了！中国文坛上空的一颗明星陨落了，宁夏当代文学苑圃中最亮丽的花朵凋谢了！镇北堡西部影城披上黑纱，文坛内外为之呜咽悲泣！

我知道宁夏有张贤亮其人——并且是个文人，已经半个多世纪了！20世纪50年代末，我大学毕业，分配到宁夏工作！热心文学的人每到陌生之处，总想了解些当地文坛的情况！不久就听说银川地区干部文化学校有个叫张贤亮的教员，因发表了一首新诗《大风歌》而被划为右派遣送某农场劳动！当时知道的信息仅此而已，不过张贤亮其名及划右的事，却一直留在我的印象里！20世纪80年代初，读到重新发表的《大风歌》，才知道是一首好诗！20世纪60年代开始时，文艺界的气氛一度比较宽松！有一天，我忽然在《宁夏文艺》（《朔方》前身）上看到张贤亮的一首诗，标题是《在碉堡的废墟旁》，是写人们劳动的，具体诗句不记得了，但觉得流畅而富有诗意！我为作者能够复出感到庆幸！谁知复出仅仅是昙花一现，张贤亮的名字又从报刊上消失了！"文化大革命"中，大批判也涉及《在碉堡的废墟旁》，说是"右派分子歌颂劳改犯的劳动"，不过不是重点批判对象!

　　话说到了 1978 年冬，"伤痕文学"初露身姿!《朔方》的小说编辑杨仁山，从小山似的稿件堆里淘出了一篇张贤亮的《四封信》，如获至宝，认为是一大发现，在编辑部内传阅，并于 1979 年第 1 期发表!我心里清楚，这是"出土文物"拭去尘埃后的重新闪光!此后的两年间，《朔方》用头条位置连续刊载了张贤亮的七篇小说，包括驰名海内外并获得全国大奖的《灵与肉》，打造了作家最初的辉煌!大约于他的第二篇小说《四十三次快车》在《朔方》刊登前后，张贤亮来过编辑部一趟，我初次见到其人：约莫一米八的高个子，穿着蓝灰色干部服，虽然一身风尘，却不失清雅潇洒的气度!他在《朔方》发表的第四篇小说《吉普赛人》，老一辈著名作家吴组缃读了后大加赞赏，写信给我说："作者指张贤亮很可能成为大作家!"先生的预言不久果然验证! 1984 年 12 月，中国作家协会在北京京西宾馆召开第四次代表大会，吴组缃先生以七十六岁高龄，亲自乘电梯来到我们的住处记得是六楼和贤亮相见，晤谈良久，显示了前辈作家的爱才心切!

　　从 20 世纪 80 年代起，贤亮和我供职于同一单位，一度还比邻而居，分别住在一个单元的四楼和二楼!业务上接触很多，但私交却颇为疏阔!原因主要在我的矜持和狷介——不想借用月亮的清辉来照亮流萤的世界。但也不是完全没有个人交往，前面说的书法作品便是一例!我并未向贤亮求字，是他主动赠送我的!那首诗意象蒙眬而优美，多隐喻和暗示，不容易解读!第二句也许象征我们相识的偶然性吧，诗带些伤感情绪，有现代诗的味道;但它不是现代新诗，也不是近体七绝，而是一首古绝句，或者可称之为新古体诗!

　　贤亮有时也常和我做些调侃!他初到宁夏文联时，我正主持作家协会的工作!他开玩笑地对我说："你永远是我的领导!"玩笑只是玩笑，后来的情形和玩笑适得其反，也是很自然的事!有好几次，他在同仁们面前笑着说："60 年代我在农场劳动时，每逢节日，就看到《宁夏日报》上登有老吴的一首诗，或者一篇散文!"当然，雅谑而已，说的倒也是实情!记得还有一次，为一件业务，晚上我到贤亮家其时，彼此的寓所已有相当的距离，他正为某事心情很不愉快，因之，接待我时比较冷淡！我知其事，对此也就没有在意！第二天上午，他忽然来到我家，解释头一天晚上慢待的原因，并向我致歉，这可以说是贤亮不愿伤害别人的一种善良本性的显现！他常说："文学就是教人善良的！"此话可以作为斯人性格的一个印证！

记忆里还堆放着一大摞照片，这里只能选择几张稍作图说！

1981年5月，上海电影制片厂的编导人员到银川筹拍张贤亮的小说《灵与肉》（电影《牧马人》），我负责接待工作！工余留下了一帧约六寸大的黑白合影，上面五个人一排站着：导演谢晋居中，他的两边是作家李準和宁夏文联主席石天，右一为贤亮，左一是我！而今，其中四人皆已作古，只剩下我"硕果"仅存了！此照片我至今珍藏，准备复制后捐献给有关部门！第二张却是彩照，摄于1991年，也是5月！画面上，贤亮和我从头到脚都着的是全套煤矿工人服装，在矿井暗淡的灯光下席地而坐，和矿工朋友交谈！照片显示，贤亮满面笑容，谈得很投合！这是我们共同深入生活的一个见证！还有一幅是1996年10月，在宁夏作协为我举办的创作生活五十周年作品研讨会上拍的！贤亮与我并肩坐着！他在致辞中说："有关方面对淮生同志文学创作的扶持投入很少，而他为宁夏文学事业和自己的创作却出力很多！"大意他的话也许是一种主观感觉，倾向性有余，准确性不足！事情并非完全如此。但他对我的关注，则感动着和温暖着我！

同是1996年1月，《广州文艺》托我代为向张贤亮约稿，张应之！一个月后，他拿出一篇散文《宫雪花现象》，交我寄去，于该刊4月号揭载。作品写的是作者和一位颇为引人注目的女性的正常交往，不料刊出之后，批评和质疑立即纷至沓来！我是原稿的第一个读者，觉得作者是故作惊人之笔，写得很俏皮，有休闲性，也有正面意义，在政治和道德的层面上并无什么问题，行文没有出格之处！贤亮的作品，向来是研究的热题，本无须我来评论！因为这篇散文的面世与我有关，我遂不能已于言，写了一篇《我看〈宫雪花现象〉》，表达我的上述观点！从写作到发表前，张贤亮都毫不知情；刊登以后，他也许看到了，但从来没有和我说起过此事！现在，永远也不知道他对我文的看法了！

纷纭的往事淹没于流光逝波之中，于今钩沉出来，星星点点，都化作了此日沉痛悲伤而又温馨感人的回忆！

我和贤亮神交二十年彼此知道姓名，相识相交三十五年，始终是君子之交的文友，淡如清水，但无杂质，没有受到任何世俗的浸染！他尊重我年纪稍长，谬赞我"有学识"；我钦佩他的创作才能，欣赏他那许多动人心弦的作品！现在，贤亮走了，走进历史，步入永恒，将呕心沥血写下的部部作品留在人间，把精心建构的西部影城赠给朔方大地！我哀从中来，情何以堪！悲哉，悲哉！我得知贤亮的噩耗后，以商籁体和顶针格相结合的形式写了一首悼诗，未及发表，兹录在这里，再悼贤亮。

哭贤亮（商籁体）

你的凶音在我的心灵上颤动

颤动的明星向夜天深处逝消

逝消不了的泪水送你走了

你走了，来时骤雨去时风

风轻轻陪伴你这只不死鸟

不死鸟振翅天空，飞向永远

永远的许灵均长住大众心田

心田里河的子孙耕耘辛劳

辛劳，你树起影城丰碑一座

一座荒堡，你出卖给文化神奇

神奇风流——不朽的立体小说

小说脱稿，你静静地安息

安息在那遥远缥缈的天国

天国里，可听见下界众人在哭泣

（原载于《朔方》2014 年第 11 期）

贤亮老哥，你等着我

马知遥

人总是要死的，不管你愿意不愿意，谁也逃避不了这个归宿！只是令我惋惜和震惊的是，你怎么会走在我的前头呢？贤亮老哥，2011年9月8日，我们在自治区体检康复保健中心休息室里聊天！你抽着烟，我喝水，退休以后，哥们难得有这种机会！我问你查得怎么样？你说还可以！我记得你没什么大毛病，各项指标都比我好！当时我很羡慕，实在难得啊！你俨如兄长般，滔滔不绝地讲了很多话，那么亲切、随意、轻松！后来我问你睡眠怎么样？你说不行！我问你怎么办？你说吃安定，有时一片，有时两片，最多吃到三片！我说我不敢吃，你说没关系，季羡林吃了七十年，活了九十多岁！你还是老毛病，把一只"555"抽几口，灭掉，过一会儿又点着，抽几口再灭掉，最后把一个烟屁股摁灭在烟灰缸里！好像这时候突然发现我旁边坐着一个女人，你问：她是谁？也不给我介绍介绍！我说你就没给我机会，她叫李素娥，我们一起生活十多年了！你笑着点头，也没有虚情假意地站起来和她握手！我知道，你是高兴的！体检回来，我开始大胆地吃安定，每晚一片！困扰我多年的失眠症立竿见影得到好转，生活质量明显提高，使我这些年又得以正常生活、工作、读书、看报、写文章、画画！我万万没有想到，这竟是哥们的最后一面！

我不知道我们前世有什么渊源和纠葛，我也忘了我们是怎么认识的，但你改变了我后半辈子的人生轨迹，决定了我的命运！四十岁以后，在我的人生道路上，每逢关键时刻，都是你在给我指点迷津，向我伸出援助之手！亲爱的老哥，在你活着的时候，我没有向你说过一句感谢的话、写过一篇赞美你的文章，我想这是最后一次机会了！老哥，我感谢你的再造之恩！我今天的一切大小成绩乃至生命，都是你赐给我的！这一点我从来没有忘记过！

1984年10月，因派性斗争、矛盾、积怨，我不愿意在原单位继续工作下去，要求调到《朔方》杂志当编辑！你说："当什么编辑，当专业作家好了！"一个星期后，我就调到了宁夏文联专业作家创作组！你没有抽过我一支烟，没有喝过我一杯茶！也许仅仅因为我……写过几个短篇小说！你虽不是决策者，但你起了关键性的作用！从绘画转向文学，这是我一生中的一个重大转折！也许我失掉了什么，但事实证明我得到的更多！搞文学，我是没有基础的，你告诉我托尔斯泰、索尔仁尼琴、艾特玛托夫……我发现，我们的审美、兴趣、爱好有着惊人的相似！《安娜·卡列琳娜》《伊凡·杰尼索维奇的一天》《查米莉亚》……我读得津津有味、爱不释手！《伊凡·杰尼索维奇的一天》我读了不下十遍，用两年的时间，认认真真地抄了一遍！我记得，你的长篇小说《男人的一半是女人》发表之后，你颇为得意地告诉我，长篇小说要有一个故事，而且最好用一句简单的话把这个故事概括出来！我印象很深！老哥，为了给你争个脸面，堵住某些人的嘴，我暗下决心，要写个大大的东西！这个"大大的东西"就是我的长篇小说《亚瑟爷和他的家族》。小说出版后，我送到你的办公室，翻开扉页指给你看，我亲手写着："严格说来，这本小说是献给你的。"你高兴地说第二天请我吃饭！次日你忙，叫你的助手马红英女士送给我一千块钱，叫我自己买点东西补补！过后，我不知道你读过我的小说没有，记得你说过一句话："知遥，记住，谁要嫉妒你，你就把距离跟他拉得更远！"

听到你得病的消息，我总期望你能挨过这个坎！我觉得我们这代人，是经过磨炼和考验的，具有顽强的生命力！1989年12月，我检查出贲门癌，其实当时我并不怕，而文联党组却开了两次会，委托你征求我的意见，你说："知遥，我们想听听你的意见，是到上海去治疗还是到北京去治疗？"我说："我哪儿也不去，死也死在宁夏"你说：那好那好！"你给附属医院院长宋家仁先生打电话，他给我安排病房，找最好的大夫！第二天，李唯、郑柯、郭刚像抓壮丁一样，把我从家里揪出来塞进汽车，连牙膏、牙刷、毛巾都没带！他们不知道，我是做好了死的准备的，我不想在死之前花公家的冤枉钱！作为一个农民的儿子，我这一生比上不足、比下有余！我努力过、奋斗过，我死而无憾。但是我也不是一个讳疾忌医的人！我知道，除了与医生配合，我别无选择！你们几乎倾整个文联的人力、物力、财力挽救我的生命！12月31日晚上7时，文联所有领导、同事、朋友在走廊里目送我进手术室，直到12时护士告诉你们手术可以正常进行，你们才回家休息！半个月后，我没有辜负文联上下左右兄弟姐妹们的希望，我出院了，我活过来了，直到今天！老哥，你怎么就挨不过来呢？

二十多年的劳改生活，使你饱尝了非人的生存困境、绝境，靠你的毅力和智慧，在死亡线上挣扎着爬了回来！这使你深切地感受到人世间，人的关怀、同情、温暖、帮助是何等的珍贵，大大地激发了你的恻隐之心！你生活、地位好转之后，你同情弱者、帮助困难者、援救绝望者，甚至对某些陌生人也有求必应！

1989年冬天，春节前，我的前妻来了，你知道后，第二天专门来看她，并把你亲手签名的长篇小说《习惯死亡》送给我们做纪念！你很动情，甚至说话都有些语无伦次！老哥，只有这时，我才知道你多么在意家庭的温情、亲情与和睦啊！大年除夕，你又委托文联党组书记给我送来二百元钱，这笔钱我叫儿子去买了四个别人挑剩下的残缺不全的木方凳，给家徒四壁的房间里增添了一点家的气氛！老哥，这木方凳二十五年来修修补补多次，一直留到现在，舍不得扔掉！

贤亮老哥，二十年的相处，人们往往只看到了你光鲜亮丽的一面、风光耀眼的一面、功成名就的一面，而我看到的是你孤寂的一面、忧郁的一面、苦闷的一面、无奈的一面！你睿智、敏感、坦诚、外表强大、内心脆弱！在日常生活中，你除了抽烟，几乎没有任何兴趣、爱好、娱乐、休闲！除了应付一些社会活动外，基本上就是"孤家寡人"！记得有一次政治学习后，我们在街上散步，走到百货大楼门前，你突然对我说："知遥，你知道，我心烦的时候，没地方可去，只好在办公室开灯坐一会儿！"我的眼泪都要掉下来了！

那年在北京京西宾馆开会，每人发一套索尔仁尼琴的《古拉格群岛》！你跟我说，劳改队的生活，你仅写了5%！我想你会把剩下的95%写得更精彩！我以为你要向诺贝尔文学奖冲刺、奋斗！但你却转舵了，下海经商，展示你另一方面的才华！二十年来，老哥，你成功了，把一个破羊圈化腐朽为神奇地打造成5A级旅游景区！老哥，我坦率地告诉你，也许就是从那时起，我们在精神上就分道扬镳了！你把自己关在一个封闭的堡子里，跟我们断绝了来往！记得有一次在文联三楼走廊里，我们偶尔相遇，你问我："知遥，生活得怎么样？"我说："我活得比你潇洒！"老哥，你不觉得你在聚集财富的同时，也在消耗自己的生命吗？多少年来，你心力交瘁，你是累死的、困死的啊！多少次，我想奉劝你，可是我找不着机会啊！

作为你的朋友、同事、下属，我拜读过你的大部分作品！我可以坦率地说，我最喜欢的短篇小说是《邢老汉和狗的故事》中篇小说是《土牢情话》，长篇小说是《习惯死亡》。"伤痕文学"代表性的作家你是当之无愧的！但我觉得你的突出贡献是《河的子孙》，这部中篇小说塑造了一个不朽的典型形象、一个农村基层干部魏天贵——半个鬼！历史将证明他是一个与巴尔扎克的葛朗台、鲁迅的阿Q相类似的典型形象！当我第一次读完这篇小说，我感到一种灵魂深处的震撼，你是半个鬼，我是半个鬼，还有好些中国人，我们都是半个鬼！我们既是人又是鬼，既做人事又做鬼事，既说人话又说鬼话！在一个复杂的环境里，为了生存、生活，你别无选择！我们都是七老八十的人了，我这辈子读过中国不少作家的不少作品，感觉中华人民共和国成立六十多年来，真正写出具有广泛的社会意义、历史价值和文化品格的典型人物却不多！就凭这一点，你就是中国当代最伟大的作家！你应该引以为傲，你这辈子值了！作为宁夏文学的一面旗帜，你的贡献、影响以及所造成的社会轰动效应是空前的，也是绝后的！宁夏成全了你，你也成全了宁夏！

贤亮老哥，我们之间的关系，除了私人感情之外，我觉得也可以理解为你对作家和文学的支持与关注，也许这才是你抬爱的主要原因！因为你对作家不遗余力地给予重视，为他们题书作序、引荐评介，从写作到生活，关怀备至！宁夏文学健康迅速地发展，与你是分不开的！

　　老哥，一路走好！

　　也许我写了一些你不高兴和不爱听的话，但我觉得不论是你的成功与失败，你的正面或负面，你的喜剧或悲剧，对于活着的人和后来的人都是有益的借鉴和参照，都是不可忽视的宝贵的遗产！

　　老哥，你等着我！

（原载于《朔方》2014年第11期。有删节）

宁夏文学的一个时代结束了

南 台

贤亮去世了，宁夏文学的一个时代结束了！

宁夏文学，20世纪80年代后，曾有过一个非常辉煌的时期，创作是贤亮树大旗，评论是高嵩鼓风帆，这是宁夏文学的两翼，一时旗高风劲，使得宁夏文学很是在全国热闹了一番！高嵩去年去世，我写过一篇小文《宁夏文学折一翅》；现在，贤亮这面旗也掩隐了，宁夏文学的贤亮时代在一声沉重的巨响后将永远进入沉寂！虽说江山代有才人出，但新枝岂是旧时枝，对于读着贤亮的作品在文坛摸爬滚打的我们，心底的震颤真是莫可名状！

贤亮的去，中国文坛损失了一员有胆气的破冰悍将！20世纪80年代那样举国热议一个作家、一部作品的情景还会再现吗？破冰，事先需要胆气，需要选择方向的眼光和能力；事后，需要忍辱，需要硬气和耐力，不是谁想破就能破的，不是谁破了都能受得了后续的麻缠，但这一切，贤亮都成功地走过来了！那时，中国出过许多效法国外同行的"先锋作家"，可哪一位像贤亮那样招来过半国声援半国声讨的严重争议！为什么？踩着别人脚印走的，算不得真先锋，贤亮这样在无路的地方开出路来的破冰作家，才是真正的先锋！大多数读者没有在媒体上发言的机会，但他们并非没有分辨力，这是贤亮能引起举国争议而别个不能的原因！对文学来说，有批评有争议不是坏事！鲁迅先生说，最高的轻蔑是无言，没有争议才可悲！

贤亮的去，中国影视界损失了一个"题材源"！贤亮的小说，似乎很适合改编影视，改编成电影的就有九部，如《牧马人》《老人与狗》《黑炮事件》等；多部小说还被改编成电视剧，就在他患病期间，还签了影视改编的合同！他创办的镇北堡西部影城，正像迎客碑上写的："中国电影从这里走向世界！"如《东邪西毒》《红河谷》《大话西游》《新龙门客栈》《大红灯笼高高挂》等经典电影，都是在这里取景拍摄的！影城当然还会继续存在下去，贤亮的小说还有机会继续为后来的编剧们看中，但贤亮这口题材旺泉却再也流不出新的泉水了！

贤亮的去，中国媒体损失了一个"新闻源"！中国作家中，贤亮似乎特别与媒体有缘，新小说有人抢消息，获奖有人抢消息，改编影视有人抢消息，受批评更有人抢消息，甚至他和哪位异性接触，敏感的媒体也要变着法儿炒作一番！正面的新闻，能与贤亮平分秋色的作家，同时代中有一批人，但若加上作品的争议和绯闻，只怕贤亮在那个时代的中国要独领风骚了！然而，从今而后，这个"新闻源"要销声匿迹了！

惊艳文坛，热闹影视界，搅动媒体，贤亮是作家中一道被"一鸡三吃"的大菜！

贤亮的去，最感惨痛的只怕还是宁夏！贤亮是宁夏的名片，而且是一张钻石级名片！世上有局部大于整体的情形吗？张贤亮现象就是！也许有人会说你夸大其词，但贤亮成名几十年来，不断有人写来"甘肃银川张贤亮收""青海文联张贤亮收"的信，地址错得牛头不对马嘴就是明证，他们知道张贤亮，却不知道宁夏！是张贤亮提高了宁夏在国内的知名度，还将"中国宁夏"的旗帜插到了世界各地！现在，这张名片的金光不再增加亮度了，它还继续闪光，但生命力已失，永远不会像当年一样再顶破地皮自动钻出地面挺立在世人面前，而要人倍加珍惜地保存在玻璃罩子里！

贤亮的去，宁夏文学的一面大旗消失了，宁夏的文学从业者如何应对后张贤亮时代？贤亮用他的文学人生证明了一个铁一样的事实：作家是所有行业中投资最少而性价比最高的！作家是不喂料也产奶的牛，但要在不浇水不施肥的贫瘠土地上长出贤亮这样的参天大树，却不易！

（原载于《朔方》2014年第11期）

用怀念为先生守灵

郭文斌

2014 年 9 月 27 日，这是一个无比疼痛的日子：张贤亮主席谢世了！

妻子听了消息，让我赶快给冯剑华老师张贤亮先生夫人打个电话，我几次拿起电话，却不知道说什么，最终只能发短信表示安慰！

然后呆呆地坐在书桌前，心想，今晚，应该陪着主席度过才是！

就打开电脑，用怀念为先生守灵！

第一次见到贤亮主席，是 1990 年，那时我在宁夏教育学院进修，他来给我们讲课，倍感幸运的是，稍后，在校园的马路上单独碰到主席，鼓足勇气请主席签名，不想主席十分和蔼地接过笔记本，写下他的大名，之后在我的肩膀上拍了一下，说，好好学习！对于一位文学青年来讲，当时的激动可想而知！之后，再读主席的作品，就多了一份亲切和温度！

真是要感谢命运，2001 年，我同时拿到了宁夏、银川两级组织人事部门开出的调令，出乎十分现实的生活考虑，我最后选择到银川市文联《黄河文学》编辑部工作！此后的日子里，总觉得亏欠着一位老师的情意，她就是考察推荐我的时任《朔方》常务副主编的冯剑华老师，此后的日子里，每次见到贤亮主席，我都会说起这份歉意，他总是安慰我说，都是一家人，你在银川市做出成绩，同样是宁夏文联的光荣！

2007 年，我的短篇小说《吉祥如意》忝列第四届"鲁迅文学奖"，宁夏人民出版社要出我的小说集单行本，我和哈若蕙老师商量，还是出一套我和贤亮主席、石舒清三人的丛书更好，就相约去征求贤亮主席的意见，不想他欣然同意，而且还让我给他写序！起初我以为他只是玩笑话，不想进入实质性操作阶段，才知他是认真的！让一位晚辈给蜚声世界的文坛大家写序，当然不敢从命，但再三婉谢，他还是坚持让我写，再谢，就是傲慢了！就十分惶恐地从命，写下了《再造之德》一文！发过去让主席审阅，不想他未改一字，说很满意！我知道，这是一位文学前辈对晚学的鞭策和鼓励！

2006年，我强烈地感受到，世道人心滑坡，社会急需传统文化，就自不量力地开始学讲孔子，推广传统文化！之后又提出安详生活的理念，首先在全国高校宣讲，受到欢迎！出乎我意料的是，随着影响的扩大，支持和反对的声音同时到来！有那么一段时间，反对的声音更加强烈，我感觉压力很大，如果不是市上主要领导的鼓励支持，我都有些打退堂鼓了！

就在这时，我接到了贤亮主席的邀请，让我到影城给全体员工讲一堂课！那是一个让人难忘的下午，主席在百花堂等着我，同样鼓励我一番之后，居然让马红英老师给他点了崭新的两千元钱，亲手给我，说这不是讲课费，是他对我弘扬传统文化的奖励，我说我怎么能拿主席的钱呢！他说，如果你不拿，就是生分了，再说，你不能拒绝我对你的奖励啊！我就只好接受！他说，本来他也要听课的，但是怕他坐在台下，我放不开讲，他就等着看光盘吧！不久，我果然收到印有影城漂亮封面的光盘！我的心里有种说不出的感动！我非常清楚，他一定知道了我当时面对的压力，就用这种方式表示对一位弘扬传统的晚辈的支持和呵护！我也确实从中得到了很大的心理支持，更加坚定了推动传统文化的信念！

2008年6月29日，我有幸被选为奥运火炬手，跑宁夏第八棒，贤亮主席跑完第一棒，协助"央视奥运"解说火炬传递，这当然是宁夏的骄傲！回到家，还沉浸在一种节日的兴奋之中，手机响了，一看，是贤亮主席的来信，出乎我意料的是，祝贺之后是道歉，说他漏掉了一个我的重要荣誉！同样让我感动！从中可以看到他的严谨，看到他生怕伤害一位文学后生的热肠，看到他对一位文学新人的负责之心！

2010年，我安排副主编郭红通读了贤亮主席的全部作品，给《黄河文学》采写一篇有关主席的深度访谈，采访中，当话题进入到传统文化，郭红顺便讲到我近年推广的安详生活理念，不想贤亮主席说："我跟他一起去大学讲课，他讲得很好，能契合大学生的需要，他有这种状态，把它发挥出来，感染别人，很好！他活得很快乐，能把快乐给别人，我们社会恰恰缺少这样的人。"

当我从郭红的整理稿中看到这段文字，真是无比感动！

2011 的 8 月，我的长篇小说《农历》进入第八届"茅盾文学奖"提名，贤亮主席也和区市关心我的领导、老师、朋友一样，发来短信表示祝贺，从中，我能感受到他的开心！

此后的日子里，我无数次地想到，在这个充满着偶然性的世界里，有多少生命的幼苗，有力量的人扶一把，他就会长成参天大树；踩一脚，他就会从大地上消失！这让人尤其感念那些心存慈悲的力量拥有者，每每想起他们，都让人心生温暖，他们是天地的良心，是我们生命中永远的感动和怀念，他激励我们向他们学习，用同样的胸怀力所能及地扶持弱小者！宁夏文学之所以走在全国文学的前面，正是领导和前辈们这样栽培和激励的结果；宁夏作家群之所以特别纯粹、特别团结、心善人好，正是被这种温暖滋养的结果！

对照之下，常生惭愧之心，觉得自己对服务范围内的文艺青年照顾不周，爱护不够，今后要好好补课！为此，在今年召开的银川市第七次文代会期间，在市委、市政府一贯支持文联工作的基础上，我们再次报请市委、市政府表彰奖励了本届以来的突出贡献专家，同时以每人万元的奖金，表彰奖励了奋斗在基层 的十位草根文艺家！在市委、市政府的关怀下，市财政除了加大了对《黄河文学》的支持力度，还以增加五倍的力度加大了对协会工作的支持，算是一个美好的开始！从中，我确实体会到了一种雪里送炭的幸福！

同时想到，在自己任银川市文联主席的十年里，没少打扰过贤亮主席，市上的一些重要活动，需要请他出席的、帮忙的，但凡我出面邀请，他基本都答应了！可是，年前节下，市上领导让我联系慰问他，他基本都婉谢了，包括在得知他病了之后！他说，领导的心意他领了，也让转告他的祝福和问候！

诚然，谁都无法永远活在大地上，但是他可以永远活在人们心里！因为上苍在创造人的同时就创造了怀念，它不但让感恩成为可能，还让一种温暖成为永恒，让一种在一定意义上比生命本身更重要的美丽价值成为永恒！

2013年，《江南》编辑让我联系贤亮主席，做一个大访谈，主席婉谢，但编辑说这是社领导的特别要求，恳望能帮助成全，我就把主席的联系方式给编辑！不想编辑来电说，联系的结果是，贤亮主席说，除非对话人是郭文斌！

说实话，听到这句话，我的心里除了感动，还有疼痛！我仿佛能够看到主席在说这句话时的心态！我何尝不知道主席的用意，我也特别想和主席深谈一次，不谈别的，只谈我们共同感兴趣的那一部分！但是我过高地估计了他的生命力，觉得来日方长，因为每次见他，他都给我说，他的心态还是少年，他的身体很好，他正在写自传，那将是他最满意的作品！加上那段时间我的心境在低谷，我怕会牵出不该牵出的话题，心想等段时间再说！不想不久就惊闻主席病了的消息。忙给他发去短信，想去看看他，他来信说，过段时间再约见！只好让朋友带过去一些关东山参，聊表心意，他也很快来信表示感谢！不想之后，命运再也没有给我们见面的机会！

就不时给贤亮主席发一个问候短信，他也很快会回过来，还乐观地说："药物反应很严重，这是好现象，表示药物在起作用！"

为了给他送去一些我能送到的小小的心理支援，我不时选一些古人讲的超越性句子给他，比如相由心生、境由心造一类，让他调动心能，战胜病魔！不想他来信说：无心何来相，无心何来境，无生无灭，四大皆空，方能欢喜！

看着这样的回信，我一下子觉得无比放松，甚至有一种生命的幽默感，反倒觉得是主席在安慰我了！

后来的一天，我在一位慰问我的自治区领导那里得知，贤亮主席有许多超出我们想象的崇高决定，突然明白，真正的欢喜是在纯粹里！也突然明白，对于一位清醒的灵魂来讲，所有的事业都是工具，完成人格、实现生命的超越才是终极目的！

2014年2月28日早晨，同平时一样，伴着日出，我又给贤亮主席发去一个短信："祝福主席，吉祥如意！"

他回："谢谢！同享吉祥！"

此后，再发短信，他就不回了！但我仍然不时给他发一个，伴着日出，我相信，生命中一定有一个永恒的手机，会收到我的祝福！

此刻，窗外再次透进如信的晨曦，该给主席说些什么呢？

找不到合适的语言，正如主席在答《黄河文学》的访谈中所说：言语道断，心行处灭！

但我还是想说，祝福主席，去抵达那个永恒意义上的吉祥如意！

（原载于《朔方》2014年第11期）

最后一次电话

朱又可

"张贤亮"在我的手机通讯录里还没有删！我查了最后一次给张贤亮先生的短信记录是 2014 年 4 月 3 日晚上 10 时 50 分！那时我想请他再给我写稿！

第二天上午，我接到了张贤亮先生的电话，他说他刚刚开机看到我的短信，所以给我回了电话！他说他已经好久没有开机了！

"我现在医院，等待死亡呢。"他说！

"别开玩笑！"我说！

"真的，不骗你！我现在是肺癌晚期！"

"你不会有问题的，我听你声音洪亮！你在医院安静，能不能给我写点东西？或者就写写你对死亡和疾病的沉思？"

"我现在什么也不想写！我想安安静静的！如果明年我这个时候还活着，能闯过这一关，我也许愿意给你写！"

"好！不用担心，你大难不死，会战胜疾病的！"

"你不要告诉别人！也不要再给我打电话，一年后如果我还活着，我会给你打电话的。"

电话中，张贤亮先生的声音确实是洪亮的，传递出来的是豁达的心态！

一

2013 年 5 月 29 日，我和张贤亮先生通电话，他告诉我，梁晓声要来宁夏玩，他问我可不可以也一起来宁夏待一两周？我说那当然好了！梁晓声是张贤亮夫人冯剑华女士在复旦大学的同学！张和梁他们两个人在一起时，肯定会有很多有意思的话题！我当即打算拟定一些他们两个人可能共同感兴趣的话题，激发他们碰撞出思想的火花，这也许是两个作家送给文化界的一个大礼物！因为这个时候，我和著名作家张炜、周涛分别做的漫长对话，分别成了两本书《行者的迷宫》和《一个人的新疆》！所以，我对和张贤亮先生的重聚抱有一个"任务"的期待和私心呢！

但是，梁晓声的行程一推再推，最终不了了之！那个期待中的碰撞没有发生！

这期间，我和张贤亮先生通过几次电话！我知道他在写自传！

5 月 29 日上午 8 时 40 分的短信显示，我们之间在讨论关于我请求他选些他的自传发表！张贤亮先生写道："多承关注！自传虽基本成型，但还是不适合现在发表，望理解！"

"好！是否拿出一二较独立的片段，不以自传的名义发表？"我写道！

"容我考虑！"他说！

到了 2013 年 7 月 5 日下午 5 时 11 分，我收到了张贤亮先生的短信，告诉我稿件已经发到我的邮箱，请我查收！我到 7 月 7 日下午 5 时多才回的短信，我告诉他稿子已经收到，前一天出差时手机没电，迟复为歉！

这篇稿子，就是最终于 2013 年 7 月 25 日发表在《南方周末》副刊封面的整版文章《雪夜孤灯读奇书》，标记为"自传未定稿"！是张贤亮先生从他的自传中选了一个片段给我的，原文长度一万字多些！我告诉他版面放不下，请他压缩到八千字左右！他在压缩稿的文末附言：

> 又可先生：
>
> 遵嘱为了一次发完，将文稿压缩到 8900 字电脑计算，附照

片两张，一张注明"摄于 1971 年，时年 35 岁，当时是农场农工"，一张注明"当年读的马克思恩格斯著作"！版面嫌挤的话，不用也罢！如能发表便发表，不能发表也没关系，只请求发表时不要做任何删改，并注意字体的不同！我为了压缩版面，已经把应该分段的地方尽可能地串联起来！

　　祝

夏安！

张贤亮

2013 年 7 月 5 日

　　这个时间说明，在 7 月 5 日的短信之前，我们之间已经电话讨论过这篇自传的发表问题，可能我告诉他的办法有两个，一个是分两次发，一个是压缩到一个版的容量！他采取了后者！

　　在文章的开头，他写道："一个作家已没有什么东西可写，或有许多东西不可写的时候，他自己便成了他的写作素材！"

　　那么，张贤亮先生已经说得很清楚了，他目前的状况就是写最后一部作品——他的自传！"没有东西可写和有许多东西不可写"的两种情况都在他身上交织着，所以写自传！

　　但他在电话中告诉我："我的自传在我活着的时候不可能去出版，我不想激起太大的风浪，我想安静一些！"

　　文章见报后反响很好，它被评为了《南方周末》7 月份的新闻奖！张贤亮先生短信又嘱咐我给他寄五份报纸，又说费用从稿费中扣除！我说不用扣！后来他告诉我，报纸没有收到！我又重寄，后来一忙，也忘记问他收到了没有！ 2013 年 8 月 26 日上午 9 时 40 分，他再次给我发短信，要求重新寄报纸！

　　我趁热打铁，又想请他选些自传片段给《南方周末》发表，比如他从劳改农场的逃亡之旅！他回短信说："现在敏感，以后再说，那段太惨了！……"

此后，我分别在 2013 年 10 月 29 日和 2014 年 2 月 11 日，以及最后一次 2014 年 4 月 3 日，给他短信约稿，还是希望他选自传片段来发表，他均没有回复短信！只是在 4 月 3 日接到我短信后的第二天，给我回了电话！这是张贤亮先生打给我的最后一次电话！

二

我第一次见到张贤亮先生是 1998 年 3 月，在宁夏！

那次我作为中央电视台《中国大西北》纪录片摄制组的撰稿人，和总撰稿周涛、高建群以及中央电视台社教中心总编导童宁先生，一起从西安乘坐一辆陕西电视台的面包车，到了宁夏，接下来的路程是到甘肃、青海和新疆，总之，西北五省区跑一遍！也担任总撰稿的毕淑敏，从北京直接乘坐小飞机到银川跟我们会合！

3 月 16 日晚上，宁夏党委在银川国际饭店当时新开业的首家星级宾馆的接风晚宴，张贤亮先生也来了！晚宴毕，张贤亮先生说："我请大家喝咖啡！"于是移步到咖啡厅小坐！那次会见，给我留下印象的，是张贤亮先生的一句话："我当作家纯粹是阴差阳错，误入歧途，如果不是 1949 年解放，我早已经是跨国资本家了，写什么小说，那是胡闹！"写小说在他眼里算是插曲和业余！

那时人们对文学的热度还颇高，他竟作此泄气语！

喝咖啡的时候，张贤亮先生聊天，他提出一个观点，中国尤其是西部为什么大面积长时间贫穷？人类自古以来就有"逐水草而居"的习惯，这里不行，马上换一个地方！但被户口制度固定在土地上以后，不适合耕种的地方，投入都是打了水漂，贫穷的面貌改变不了！他说："你别看我整天嘻嘻哈哈，我其实是忧国忧民哪！"

周涛说张贤亮是宁夏一宝了！张贤亮先生说"活宝"吧？周涛耳背，听成"国宝"了，说"全国政协委员也是国宝"！他告诉周涛："你明天去镇北堡西部影城别笑，看导游小姐怎么给你炒作了！雅文化赛不过俗文化！我不但卖荒凉，还要卖黄河水，上清下黄，标签写上'母亲的乳汁'。我跟领导说要垄断黄河水的专卖权，领导不听！"周涛笑道："贤亮要卖中华民族母亲的乳汁啊！"大家都笑了！

第二天，我们一队人马去镇北堡，张贤亮先生已经在那里等待了！看了影城，那时张贤亮先生刚出版了《小说中国》，他给我们每人送一本！他说有人向上面告这本书的状，但是上面的领导听了没有说什么！他给我们讲了怎么善于给领导"点眼药水"的艺术："要善于依靠领导、教育领导、征服领导，领导不通，一点就通，你就是说多么可怕的话，他听着也对！张贤亮嘛，文人嘛！你只要掌握这个，领导稍有看不懂，你得去引导，让他看懂！"

中午，张贤亮先生请我们在银川的一家酒楼吃了饭，他也请了当地的领导！酒桌上，张贤亮先生仍然是谈笑风生，他没有一般文人在领导面前的拘谨！

吃完饭，我们在微醺中上了车，张贤亮先生向我们摆摆手，在人行道慢慢踱步，他的背略驼，颇有风度地走在银川的街上！我也感到，张贤亮先生有点显老了！

又过了一两天，3月19日下午，我们去了张贤亮先生在自治区文联的办公室，他刚从医院看病人回来，说那里的气氛真受不了！他铺开宣纸，请我们留墨！后来他把我们签名的纸装裱了挂在镇北堡西部影城！高建群签名写的是"长安匈奴"，毕淑敏要求用硬笔签名！张贤亮先生给我送了一幅字"境由心造"！

那天，我们也去了《朔方》编辑部！主编杨继国和副主编冯剑华都在，冯剑华颇为潇洒地裹一袭长披巾！杨继国说，张贤亮最早写的小说，就投稿给《朔方》！20世纪80年代，《朔方》每期发行五万份，影响很大！

也就是1998年，我们在银川见过张贤亮先生后不久，那年夏天长江发洪水，张贤亮先生自费出行，单枪匹马地出现在长江大堤上，他给《光明日报》写了整版的报告文学《挽狂澜》反响很大！他是特立独行侠，有强烈的社会责任心！能自觉地走出书斋的作家，有，不多，张贤亮先生是其中之一!

三

　　为给张贤亮先生送别，我又专赴宁夏！这次到了宁夏才得知，"境由心造"的条幅不是张贤亮先生独家送我的，他喜欢写这几个字，送给很多人的都是这句话！

　　究竟是不是"境由心造"？应该是吧。但张贤亮先生的夫人冯剑华女士另有看法，我觉得还颇为深刻！她说："环境影响人的心态的力量更大些！"

　　再次见到冯剑华，是2014年9月30日，在银川殡仪馆张贤亮先生的葬礼上，她头发里多了一些银丝！第二天一早，我又专程去镇北堡拜见冯剑华，晚上她让司机开着张贤亮先生用于接待文学朋友的房车，带着郭文斌、张涛和我三个人，去两年前张贤亮先生给她买的一处农家小院看了看！

　　1980年，经过二十二年劳改和劳教，从西湖农场回到银川的张贤亮先生，和比他小十多岁的散文组编辑冯剑华做了《朔方》的同事，并很快结为夫妻！《灵与肉》就是婚后张贤亮先生写的第一篇小说！四十四岁的张贤亮先生给冯剑华的最初印象是，他每次去北京等地出差回来，总会带些烟茶等小礼物送人，冯剑华不以为意："为什么总是你送别人礼物，别人怎么不送你？"

　　1985年，张贤亮先生的长篇小说《男人的一半是女人》在巴金主编的《收获》杂志刊登，引起轩然大波，他在文学上对性描写禁区的大胆突破，也让冰心等一些老作家不安！那时正和冯骥才一起在美国访问的张贤亮先生，得知国内又开始批他的消息，海外的中文报纸分析说这是中国又要开始"反右"的征兆！美国的好友劝他趁机申请政治避难，不要回去了！张贤亮先生又一次体验到"无法控制的一丝心肌的颤动"！他在国外发表爱国主义声明给国内的同仁和组织上传递信号！回国后证明又是一场虚惊！虚惊一场连着一场，让他成"惊弓之鸟"！

"反对资产阶级自由化"……张贤亮先生听人透露，他被排在第二批点名的名单的第一个！一天晚上，冯剑华听到书房里的张贤亮辗转反侧睡不着，就过去对他说："怕什么？你是城墙头上的麻雀，见过阵仗的人，怎么胆小成这样？大不了把你打回农场劳动，我带着孩子跟你去！"根正苗红的冯剑华，一个时期内成了张贤亮的精神支撑！当然那次也是一场虚惊！

还有另一种"怕"深植于张贤亮先生的内心！他曾经饿死过一回，从太平间里爬出来，那增加了他生活的勇气；但另一次，他被"陪杀场""假枪毙"，这留给他的创伤是终身的。"他时常会做同样的噩梦，惊醒后跟我说，刚才又梦见他被人家拉去枪毙了。"黑洞洞的枪口不时出现在他的小说中，读者以为是意识流手法，但冯剑华认为那是非虚构！

20世纪80年代末的一天，"大墙文学"的另一个代表人物从维熙，给张贤亮先生打电话征集一个签名，张贤亮先生不在，冯剑华接的电话，她替他答应了！后来，有人组织批判张贤亮先生，冯剑华把责任揽过来了："名是我让签的，张贤亮不知道！"这一年，张贤亮先生最花心思字斟句酌写成的长篇小说《习惯死亡》发表，冯剑华认定，这是张贤亮艺术上最为成熟的巅峰之作，但"生不逢时"，读者已经不关心文学，注意力转去赚钱了！

张贤亮先生的"劳改小说"中，不断重复的是男主人公在苦难中得到女性给予的慰藉，也同时从女人那里找到食物！

"男人比女人脆弱！"冯剑华同意这一点！

"他并不是在一个个女人身上寻找母亲，而是在一个个女人身上寻找他父亲喜欢的女人。"张贤亮先生在《习惯死亡》中写道："一个男人总是随时随地面临两样东西的进攻：一个是女人，一个是政治！这两样东西都给男人提供了生活的意义、乐趣和灾难！"

他不断反思他的"怕"："养成了这样一个习惯：只要一运用头脑就心惊胆战！""惊吓会永远存留在人体里，渐渐凝固成一个潜伏的病灶！""他之所以那么害怕批判，是因为批判者的声音早就在他的潜意识里叽叽喳喳，那是他不断自我批判的继续。"

自从张贤亮先生的小说被拍成电影，不断获得各种文学奖项，他被称为宁夏文坛的"获奖专业户"了！冯剑华发现，张贤亮长期在劳改队养成的低眉俯首消失了！获得了读者的抬举、当地领导的器重，他很快摆脱了阴影，找回了自信！他不再压抑自己，开始变得张扬，常能主导谈话的方向和气氛，跟易中天、余秋雨这些人在一起神聊，他谈锋的机智和诙谐也一点不逊色！张贤亮先生深怀一颗悲悯之心，平等对待哪怕是最普通的劳动者！他注重衣着、享受，爱好干净整洁，待人接物在细节上体现出教养！几十年观察下来，冯剑华认为还是环境给予人的身份感更重要："要是一天到晚让人呵斥、打骂，你怎么能神采飞扬起来？"

结婚三十四年，冯剑华体验到了和张贤亮先生做夫妻的幸福，也经历了夫妻之间的痛苦与磨难！她能理解和包容张贤亮先生的怕和爱！"他给我的幸福我接受，给我的痛苦我也接受！家家都有本难念的经，只不过难处不同或有的人没有明显表现出来罢了。"冯剑华说！

四

在冯剑华看来，多亏了张贤亮先生二十多年劳改生涯中跟农民打交道的经验，他既了解农民质朴的一面，也了解农民狡猾的一面！"仅仅按照知识分子的书本理论，做不成影城这件事。"冯剑华说！

关于这一点，张贤亮先生在小说中也承认"我"历练出了一种"狡猾"，"养成了犯人那种特有的奴性、狡猾和死皮赖脸"的行为方式！当然书本理论也重要，张贤亮读《资本论》，对他后来经营影城就很有用！

冯剑华看到过张贤亮保存下来的当年在农场读《资本论》的笔记，以及一些劳改日记！《我的菩提树》中引用的劳改日记，应该不是虚构的！"张贤亮的小说基本都是他的真实经历，只不过借了虚构的名义！"冯剑华说。

在《我的菩提树》中，他最吃惊的是，"包括我个人在内，和劳改当局配合之密切，你在任何一部历史上都不会找到先例"，"犯人指导劳改当局应该把什么样的东西划为违禁品"，"我竟写了一份'反映劳改队内歪风邪气'的报告交给队长"，"督促他们更加严厉地来管理我们"！而那场"革命"就是"让没有受过教育的人打受过教育的人"。

最不可思议的是，作为囚徒，"我"总是要写歌颂所在的劳改农场政委和农场"新事物"的文章，偷偷地投递给报纸那时的《宁夏日报》，但投递的过程"无意"让农场领导知道了，因为领导的耳目无所不在！他希望通过发挥写诗作文的特长，一心爬到"高等犯人"的位置上！事实上，尽管那篇"特写"没有发表，"我"也还是得到了农场政委的照顾！

他的这些痛苦和黑暗的经验，使得他对知识分子人群的人性有某种透彻的洞察：他最看不起那些"把嘴当 × 卖"的人，他以至于在一本小说中借一个犯人之口骂出："我 × 你们读书人的妈！"他实际上骂的也是他自己！张贤亮先生在特殊环境中形成的对知识分子人性弱点的这种判断和对自我的解剖，直到老年也没有改变！

人性是多么不堪！多么靠不住！

尽管被劳改二十多年，但张贤亮先生不认为是最倒霉的处境，甚至庆幸是上帝在最困难时期把他放在了最佳位置！比起劳改队的死亡流水线，那时社会上的种种现象比劳改队更可怕，也更饥饿！

在给我的自传片段中，张贤亮先生写道："我的小说中从来没出现'坏人'，在任何情况任何地点，有人就有人性的闪光，就有玩笑！我不会写'坏人'，或者说我不会把人写坏！"

苦难改变了一个资本家后代的命运，苦难使他拿起笔来表达，表达完了或者不可能表达的时候，他又有了某种回归！苦难使他拐了个弯！他的家族没有文人的纪录！

因此，"他来了，又走了"成为张贤亮先生遗嘱中的碑文！

五

2014 年 9 月 27 日中午，我忽然想给张贤亮先生打个电话，问问他目前怎样了。但又打消了这个念头，因为想起他说过，不要再打电话，他不想受打扰！我犹豫着退出了手机上的通讯录！

后来知道，张贤亮先生是那天下午2时多去世的！他在中午前昏迷的！昏迷前，他对企图送他到医院急救的儿子张公辅说："你能不能干脆一点？"他的意思是不同意去抢救！

我算了算，我有个冲动给张贤亮先生打电话的那一刻，或许正是他陷入昏迷前的寤寐分割线！即使我打电话过去，他也不可能接了！那个冲动是心有灵犀吧……

2014年4月4日上午，张贤亮先生打电话给我的时候，他正在北京的病床上！

我们在电话中，还聊到他最后一部长篇小说《一亿六》，那是他1989年《习惯死亡》之后时隔二十五年的又一部长篇小说，写一个富有的女人寻找一个质量合格的精子而几乎绝望的故事！

这是张贤亮先生下海创办西部影城以后，亲身体验邓小平南方谈话二十年来对于改革发展的惊人洞察！在环境污染下，人的精子退化，人种要消亡了！如果亡国灭种了，发展还有什么意义？这是反思他后来加入的商业和发展的逻辑的警世恒言，但没有多少读者关心！他从事的是旅游业，是文化产业，是不消耗能源的无烟工业，发财而不害人！晚年，他又捐献资金给医院，是他的护生工程，帮助看不起病的穷人！

人类精子退化的情形相当严峻！我把刚刚读到的一则关于中国人精子质量不达标率颇高的新闻告诉他听，也听到钟南山院士的提醒：五十年后，中国人生不出孩子！

那次"陪杀场"面对黑洞洞的枪口，早已使张贤亮先生"习惯死亡"，而民族的灭种难道不是"真正死亡"吗？从一个人的死亡，到民族的死亡，能不警醒吗？从"习惯死亡"到一个人"等待死亡"，再到忧虑民族之死亡，写小说早已是他的副业，不用它来谋生，所以，它们不再仅仅是小说家言！你说呢？

比起较少人关心的《习惯死亡》，《一亿六》的关注者更少了。"我的时代还不配读我的作品！"我想起他的一句话！

我问张贤亮先生，他在两年前的小说《一亿六》里为什么就预言了这个问题呢？他在电话里笑了："我专门收集资料研究这个问题很久了，我清楚地知道问题有多么严重，所以我发出关于中国人精子危机的警告，不是忽发奇想，也绝不是危言耸听！有耳朵的，听吧。"

我说我佩服他的超前！他笑了："记着不要再给我打电话了，如果明年这时候我还活着，我给你打电话，那时再给你写我对死亡的思考！"

这，是我们之间的最后一次电话，遗憾的是……

（原载于《朔方》2014 年第 11 期。有删节）

他只是告别了人间烟火

郭　红

　　四年前的深秋，采访张贤亮先生的情形，至今犹历历在目。

　　采访之前，我十分忐忑。这不仅是因为张先生富于传奇色彩的经历，他在文学创作和商业上的成功，更多的是因为他在各种场合所展现出的自信和别具一格的态度。他在中国文坛久负盛名，虽历经多年的艰苦的劳改生活，仍然葆有洒脱不羁的名士风范，敢说，敢直说，敢做，敢真做。即将采访这样的人，即使我已经做了精心的准备，认真拜读了他出版的主要作品，心里仍然很不踏实。将近中午我到达镇北堡，著名的西部影城。我看过几部在这里拍摄的电影，但置身其中，还是觉得震惊。它营造的废墟粗放壮观，纯净的黄土色衬着纯净的蓝天，无比华美，那是一种直接、单纯的美学，单纯却显出打动人心的力量。只有对这块土地的种种风物和脾性有深入了解的人，才能把它与电影和文化联系到一起。它成了荒凉和艺术的双重象征。

　　终于见到了慕名已久的张贤亮先生。他身材高大，温文尔雅，走起路来脚步轻巧无声，有一种你能感觉得到的谨慎。采访在影城里著名的百花厅进行，那里曾经是第十三届百花电影节的主会场。偌大的会议室温暖而又安静，只有我们相向而坐，显示出张先生接受采访的诚意，坦率地说，谈话的过程却比较艰难。张贤亮先生独特的个性和精彩的见解，出乎我的意料，我需要不断地调整提问的方向才能挽救被他否定的诸多问题，这些小小的调整使谈话过程显得更加生动，也更为曲折，事后再看，觉得很有趣味。

如果把张贤亮先生早期的小说和他后来的小说拿来比较，就会发现他创作的风格发生了很大的变化。在《绿化树》和《男人的一半是女人》中，以及如《肖尔布拉克》《灵与肉》等中短篇小说中，他与世界的关系更为私人化一些。他借助于人物的感官来表达对世界的感知，那感知不仅独特而且极为细腻，层次十分丰富。因为他书写的是他二十二年来对生活的尖锐感受，比如对于饥饿的描述，对于食物病态的渴求和敏感，对于人与人之间复杂而微妙的敌意和善意的区分，等等。即使没有情节的帮助，这些感知和描述，已经十分令人震撼；即使作为人类体验的记录，也十分珍贵。在那个时期，有过相似体验的人并不在少数，但能把这种残酷最终置于一种质朴的人间温暖中，并赋予它一种永恒的诗意的作家，非张贤亮先生莫属。说他甫一开始小说创作即达到经典的水准，并非妄言。

文学作品其实揭示的是作家与这个世界的关系，作品的每一行字，都是他看世界的眼睛。但在张贤亮先生后来的作品中，因为他与这个世界相处的角度发生了变化，从而看世界的眼光也极为不同。因为在长期的劳改生活中，曾经的诗人一直苦读马列，虽然最终没有成为一个理论家，但这个过程无疑给了他一种理论思考的方式和习惯。他不停地对生活进行审视，并向自己拷问生命的意义。他试图去用更广阔的视角来理解世界，把握社会。他不再满足于与世界达成过去那种私人化的关系，他做了更具社会性的探索。在《龙种》中他探讨改革，在《习惯死亡》中他探讨生命的意义，在他最新的作品《一亿六》中，他力图全方位地描画社会的方方面面，甚至无惧于别人说他低俗。如果说作品中丰富的细节，一如既往地展示了张贤亮先生观察生活、阅读生活的能力，但如他所说，更是他仍然保留着对人类的信心和爱的证明。他与世界的关系也因而更加立体，他对于抽象的他人，也更宽容了，"因为理解，所以慈悲"。

或许是因为张贤亮先生过于传奇的经历，浓缩了中国一段过于喧嚣的历史，他的作品中有很多细节，带有荒诞的色彩。他对于自身命运的感知，也有极强的偶然感。他认为中国国家的命运尚且是在大人物的翻云覆雨中，个体的命运更是变幻莫测。沿着这样的思路，他自然而然地得出悲观的结论，我们都生活在一个不值得认真对待的时代，而人生不过是一个玩笑。

长逾三个小时的采访结束后，我跟张贤亮先生一起去他的住所看望他收养的女儿。小姑娘刚刚一岁多点儿，但皮肤雪白，目如点漆，像个小公主，正站在四周有围栏的小床上吃晚饭。见到爸爸来，她甜甜地笑了，小嘴不停地说，爸爸背背，爸爸背背。刚才还在悲叹人生荒诞的张贤亮先生，弯腰拉着她的小手，顺着她的节奏柔声说，好好吃饭，爸爸就背。

看着这动人的场景，我想，那无尽的苍凉只停驻在屋外壮观的废墟里，在这小小的童床边，满溢着给予我们生活勇气的人间温暖。这也在不经意间印证了张先生的另一句箴言：最具永恒价值的，恰恰是人间烟火。

对于这一切，他非常感恩。他不无悲凉地说："坦率地说，现在我对什么都能看得惯，对什么都能容忍，对命运丝毫没有埋怨。我什么气也都能受。因为我常常想，如果没有邓小平，没有党的十一届三中全会，我今天的命运会是什么呢？男的农业工人是六十岁退休。我今年七十四岁了，已经退休十几年了，我今天就是个孤寡老人，在芦苇湖里给人家看芦苇。"

如今，张先生静静地走了。我们不知道，后半生的辉煌和富足，能否平复他四十三岁以前所经受的艰难和创痛。唯愿他在彼岸宁静愉悦，得享安息。

（原载于《黄河文学》2014 年第 11 期）

我去你来无尽意……
——怀念贤亮

陈忠实

　　贤亮谢世已有三月余，他的影像和声音，仍然时不时地映现在眼前响在耳边。往常里没有这样频繁的现象，在确知他不幸谢世的那一瞬，心脏和大脑顿时发生轰然崩塌的感觉之后，他的到老依然不失俊俏的面孔和耳熟能详的声音便频频出现。

　　再再追溯记忆，还是难以确定何年何月在什么地方有幸结识这位仰慕已久的作家，却清楚地记着阅读他的发轫之作的情景。那是 20 世纪 70 年代末到 80 年代初的事，他的《灵与肉》《绿化树》等作品相继发表，我都是他最虔诚的读者。我说虔诚而不想说震撼，是想避讳这个业已被滥用的词句，尽管这种撞击心灵的震撼常常让我闭目掩卷，且独自沉吟着：竟然这样，竟然这样……我不必对他的小说再作评说，多年来专业和业余的评论家早有定论；我只想说阅读他的小说在我心中产生的某种意料不及的心理反应，再不诉说自己生活历程中遭遇的挫折以及难忘的饥饿的记忆。道理再简单不过，看到他作为右派被改造时的灾难，我的那些挫折就算不得什么了；他在那样不堪的境遇里竟然钻研马克思的《资本论》，而我却在挫折发生时自暴自弃，把玩车、马、炮打发时日，精神境界之高下和胸襟之宽窄的对照，就令我不仅汗颜、不仅难以自容，最直接的心理反应就是再不要说自己遭遇的那点挫折和困窘了。另外，我在他的文字里，处处能够感受一种诗性的天才的神韵。随举一例，章永璘在接过马缨花给他的一个馒头时，他发现了她留在馒头表皮上的指纹，且有这样的文字描写："它就印在白面馍馍的表皮上，非常非常的清晰，从它的大小，我甚至能辨认出来它是个中指的指印……"读到此，我颇生诧异，年复一年都处于食不果腹饥肠辘辘的章永璘，在得到白面馍馍时该当是猛咬大嚼才对，怎么会别有一番怡情的发现和欣赏？如若是我，早已迫不及待地吞嚼了。稍过片刻便有意会，这个章永璘不妨当作张贤亮，大约只有张贤亮才会有此发现有此怡情，在于他有一根对文字对异性美尤为敏感的神经，对白面馍馍表皮上的马缨花指纹的发现就是很自然的事了，欣赏的怡情也就泛溢出诗性的浪漫了。我便为张贤亮庆幸，那样不堪的凌辱与折磨，摧残着他的肉体和心灵，而那一根敏感的神经（通常说天才）依然保持着敏感，不仅深化着他的生命体验，也使他在摘帽翻身的几乎同一时刻，便能抓起笔来书写独特体验的文字……

　　和贤亮结识的许多年里，每年至少有两次聚会见面的机缘，即中国作家协会每年年头召开的全委会和年中召开的主席团会，印象里他很少缺席。印象最深的一点是，无论会议讨论什么议题，他都有令人耳目一新的见解，会场顿时便呈现出寂静的气氛，足见得他的话语有非同凡响的效应；又会突兀爆出一阵哄堂大笑，那是他的一句幽默妙语激发出来的。印象深的另一点，他是烟民，常常在烟瘾发作时到会场外的抽烟区去过烟瘾，我也就有和他相聚的更自在的空间。不单是我，烟民们和他在抽烟区相遇，很自然地便形成以他为主的话语中心，随意聊着的多是生活现象的话题，他一发表看法，则多以幽默和别开生面的见解，令人在哄笑声中感知一种个性化的智慧……在匆匆而过的时日里，有幸和贤亮有过两次较长时间的相聚，可称作我去他来。

　　我去是说我去宁夏。1998年秋天，宁夏文联秘书长余光慧电话相邀说，宁夏党委宣传部和宁夏文联、宁夏作协召开创作座谈会，邀我参加这个会议并和与会作者交流创作，在我尚未回应之际，余光慧已搬出张贤亮的名字，说她代张贤亮约我。我便开玩笑说，有贤亮发话，我不敢不去。其实还暗藏私心，有机缘到贤亮的领地和他相聚，定会有收益；况且已闻他在宁夏镇北堡开发出一座影城，我想开开眼界。我便去了和陕西"连墙"的宁夏。我遵照会议安排和宁夏与会的作家朋友们和在校的文科大学生座谈文学创作，姑且不赘。某一日，贤亮约我到他已具规模的影城参观。乘车沿途便看到荒漠上一眼望不到边的黄蒿杂草。他大约说过，你们陕西有兵马俑有大雁塔有曲江池有法门寺有钟鼓楼……可以坐收海内外游客的票子，我在这儿却"出卖荒凉"。他领我参观了曾经在此拍摄过的多部电影、电视剧留存的景观，说了一件件拍摄时发生的轶闻趣事，言语间洋溢着成功地出卖荒凉的得意与自信。他很得意他的出卖荒凉的思路，几乎是不断重复出卖荒凉这个纯属他的思维创造的词句。他领我来到一架摄像机前，是中央电视台的一位记者要报道他的镇北堡影城，让我说说观感。我便由他的出卖荒凉的思维谈我的感受，这是张贤亮的思维，一种超常的独有的思维，当属别开生面的创造性思维了。通常的包括我在内的人面对这种荒凉时的感受，多是一种无奈的慨叹，很难想到会有出卖的价值。贤亮开玩笑说，感谢给他做了一次广告。我也开玩笑说，尽管免费为你做广告，我却要感谢你出卖荒凉思维的启示。

大约在这天夜里，我写了《贤亮印象》这首诗：

> 千里驱车我拜佛，白沙尽头涌绿波。
> 绿化树下人变鬼，菩提阴里血祭国。
> 游遍千山自成仙，爱到极处生恨歌。
> 且唱且走塞北地，大风再起过黄河。

尽管浅白不敢称七律，却见得真诚和钦敬。其中的"绿化树下""菩提阴里"是说他的大作《绿化树》和《我的菩提树》，末尾的"大风再起"是说导致他罹难的发轫之作《大风歌》。这首即兴的拙作，当时是否给贤亮看过，已完全不记得，今日公布，愿他在天之灵一笑了之。

他来是说张贤亮来西安。这是七年后的 2005 年 6 月下旬，西安几位文化人策划成立"白鹿书院"业已完成，让我约几位熟悉的作家朋友莅临成立仪式，并在"白鹿论坛"讲演，主题是文化。那时刚刚兴起文化热，便有这样的主题，邀请外省的多位作家和文化学者中，主办人让我邀约张贤亮、从维熙、熊召政和张曰凯，我很忐忑，知道他们都是忙人，不知大驾能否光临这个民间文化论坛。让我庆幸的是，四位大家都乐意来，我在兴奋中也觉得颇有面子了。四位作家无疑是整个活动中最受关注的亮点人物，其中重要一项活动是在刚刚开设的"白鹿论坛"发表关于文化的讲演。"白鹿论坛"设在地理上的白鹿原的一所民办大学里，四位作家和所有与会学者乘车上了白鹿原，对于西北这种特殊的"原"的概念就不再陌生了。四位作家各具演讲风采，阐述自己对文化尤其是传统的儒家文化的独到见解，赢得听众的理解和赞赏。这里只说贤亮的精彩演说观点。

贤亮不拿讲稿，侃侃而谈，先问"究竟什么是文化"，然后不无调侃地自答："从羊肉泡馍到葫芦头都是文化"，"现在文化特别泛滥，文化是个筐，什么都往里面装……"他直言不讳地指出文化热里泥沙混杂的现象，然后坦率表示自己的观点："我得出的文化是一个时代的生活方式和生产方式产生的一种思维方式。"他强调"文化对民族很重要。文化是一个民族的 DNA，一个民族的基因"。……他对中华民族的文化演变的历史是高屋建瓴的概括："具有活力和再生能力，我们的汉族曾被许多民族统治过，而所有的外族都曾被我们的民族文化同化；我们又吸收了许多外族文化，形成了一个中华民族的文化，得到了更新的发展。"他又从近代以来国势衰弱而导致的文化危机，指出："我们的 DNA 文化基因非常脆弱。""现在所面临的种种问题全部在我们的文化基因上……易染病症……带着它所决定的思维方式和行为方式。"关于我们文化的现状，他认为"现在我们的文化 DNA 处于重组阶段，是百川争流、各显风骚的阶段"。关于我们文化的未来前景，他以为"所幸的是，我们开始在西方文化、传统文化中摸索我们的文化"。……进而申明自己对传统文化的观点："中国的仁人志士，包括鲁迅所说的中华民族的脊梁，每个人都是传统文化培育出来的。"他指出现代人"既差传统文化，又差西方文明"。重组而且构建传统文化的 DNA，是"建设一个和谐社会和现代化的中国必不可缺的"……

且不说贤亮的见解对我的启示，更直接的是情感因素，即是把一位被我敬重的堪称伟大的作家的声音，熔铸进古老的白鹿原上。

　　贤亮这次来西安，除了参与"白鹿书院"成立和"白鹿论坛"的活动，更多的是被社会各界邀请参加多种专题集会，并参加多家媒体的采访与对话，所到之处，读者拥挤，末了逗兴为主办者挥毫题词，在西安曾引发一种社会轰动效应。我在几次陪同的场合，感受到的却是他的作品的深层影响，更是无可估量的广泛，人们是和我一样读过《绿化树》等杰作之后就认识并记住了他。这样，我便在悲伤他离去的同时，也增欣慰，他和他的章永璘们早已储入万千读者的记忆，永远不朽。

（原载于《朔方》2015 年第 2 期。有删节 ）

风流者张贤亮

——他将杂沓人声留在身后，张先生，走好

闫 红

　　我不记得那时我多大，只记得当时我家的杂志都堆在我爸妈的床底下。我爸妈订了很多文学期刊，他们不在家的时候，我就一本本地拖出来看。有一次，我翻到一篇名叫《绿化树》的小说。

　　那个小说很长，我爸妈下班时我还没看完，这次我没像平时那样放回床底下，而是藏进了我自己的书包。等我爸妈睡着了，我又取出来看，夜深人静，周遭寂然，只有日光灯发出细微的嗡嗡声，如诗里形容的那样"漂白了四壁"。整个世界变成起伏不定的汪洋大海，我在海的最中间，看那个年代久远的故事。

　　凌晨时候，我终于能够合上那本杂志，不觉得疲惫，反而是一种意犹未尽的振奋，仿佛在别人的人生里旅行了一回。同时，还感到前所未有的饥饿，一种带有实验性的生机勃勃的饥饿，我悄悄溜下床，到厨房里找了个馒头，大口吃完了。看《绿化树》，很难不产生这样一种饥饿感。它的每一页，都会写到食物，写到觅食过程，尽管那些食物都极为粗糙，觅食的过程，却是艰苦卓绝。为了抵抗火灾一般的饥饿感，作者将他全部的智慧都用来换一口吃的。

　　他利用视觉差，在食堂里多打 100 cc 的稀饭；他利用老农民的逻辑局限，骗了人家几斤黄萝卜，兴奋得像是全宇宙的君主："阴间即使派来牛头马面，我还有五斤大黄萝卜！"倒霉的是那些萝卜全翻进了沟里；他磨蹭

着最后一个打饭，只为能刮一下蒸馒头的屉布，他得逞了，那屉布上刮下来的馒头渣渣足足有一斤；他奉命用糨子糊窗子时，也能用克扣下来的糨子，摊上几张煎饼，可怕的饥饿感暂时被压下，心头蹿出的，却是扎心扎肺的酸楚……

如此这般之后，他终于写到了他的救赎者，那个名叫马缨花的女子。她请他来到自己温暖的小屋，坐在炕头，给他吃的，给他那做梦都不敢想的死面馒头。他在馒头上看到那女子指肚的印记："它就印在白面馍馍的表皮上，非常非常的清晰，从它的大小，我甚至能辨认出来它是个中指的指印。从纹路来看，它是一个'罗'，而不是'箕'，一圈一圈的，里面小，向外渐渐地扩大，如同春日湖塘上小鱼喋起的波纹。波纹又渐渐荡漾开去，荡漾开去……"看到这里，我的眼泪几乎要和主人公一样落下来，这描写让我感到馒头的可亲，那晚下肚的馒头，别有滋味。

这是我那几年看到的最好的小说，而那时，正是文学的黄金时代，伤痕文学、寻根文学、意识流、黑色幽默派等，各种流派层出不穷，这个名叫张贤亮的作家的非凡之处在于，他在我年幼到对文学全无概念时，就以他的细节，他对于人生诚实而独到的理解打动了我。如果说别的作家还都是"让我说个故事给你听吧"，他则是"让我跟你说说我自己"，别人是讲述，他则是不无苦楚地吟唱，那种质感，有点像那个帕尔哈提的嗓音。

我后来又看到他其他的作品《男人的一半是女人》《灵与肉》等，平心而论，这些小说没有让我觉得那么震撼，甚至于还多少有点重复，都是才子（加少爷）落难，红颜相助的故事，但这一点也不影响我对作者的敬意。一个作家，有这样一部作品就够了，或者说，写出这样一部作品的作家，你也很难想象他还能写出其他作品，自己的好作品，也像是一个山头，翻不过去，也算一种无奈的光荣。

2000 年，距离我读张贤亮第一部作品的十多年后，我终于见到了他。那一年，他应安徽老作家鲁彦周之约，参加某白酒企业赞助的笔会，我很幸运地，成为那趟笔会的随行记者。

猜测了很多回的作家出现在我面前，他的样子，在意料之外情理之中。

他当时年过六旬，依旧风度翩翩，脸瘦削修长，五官都是偏清秀的那种，最让他显得卓尔不群的，是他眉眼间的桀骜与淡漠。他也说笑，有时甚至显得比别人更热闹，但那种热闹是瞬间就可以收起的，眼神里马上就能竖起一道拒人千里的屏障。

他会跟同行的女性炫耀自己的大牌衣履（我后来在别人的采访里也看到这一点），遭到嘲笑他也不在乎。有次他还吹嘘自己非常擅长炒作，有很多得意之笔。"你们知道我最成功的炒作是哪一次吗？"他细长的眼睛踌躇满志地看着天花板，后来写出《媳妇的美好时代》等作品的金牌编剧王丽萍狭促地接口："宫雪花那次呗。"他翻了个白眼，不朝下说了。他给宫雪花的书写的那个序确实有点太那啥了，但他的无语并不见得是难堪。

他喜欢女人，也喜欢展示自己女人缘——据我肉眼观察，他也真的有。有天早晨，他大步跨进餐厅，一路嚷嚷，说是昨晚凌晨 2 点，会务组居然给他打电话，问某女士是否在他房间。他夸张地愤怒着："别说不在，就是在你们也不能打啊！"说不上他是想以此洗刷自己，还是存心张扬他们也许是莫须有的暧昧关系。

那个笔会上有很多著名作家，其中不乏出口成章能言善道者，但他明显是人群中的异类，以六十多岁高龄，成为风头最劲的那个。有人琢磨他，有人嘲笑他，也有人嫉妒他，有个老作家私下里对他极其不以为然，说他曾长期受迫害很压抑，现在勾搭年轻女孩报复社会。但这位老作家也爱跟女孩子搭讪啊，只不过没那么坦荡罢了，而正是这种坦荡，使得张贤亮的风流只是风流，不带一丝猥琐。

那次是在九华山，山路陡狭，主办方安排了滑竿，两个轿夫抬着两根竹竿，中间架着一把竹椅。作家都是讲究人文关怀的，难免觉得让人抬着很尴尬，任主办方一再劝说，都不抬步，讪笑着左顾右盼，嘴里说着"这怎么好意思"之类。但那滑竿虽然被主办方包下，却得有人坐了，轿夫才能拿到钱，于是轿夫也跟着一路央求，一大堆人堵在路口，你推我让，人声喋喋。就在这一团热闹之际，张贤亮自顾自地走向一架滑竿，我正好站在旁边，看见他无声地从口袋里掏出一张百元大钞，轿夫接过，悄声感谢，两人一气呵成，默契如行云流水。他怡然坐到椅子上，昂首朝前方而去，将身后依旧姿态百出的作家们，比得好不迂腐。

还有一次是在黄山，山高树多，正是照相的好背景，有个小姑娘搂着一棵大树，欲做小清新状，一件极为扫兴的事发生了，她竟然在树上摸了一手不明黏稠物。同行的男人们怜香惜玉，个个觉得自己有义务将小姑娘从窘境里解救出来，七嘴八舌地帮她释然，有说是露水的，有说是树脂的，唯有张贤亮先生一言不发，从口袋里抽出一张纸巾递过去，秒杀了那些只会耍嘴皮子的男人们。

这两个细节加在一起，凑成了这个男人的魅力，他桀骜不驯，风流放诞，更有淡漠的眼神加上温暖的细节……成就了他的一种丰富，一种无可无不可的大境界，一种想怎么活就怎么活的洒脱。

而这些，跟他小说里展现的，前四十年的捉襟见肘对照起来，更有一种精彩，似乎他聚集了前四十年的能量，只为了释放得更加充分。"在清水里泡三次，在血水里浴三次，在碱水里煮三次"，伤筋动骨，从身体到灵魂，每一个分子都重组，成了这样的一个他。

但对于他说的，"我是复杂的中国人的代表"，本人不敢苟同。从苦难里蹚过来，有人陷入深沉的反思，有人去做不相干的学问，有人更加唯唯诺诺，只有他，是抢圆了活。而他还说，自己这样都算落魄的，他原本的理想是做总统。

恕我不恭，这说法让我想起那个原本想做齐天大圣的孙悟空，他们还有个共同点，就是一点都不抒情。此外，他还像一个怪侠，有时心忧天下如郭靖，有时像个严肃版的韦小宝，有时又似段王爷温柔与无情兼有，他的多变面孔，引起热议纷纷。好在，这些对于张贤亮，从来都不是个事儿，我心目中的他，永远是那个昂昂然坐在滑竿上的样子，他一言不发，自顾自朝前而去，将杂沓人声留在身后，张先生，走好。

（发布于腾讯网《大家》。有删节）

异国回眸思贤亮

张同吾

张贤亮走了，我为之伤痛和叹惋，许多文朋诗友的心头也罩上一层阴云。在中国当代文坛上，他的卓尔不凡的才情、大胆开拓的精神、不同寻常的建树、放达恣肆的性格、自由挥洒的气质、浪漫倜傥的风采，以及别开生面的思维方式、我行我素的生活作风，都是不可复制的，不可替代的。

他听到过太多的褒奖和赞扬，他挺重视；

他听到过许多的误解和辱骂，他不在乎！

千万别用求全的眼光俯视他；

千万别用世俗的尺子丈量他。

不管你喜欢还是不喜欢他，你都应承认，他将文气和才气、豪气和霸气、儒气和野气都集于一身，他是一个鲜活的人，是一个有赤子情肠的人。

贤亮走了，他给我们留下许多思考，他是怎样形成这种文化性格的？是什么因素使他的贵族气质中挟带土豪之风？当然，也许不止这些。

我与他早已相识却无交往，1993 年是中以建交的第二年，11 月中国作协派出由张贤亮、张宇和我以及外联部翻译钮保国组成的中国作家代表团首访以色列，在历时十三天的近距离接触中，我们敞开心扉无所遮拦地交谈，在异国土地上，从这个特殊的视角，我真切地感受到他有强烈的国家意识、深挚的爱国情愫、丰富的外事经验、高超的语言智慧、潇洒的名士风度和美丽的青春情怀，这些都给我留下了极深刻的印象。后来我曾几度率领中国作家代表团和中国诗歌学会代表团出访，都从他那里得到启示，应对各种际遇。

一

出国前一天以色列驻华大使亚可夫会见中国作家代表团，我们如约前往大使馆。大使谈话的大意是：以方对中国作家首次访问非常重视，因为你们是中国人民的使者，你们已经看到访问的日程编排，内容很丰富。我们两国都有着悠久的历史，都有过深重的民族灾难，应该加强相互的了解，作家是人类灵魂的表达者，我相信你们一定能用自己的眼睛看到真实的以色列人。在大使发言时，看得出张贤亮有着丰富的外事经验，庄严热情诚恳的表情，是有节制有分寸恰到好处的，时而点头微笑表示赞同，时而插话幽默轻松。然后张贤亮说，他很高兴率领中国作家代表团访问以色列，他首先向大使介绍我和张宇的成就，这表明中国对首访以色列的重视，派出的是个高规格的代表团。然后他又讲道，我们对以色列国和犹太民族并不陌生，中国许多的教科书都记载了犹太民族灿烂的文化，《圣经》旧约可看作是犹太民族古老的传奇般的历史，我们对犹太民族的坚强和智慧表示敬佩。远在宋代有一批犹太人流亡到了我国河南开封，犹太人在世界各地遭受迫害和屠杀，唯独在中国的犹太人生活得很安宁，他们虽然已被中国文化同化，但至今保留着自己民族的风俗。讲这段话时，亚可夫大使不断点头，眼睛里流露出感激的神色。张贤亮又说，在第二次世界大战时期，有六百万犹太人被希特勒屠杀了，那时我国正受到日本帝国主义的同样残酷的统治，我们有两千多万同胞被日本人杀害，中以两国人民都有过惨痛的经历，是能够相互理解并共同浇灌友谊之花的。他的发言虽然是礼节性的，却有鲜明的外交色彩和国家意识，这是他的修养与境界、智慧与经验、气质与风度、思想深度与文化视野相融合的外化。就这样拉开了出访的序幕。在出访的全过程中，他不断叮嘱我和张宇，要处处表现出大国风度，表现出中国改革开放以来的崭新风貌和中国人的魅力。

我们经过十一个小时的飞行，在当地时间下午 5 点半抵达特拉维夫，以色列外交部派了一位资深外交家阿米尔先生到机场迎接，他郑重地表示欢迎之后，幽默地说："飞机晚点，我在这里苦苦地等了你们四十分钟。"张贤亮微笑着回答："是历史晚点，我们等了你四十年。"大家都发出爽朗的笑声，陌生感便在笑声中消融了。张贤亮作为代表团团长表现出的真诚和友好，使阿米尔由衷地高兴，但他一定会想：四十年之谓从何说起呢？不是我们不伸友谊之手，而是你们一直不承认以色列呀！我们在特拉维夫没有停留，而是驱车前往耶路撒冷，途中阿米尔说："早在 1950 年以色列便承认了中华人民共和国。"这显然是对"等了四十年"之说的反驳，外交家在外交场合寸土不让！张贤亮立即说："中国有句话叫'后来居上'，也就是说迟开的花更鲜艳，何况友谊无法用时间衡量。"阿米尔叹服地而不仅是出于礼貌性地频频点头。

　　到达耶路撒冷已是夜晚，第二天就参观犹太教堂、圣殿遗址——西墙和圣墓，我们像穿过了时间的铅幕，走进了犹太民族宗教和历史的深层，顿时感受到一个流亡的民族两千年的悲欢，是怎样同宗教胶合在一起的。在这座宏伟的犹太教堂里，有为耶稣洗尸的石板和安葬耶稣的石洞，无数高大的石柱像支撑着苍穹，石壁上有许多精美的浮雕，很像一座艺术宫殿。在这里我惊异地发现，当宗教的肃穆同艺术的辉煌相融合的时候，确实能震撼灵魂。我们也像所有的游客一样轻轻地吻门旁的石柱，俯下身子用头顶触一触那为耶稣洗尸的石板，不是入乡随俗，也不是对宗教的崇拜，而是在这里真的感觉到有一种心灵的净化，有一种清醇之气从心底升起，在天宇间飘散，而艺术的伟力证明了人即是上帝，当他们不是悖逆自然而是同自然相交融的时候，才有灵魂的自由。傍晚，以色列的许多著名作家满面春风地来到我们下榻的宾馆一起共进晚餐，然后又陪同我们到一个小礼堂参加"中国作家朗诵会"，走进一个充满乐观气氛的夜晚。张贤亮已经访问过十几个国家，在美国和法国都曾居住过很长时间，这次出国他在感觉上像去南方出趟差一样，还是那身西装还是那件风衣还是那只皮箱，轻轻松松地就来了。这个夜晚是中国作家首次"亮相"，他在以色列又是尽人皆知的大作家，他的《绿化树》《男人的一半是女人》和长篇小说《习惯死亡》均由英文版译成了希伯来语出版，且都在五千册以上，以色列人对中国现当代文学所知甚微，除了鲁迅、老舍、艾青，还知道有个张贤亮，今晚这位明星出台，自然是衣冠楚楚神采奕奕风度翩翩。他的即席发言实在精彩，他知道以色列人关心宗教课题，他的话从这里导入经转折而引申，在介绍了我和张宇之后说："今天我们参观了耶路撒冷老城，我深深感觉到整个耶路撒冷就像个巨大的宗教博物馆，你们悠久的历史和精湛的艺术令我们敬佩（听众热烈鼓掌）。我们四个人都不是教徒（听众神色严肃，洗耳静听下文），但我们尊重世界上一切宗教，就像尊重人类一切美好的信念（为其宽容大度而热烈鼓掌），如果说还有一种超越宗教的宗教，那就是人类之爱，这是一种崇高的永恒的精神，我们作家和诗人，都应该是追求这种精神的先驱，那么在未来的历史上，今天我们聚会的小礼堂，就会成为文学的圣殿。"台下掌声如潮，我看到人们兴奋的神态，他们为他的智慧与潇洒所倾倒。外交家式的风度、哲人般的深邃和作家的风采，共同构成了他的魅力。

二

张贤亮的性格本质是真诚坦荡的，同时又是桀骜不驯的，骨子里有一种王气霸气狂气傲气。在他罹难劳改的二十多年间，他一定是收敛的，自我克制的，随着时来运转，又凭着他的胆识与才华创造了几度辉煌，自然就还其自我而又强化自我了。

在他的血液里流动着爱国主义激情和民族自豪感，在外国人面前既不傲慢又不卑琐，既表现出大国风度又不妄自尊大，既坦坦荡荡又注意语言艺术。在耶路撒冷的希伯来大学同东亚系的教师们座谈时，他说：以色列人很希望别的国家和民族能够了解它，我们也同样有这样的愿望，让世界各国人民了解中国。中国有着五千年的悠久历史和灿烂的文化，我们更希望外国朋友们了解中国的今天，因为中国的今天展示了中国的未来。今日中国不同于历史的中国，也不同于"文化大革命"时期的中国，只有改革开放才改变了我们过去的封闭状态，有了广泛的世界。

有一次，汽车载着我们离开耶路撒冷登上一个高坡，耶路撒冷老城可尽收眼底，司机毛狄兴奋地喊着："请看，这就是我们美丽的耶路撒冷！"我们意味深长地笑了，因为这座城市的所有建筑物都是用黄灰色的石头垒砌的，近观苍朴宏伟，远看则显得色彩单调，在我们中国人眼里实在算不上美丽，我们的锦绣江南和苍雄塞北，无数城市该是怎样的五彩缤纷。车行两个小时，沿途都是寸草不长的沙漠和丘陵，偶见有人开山修路和引水种植，张贤亮对阿米尔和毛狄说："在我们中国人看来，这片土地是很贫瘠的，也谈不上美丽。"这时我瞥了一眼阿米尔和毛狄，都是一脸的冷色，接着张作家话锋一转："但是，你们以自己的勤劳和智慧征服自然，表现出出色的生命活力，说明犹太民族像中华民族一样都是优秀的民族。"两位东道主的脸色由阴转晴笑逐颜开。他又说："耶路撒冷是犹太民族历史的象征和宗教的象征，你们对自己的国家和民族由衷地热爱，我们为之敬佩。"东道主们热情高涨，连声说："Thank you very much（非常感谢）！"张贤亮向我们传授经验，说同老外谈话，不能卑微也不能傲慢，往往是先抑后扬，既实事求是又讲究语言艺术，他反而佩服你。五天以后中国驻以色列大使林真设宴招待我们，他热情地说："你们的访问尚未结束，在以色列就引起了很强烈的反响，你们是作家大使，起到了我们起不到的作用。"的确，以色列各大报纸，都登载了我们的大幅照片和报道，说中国作家学识广博，热情开朗，谈吐幽默，风度翩翩。认真说这主要是指张贤亮，我和张宇不过是很得体地给他做陪衬。

三

我们去马撒达参观，并不知其为名胜乎风景乎。抵达之后方见在死海南端有一座料峭险绝的山，同周围的山一样既无树木又无花草。问阿米尔让我们看什么？他只是微笑着故作高深状，说不来马撒达不算来过以色列，我们只好挤在各国游客之中等候登山的缆车。努力想象仍不知看这荒山野岭有何意义。我们国家哪座山不是文化的山？南朝四百八十寺，多少楼台烟雨中，那是怎样浸润灵性的诗情画韵啊！张贤亮嘲弄我和张宇，说你们俩不虚此行，在反差中接受了深刻的爱国主义教育。在山顶上有一座宫殿遗址，残垣断壁依稀可见昔日辉煌，毛狄动情地向我们讲解，说这是两千年前希律王的行宫，当耶路撒冷陷落后，有一千名军民逃亡到马撒达，不久罗马人追赶到这里，有一万名士兵在山下扎营围困，经过了三年时间，他们修了一条坡道通往山顶，在寡不敌众的情况下，这一千名犹太军民，包括妇女和儿童就集体自杀了。听完了毛狄讲的故事，看着他脸上的悲壮之气，我们理解了马撒达的价值。张贤亮以亦庄亦谐的风格对毛狄说："我懂得了你们血洒山冈，并不是为了争夺这块不毛之地，而是争夺生存的权利，是捍卫人的尊严。这是一种玉碎精神，不自由毋宁死，我很钦佩这种精神。"谈到这里他忽生灵感，似乎在寻找两种文化的差异。他又说："我们中国人被称作龙的传人，你知道什么是龙吗？"他边说边用手比画着，绘声绘色的样子："龙是能屈能伸的，屈的时候缩作一团，伸的时候纵横飞腾，云缠雾裹见首不见尾……我们现在改革开放，经济繁荣国力增强，才真正有点龙的气势。"毛狄认真地谛听他的话，不断点头，一派心悦诚服之状，竖起大拇指说："是的，是的，中国伟大，21世纪将属于中国！"张贤亮讲完之后，张宇问他你见过龙怎么屈怎么伸吗？我说你先讲的是虫后说的是龙。他笑笑，反正宣传改革开放嘛，我够自觉的了，其实我是从骨子里爱国，真希望咱们国家昌盛富强生活幸福。

有一件小事也许更能说明张贤亮的爱国与自尊。我们离开特拉维夫前往北方加利利海地区参观，又换了一辆三排座的奔驰牌轿车，司机戴维六十岁开外，身材高大，相貌堂堂，从谈吐风度来看有一定的文化素养，他说自己是司机兼导游，部长级外宾来访往往派他接待。有一次我们到商店购物，张贤亮花三百三十美元买了一件夹克，可是商店没有零钱，于是戴维主动用谢克尔代付（一美元＝二十九谢克尔），贤亮把美元给了戴维，他也无零散美元找还贤亮，当时计算明白他尚欠贤亮三美元，钮保国既是翻译又是证人。翌日他没有提及此事，贤亮通过钮保国提醒他，他很坦然地摊开双臂耸耸肩膀，说张先生还欠他 43 美元。这事可难办了，张贤亮对我们说："我这事跟他扯不清，在国外再高级的司机也是司机，咱堂堂作家堂堂中国人跟他争执，有理无理都跌分"。于是他对戴维笑着说："好的，可能是我算错了，很抱歉。"于是给了他四十三美元，还让我从皮包里取出一个景泰蓝瓶，以代表团的名义赠他，感谢他为我们开车和导游。戴维很高兴，把玩着这个精致的小瓶子爱不释手。我们俩有点惊讶和愤然，这不是当大头吗？他说，只能这样……贤亮用手作出点钱的样子，神采飞扬，早把当大头的事丢在九霄云外了。

四

张贤亮有种内在的自信力，使他应答自如不遮不掩，不管是同以色列作家们交谈还是访问耶路撒冷的希伯来大学和特拉维夫大学时的答问都很精彩，而且是十分个性化的。

　　问：你们真的有创作自由吗？

　　答：这毫无疑义。

　　问：现在与过去有什么本质区别？

　　答：过去我在监狱里，二十多年没有自由；现在可以走遍全世界畅所欲言。

　　问：你的作品是不是写你自己？

　　答：我是写一个时代，写历史的光荣和罪恶。

　　问：那种坚韧不拔的力量和奋进精神是否同你的性格有关？

　　答：当然。

　　问：经商和写作矛盾吗？

　　答：不，不矛盾。市场经济是丰富多彩的，有才华有胆识的作家都该有新的感受新的体验。去年我办了四个公司——艺海实业发展有限公司和宁夏商业快讯社、华夏西部影视城有限公司、宁夏辉煌生物制品有限公司，我亲任董事长，同时我又写了一部长篇小说《钱歌》，即将由作家出版社出版。只有你实践了，才能体会在这种竞争中怎样激活人的生命力。

张贤亮喜爱年轻漂亮的女人。赏心悦目也罢，秀色可餐也罢，爱美之心人人有之，但他不同于别人的是坦坦荡荡、不遮不掩。在国内是如此，在国外也一样，有一天早晨，我和张宇还有翻译钮保国一起到贤亮的房间，他兴高采烈地告诉我们，昨天有位少女送来一大束鲜花。我们争先观赏，真是绚烂多娇，在五彩缤纷之中至为耀眼的是那朵红玫瑰。他问我们的房间里是否也送了鲜花，我们说没有，因为你是团长，当然有特殊待遇。他很生气地说："这跟团长有什么关系，人家看中的是我这个人"！一直盼着能见到送花的人，可是直到离开耶路撒冷，也没见到他想象中的异国佳人，致使他连连惋惜而感叹。

在离开特拉维夫回国的前一天，我们到阿米尔家中做客，他的女儿莉莉娅特意从学校赶回家中看望我们。在他们家宽敞的大客厅里挂着几幅她的油画，还有琳琅满目的各国雕塑和工艺品，包括中国隋代的石佛，整个客厅就像一个华贵的艺术宫殿。我把自己的一幅书法作品赠给阿米尔夫人，为他们家再增添一点东方色彩。这是一次礼节性的拜访，时间很短也便告辞，由阿米尔父女陪同驱车前往加法的"渔夫餐厅"共进午餐。这座餐厅紧靠地中海，凭窗眺望，无垠大海碧波荡漾，白云悠悠渔帆如织，莉莉娅紧挨着张贤亮落座，这位金发女郎性格开朗笑得妩媚，她想同张贤亮探讨哲学。莉莉娅曾获硕士和博士学位，按国家法律服兵役二年取得少尉军衔，现年三十岁，是研究尼采的专家，现在她同张贤亮一起在宏奥的哲学天空中翱翔。

活鱼用奶汁烧烤很鲜美，我专心致志地品尝，时断时续地听他俩谈话，我的眼睛也偶尔离开刀叉看看莉莉娅和张贤亮各自都有学识的表情和无法遮掩的青春气息。张贤亮首先谈东西方哲学对待整体与局部、抽象与具体诸方面的差异，侃得莉莉娅眉飞色舞。张大作家绝非浅薄之辈，他庄重而又稳健，表现出中年男性的成熟之美，同时又不失一种力度，这种力度是在轻松幽默中显现的。

阿米尔正襟危坐面无表情，他是个很可爱的老头儿，懂得几国语言，工作非常负责尽职，却有点正统，比如在以色列和黎巴嫩边界参观时看到持枪的战士，我们就想借一支枪也做持枪状来拍照，同阿米尔商量他摇头又摆手，我们同战士商量却毫不犹豫地同意了，阿米尔无可奈何地笑笑。在以色列两代人之间同样有很大差异，因此我们私下友善地称他为"老干部"。大概女儿了解自己的父亲，莉莉娅对他说："爸爸，请别介意，我们在进行理论探讨。"钮保国用汉语告诉了张贤亮，于是他问莉莉娅："我们是不是谈得太具体了？"她摇摇头，回答得很妙："没关系，我出生在巴黎。"这话直率而含蓄，于是继续交谈，谈到对"缘分"的理解，是天意？是人意？是偶然？是必然？她问：我与你有缘分吗？

　　贤亮：当然，否则不会在这里相遇。
　　莉莉娅：可是我们相距太遥远了。
　　贤亮：欢迎你到中国到宁夏去。
　　莉莉娅：假如有缘分，但愿来生我们在一起……

莉莉娅望着烛光望着张贤亮，有些动情也有些伤感。
别情依依，目光灼热。天上群星灿烂，地中海之夜很美。

五

张贤亮出身书香门第、富贵之家，其祖父是民国时期外交部次长，父亲毕业于美国哈佛大学，先从政后经商，母亲是燕京大学毕业。他原籍江苏，在上海长大，那是一座华贵的楼房，有中西厨师，几部汽车，人们称他"少爷"。中华人民共和国成立后的三十年间，人们对张贤亮这样的人均称之为"出身不好"，唯称祖孙三辈受穷沿街要饭才无上光荣，其实正如贤亮这样的家庭方有中西合璧的知识结构，才受到礼仪熏陶，才有贵族气质。但是张贤亮身上在儒气之外还有野气，还有霸气，这或许是生活磨难对与生俱来的坚毅和豪性的一种扭曲。

闲谈中他讲起过在狱中的情况，他从死神唇边艰难地走过来，自然有着深刻的人世体验和人生体验。一日天上飘着蒙蒙细雨，我们乘坐的奔驰牌轿车在花树掩映中疾驰，他说我就喜欢下雨，劳改的时候一下雨就不干活儿了。昨日阶下囚，经受白眼与唾骂；今日座上客，簇拥着鲜花与美女，仿佛是荒诞小说，然而又是严峻的人生历程。他讲的狱中生活我都忘了，只记得他同那些杀人犯和抢劫犯们被编在一组，他从小组长升任大组长，管辖六十二人。单就这件事就足以让我惊叹而折服了，倘若仅仅是文人骚客一介书生，同这些亡命徒在一起不被治死就算一条好汉了，而要凌驾于他们，不仅需要有种野气和霸气，还要有韬略有肝胆。在牢房里是两层大连铺，组长的优越性是睡单人铺，一天深夜，他听到有人出门去小便或大便，却不见回来，他很警觉，披上衣服拿着手电筒去寻找，发现此人已经上吊了。他跑回号房唤醒一个同犯，同他一起把上吊者从房梁上解下来抬回号房，放在地上进行人工呼吸。这时全号的人都醒了，趴在铺上观看他大汗淋漓地抢救。他已累得不行，就命令这些犯人一个接一个模仿他的样子做人工呼吸。一个小时过去，还不见一点活气，有人说算了吧，不行了。张贤亮把眼一瞪："你敢！咱××不到天亮不算完！"他没权却有威，谁都怕他，两个小时之后此人被救活，张大组长肝胆照人威信倍增。若干年后此人与贤亮街头偶遇十分亲热，非要请他吃饭不可，说张组长之恩德终生不忘。这时张贤亮已是名作家、全国政协委员、宁夏文联主席，谈不上名高位显也够得上平步青云了，却陪他热热乎乎地在街旁小店喝了两杯，当初同是天涯沦落人嘛，总有一线牵真情。

当年他组内有两个坏小子均为惹是生非之徒，狱中规矩是凡有劣迹上告管教，轻则批评教育重则延长刑期。有人把汇报材料交给了张贤亮，他也确信不疑。一日正在劳动，大组长为监工角色，他把二人喊出在小河旁审问，二人矢口否认，张说，我信得过你们俩，今后可要严于律己。他取出上告材料当着俩撕掉随河水流散，他俩感激涕零，日后更加唯命是听。

听完贤亮的讲述，我对他说："大丈夫者，不只是如你所言能屈能伸，能当孙子也会当爷爷，而且会坏也会好。张贤亮者，大丈夫也，当作家必是大作家，当老板必是大老板，当土匪必是大土匪，当恶霸必是大恶霸。"我还说："大者，神张魂荡，气势磅礴，而又易于形随气飘，放达无羁，旁视无人，此应为大者也。"他对这段话很欣赏，以后几次见面他都提起，总说你还真行！

如今贤亮走了，对于人生过程是美丽的，他的人生过程够激越够崎岖够潇洒够浪漫够丰富的。

（原载于《作家》2015 年第 1 期。有删节）

聆听张贤亮先生谈文学创作

于卫东

记得那是 1981 年 3 月，听说著名作家，同时也是《朔方》编辑的张贤亮先生，要来宁夏大学举办小说创作讲座，我们奔走相告，非常激动，并且做了精心准备。那时，录音机还是很稀罕的东西，谁能够拥有这样一块沉甸甸的"砖头"，是很奢侈的。我花光了参加工作近一年的积蓄，买了一台日本产的三洋牌录音机和三盘录音带。

3 月 13 日下午，宁夏大学会议室座无虚席。只能容纳一百多人的会议室，硬是挤进去了两百多名学生；屋里盛不下，许多学生就站在过道和门口，而且一站就是几个小时，却都不觉得累。我坐在主席台右面第一排，准备好了录音机和笔记本，然后眼巴巴地翘首以盼。

张贤亮先生来了，他四十多岁，清瘦，高挑，儒雅，戴着宽边黑框眼镜，眼睛炯炯有神，显得非常自信。他穿一件蓝色的中山装，里边是一件浅绿色的绒衣，手里捏着两盒大前门香烟。缓缓走到主席台上后，他顺手把烟盒垛在桌子一角，然后很温和地微笑着环视大家。热烈的掌声之后，张贤亮先生用他那浑厚而富有穿透力的嗓音开讲了。他没有讲稿，侃侃而谈，诙谐幽默，充满智慧，似是信手拈来，内容一气呵成。

张贤亮先生的第一个问题讲得非常坦诚，当然也不乏尖锐，认为小说不是人人都能写的，必须要看自己有没有从事文学创作的基本素质。他风趣地举了一个例子，说是一个又胖又矮的人，想当舞蹈演员，过目测关的时候就会被考官毫不留情地刷掉，因为他（她）不具备舞蹈演员的基本素质。从事小说创作的人，必须具备丰富的想象力、创造力和准确的语言表达能力，这是最重要的。如若不具备这些基本素质，最好不要在这上面浪费时间。

我很钦佩张贤亮先生的坦诚和直率，对待个人爱好和从事职业的关系，他讲得非常清楚。尤其是大学生，必须以学为主，为今后的工作奠定扎实的基础。有创作小说的素质和能力，当然可以去搞创作；没有这样的素质和能力，就干好自己的本职工作，一样为社会做贡献。对此，多年后我仍然记忆犹新，只有真正的良师益友，才能点拨和引导青年正确地规划人生。

张贤亮先生说现在的文学青年底子太薄，要加强古文、唐诗宋词等中华优秀传统文化，以及文学经典的学习、领悟，这对小说创作大有益处。他认为恢复高考后，进入大学的学生都是佼佼者，但十年"文化大革命"造成了基础教育的严重缺失和空白，也因此严重影响了大学生能力的有效发挥，因此尽管考上了大学，还要认真扎实地补学基础课。

张贤亮先生在讲小说创作技巧时，他认为一般而言，就是故事情节加气氛的渲染和描写。他转身很潇洒地在黑板上画了一条曲线，又画了一些围绕曲线的螺旋线，说，曲线代表故事情节，因为故事情节往往是曲折的，并不是一条平铺的直线；围绕在曲线上的螺旋线，则相当于氛围的渲染和描写，叙述只是其中的一部分。小说就是要靠烘托气氛，要靠描写和叙述进行下去的。有些作者写小说时，大部分是叙述，很少描写，这最多叫大故事，而不能叫小说。

张贤亮先生还重点讲了他自己创作小说的体会。构思好小说的结构、故事和情节，在动手写作时，脑子里不断出现蒙太奇（画面），甚至音乐也在耳边响起；要对画面背景进行描写，渲染和烘托气氛；同时选取典型的背景材料，加以描写。譬如，有一个老师来到学校门口，碰到了其他老师打了个招呼，就到办公室了，这叫叙述。有必要的话，小说就要描写学校大门的样子，周围是什么样的环境，这个老师心里在想什么，遇到的老师和他的关系怎样，往办公室走的时候心情如何，办公室里是怎样的布置，他的对面坐着谁等，都要一一描写。十几年时间，可能用一句"十几年过去了"叙述，完成交代；而对有些几秒钟发生的事情，要用几十个字、几百个字，甚至上千个字进行描写。张贤亮先生讲得言简意赅、通俗易懂，我们听得如醉如痴、神魂颠倒。

张贤亮先生还讲了，作家对于社会现象、生活现象比一般人更敏感，所以感受更深，他不但看到了表象，还进一步看到了隐藏在表象下面的东西，也就是所谓的本质意义。因此，作家更容易冲动、激动，有时候是最需要社会给予谅解和保护的。我当时听了，心里不甚理解，作家是多么风光的职业啊。许多年后，我才终于明白了，优秀的小说都要直面客观的、尖锐的社会现实问题，包括正面的和负面的，掩藏的和暴露的；那么，作家这个职业的风险相对地讲，也是比较大的。

张贤亮先生的这次文学讲座，至少在我的人生规划中，是一次非常重要的坐标式的指引，我由一个满脑子充斥着幻想的狂热的文学青年，清醒地退回到大学生活的现实中来，奠定了我后来成为一名优秀中学教师的扎实基础。至今，我都对张贤亮先生的教诲铭记在心，感谢他对我人生道路的指点。

张贤亮先生去世后，我也很悲痛，偷偷地写过一首小诗，表达自己的哀悼之情：

> 诗坛展露遇寒冬，农场洗心牧马匆。
> 时代呼出震惊世，文豪一代傲苍松。

（原载于《朔方》2016 年第 8 期。有删节）

苦难造就了张贤亮

张守仁

一

2014 年 9 月 27 日，张贤亮因患肺癌不幸去世。闻此噩耗，我当即在中国作家网、《中国艺术报》上发表了《怀念张贤亮》一文，以表痛惜之情。

1980 年初春，张贤亮在《朔方》登出了《邢老汉和狗的故事》不久，从银川到北京。我和章仲锷约他在东四三条宿舍见面聊天。酒酣耳热之际，贤亮给我们讲了他当右派后苦难的经历以及他那死里逃生的故事。

1960 年"劳改"时，他曾经逃跑，想去新疆谋生。因害怕被追捕，走的是荒山野岭、人烟稀少之路。由于饥饿，他贱卖了自己戴的浪琴表，换了五碗炒面。他慌不择路地奔跑，口渴得要命，又不敢进村要水喝，恐被民兵逮住，只能忍耐。饥馑遍地，走投无路，他只得又返回劳改农场。有一天，他犯了重病，昏迷不醒。他有一个医生朋友（也是右派）在农场干活，同时给人看病。当时，这位医生被叫到另一农场给人治病去了。农场里的人错认为张贤亮已死去，便把他抬到了太平间。贤亮在太平间里躺了一天，从昏迷中醒来，发现身边都是死尸。他怀疑自己做了噩梦，挣扎着坐起身子，见自己不是躺在床上，而是置身在太平间尸体中间。他勉强挪动身子，在死人胳膊、大腿中间爬动。他爬呀，爬呀，终于爬到了太平间门口。他有气无力地拉拉门，但太平间坚固的铁门纹丝不动。不久，他又昏迷过去了。他的医生朋友从附近农场回来，听说贤亮死了，他不相信，根据平时对贤亮体质的了解，判断他绝不会死去。医生赶到太平间，打开门，把他从死人堆中救了出来。

那晚贤亮对我和仲锷说："我既然从太平间里爬了出来，就一定能坚强地活下去。对我来说，命是捡来的。从那之后，什么困难、艰辛、贫穷、受辱，都不在话下了。我经得起各种各样的摔打，承受得住常人难以想象的磨难……"

二

之后，贤亮把中篇小说《土牢情话》《绿化树》交给《十月》发表。我个人认为：1984 年第 2 期《十月》发表的《绿化树》，是他一生所写的最好的小说之一。贤亮在《绿化树》中，动用了他特殊的生活体验，描绘了落难知识分子章永璘（其实是他自己的身影）的饥饿心理。而马缨花这个年轻农村妇女的心灵美，她那清秀、纯朴的脸，她对念书人的敬重，以及苦难生活磨炼出来的坚韧耐劳、麻利能干、乐观开朗，一一跃然纸上。在以稗子、野草、树皮充饥的年代，主人公章永璘饥肠辘辘地来到马缨花家里。她竟送给他一个白面馍馍。他慢慢地咀嚼，忽然在馒头上发现了一个非常清晰的指纹印。马缨花对章永璘的怜爱之情凝结成鲜明的指纹，雕塑般出现在他眼前。他的眼睛潮湿了，骤然陷入温暖的湖泊，耳边轰然响起爱之交响乐。一颗清亮的泪水滴落在馒头的指纹里，水乳交融，把两颗苦难的心，紧紧黏合在一起。马缨花在她那陋屋里多次让章永璘吃到她舍不得吃的食物，喝到土豆白菜汤。一个多月之后，他的身体渐渐恢复过来。当他穿上了她为他缝制的御寒棉裤之后，更是心怀感恩。他捧住了她的右手。她的手刚在碱水里浸过，手掌通红。他仔细观察曾在白面馍馍上留下指纹的手，并把她的手贴在他嘴唇上轻吻着。他轻吻着她的拇指、食指、中指、无名指和小指尖，柔情地说："亲爱的，我爱你。"马缨花的手始终顺从地让章永璘把握着。另一只手不停地、深情地抚摸着他的肩膀。她的手指怯生生地、迟迟疑疑地、微微地颤抖、迎合，既惊愕又娇羞。马缨花问章永璘："你叫我啥？""叫你'亲爱的'。""不，不好听。""那叫你什么呢？""你要叫我'肉肉'！""那你叫我什么呢？""我叫你'狗狗'！"章永璘情不自禁展开双臂把马缨花搂进怀里。她轻轻呻吟了一声，红着脸说："你别干这个……干这个伤身子骨，你还是好好地念你的书吧！"

啊，无与伦比的细节，至深至情至亲的对话，怎能不令我这个编稿者击节赞赏、感动莫名？！

三

1985 年 4 月初，中国作家协会在南京举办中篇小说、短篇小说、报告文学颁奖会。各地获奖作家、获奖编辑齐聚金陵领奖。

3 月 31 日，我和河北获奖作家铁凝、陈冲在北京火车站一起乘车南下，在火车上遇见《人民文学》副主编崔道怡、陈冲获奖小说《小厂来了个大学生》的责编刘翠林。又在软席卧铺车厢里见到了唐达成、唐因、束沛德、袁鹰、蒋和森等评委。第二天即 4 月 1 日清晨抵达南京，由军旅作家胡石言接站，把我们送到中山路江苏省委招待所。这儿在 1949 年前是国民党的交际处，马歇尔、司徒雷登在院子里住过。

南京比北京的节气要早半个月。这儿春光明媚，空气清新。河边垂柳依依，飘着柔软的枝条。桃花开放。迎春花在春风里轻轻摇曳。紫黑的枝条上，玉兰花已挣开毛茸茸的花蕾，绽放出洁白的花瓣。就在这春色满园的草坪旁，我遇见张贤亮、冯骥才、理由三条大汉乘飞机来这儿报到。张贤亮身着西装，潇洒倜傥，一派绅士风度。南京是他的故乡，自从 1951 年离宁之后，这是第一次回到故里。他告诉我，他 1936 年 12 月 8 日出生在南京，家在湖北路一幢花园洋房里。那洋房占地七亩多，几乎占了公共汽车小半站路。花园中有一幢幢小楼，楼下有地下室。院中有棵大樟树，粗合数抱。一条小河穿园而过。河上有桥。河边有片梅林，故取名梅溪别墅。

这别墅是他任国民党驻尼泊尔大使的祖父的私邸。抗战爆发之后，他们全家迁至重庆。一直到抗战胜利才回到旧居。敌占期间，他的家变成了日本宪兵司令部。回宁后，他记得在他那幢楼的地下室里，还见到日本人留下的许多刑具。他至今还保留着一帧他母亲陈静宜抱着他在别墅里照的幼儿照。他对故居很怀念，说这次要到湖北路转转，看看童年的家。

我认识江苏大型文学杂志《钟山》的主编刘坪，请他下午弄辆车满足贤亮探望老家的心愿。

次日上午，颁奖会由升任作协副主席的陆文夫主持，王蒙作评奖报告。王蒙说：这次评奖，中篇小说比较丰盛。读者欢迎的是拥抱时代、贴近生活、能够说出人们心里话、艺术上有特色的作品，特别提到了张贤亮的《绿化树》。还说即使《绿化树》这样的获奖佳作，人们对它仍可能有争议。有争议是好事，越争越清楚，越争越知道它的长处和短处。

王蒙作报告之后，获奖作家、编辑纷纷上台领奖、领纪念品。

然后与会者齐聚到会场前台阶上合影。恰巧张贤亮站在我身边，我问他昨天下午探望旧居有何感想。他说："到了湖北路一看，面目全非。过去的花园洋房没有了，只有一家工厂。当时的建筑荡然无存，只有一株皂角树还留在原地。树干上钉着一块牌子：'请勿存车'。我小时候觉得那株皂角树有两三抱粗，现在变得只剩一抱粗了。唉，童年的一切消失得无影无踪。"旁边的冯骥才听了说："这很悲哀，但悲哀也是一种感情财富。世上多少经典作家撕心裂肺地描写了人间的悲情啊！"

四

中华人民共和国成立不久，张贤亮和她母亲、妹妹一起来到北京。早在 20 世纪 50 年代初，贤亮就开始文学创作。1955 年没考上大学，从北京迁到宁夏，先当农民后任教员。1957 年因在当年第 7 期《延河》上发表长诗《大风歌》而被判为右派分子，失去自由长达二十二年之久。1979 年中共十一届三中全会后，贤亮获得平反，重新执笔创作。《四十三次快车》

《吉普赛人》《霜重色愈浓》等稿子寄到

《宁夏文艺》（《朔方》前身），因其文笔老到，立意高远而在重要位置刊发。宁夏文联领导爱才若渴，立即把他从南梁农场调到编辑部任职。这样，他和年轻的女编辑冯剑华成了同事。相处了一段时间，他们恋爱结婚。张贤亮每天骑着用二十八元钱买来的二手自行车，让冯剑华坐在后座上，离开十几平方米的小屋，夫妻俩双双到编辑部上班。他们过着和谐美满的生活，从此佳作井喷般写出来，从《灵与肉》《龙种》《肖尔布拉克》到《绿化树》《河的子孙》《男人的一半是女人》，并有多部作品拍成电影……一时文名鹊起，到处传说着"宁夏出了个张贤亮"的佳话。

20 世纪 80 年代初，广西电影厂要拍摄根据郭小川的长诗《一个和八个》改编成的电影，请宁夏文联干部寻找一个适合拍摄影片的地点。张贤亮就把离他劳改农场不远、他常去赶集、那里古城墙给他留下深刻印象的镇北堡推荐给他们。张艺谋在那儿拍完了《一个和八个》，又拍出了在国际上获大奖的《红高粱》。从此镇北堡和电影结上了缘：谢晋的《牧马人》、滕文骥的《黄河谣》、陈凯歌的《边走边唱》、冯小宁的《红河谷》、黄建新的《关中刀客》等数十部影视剧都在那里拍摄。从那里走出了巩俐、姜文、葛优等一批电影明星。镇北堡成了"东方好莱坞"，其首功应归属于懂得荒凉美价值的张贤亮。

五

1993 年 3 月，张贤亮用稿费投资创办镇北堡西部影城。

镇北堡位于银川市区西北，东临黄河，西靠贺兰山。它原是明朝为防备蒙古族入侵而修筑的一座要塞，地处要冲，具有军事价值。1740 年，宁夏地震，镇北堡城墙及城内建筑物全部坍塌。清政府在原址旁修起一座新堡。新旧城堡被统称为镇北堡。辛亥革命后，清军作鸟兽散，城堡成为当地农牧民的居住点，后渐渐形成一个小集市。张贤亮在附近农场干活时，到镇北堡赶集，给北京的母亲寄过信，买过盐和黄萝卜。贤亮在复出后写的散文中，曾描绘过镇北堡："那时，镇北堡方圆百里有一望无际的荒滩。没有树，没有电线杆，没有路，没有房屋，没有庄稼。我走了大约三十里路，眼前一亮，两座土筑的城堡废墟兀地矗立在我面前。土筑的城墙和荒原同样是黄色的，但因它上面不长草，虽然墙面凹凸不平，却显得异常光滑，就像沐浴后从这片荒原中冒出地面似的，在温暖的冬日阳光下，显得金碧辉煌。镇北堡给我的第一印象是美的震撼，它显现出一股黄土地的生命力，一种衰而不败、破而不残的雄伟气势。"贤亮觉得它巍然挺立在一片荒原上，背后是蜿蜒的贺兰山，头顶衬托着碧空白云，这种雄伟野蛮的气势，视觉上特具画面感。

贤亮不仅利用影城"出售"荒凉，而且给荒凉注入全新的元素，使它具有文化和艺术的内涵，从而产生高附加值。摄制组到他的影城拍电影，他从不收费，但要求剧组拍完影视后留下美工师搭建的场景，并将真实材料使其坚固化，供游客们观赏。这样，《红高粱》里的"酒作坊"、《黄河谣》里的"铁匠营"、《五魁》里的"土匪楼"、《新龙门客栈》里的"客栈"，都改建成供游客观赏的景点。张贤亮还用较低价格从山西、陕西、北京、山东等地收购来明清时期的老家具、老门窗、老雕版、老戏台、老纺织工具，充实、丰富展览内容。经过多年经营，西部影城还建立了"老银川一条街"。这样，影城就变成了"中国古代北方小城镇"式的主题公园。游客到影城还能听到各种叫卖声，能看到拉洋片、皮影戏、旧式婚姻……如此布置、重建古城废墟，使之成为宁夏最吸引人的景区，已被国家旅游局定为5A级旅游景区。游客众多，收入颇丰，每年向国家年纳税一千多万元。

贤亮从此成为一个拥有亿万资产的富人。他每年拿出一百五十万至一百八十万元救助宁夏贫困病人，被评为著名慈善家。过去边喝稀粥边读《资本论》的穷汉，如今变成了西装革履、驾驶"宝马"的富翁；昔日劳改苦役之地，现已成为创业、创收乐园。俗话说"三十年河东、三十年河西"，有时事物变化之快，出乎人们的想象。

慧眼和创新，乃天下财富之源。

六

贤亮在长篇小说《习惯死亡》中说："一个男人总是随时随地面临两种东西的进攻：一个是女人，一个是政治。"这是他的经验之说。他的前半生受到了政治进攻，因文致祸，经历了整整二十二年的炼狱之苦。在他后半生，在他功成名就之后，由于他英俊儒雅、才华横溢，不断受到姑娘、少妇们的青睐、纠缠和进攻。贤亮多愁善感，也有人性的弱点，被女性久攻之下，不免陷入情网。这给他的家庭带来了麻烦和不睦。

贤亮去世后，他夫人冯剑华写了一篇深情的悼文《世间再不见贤亮》，因其真诚和宽容而使我感动。同时她对前往银川吊唁的《南方周末》记者朱又可说："他给我的幸福我接受，给我的痛苦我也接受。家家都有本难念的经……"冯剑华用文学语言委婉指出："他并不是在一个个女人身上寻找母亲，而是在一个个女人身上寻找他父亲喜欢的女人……"冯剑华对张贤亮在外面"彩旗飘飘"有所微词和不满。

但贤亮有负责任的一面。……

世无完人。全面地、公正地说，张贤亮和张艺谋一样，都是国之重才。贤亮是一棵文学大树，是一株高耸在贺兰山下的"绿化树"。这棵大树上长出了几个树瘤，出现三五根枯枝，或有一些发黄的败叶，无损于它的光彩和巍峨，仍因他的特殊贡献而受到人们应有的推崇、爱惜和肯定。

试问，古今中外有完美无瑕的人吗？

七

我和贤亮已有三十多年交往。我们在北京东四章仲锷家中，在《十月》石景山笔会上，在华侨大厦送他去美国爱荷华（艾奥瓦——编者）写作中心访问的饯别会上以及在几次全国作家代表大会上，有过多次恳谈。贤亮既是改革开放后标志性的大作家，其作品被译成三十多种文字在世界各国发行，又是有超前意识的企业家。他思想前瞻，视野开阔，谈吐幽默，是个难得的文友。他曾约我去银川一游，由于彼此杂事繁忙，一直未能成行。如今阴阳永隔，看来我只能到他已去的那个世界晤面了。

呜呼！

贤哉斯人，亮哉斯文；

斯人已逝，斯文长存。

（原载于《星火》2016年第5期。有删节）

你"依旧潇洒"
——点点滴滴忆张贤亮

陈德宏

贤亮病重我是知道的，但一直不愿把他的病与死亡联系在一起。因此，当我第一时间收到宁夏文友发来的短信，告知张贤亮走了，总有一种不真实的感觉。怎么会呢？贤亮是在盐水里、碱水里、血水里无数次蒸煮过的呀！贤亮是在黑暗的地狱里无数次摸爬滚打过的呀！经过炼狱的磨炼，经过血与火洗礼的贤亮，应该像孙悟空在太上老君八卦炉中浴火重生一样，获得"死亡免疫"，刀枪不入，连病菌病毒也应该不入的呀……然而反复阅读那条短信，依然铁石般坚硬冰冷而真实！……悲痛，悲伤，无眠……无限的哀思化作一副挽联，祝愿贤亮前往天堂一路走好：

牧马人绿化树男人一半是女人精品皆入文学史
路坎坷命多舛舞文经商两不误影城终成名人堂
——苦难风流

草成此联，未及深入思考，仔细推敲，发往宁夏作协的同时，也群发给了平日常联系的文友。很快有了反馈：有文友告知，已将此联替我转发到作家网《纪念张贤亮》专栏；顾骧、阎纲二位大兄，发来短信表示认同，称赞此联较好较全面地概括反映了张贤亮的文学成就及其苦难而又成功的人生……

何西来兄的短信，除"有意思"之外，侧重指出下联欠工、欠文雅含蓄，建议改为："坎坷路多舛命文士高才兼陶朱彩城终成名人堂。"何西来兄满腹经纶，一肚子掌故，他的点评及修改真可谓点石成金。不过互联网时代，有时是不允许纠错的，键盘一按，或者鼠标一点，那些文字、作品就了无声息也了无痕迹地去了该去的地方……

我给何西来兄回短信，一再道谢，外加调侃：兄之修改稿为阳春白雪，弟之拙联为下里巴人，二者并存，岂非文坛轶事乎？

还收到了邵振国的短信—除了称赞我的挽联之外，他告诉我，这两天他被巨大的悲痛、哀伤所笼罩，以至大脑一片空白，记者采访，他不知说什么……媒体及刊物约稿，他不知写什么……他只是一概拒绝！对此，我能理解，因为他与张贤亮有着特殊的关系、特殊的交往，因此也有着特殊的情感。于是我提醒他：你不应该拒绝，回忆你与贤亮的相识、相交、相知，回忆贤亮对文学的执着与挚爱，回忆贤亮对你走上文学道路的影响……如实道来就是好文章……

可不知为什么，本是对邵振国的提醒，居然勾起自己大脑深处的记忆，我与贤亮近三十年交往的点点滴滴，有的清晰，有的模糊，轮番浮现眼前……

一、我与贤亮的交往源自一本刊物及一篇文章。一本刊物就是我所供职的《当代文艺思潮》，一篇文章就是我任责编的《一阴一阳谓之道——〈绿化树〉、〈男人的一半是女人〉的本体象征及其它》（载于《当代文艺思潮》1986 年 2 期），作者王鲁湘、李军是在读的北大哲学系美学研究生，篇末自注"写于北大二十五楼集体斗室"。

20 世纪 80 年代初的中国文坛，张贤亮的短、中、长篇小说创作厚积薄发，独树一帜，写一篇成一篇、轰动一篇；写伤痕又超越伤痕，写知识分子灵与肉的冲突、博弈令人反思又超越反思，似天马行空，形成了独特的"张贤亮现象"。而评论呢，大多仍沿用了数十年的社会学批评方法，对"张贤亮现象"进行勉为其难又吃力不讨好的诠释……恰在此时，我从自然来稿中读到了王鲁湘、李军的文章。该文令我眼前一亮。它完全符合《当代文艺思潮》的办刊理念：把文艺家、文艺作品、文艺现象置于文艺思潮社会思潮中进行宏观研究、综合研究、动态研究、比较研究，予以历史的美学的评判，不断拓展研究领域，不断革新研究方法。

该文开宗明义，首先廓清了作品产生的思想文化背景："思想界提出了足以影响中国历史一百年的三大命题：真理标准问题；人的本质问题；知识分子的性质、地位和责任的问题。"在这宏阔的历史的时代背景下，展开了深入而又细致的论述：《"饥饿"的唯物主义——〈绿化树〉的本体象征》《"爱情"的唯物主义——〈男人的一半是女人〉的本体象征》。文章指出：

> 从本体象征的角度说，《绿化树》可概括为"什么是人"的问题；《男人的一半是女人》可以概括为"什么是男人"——不仅仅是生理学意义上——的问题。从章永璘这个本体形象的象征意义来说，可以概括为"当代中国知识分子认同与超越的历程"。"什么是人"与"什么是男人"是章永璘"认同与超越历程"中两次大的危机。当然，历史把他抛在危机的漩涡中任其沉浮，历史又让他战胜危机，胜利地实现了一次又一次壮丽如日出的超越，但同时又把一个孤独的阴影缀在了他的身后。认同、超越、孤独，真是一种"宿命"的和谐！

我认为这是评论张贤亮及其创作的海量文章中最中肯綮最深入最有见地的文字，经过三十年岁月沧桑，拂尘重读，愈加感到它的深刻与厚重。

按照编辑部的审稿程序，我签注意见，立即送给了刊物的总负责人谢昌余，老谢很快审定：同意德宏意见。尽快发。发头题。我的担心——文章太长（2.4 万余字），并未成为问题。老谢说，好文章不怕长。

《当代文艺思潮》创刊伊始，即辟有《大学生研究生论新时期文艺》栏目，注重选发那些在校苦读的莘莘学子的文章；而为了强调王鲁湘、李军的文章的分量，并未选择此栏，而是在专门探讨当前热门话题的《当前文艺思潮探源与追踪》栏目中推出。

研究生，头题，长文，重点栏目……《当代文艺思潮》打造的"不薄名人爱新人"的金字招牌，切切实实，熠熠生辉，有目共睹。

奇文共欣赏。这期刊物甫一印出我即刻给张贤亮寄去一册，附了简短的信，只是客套地请他对文章及刊物提出批评意见，关于王、李的文章，我未讲任何倾向性的话——心想，张贤亮何等聪明，怎须别人点拨！

不久收到了张贤亮的回信，很热情，洋洋洒洒写了三大张信纸，先说他从不对评论自己作品的评论家及评论文章置评。为什么呢？因为作品一经发表，就赋予了它社会属性，说好说坏，见仁见智，都很正常；为此，他还引用了鲁迅关于厨师与食客的关系的观点加以说明。接着，他还是情不自禁地评价了王、李的文章，称这是迄今为止他读到的最有理论深度最贴近他创作实际的文章……信的最后称赞了《当代文艺思潮》，并说他每期必读；还说，没有高水平的编辑不可能办出高水平的刊物……

从此，我与张贤亮建立了通信联系，有时也会通通电话；通话也是他打过来的多，我打过去的少，因为斯时的甘肃文联只有一部直拨电话，在办公室主任的房子里锁着。

五一过后不久，突然接到张贤亮的电话，简单问候寒暄之后，直接交代"任务"：旅美华人学者李欧梵某日某时乘某某次列车到兰州，他想到敦煌考察，请你们接待安排。说完，不等我回话，他就把电话挂了。

老实讲，我有些生气，我又不是你的部下，凭什么这样吩咐我！再说了，接待一位美籍华人学者，而且还要去敦煌，岂是我一个"组长"（敝人时任《当代文艺思潮》现状组组长）级人物所能定的！生气归生气，受人之托，事情该办还得办；好在当时是文学的黄金时代，以文学的名义，平常许多难办的事，甚至不可思议的事都可以办成。

我向我的顶头上司谢昌余汇报，老谢连磕巴都没打，同意我安排宾馆、接站并陪同飞敦煌，条件只有一个：深入接触，写一篇专访。谢昌余时任甘肃文联党组副书记、副主席，甘肃作协副主席，《当代文艺思潮》总负责人，属于"四通"人物，他同意就一切皆妥了。

李欧梵原籍河南，父亲是中学音乐教师，抗日期间逃难，由河南而西安，由西安而宝鸡，最后定居天水。解放前夕，举家迁台，与白先勇、陈若曦同为台大外语系同学，他于美国哈佛大学获得博士学位后，曾在香港中文大学、美国普林斯顿大学、印第安纳大学、芝加哥大学执教，与夏志清齐名，是著名的中国现代文学专家。80年代初，华裔美国女作家聂华苓与其先生安格尔共同创办爱荷华（艾奥瓦——编者）国际写作中心，为全世界的华人作家——实际上主要是……两岸的作家提供聚会、交流、切磋创作的场所。数年间，大陆有数十位作家参加，成为国门尚未完全打开年代的作家走出去看世界与外界交流的重要途径。一开始，李欧梵就参与了爱荷华（艾奥瓦——编者）国际写作中心的筹办工作，之后又协助聂华苓做组织接待工作，一来二去，自然结识了不少大陆作家，而这些作家就成为了他在大陆的人脉。此次，他是带着"中国30年代现代派文艺思潮"的基金研究项目到上海的。在上海，茹志鹃、王安忆母女接待他；陆文夫请他去了苏州；高晓声请他去了南京；冯骥才请他去了天津；王蒙请他去了北京；张贤亮请他去了银川……他还想来兰州，更主要的是他想去敦煌，可是线断了——甘肃无人识李君。因为甘肃无缘爱荷华(艾奥瓦——编者)!这就是张贤亮直接给我打电话的缘由。当然，这些都是我接待了李欧梵才知道的。

兰州的5月，已进入旅游旺季，去敦煌的机票非常紧张，托关系也得等。在等票的三天里，我陪李欧梵浏览了兰州市容，参观了历史悠久的黄河第一桥——兰州铁桥、《黄河母亲》雕像及百里黄河风情线；登白塔山，看兰州夜景，观万家灯火，俯瞰滔滔黄河穿城而过……他还想看已风靡海内外的舞剧《丝路花雨》，因该剧在外地演出而未能如愿，不过我还是陪他观摩了高金荣（时任甘肃艺校校长）独创的敦煌舞教学。对高金荣的敦煌舞教学，李欧梵赞赏有加，连呼"精彩"、"大喜过望"；还说返美后他会建议他的女朋友（王××，系聂华苓女儿，在美从事现代舞的研究与教学）来兰州学习敦煌舞。此次观摩，他还有另一个意外收获，邂逅了他的老朋友——中国台湾籍旅美著名摄影师柯锡杰。我还安排他在兰大中文系及西北师大中文系搞了两次讲座，效果相当好，场场爆棚，反响热烈。因为那是一个改革开放的时代，人人都不想错过睁大眼睛看世界的机会……

参观敦煌，按计划进行，还算顺利：段文杰院长会见了李欧梵，正常的参观之外经段院长特批，增加了二个特级洞……也算给足了面子；鸣沙山、月牙泉、阳关、乌洼池……该去的景点都去了。由于朝夕相处，时间充裕，我的采访也算深入细致，几乎是送走李欧梵的同时，就写出了专访长文——《新时期文学：中国与世界的对话》。

其间，还有两件事值得一记：其一是登机安检时，安检人员说旅行箱有正方形金属器物，李欧梵坚持说没有……打开箱子才恍然大悟，原来是张贤亮送他的铜墨盒。因为反复过安检机，加上开箱的忙乱，弄得我们登机时，气喘吁吁，大汗淋漓。其二是我平时自恃身体好，乘航班从不晕机，不知什么缘由，这次却是翻江倒海般地呕吐……入住敦煌宾馆，才明白过来——时值世界杯足球赛，白天陪李欧梵参观，晚上熬夜看球，呕吐竟是缺觉所致……

许多许多年之后，我与张贤亮不仅年年（作协全委会例会）见面，而且两个异乡人因甘肃结缘而互称"乡党"，成为无话不说的朋友时，这段往事成为我们共同回忆最多的话题。

张贤亮说，李欧梵无论何时见面、写信还是打电话，都要提及他的环大陆行，而其中给他印象最深刻最美好，甚至可以说给他冲击及震撼的还是地处西部的宁夏与甘肃，是那种历史的纵深、文化的厚重及友情的淳朴氤氲……

谈到那件铜墨盒，贤亮说，那可是我珍藏的宝贝，是明朝的文物。

在回答我心中积压已久的疑惑，为什么连面都没见过就给我出难题，让我接待李欧梵时，张贤亮略加沉思，几乎是一字一顿地吐出了四个字：无奈！信任！然后他解释说，李欧梵想去敦煌的心愿非常强烈，当时我太忙，不能陪他去。话说回来，那是你们的"地盘"，即使我去，效果也未必好！在甘肃我认识的人中比较熟的只有一个邵振国，当时他尚未调入作协，我托他的事他肯定尽心尽力，但未必有这个能力，不能为难他。无奈之下，只有托你。在谈到"信任"时，他说，我这个人有些先验论，相信直感，跟着感觉走，而且屡试不爽。当我接到你寄来的信及《当代文艺思潮》时，我的第一感觉：你是一个可以信赖的人，是一个可以深交成为朋友的人。再说了，咱们虽然尚未见面，你那"敦煌出差专业户"美名早有耳闻了，你们《当代文艺思潮》又办得那么火，经常举办全国性的活动，接待一两个人去趟敦煌，还不是小菜一碟！事实证明，我的感觉又对了……

谈到我在飞机上的呕吐及呕吐的痛苦，他不仅没有给予同情与安慰，反而招致他的讽刺与挖苦。他说，别看许多作家写文章谈足球，有时也出镜侃足球，真正热爱足球并理解足球的人并不多，大多同我一样，都是伪球迷；谁像你那样傻，点灯熬油伤身体地看球！呕吐难受，活该……

我气得几乎背过气，他却发出一串呵呵呵的笑声……这笑声坏坏的、怪怪的……一时很难解读透它的意涵。熟了，时间长了便会发现，这是张贤亮标志性的笑声，谈文学创作，聊天，或者讨论争论某个问题，当他的话语、观点占了上风，或者自以为占了上风，便会发出这种呵呵呵的笑声。这笑声代表着张贤亮骨子里的那种争强好胜总要胜人一筹的不服输的性格……

二、我与张贤亮神交已久，实际上见面很晚。乍听起来不可思议，实际上又事出有因：首先，20世纪80年代被称作文学的"黄金时代"，全国性的各种文学活动很多，但张贤亮参加的多为"创作笔会"，而我参加的多为"理论批评研讨会"，没有交集；其次，以西部（最初文学西部的概念与政治、经济、地理的有所不同，是指陕、甘、宁、青、新西北五省区）名义举办的文学活动，张贤亮及宁夏方面基本上不参加，反而在京、津、沪、穗等地的文学活动中，常常见到他们的身影，听到他们的声音。有人开玩笑说，宁夏离北京及东部很近，很近；离西部很远，很远！有点像明治维新后的日本脱亚入欧，而宁夏在脱西入东……

第一次与张贤亮见面，大约在20世纪90年代末，他的儿子在四川（重庆还是成都）读书，他去看儿子，银川没有到四川的航班，当时还没有网上购票一说，于是他打电话托甘肃作协购票——十多年岁月令他与甘肃作协领导热络了许多，不用再给我打电话了，但却点名要见我和邵振国。当时《当代文艺思潮》因故停刊，我已担任了《飞天》副主编，只是与他见了面，与作协领导一起陪他吃了顿饭，并没有深入地交谈。在贤亮候机的一两天里，作协领导还安排我和邵振国陪他在兰州转一转，当时正值发稿，实在太忙，无法抽身，只好请邵振国代劳了。

第二次见面是 2001 年 8 月，宁夏召开"长篇小说《马嵬坡》及西部文学研讨会"，工作人员给我打电话，说张贤亮请我参加。我当即予以婉拒，理由是我刚刚参加完胭脂山笔会从张掖归来，一大堆事等着处理。第二天，张贤亮亲自给我打电话说，陈主编，我知道你很忙，但还是请你务必参加这次研讨会。《马嵬坡》的作者高嵩是我的得力助手，理论功力深厚，十年磨一剑，吃了很多苦，好不容易写出了这个长篇，写得还不错。全国都说宁夏是大树底下不长草，我之所以亲自抓这次研讨，就是要证明张贤亮这棵大树底下不仅有草，而且也长树，宁夏正在形成良性的文学的生态群落……为了动员我与会，张贤亮给我戴了不少高帽，灌了不少米汤。他说，全国谁不知道你们《当代文艺思潮》《飞天》是"西部文学"的始作俑者，在西部召开"西部文学研讨会"，始作俑者，倡导者，践行者不参加，能说得过去吗？再说了，这次研讨会北京有一批创作、编辑、评论的大家与会，这些老兄大多是"话语霸权"主义者，咱不能只听他们神侃，请你来就是要发出咱们西部的声音呀。他还给予"物质刺激"——解决"往返软卧"……

盛情难却，只好前往。

我这个人的最大缺点是不读作品不敢发言，不像有的评论家看看前言，翻翻后记，就可以长篇大论，滔滔不绝；更没有那种文不加点，倚马可取的文思、文采。所以，每每在同一天的报纸上看到载有同一个评论家的两篇，甚至三篇文章时，总是羡慕不已！没有办法，只有慨叹自己先天不足，学识不逮。我找来载有《马嵬坡》的那期《中国作家》进行"恶读"，终于在下车之前，读完了作品。

马嵬坡本是陕西兴平一地名，相传晋人马嵬在此筑城而得名。唐安史之乱，玄宗从长安西奔成都，卫队哗变，缢死杨贵妃于此。长篇小说《马嵬坡》即以此为题材创作。盛世掩盖下的乱象、矛盾、危机；杨国忠的专权、任人唯亲及卖官鬻爵；玄宗在荒于朝政的同时，与杨贵妃终日在宫中歌舞升平，极尽奢靡……整个社会充满了繁华而贪腐的气息……可以看出，无论是社会背景、人物关系及典章制度，作者都有较深入的研究，与当时文坛流行的"大话""戏说"真是不可同日而语。

有了这些认识，加之了然于胸的西部文学之我见，为我的发言增加了些许底气。

座谈会由我的老朋友《中国作家》常务副主编杨匡满主持。会议由京城来的大牌评论家何西来打头炮，京城"四大名编"之一的崔道怡紧随其后，接着杨匡满点了我的名。

何西来毕竟是评论界执牛耳的人物，崔道怡"京城名编"亦非浪得虚名，所以他们关于作品人物形象及艺术得失的分析，深入细致，令人心服口服。我则把作品置于"西部文学"的理论框架内予以定位，用时代精神对历史题材进行烛照、审视与分析，把人物的塑造及艺术上成功的创作实践，归结为对"西部文学"理论的丰富、发展与提高……在京城来的一批大家面前，不敢自诩我的发言多么精彩，但独特的角度，新颖的方法，还是获得了与会者的肯定与好评——除杨匡满重点点评之外，张贤亮、何西来也分别插话，热情洋溢，肯定、赞扬……他们二位的插话，居然比我的发言时间还长。我理解，张贤亮的插话蕴含着我们十几年"交神"中他想说而没有机会说的话；而何西来呢？讲得更多的是《当代文艺思潮》《飞天》对新时期文学——特别是"西部文学"的倡导及贡献……

这次银川行，使我与张贤亮之间十多年只有神交而缺乏面谈的"欠债"一次性了却了。除了会议间隙、就餐、参观，我们常有交谈外，他专门抽两个晚上——开幕式当晚及离会的前夜——到银川宾馆来看我。正是这次会议的接触及两次促膝长谈，使我与张贤亮的关系发生了"质变"，彼此有了较深入的了解，改变了许多先入为主的看法。比如，常常听说（仅仅是听说），张贤亮很高傲，浑身充满了贵族气，并举例说，参加长庆石油勘探局的一次文学活动，他一身的国际名牌，并炫耀西装是某某牌子的，皮带是某某牌子的，皮鞋是某某牌子的……颇似穿名牌不撕商标的"土豪"，堪与宋丹丹、赵本山的小品争锋。说他发言语惊四座，自称是中国"性文学"的始作俑者。此话题在当时似乎尚未完全"脱敏"，所以引起L评论家的跟进发言，他自称是"主旋律"的始作俑者，并详加证明，说他是在某年某月某日某时，某某会议上提出来的，中央是在某年某月某日提出来的，他比中央早了几年几个月零几天……可惜，当时我不在场！如在场，我一定会问L君：如何解读你的发言？欲与张贤亮比肩？欲以"正"压"邪"？还是想与中央争主旋律的"版权"？……

我之所以引述这些陈年旧事，是想说明一个道理，文坛的一些传闻，不可不信，又不可全信，因为传闻本身就附加了传闻者的想象与创造。就拿张贤亮身上的"贵族气"来说，当时我就存疑。英国有种说法，三代人方能培养出一个绅士。我不知道张贤亮的"资本家出身"传到他是第几代，我知道的是他十四岁就被解放了，没过几年舒心日子，然后是被纳入知识分子改造及"草根"之下的二十几年岁月……他的"贵族气"来自哪里？这次接触及长谈，才算明白，所谓的"贵族气"，无非是奋斗者成功之后的自信、自强与自负，拿马斯洛的话说，是人生最高层次"自我实现"之后成就感的外溢，也可以说，"是真名士自风流"……

至于"一身的国际名牌"呢？老实讲，我还认真观察了，真没看出来——他上身是一件姜黄色休闲西服，内着玫瑰色衬衣，未打领带，一条牛仔裤，足蹬黑色旅游鞋……与称得起作家的作家相比，没有什么区别。当然了，识货之人认真考究一番，说不定都是名牌！那又怎样呢？名牌即品牌，其核心是品质、品格、品位——这不正是人生应该追求的吗？！

这次银川行，还有一个意外收获，证实了我的叔叔曾当过张贤亮的"顶头上司"——不是在单位，而是在劳改农场……

我的叔叔陈久寿，字希北，抗日战争初毕业于（长沙）黄埔军校工兵科，经过抗日烽火的历练，擢升为胡宗南部的少校工兵营营长。20 世纪 50 年代初的那场"镇反"运动，把原本已在甘肃酒泉水利局任工程师的他"深挖"出来，判刑劳改。当张贤亮来到劳改农场时，他不仅已是资深的劳改犯，而且因为他有文化，懂技术，表现好，被指定为"犯人管犯人"的头，每天给"犯人"分配活，也与"犯人"一起干活……由于太想"表现"，也"表现"得太好，太卖力，以至透支了身体，透支了生命，出狱后一直诸病缠身。在他生命最后的岁月，正是张贤亮在文坛声名鹊起之时。他边读张贤亮的作品，边不断地对家人说，这个年轻人太聪明！他这个"太聪明"，当然包含对张贤亮作品的赞赏，但更多的是指张贤亮在劳改农场中的"生存智慧"。他回忆说，张贤亮刚进场时，面黄肌瘦，体质很弱，派他挖沟、修渠、种地的农活，他不干，说自己有病，干不了。劳改农场哪有轻活？只好派他到食堂帮厨。在那个全民挨饿，营养极度匮乏的年代，尤其是在劳改农场，无疑这是最美的美差了……

谈到这段往事，张贤亮说，时间抹掉了许多东西，但当年记忆深刻的人和事，认真回忆，还是可以复原的。你叔叔这个人已记不得他的名字，大家都叫他老陈，对他的历史知之甚少，只知道他是"国民党反动军官"，寡言少语，但办事非常认真，干活非常卖力，而且与人为善，每次我不想干活"装病"，生怕被他揭穿，他总是默默地看我两眼，点点头就算完事了……

我告诉张贤亮，在我叔叔去世的第二年，自治区成立"黄埔军校同学会"，上级派人来找，了解情况后，连说可惜！然后到我叔叔在黄河岸边的坟上进行了凭吊……

对此，张贤亮与我，唏嘘良久，慨叹不已……

临别，张贤亮送我一方贺兰石的名章，造型为"西夏碑础"，材质上乘，刻工考究。说心里话我很喜欢，但说出的话则恰恰相反：我不稀罕。这是"报复"——报了他挖苦我"呕吐，活该"的"一箭之仇"……

当然，我还是"笑纳"了。

当然，还伴有其他说辞……

三、中国作协第六次全国代表大会于 2001 年年底在首都的京丰宾馆召开。此时我与张贤亮已互称"乡党"。有不明就里的文友纳闷：你们一个甘肃，一个宁夏，怎么会成为"乡党"呢？论原籍一个山东，一个江苏，也不对呀？……有时我略作解释——宁夏原是甘肃的一个地区，1958 年才建立宁夏回族自治区；张贤亮 1957 年因在《延河》发长诗《大风歌》而被打成右派，所在单位是甘肃省政府政治干校。我们两个异乡人，都与甘肃有缘，故称"乡党"，而且常常因这两个字的发音不够"秦腔"而"惭愧"，而相互取笑……

这期间我与贤亮的见面、叙谈，不是互访，而是宾馆一楼大厅的茶座里。吃过饭，看过新闻，你到大厅转转，或偶尔有事外出路过大厅，十有八九会看到他一支烟一杯咖啡，独享那份悠闲与孤独。当然，此种状况一会儿就会改变，有时是三五个，有时是七八个作家聚拢来，以张贤亮为中心进行交谈。我戏称这是"张贤亮文学沙龙"。其实话题非常广泛，远远超出了文学，古、今、中、外，政治、经济、历史、文化，天文、地理……有时我想，除了作家，不知还有哪些行业的从业人员在一起，会有如此广泛的话题！

有人说张贤亮会议期间专门主持"美女文学沙龙"，我可以证明这不完全是事实。是不是"美女沙龙"，关键是看第一个"报到"的人；如果第一个"报到"的是男性作家，这个夜晚的聚会就会男女都有；如果第一个"报到"的是美女作家，后到男作家往往选择了回避。不是说男作家的意识深处有多"歪"、多"坏"、多"邪"，而是知趣，不愿分享或者说分散属于张贤亮的那份殊荣……

张贤亮魅力何在？何以能够高朋满座，谈笑风生呢？经过认真思考，我还真的总结出两条：

其一，是他的大方与大气。只要他朝那儿一坐，不管后续来多少人，他都跟服务生交代，他们喝咖啡、喝茶自便，统统记在我的账上，最后我来买单。

其二，是他独特的人生阅历、识见与睿智，有很强的吸引力。我们常说开卷有益，其实与阅历丰富而又有识见睿智的人接触、交谈则更有益，所以才有"与君一席谈胜读十年书"之说。

当国人中的大多数对"抓主要矛盾""牵牛鼻子"笃信不疑之时，他率先提出"细节决定成败"，引领此话语新潮流，我亲耳听王蒙称赞，贤亮的说法，很有道理。

有一次张贤亮对我说，前不久他接受了日本共同社记者采访，一时间纷纷扰扰，传闻很多，不知道张贤亮胡说八道了些什么！上级有关方面很紧张，又是调记录，又是听录音，结果发现，关键是谈政治体制改革的两句话："中国的问题，不是改变体制，而是体制的改变。"乍听，以为张贤亮在玩文字游戏。其实不然，词序的颠倒，不仅大有学问，而且大有深意。前者何意不言自明，后者显然是指改革开放——如今中国的一切成就，不都是改革开放的硕果吗？今后的国家进步，不仍需改革开放吗？张贤亮进一步解释说，有人总想把我打成"持不同政见者"，怎么可能呢？我是执政党——中国共产党的一员，我是改革开放的支持者、亲历者、参与者、受益者。我今天过的什么日子，我的前辈们——"资本家"过的什么日子！两相比较，他们差远了！……

改革，是与张贤亮接触中交谈最多的话题，似乎远远超过了对于文学及文学创作的探讨。他说，我们党由革命党转变为执政党，有许多经验要总结，有许多教训要吸取；无论是总结经验，还是吸取教训，都需要改革及改革精神，因此改革只有进行式，没有完成式……我张贤亮有时被某些人误解、曲解，甚至被视为"另类"，无非是我醒得早一点，走得快一点，想得深一点，远一点……

言谈之间，体现了张贤亮对改革开放的高度认同，同时，能以自己的创造才能在改革中得到充分的施展舞台与空间而感到骄傲与自豪！

作代会最后一天的重头戏是闭幕及闭幕之前的选举。我有幸被选为大会选举的若干监票人之一。据熟悉选举程序的文友介绍，以前当监票人很麻烦，也很累人，不仅要监督投票，而且对废票、无效票要反复检验核实，签字；计票更麻烦，要一张一张画"正"字，所以，千人左右的选举，往往需要数小时才能出结果。计票期间，常常给代表们安排放映电影，以打发这数小时光阴。我算赶上了好时候，这些费力劳神的工作，全由计算机及其专门设计的软件代劳了，投票一结束，结果就全出来了，整个过程，不超过一个小时。

当我在选举结果的书面报告上签完字，走下主席台时，部分领导已在台上就位，各省的代表在主持人的招呼下，纷纷返回自己的座位。

迎面遇到了陈忠实。其长篇《白鹿原》，经过否定之否定的折腾，声名大振，陈忠实更是人气飙升，此次被提名为中国作协副主席候选人，自然是实至名归。

我说，忠实，你要请客。

此话从监票人口中说出，他当然知道此中的意涵；于是他脸上的沟沟壑壑变成了一朵花，边笑边操着浓且正宗的"秦腔"说：好，好！羊肉泡，羊肉泡！

我说，十年前请吃羊肉泡，十年后还是羊肉泡？

忠实说，我就是这羊肉泡的水平……

还遇到了张贤亮，他约我散会后到前厅喝咖啡。

当我来到前厅的茶座时，以张贤亮为中心，已有陆文夫、邓友梅、李国文等五六个人围坐在那里了。

张贤亮招呼我坐好，等服务生送来了咖啡，笑着说：你这个监票人接触人多，消息灵通，说说代表们对大会有何反应。

对张贤亮的话，我一时摸不着头脑，只好用开玩笑的口吻说：大会圆满成功！反应很强烈亦很热烈啊，都在每天好多期的简报里啦！

张贤亮说，简报里说的都是官话——官话让当官的说去吧，我们说说私下的反应。

张贤亮的提示，真的让我想起了一件"私下的反应"——王蒙对巴老开幕词的议论——不是针对巴老，此时的巴老，年老体衰多病已不能与会了；针对的是巴老开幕词的撰稿人张同吾。……

张贤亮问：张同吾知道王蒙的议论吗？

我说：王蒙的话，当天我就告诉张同吾了，他大呼冤枉。他说，天地良心，我为巴老起草的开幕词，都是从巴老的文章及历来的讲话中选出来的，每句话都有来历，每个字都有出处。怎么变成现在的样子，我一点都不知道。张同吾还说，别人有此议论还好理解，王蒙不应该，他是我老师啊……

王蒙于 1962 年 9 月至 1963 年 12 月，在北京师范学院（今首都师范大学）中文系教书，有一年又三个月的高校教师资历。虽说不上桃李满天下，但这期间在该校中文系就读且日后在文学界颇有些名气的，还是大有人在，比如主管过《小说选刊》的冯立三，大型文学期刊《当代》负责人之一的汪兆骞，《文艺报》编辑部负责人之一的何孔周，也包括诗论诗评家张同吾……

张贤亮呵呵地笑了起来。他说，这看法我们大家都有，只是不知道巴老的开幕词出自张同吾的手笔。还说，自古以来，我国的官方与民间就是两套话语系统，官讲官话，民讲民话，这很正常……对于这次换届选举，我也有看法！

此时我才醒悟，张贤亮启发我讲"私下反映"，原来是"引言"，目的是过渡到他的"私下反映"。果然，贤亮看了看因超龄刚刚卸任副主席的陆文夫、邓友梅，提高声音说道：文夫、友梅二位老兄，你们说一说，我和国文应不应该选个副主席？堂堂中国作家协会，没有几个重量级的作家当选，算什么中国作家协会？……陆文夫、邓友梅二位连说应该，应该！贤亮接着说，把一些四十多岁的年轻人扶上去，那个凳子一坐二十多年，有那个必要吗？……

仔细一想，张贤亮的吐槽不仅率真，而且还真是蛮有道理。在这次换届选出的十几位副主席中，五十岁以下的占了一多半。四十几岁，对政坛而言，已不算年轻，而在文坛，还是被称作青年作家的。贤亮所说的"那个凳子一坐二十多年"，圈外人一般都不了解，是指作协换届时的年龄规定：主席年龄不限，显然这是为巴老量身而定；副主席换届时只要不到七十岁，仍可连选连任，届满是七十四岁——以四十九岁当选副主席为例，如无例外，那个"凳子"就得坐二十年！还有四十四岁当选的呢？那个"凳子"可以坐三十年。这在任何部门及行业，都是不可想象的。铁打的衙门流水的官。有人当二十五年甚至三十年省委书记、副书记或者是省长副省长吗？作家的年轻化，体现在作协领导机关的党组、书记处就足够了；对那些由著作累积而成的"重量级"老作家，选他一个副主席，既表明了对文学创作的尊重，又扩大了文学在国内外的影响，有何不好？至于已取得了不俗成绩的中青年作家，让他们晚坐几年"凳子"，少坐几年"凳子"，似乎也没什么不好！起码可以戒除某些官本位的攀比及创作中的浮躁心态。

张贤亮有一个很突出的特点，或者说是优点——话语权的把控能力。在关于文学创作的讨论中，他的话语往往成为主导，即使你不同意他的观点，引起争论，也是沿着他提出的话题展开，日常中的文友相聚，比如前面谈到的"文学沙龙"，更是按照他引领的话语发展或者转换，就连"餐桌话语"也会随他起舞……

喝了阵子咖啡，大家起身到餐厅就餐。此时的餐厅人还不太多，我们七八个人占领了一张餐桌，分别将文件包放在凳子上或餐桌上，而贤亮另外还用帽子占了个座，大家各自去取饭菜。可能是张贤亮食不厌精，过于挑剔，也可能是他熟人太多，不断有人与他打招呼，等大伙各就各位时，他却迟迟未归。这天是大会闭幕，就餐的人特别多，餐位有些紧张，不断有人端着餐盘过来，看看两个有主的空位，怏怏地转身而去。不一会，王蒙端着餐盘过来，大家同他打招呼，却不让座，他有些奇怪，看着两个空位问：这是谁占的？邓友梅说，是贤亮。王蒙把餐盘放下，拿起帽子狠狠地摔到另一只凳子的文件包上，说，老子今天就坐这儿啦！大家哄堂大笑。笑声刚落，张贤亮端着餐盘站在了王蒙身后，瞪大眼睛作诧异状……大家又笑了起来，王蒙头也没回，但已感觉到了身后的状况，于是大声说道：我知道，这是某人为美女作家占的，我坐了，有人肯定不高兴！哈哈……不高兴就让他不高兴去吧……

贤亮落座，大伙边吃，边笑，边谈，进入了餐桌话题。

张贤亮说：王蒙，你是当过部长的人，你说这当官的诀窍是什么？

王蒙不吭声。王蒙初当部长时，有人问王蒙当"部长的滋味"，王蒙答以七个字：受尊敬，说话算数。如今不同，张贤亮的问题犹如赵本山的小品，"一根筋"回答肯定错，他会"两头堵"。所以，张贤亮再三催问，王蒙只是低头吃饭，就是不予回答。

无奈，贤亮只好自揭谜底：我告诉你吧，当官的诀窍在于说"不"！然后他解释说，在众声诺诺的官场，你敢于说"不"，你就是羊群里的骆驼，与众不同。你敢于同领导说"不"，领导对你会另眼相看，力避对你居高临下，颐指气使，因为他怕落下"以其昏昏，使人昭昭"的恶名。对部下说"不"，可以树立威严、威信、威望，令其不敢糊弄你……当然，前提是你说"不"要说得有道理、有水平……

大伙对贤亮的观点，岂止是赞同，简直是佩服，甚至是折服了，连王蒙都说有道理。

受到认同与赞扬的鼓舞，张贤亮似乎亢奋了起来，谈锋犀利，妙语连珠……张贤亮专注地笑嘻嘻地看着王蒙声调怪怪地说：请问王蒙先生，你害过"官场综合征"吗？

王蒙说，没有！绝对没有！

贤亮问，为什么？

王蒙说，这个部长我压根就不愿当，但我的意见不起作用。习仲勋找我谈话，要我服从组织安排。我说，作为党员，组织决定我服从，但我有个条件，只干三年，三年后请组织物色更合适的人选……刚好三年下台，既不是年龄过杠退休，也不是"被辞职"，哪有什么"官场综合征"？再说了，在当部长期间，我始终没忘写作的老本行，发了不少作品，你们没看见吗？……

王蒙的上台与下台，在文坛及社会上有许多传闻，有许多"版本"，如今听王蒙的"正版"自述，还是颇感新鲜，大家都听得津津有味。陆文夫连说，这就好，这就好！你当部长期间写的作品，我都读了，还是满新鲜、满新潮的……

对于张贤亮引领的话题，王蒙似乎兴趣还浓。他说：贤亮的话很有道理，文联主席周巍峙就是最好的例子。你看他主持会多精神，西服笔挺，腰板笔直，思路清晰，声音洪亮……你会想到他已八十多岁了吗？周巍峙资格很老，20世纪的30年代就在上海参加了左翼音乐运动，周总理称周扬为大周，周巍峙为小周，自己为老周……上次文代会换届被选为主席前，已离休好多年了，身体并不太好，当主席后精、气、神越来越好，这次又连选连任，真神了！

张贤亮说，离休多年后重返工作一线，而且还担任如此重要的职务，闻所未闻。邓小平三落三起，可他也不存在离休问题呀！再说了，邓小平最后一次复出，也才七十出头，也没这么老呀？总得有个理由吧？

王蒙说，这你就不懂了吧！这叫官运来了挡都挡不住。

接着，王蒙讲起了周巍峙复出的"内幕新闻"。上次文代会开幕的前几天，上边意向的主席人选曹禺突然病逝，令组织上措手不及。这种换届大会，最主要的是主席人选，副主席人选都在其次。按照正常的程序，主席人选要经过多轮考察，几上几下地征求意见，才能定下来。此时开幕在即，按程序走显然来不及了，于是主席人选就成了最大的悬念。大会如期召开，选举时才揭开谜底：周巍峙顺利当选。

王蒙说，一个离休多年的人，一个年近八旬的老者，连他自己都未必想到，说当主席就当上了，这是不是官运来了挡都挡不住？

张贤亮有些不服气，他说，这是我党民主集中制的成功，把我张贤亮"集中"上去，照样可以当选，与官运及挡不挡无关。

王蒙说，你又不懂了吧！周巍峙当主席绝对与官运有关。那位原定的人选曹禺如果晚去世十天半月，文代会开罢，主席已是钢板上钉钉，还有他周巍峙的戏吗？如果曹禺早去世半个月一个月，势必要征求意见，即使不征求意见，上边内定的消息也会走漏，就会有人告状给你搅黄了，也不会有他周巍峙的戏了。

张贤亮仍然不服，争辩说，谁吃饱了撑得没事干，专门告状搅黄别人？

王蒙说，你看，你看，你又不懂了吧！周巍峙当文联主席，第一个反对他的就是大诗人H某某。

张贤亮问，为什么？

王蒙说，你想啊！论资历咱俩都当过文化部副部长，论年龄我比你年轻，离休比你晚，论成就我（自视）比你高，论影响我（自视）比你大……凭什么这文联主席就该是你周某人而不是我H某人呢？……

王蒙说，当然这是他的"内心独白"，拿不到台面上来，但能拿到台面上的反对理由太多啦——在某次运动中你犯过什么错误……你有什么"自由化"言论……你同周扬关系密切……王蒙说，这还不是最厉害的，最厉害的撒手锏是组织一些思想观点同他保持一致的老作家老艺术家联名写告状信，这一招往往奏效。为什么？上边要考虑"安定团结"……

说到这儿，王蒙停了停，看着张贤亮说，周巍峙的这个文联主席，早了不行，晚了不行，上边内定了，不保密也不行！等代表大会开了，选举有了结果，有人再想告状，晚喽，搅不黄喽！你说与官运有关还是无关？是不是想挡也挡不住？……

张贤亮边点头边说，有关，有关！对你老兄的话我是服了……

接着，是贤亮那标志性的呵呵呵的笑声……

……

张贤亮是新闻人物——他的作品是新闻，他的作品改编成影视是新闻，他的作品引起争议是新闻，他的发言是新闻，他创办经济实体是新闻，他收藏几块圆明园的石头、瓦片是新闻，甚至他遭遇"打劫"也成了新闻……远的不说了，仅2001年至2011年这十年，作协全委会，分别在北京、上海、重庆、昆明、福州、宁波、南通……举行，我就亲历、亲见了这些地方的媒体——既有传统的平面媒体，又有广播电视，还有新兴的网络……都留有贤亮的文字、声音及身影……

世界各国媒体的共同特点是敏感、敏锐、敏捷与功利……他们绝不会把旧闻当新闻，更不会把无价值的对象拿来进行毫无意义的炒作。新时期以来的数十年，张贤亮的影响远远超出了文学，他不断地成为舆论的中心，新闻的焦点，媒体追逐的对象……此种现象说明了什么？……

李杜诗篇万口传，至今已觉不新鲜；

江山代有才人出，各领风骚数百年。

——（清）赵翼《论诗》

张贤亮能否领"风骚""数百年"，抑或超过数百年？这只能留给历史、留给后人评说了。不过他以其阅尽历史沧桑，也阅尽人间春色的七十余年人生，以其文学创作活动及其创办的实业，引时代潮流，领文学"风骚"，成为我们这个时代的"才人"，已是不争的事实。

四、中国作家协会第八次全国代表大会于 2011 年 11 月下旬在北京饭店举行。大会闭幕的当晚，我同金炳华书记同桌就餐。他担任了两任作协党组书记，已于去年交班，我担任了两任全委会委员，如今被推举为名誉委员。十年的共事，除了领导与被领导的工作关系之外，我们彼此建立了深厚的友谊。因此，这顿晚餐有些依依惜别……

记得十年前，高洪波介绍我与金书记初次相识，我对他说，我虽然来自大西北的甘肃，但因为办刊物及敦煌的缘由，我同你之前的数届作协领导，都建立了亦师亦友亦领导的关系。金书记用力握了握我的手说，放心，我们也会成为朋友。实践证明，金书记是重承诺的。我向他反映西部地区、特别甘肃作协经费的窘迫，一年只有一万六千元……他听得认真而凝重；而后出台了向西部倾斜的经费补助政策。我跟他说，西部的作家，特别是青年作家不怕吃苦，也不缺乏生活，但需要开阔眼界及胸怀，需要不同创作理念的交流与碰撞……他听得很专注；然后，作协几乎每年都组织"西部作家东部行"大型采风活动。我以《飞天》名义组织"东部作家西部行"（2004）大型采风活动及"两岸文艺汇陇原"（2006）横跨甘、青两省的采风活动，都得到了炳华书记的鼓励与支持。炳华书记是全国人大常委会委员，所以，每年春节过后不久，我都能收到盖有人民大会堂纪念邮戳的两会开幕"首日封"……

忆旧是聊天的最佳内容，它可以给人氤氲的温馨；聊天是打发时间的最佳方式，它可以使人忘却光阴的脚步……不知不觉餐厅里人员稀少了下来，我同炳华书记准备离开，恰在此时，张贤亮走了过来。

炳华书记说，贤亮，听说你的书法很火，赚了不少钱。

张贤亮呵呵呵地笑了起来，说道，实话实说，我的书法与小说相比，赚钱又多又快又容易。不过，我并非唯钱是图，而是视不同的对象加以区别对待。

金书记问，怎样区别对待？

贤亮说，公司经理、企业老板要我的字，对不起，标价多少你掏多少；政府官员要我的字应酬，或出访作为礼品，可以优惠，但也得拿银子来；对朋友则分文不取。

金书记连说，这个层次分得好，这个层次分得好！

说到这儿，贤亮突然问道，金书记，你还没我的字吧？

金书记说，你的墨宝已走向市场，而且还那么火，想要，我不好意思开口啦！

贤亮说，你退了，我也成了名誉委员，以后见面的机会就少了，我下功夫给你写幅字，以作纪念。

炳华书记连说谢谢。

此时炳华书记才发现，他与贤亮的交谈，我作壁上观，始终未置一词，于是他问道，老陈，你有贤亮的字吗？

我说，有——理论上有……

炳华书记及张贤亮一脸的茫然。我补充道，十年前贤亮答应送我一幅字，至今没有兑现……

炳华书记看着张贤亮问，怎么回事？……

我的话似乎勾起了贤亮的记忆，他回过神来，连说欠债，欠债！接着说，"乡党"你放心，这次回去就办，把给你的字和给金书记的字，同时寄出……

我开玩笑说，那我就托金书记的福了……

炳华书记仍然一头雾水，我只好进一步解释：2001 年夏，我到银川参加"长篇小说《马嵬坡》及西部文学研讨会"，闭会当晚，贤亮来我的住处银川宾馆聊天，送我一方贺兰石的印章，为了"报复"，我说"不稀罕"！贤亮问为什么？我说，我一不画画，二不写字（书法），三领工资不用盖章，送我这么好的章子，英雄无用武之地，不如有你的一幅字，还可以"炫一炫"，证明陈某人还认识大作家张贤亮……

张贤亮呵呵呵地笑了起来，说，这太容易了，如在办公室，或者在家里，现在我就给你写，你先回兰州，随后给你寄去……

……

张贤亮赠我的这幅字，说慢也慢——十年尚未收到；说快也快——八次作代会闭幕至多半个月，我就收到了他寄自银川的特快专递。打开专用大信封，里面套装着另一个未封口的姜黄色大信封，韩美林题写的"张贤亮书法艺术"七个字赫然在目；里面便是贤亮的墨宝及封面鲜红的收藏证书。墨宝是横幅，上书遒劲有力的四个大字：依旧潇洒；落款的小字竖排占了三行，其中的"陈德宏先生存念"七字占两行，而"张贤亮"三字顶"天"立"地"独占一行。文如其人。书法亦如其人。这不正是张贤亮豪爽洒脱富有张力个性的鲜明写照吗？

我致电张贤亮表达谢意，称赞了他的字，不过我还是给他鸡蛋里挑了点"骨头"。我说，你的字好是好，就是缺乏主语——究竟是你"依旧潇洒"还是我"依旧潇洒"？……

手机里传来遥远而清晰的张贤亮那标志性的呵呵呵的笑声——

你我都"依旧潇洒"……

你我都"依旧潇洒"……

……

五、大家都明白，人来到地球，无论谁都只是这个世界漫长而又短暂的过客，不管你愿意与否，生离死别是每个人都要经历的十分正常的事情，但还是给人留下了太多太多的哀伤与思念……

有人用泰山与鸿毛界定人生的价值，而我更愿用星星比喻人生——无数的星星构成了浩瀚的宇宙空间，大多数，甚至绝大多数星星因暗淡，不为人识，而张贤亮则跻身于那些发光强大的群体，在晴朗的夜空，常被人指指点点，评头论足……

其实我更愿把人生比作彗星，拖着长长的光焰划破美丽的夜空……

彗星其实是天体的陨石与大气层高速摩擦燃烧自己而产生的炽热光焰……大多数，甚至绝大多数的陨石，因缺乏燃烧自己的勇气而无声无息地陨落！显然，张贤亮属于那些勇敢地燃烧自己的群体，因而发出了耀眼的光辉……

科学的最新发现告诉我们，浩瀚的宇宙空间，是由物质及暗物质共同构成的，如果说张贤亮那些脍炙人口的著作及引领时代潮流的经济实体，是他留给这个世界的物质财富，那么张贤亮的思想及精神就是他留下的"暗物质"遗产。

这"暗物质"遗产，用一个关键词来概括，就是"困惑"——

关于历史的……

关于时代的……

关于社会的……

关于文学的……

关于人生的……

……

因此，我要把张贤亮赠我的书法还给他——

贤亮，乡党，你"依旧潇洒"……

2015 年清明于北京东燕郊

（原载于《钟山》2016 年第 5 期。有删节）

爱荷华生活

冯骥才

1985年春天中国作协通知我，应美籍华裔作家聂华苓和她的先生美国诗人保罗·安格尔的邀请，我将在8月份赴美到爱荷华（艾奥瓦——编者）的国际写作中心去交流与写作，为期四个月。我很高兴，那时代去美国是一个梦。更因为与我同去的作家是张贤亮。我们要好，我俩结伴再好不过。叶圣陶先生有句话：在外旅行最重要的是伙伴。

后来才知道，其实这是聂华苓对我发来的第二次邀请。头一年她曾邀请过我，恰巧苏联的一份重要的文学刊物《文学生活》发表了一篇文章，是著名的汉学家李福清（鲍里斯·弗里京）写的我的访问记，篇幅很长，里边有我自述"文化大革命"的遭遇。那时对老外说"文化大革命"还有点犯忌的。不知给什么人看到了，举报给作协。这封举报信恰巧与聂华苓的邀请函同时放在作协书记冯牧的桌上，冯牧犯愁了，他为难地说："这叫我怎么办？"反正不能批准我去了，只好对聂华苓说我有事去不成，聂华苓便改请谌容去爱荷华（艾奥瓦——编者）。

据说原先与我搭伴的不是贤亮，是徐迟。我十分尊敬徐迟，很早时候就读过他40年代在重庆出版的译作《托尔斯泰传》。那时正是抗战期间，重庆是陪都，物资匮乏，他这本译作是用一种很廉价的又薄又黑的糙纸印制的。他说他出版这本书完全是为了向读者"介绍一种伟大的精神"。我对这种为纯精神而工作的人向来心怀敬意，再加上80年代以来他那几篇关于陈景润和常书鸿的报告文学都感动过我，如果和他有一段共同出访的交情当然不错。与徐迟同伴虽好，贤亮更好，我和贤亮是无话不谈、相处随便、互不拘束的朋友。不拘束最舒服。

因"祸"得"福"的是，李福清给我惹出的麻烦使我访美的时间后错了一年，这叫我把《神鞭》和《感谢生活》写出来了。我曾想，如果当时我没出那件事，与徐迟一同去了美国，我的文学会变成什么样子呢？肯定会变了一种格局，说不定是完全不同的一种格局。那么人生到底是偶然还是必然的呢？

当时看全是偶然，过后全都变成必然。

……

我和贤亮住在爱荷华（艾奥瓦——编者）大学的学生公寓——五月花公寓的八层。我的房间是 D824，贤亮住在同层的另一间。我和一位印度作家共同使用个卫生间和餐室。我不用我的餐室，去到贤亮的房间做饭吃饭。贤亮在 1978 年以前坐牢二十二年，吃的都是"大锅饭"，不但不会做饭，连炒鸡蛋都不行。这种事我会做，于是烧菜煮饭就是我的差事了。每每到了吃饭的时候，我就去他房里"上班"。如果我写东西误了时间，他饿了——前边说过，他特别怕饿，就打电话催我，说话口气却挺婉转："骥才，你还不饿吗？"我过去就笑骂他："你这个老财主真会用长工。"贤亮是个厚道人，我天天做饭给他吃很不好意思，后来他竟然学会用电饭煲烧饭——这样好平衡自己心里的不安。这家伙确实有可爱的地方。

刚到爱荷华（艾奥瓦——编者）的时候天天就是写作。我出国前已经把《神鞭》之后的另一部小说《三寸金莲》写出了初稿。我把初稿带到爱荷华（艾奥瓦——编者）做修改。爱荷华（艾奥瓦——编者）大学举办这样的国际计划，将各国作家聚在一起，除去提供好的写作条件，更为了相互间进行交谈和交流。可是我和贤亮那一代人都不会外语，我上学时只有少数学校有俄语课，不学英语，后来反修，俄语课也停了。自学外语便有"企图"里通外国做特务之嫌。我知道自己不会外语寸步难行，就让在外语学校学英语的儿子冯宽给我写了一沓卡片，扑克牌大小，每张卡片上，写一句中英文对照的日常用语，如"多少钱""请问这地方在哪儿""借用电话行吗"等，以备不时之需。出国前贤亮请了一位"家教"，恶补了几个月英语，自以为比我强，常嘲笑我"哑巴加聋子"，可是他没有实战经验，逢到大家交流的场合说上几句就接不上话茬，只有干瞪眼，那就轮到我取笑他了。在国际写作计划的作家中，能够与我们"说上话"的人只有新加坡的诗人王润华、中国台湾作家杨青矗和诗人向阳。那时候，两岸作家还说说笑笑起来。我和贤亮不仅健谈，而且喜欢幽默调侃好开玩笑，天性都不拘束，那时我们年轻，只有四十岁出头，又都个子高，风华正茂，与海外传说的大陆作家唯唯诺诺、藏头缩尾、谨小慎微全然不同，很快彼此打成一片。王润华在大学任教，是一位学者型诗人，谦谦君子，妻子淡莹也是诗人，性情文雅，大家很合得来。常常晚饭前华苓会打来电话，约我们几个人一起去半山上她家里去聚餐。

……

一天华苓准备一桌美食——她家的中餐之精美是我在美国任何餐馆吃不到的，那天她邀请贤亮和我与美国记者、《长征——前所未闻的故事》的作者索尔兹伯里见面。我们聊得比吃得还好。索尔兹伯里最关心的话题是我们怎么看邓小平和中国向何处去。我们各抒己见，把当时对中国的希望与担忧都说得很充分。这位曾经作为中国革命见证的美国记者对中国的由衷的感情，给我的印象很深。

爱荷华（艾奥瓦——编者）写作中心组织过一系列很有价值的活动。比如到城郊农家参观当地盛产的玉米的收割，比如参观德梅因一家用数以千计的当代艺术作品装饰起来的保险公司的办公大楼，再比如游览密西西比河，我和贤亮还代表中国作家协会向汉尼堡的马克·吐温故居赠送了一套十卷本张友松翻译成中文的《马克·吐温全集》。……

回到爱荷华（艾奥瓦——编者）不久，我便与贤亮开始应邀四处讲学。实际上一边游历一边演讲。芝加哥大学、哈佛大学、耶鲁大学、纽约大学、明尼苏达大学、洛杉矶大学、伯克利大学、旧金山大学等。其间结识了不少华裔学者作家和美国的汉学家。印象深的有李欧梵、郑愁予、郑培凯、非马、夏志清，还有在《华侨时报》工作的王渝。80年代在美国见到的华人作家与学者多是从中国台湾去的。他们讲"国语"，写繁体字，有很好的中华文明的教养，人多有情有义，与我和贤亮都合得来，甚至成了朋友。在美国的汉学家葛浩文和林培瑞两位称得上奇人。葛浩文似乎有英汉两种母语，翻译也就"易如反掌"了，手心手背一面英文一面中文，可以像翻来覆去那样自如。林培瑞在洛杉矶大学，他能用天津话说相声，却不告诉我从哪儿学的天津话。

……

大约 10 月底，我和贤亮回到爱荷华（艾奥瓦——编者）。其他国家的一些作家在外边跑了不少日子，也陆续返回五月花公寓，再有不到一个月就要离开这里了。

这时候，出了一件事。

我们在出国时，贤亮将他新写的一部小说《男人的一半是女人》交稿给《收获》，这部小说发表在《收获》第 5 期时，我们正在美国，但它在国内却引起极大反响。那时一部作品的社会效应，是今天无法想象的。10月底李小林在与我的通信中说贤亮的这部小说"在读者中引起了轰动，使《收获》创了一天销光的纪录"。可是在文学界的"反响"却是强烈批评，女作家批评得尤其尖锐，骂这部小说"黄色"，甚至一些老作家也接受不了，还写信给巴老，叫巴老管管《收获》。那时，巴老是《收获》主编，李小林是责编，这股过于猛烈的批评势头弄不好就会招来更大的麻烦。小林也感到担忧了，她在信中问我"贤亮也有所准备了吧"。

小林和我与贤亮都是挚友，从信中我看出她的担忧以及国内文坛有些反常的"异象"。

那时"文化大革命"刚过去几年，虽然春回大地，但人们依然心有余悸，尤其文艺上的事。过去哪场批判不是从文艺上开始的？尤其是贤亮，他 1957 年被打成右派不就因为一首诗《大风歌》吗？并因此落难二十余年，如今贤亮的感受自然敏感和深切得多。

尽管平时看他挺自在，随性亦随意，乐乐和和，他的文学正处在上升期，好作品不断拿出来，外人以为他一定是志得意满呢。可是我和他在一起时间多，往往能看到他潜在和深藏的一面，有时他静下来，会长叹一口气，脸上变得阴沉起来，和公开场合里的风流倜傥完全换了一个样。我想此时的他多半回到了过去。我不去问他，不愿意叫他回忆。可是他有时会不自禁对我说几句当年苦难中的什么人、什么事和什么细节。比如他黑夜在死人坑里摸到一些死人脸时的感觉，比如他做过的女人梦。他说后来他见过的女人没有一个比那时他梦里的女人美。他讲过的一些细节和片段后来出现在他的散文或小说中，但也有一些没有。

他自 1957 年被打成右派，直到 1978 年平反长达二十二年，前后五次被关进牢房。他说记忆最深的不是挨打受罚，而是饥饿。他讲过一件关于饥饿的事，给我的印象深刻——

一天深夜，号子里二十多人全都饿得难受，特别是隔壁是个厨房，大锅里边正在熬糖稀，熬糖的味儿从墙壁上方一个很小的窗洞飘进来。饥饿的人最受不了这种熬糖的香味儿，馋得饿得嗷嗷叫。他们受不住了，想钻过窗去偷吃，但是窗洞太小钻不过去，恰巧号子里有个少年犯，瘦得一把骨头，大家就托举着这少年钻过去，谁料这少年过去竟然发出惨叫，原来下边是熬糖锅，他从高高的窗洞掉下来，正掉进滚烫的糖稀里。惨叫声惊动监狱的看守，把这孩子从锅里拉出来，连打也没法打了，就又把号子的门打开，把这孩子扔进号子。

下边一幕惊人的场面出现了。号子里所有囚犯像饿虎一般扑上去，伸着舌头去舔这少年身上的糖稀，直到把这少年小鸡儿上边的糖稀也舔净了。

贤亮的心里有太多这样匪夷所思悲惨的事，太多的阴影，当《男人的一半是女人》出了问题，他陷入了困顿，不说笑话了，天天在屋里抽烟，我有时过去，有些情况不好告诉他，连小林信上的话也没全让他知道，更多时间是陪他抽烟。那时我一个人在异国他乡太久，感到寂寞，把烟又拾起来了。

贤亮有他得到国内信息的渠道。他天天打电话给他爱人冯剑华，想念他的儿子小小，总在电话里与小小说话，一声声喊小小，看他那样子好像从此要天各一方了。此时，贤亮的作品要在国内挨批的事已经在五月花公寓传开。大家关心他，华苓也找他去，安慰他。大家都……想对他伸以援手，有人劝他在外边留一阵儿。

毕竟中美相隔太远，难以知道更多国内真实的情况，那时还没有私人电话，只有公家电话，与国内联系完全靠越洋的信件。我一方面担心国内文艺界真会出现什么风波，贤亮回去会挨批；一方面又怕事情并不严重，贤亮误判不敢回去，反而会给文艺界造出事端。我便给王蒙打一个电话试探着问问。王蒙接到我的电话挺高兴，问我俩在美国生活得如何。他也曾参加过爱荷华（艾奥瓦——编者）的写作计划。我说一切都好，只是听说国内大批贤亮，我们有点担心。王蒙一听就说，哪有什么批判，争论呗。咱们的作品不是常有争议吗？然后他用他惯常的开玩笑的口气说，告诉贤亮这家伙，愈批愈火，这下子他的小说畅销了，有大批稿费等着他回来领呢！

听了王蒙的话和说话的口气我放心了，王蒙是最接近官方高层的作家，他的话是绝对靠谱的。后来我回国后才知道，《男人的一半是女人》惹起的风波确实不小，但官方吸取了"文化大革命"的教训，并没有要搞批判的迹象。《收获》是发表这篇小说的刊物，李小林和《收获》受到的批评压力不比贤亮小。为此，巴老还写过一段文字，表达他对这部小说的看法："这是部严肃的作品，也没有商业化的倾向。黄香久写得很感人，有点像陀思妥耶夫斯基笔下的人物。最大的缺点是卖弄，那段关于马克思、老子和庄子的对话，叫人受不了，也不符合人物的身份。最后那笔，可能有人会认为'黄色'，但写得确实好。"这段话没有发表，是后来李小林给我看的，由此可以看出当时对这部小说争议确实很大。巴老的话实际是把他的态度白纸黑字写了下来。他文学立场的纯正，思想的勇气，对真理的坚持，确实令人敬佩。

我与王蒙通过话，就赶紧跑到贤亮房间把王蒙的话告诉他。贤亮眼睛冒出光来，问我："王蒙真是这么说的？"我说："我能蒙你？"我把我和王蒙的对话照实又说一遍。

第二天贤亮就对华苓说，他有一份声明要念给大家听，转天晚间华苓约请国际写作计划的各国作家到她家里，大家都关心贤亮，所以去的人很多。贤亮向大家说，他对大家的关心表示感谢，并说他的作品在国内引起的争论是正常的文艺批评，现在中国不会搞大批判了，他是安全的，请大家放心。又说这些天有的朋友出于关心，要他留下。他说将来中国好起来，他有可能到美国来住上一阵子。

他的"声明"叫大家释怀，纷纷笑呵呵举杯祝他好运。

这一个风波便过去了。

11月我俩就整理行囊准备返程。返程很长，先要去科罗拉多的大峡谷、拉斯维加斯，过后经西海岸的洛杉矶和旧金山，抵夏威夷，再往回飞。

行前头一天中午在聂华苓那里吃饭时，我们居然莫名其妙地没有话说，其实心情有点复杂，还有心中太多感情与谢意拥在一起不好表达。饭后我和贤亮走到她屋后一片林子里，这林子全是爱荷华（艾奥瓦——编者）一种特有的枫树，入秋变黄，并非金黄，而是鲜黄，叶片很大，在阳光里纯净耀目。爱荷华（艾奥瓦——编者）人种这种树像种花一样，很多人家在院里种上一棵，就是为了每到秋天像种花看花一样看树。我和贤亮从地上各拾了几片大黄叶子带回去。

第二天离开爱荷华（艾奥瓦——编者）时，又是华苓送我们直到上机。待我们进了玻璃相隔的候机室，华苓忽把两只手放在玻璃的外边，我和贤亮各把自己的手放在玻璃的里边，对齐手指，这时才感到一种由心里发出的很热的东西穿过挺凉的玻璃彼此传递着。

有的地方即使再好，但命运中你只会去一次，像爱荷华（艾奥瓦——编者）。尽管它很多次出现在我的怀念里，但我已找不回昨天，我今生今世大概很难再去爱荷华（艾奥瓦——编者）了。

（节选自《激流中——1977—1988 我与中国文学》，

原载于《收获》2017 年第 5 期。有删节）

栖居在记忆枝头的微笑

唐荣尧

让我们学会在一个人的生前对他表示我们的友谊和关怀，而不是在他死去。

——菲茨杰拉德《了不起的盖茨比》

一

1984 年初秋的一个周末，刚考到县城读书的少年，饿着肚子，一个人悄悄走出校门。兜里的钱早就被算得清清楚楚：要买人生中的第一双球鞋、第一件衬衫，要买牙膏、洗头膏、洗衣粉和洗脸盆，要买给父母发信的邮票。他第一次横越县城的主大街，母亲纳的那双布鞋，像两叶简陋的小舟，载着他划过一片满是豪华游艇的水域。鸽子飞动的灰色背影划过古老的钟楼，打扮得洋气的城里人进出于百货商场，大街旁的饭馆飘出诱人的香味，这让少年因喉结不时咽动却没钱进去而心生羞愧。

邮局的大厅里，他像个担心随时被抓个现行的小偷，从兜里掏出几封信，将写给父母的那封放在最上面，似乎会有飞弹随时落来，那封信是一名掩护其他战友的士兵。隔着水泥柜台，他向邮局工作人员递上买邮票的钱，八分钱一张的邮票依次贴在每封信的右上角，投进邮筒时，他才长吁一口气，仿佛安全地完成了一笔地下交易。只有他内心知道，除了给父母的那封外，下面的那几封信都是他投给诸如《少年文史报》《语文报》

等校园文学刊物的稿子。作为一个西部偏远地区的中学生，写作是一件必须在暗地里进行的事情，一旦暴露了就会招致同学嘲笑、老师和家长的阻挠。写作，自然就成了他最大的秘密。

邮局，是当时全县唯一能买到文学刊物的地方。目送着装有文学稿子的信封走进邮筒后，少年将目光向工作人员背后的那道书架投过去，手不由自主地摸了一下裤兜里的钱，随即被紧紧攥在手里。少年像一个暴发户走进商场一样，胆壮了，声调也高了起来，指着摆在众多刊物中最厚的那本，对柜台里面的工作人员说："阿姨，请拿一本《十月》！"

像一个牧羊人找到失踪多日的羊羔，像一峰骆驼走过漫漫沙漠后找到水源，少年无比喜悦地拎着那本《十月》回到学校。去往邮局前的路上想象的球鞋、衬衫、洗头膏全消失了。

多少年后，他依然清晰地记得，那本 1984 年第 2 期的《十月》上刊登的一篇文章《绿化树》，作者的名字叫张贤亮；那本杂志被他后来捐给了家乡小学的图书馆。

不错，少年，就是我！那是我第一次知道张贤亮。那时的我，就像一个吃到鸡蛋的人，觉得鸡蛋好吃就行，哪能奢望见到产蛋的那只鸡呢？一个初到县城读书的乡村少年，哪敢奢想着日后和《绿化树》的作者能够见面呢。

二

20 世纪最后的时光里，命运的快车给我又安排了一趟单程车票，让我能够移居银川。前往银川前，我特意去了一趟故乡，遇见了一个长我几岁的农民大哥张宏中。得知我要去银川工作，他的眼睛一亮："真的呀？"

"这还能有假？手续都开始办理了！"

他很认真地、脸上写满羡慕地看着我："那你一定是能看到张贤亮了！"

我有些纳闷：一个农民，还知道张贤亮？便问他："你也知道张贤亮？"

"唉……写得太好了！有些细节不就写的咱们这达儿的嘛！"

……

在故乡的农家院子里，我和张宏中就章永璘劳动的细节，马缨花唱的民歌等情节聊得非常投机，也暗暗地羡慕张贤亮：一个作家的作品，被一个农民记得如此清楚，赢得一个农民以"狗日的"评价，这该是怎样的一个礼遇。后来，见到张贤亮时，特意给他讲述了张宏中那独特……评价，惹得张贤亮哈哈大笑。张贤亮在《绿化树》中描述的地方，距离从家乡三百多公里，都是黄河边的乡村，民俗自然就有着很多相同部分。

我俩不约而同地用家乡话低唱起《绿化树》中的那段儿歌："打锣锣，扯锯锯，山里来个小舅舅，擀白面，舍不得，擀黑面，人笑话，杀公鸡叫鸣呢，杀母鸡下蛋呢……"随后，我俩又聊起《绿化树》《男人的一半是女人》中，很多和我家乡一样的民俗、语言及劳动方式。

20 世纪 80 年代末 90 年代初，贺兰山北段的小煤窑兴起，家乡很多人前往那些小煤窑挖煤、背煤，张宏中背煤结束返回家乡时，在火车上买到了一本《绿化树》，他是从那时开始知道张贤亮的。

《绿化树》不仅是我文学道路上启蒙书之一，也是我做人的一个重要向导。《绿化树》借马缨花的口说出了一个好男人的标准：不能和别人家的男人一样"老婆孩子热炕头"，一样成为"没起色的货"，好男人就应该念书。多少年后，当我获得"中国当代徐霞客"的称誉，出版了二十多本书后，我才发觉，自己就是按照马缨花，不，按照张贤亮说的好男人标准走着自己的人生之路。

三

工作调至银川后不久，我很快在一次采访中见到了张贤亮。

那大，我在都督府南排的一间房内，等候他的到来。房子的光线不很透亮，就在我百无聊赖地翻着采访本时，感觉到眼前一暗。抬头时，一个瘦朗高大的身材跨进门来，一只可爱的牧羊犬紧紧跟在后。随着来人落座，光线恢复到原初状态，让我能够清晰地看到他的模样并作出相应的判断：

米黄色T恤衫，让他看上去显得年轻，浅蓝的牛仔裤透出一种不落潮流的气质，金丝边眼镜背后是一双写着桀骜与睿智的眼睛，让我感到逼人的才气穿过镜片隐隐传来。他的左手拿着火机，右手拿着一包"555"牌烟。爽朗的笑声和矫健的步伐，是他随身带的一对孪生兄弟，笑声停顿的刹那乃至后来他说话稍作停顿时，嘴角总流露出一种强硬之气。

落座后，他的助理紧随其后端来了一杯咖啡。咖啡、"555"牌香烟、文学，我生命中的三个爱好，竟然也集中在他的身上，这无意中拉近了我和他的心理距离。

当我拿出采访本，开始采访时，他突然问我："这就开始了？"

我冲着他点点头。

"怎么没录音机？"

"有呀，但我很少用它的。"

"有的话，就拿出来用好了！"

我立即研判出他是个注重仪式感的人。我从采访包里拿出了录音笔，并开启了录音状态。我一直深信录音机会让一个记者变懒、在采访过程中大脑走神、注意力像个喜欢串门的农村妇女那样。那天的采访，我还是坚持依靠笔记的方式，直奔故事的核心。

或许是我的运气好，他那天恰好没什么事情，或许是上次匆匆来到这里后就完成的报道让他心存好感。那个下午，他留给我的采访时间很充足，采访进行得很顺利，聊到兴头，他很自然地脱了鞋，双腿盘坐在沙发椅上，就像坐在自家炕头，点上烟抽上不到几口，就掐灭，过不久又点烟……

开始，他以一种平和的口气和心态讲述下海经商、创办影城的经历，那些经历也多是媒体上刊登的内容。他完整的人生经历，是我后来的多次采访后才得以了解到的，得银川的地理之便和互相的好感，我是采访他最多并进行深度了解他人生轨迹的媒体记者。

四

黄河流经宁夏平原的贺兰县境内时，形成了一片南北长十公里，东西宽三公里的河滩地。当地那些耕地拥有量相对充足的当地农民，并没把这些滩地放在眼里，让它们更像黄河路过这里时的弃婴，静静地躺在那里。

当地农民没想到，改变这片河滩地命运的，竟然是分八批来到这里的468户2015名北京人，利用1955年5月到8月的三个月时间，建成了一个农牧场。

1955年5月，十八岁的张贤亮无缘这一年的京城之夏。他带着年老的母亲陈勤宜和年幼的妹妹陈贤玲（随母姓），以第三批北京支宁移民的身份，前往黄河边的那片滩涂地。那时从北京到包头就没有铁路了，他们换上了政府安排的大篷汽车渡过黄河，穿越内蒙古的伊克昭盟（今鄂尔多斯市）西部的毛乌素沙漠，再渡过黄河进入银川市（当时属于甘肃省管辖）境内的通义公社。多少年后，张贤亮依然清楚地记得到达通义的具体时间：6月6日。对于这些移民而言，从北京到银川的任何交通工具，都是一趟怀着改变落后西北的理想专列，一趟承载着被激情燃烧的青春专列。越过华北平原、内蒙古草原、河套平原，上千公里的长途终点是贺兰县境内的那片河滩地，当时连个名字都没有。

这些北京移民开始改造那片河滩地，渐渐修建了四个村庄。张贤亮到达这里后的第六年，这里有了一个名称——京星农牧场。这也是我和许多文学爱好者从他的小说中，阅读到的20世纪50年代后期到60年代，宁夏平原农场生活的原型之一。直到今天，宁夏所有的县里，唯有贺兰县管理的乡镇一级行政机构中，仍保留着京星农场这样的机构。

我曾几次专门前往京星农场，试图寻找张贤亮最初来到这里的痕迹。当初来农场的老人中，不少还健在，出入于农场的那一个个院落里，听到的依然是京味话。他们的叙述，让我仿佛赶走了一场历史的旧潮，让张贤亮初来这里的大致情况如岛屿般浮现。

刚来银川时，张贤亮的身份是一名文化教员，身上还洋溢着那个时代很多青年人身上有的革命青春和诗意。离开北京的胡同、马路，到了黄河之滨的绿色田野，寂静的庄稼和阡陌代替了北京城喧哗的人流和繁华生活。这里的一切并没给他带来异乡感，反而，常常在他心中涌出的是和土地的亲切感。他在四十八年后写的《安心银川》一文中这样回忆："黄河的波涛和波涛冲刷下的大块泥土訇然作响，与岸边的风组成的和声，会使一个有诗人气质的年轻人感动得落泪。年轻多好，面前的世界总是新鲜的，像刚摆进商店橱窗的蛋糕。"

然而，这块新鲜的蛋糕很快变味了，起因是他所爱好的诗歌。

1957年7月，陕西省的文学刊物《延河》发表了他的诗歌《大风歌》，当他捧着油墨香还未散尽的那期《延河》时，激动与快乐从这个文学少年的内心涌出，然而，他还没来得及从这种激动与快乐带来的沉迷中拔出来，1957年9月1日的《人民日报》发表了一篇《斥〈大风歌〉》的文章，里面这样写道："曾发表在1957年7月《延河》上的抒情诗《大风歌》，是一篇怀疑和诅咒社会主义社会，充满敌意的作品。"

8月号的《延河》另行刊登了作者写的后记和给编辑部的信，更加证实了这种判断。"命运判决书"被一阵疾风吹来，让张贤亮的文学梦戛然止步，拐上了他意想不到的一条路：从一个文化教员变成了一个时代的罪徒。命运的新衣开始蒙尘，他用了二十多年时间才擦拭掉这些突然而降的时光灰尘，但这种身份转变带来的痛楚，他要用多长时间才测量出。若干年后，我在京星农牧场采访时，从一个个采访对象口里，听到的多是对他的埋怨，对他后来的文学作品及接受媒体采访时几乎不提京星农牧场、离开这里后几乎再没来过，等等，颇有怨气，甚至有人认为这是张贤亮"背叛"京星农牧场的体现。我的心里一凛，不知道张贤亮在这里获罪时，又得到了周围人怎样的庇护或安慰，也不知道他以戴罪之身离开这里时，有几个人送行？一旦张贤亮出名后，又开始抢资源似的，拿起一把看不见的焊枪，试图将他和京星农牧场焊接在一起，不管焊成怎样的形状或怎样的物件。走在农牧场的场部、田间、农户家、地埂上，我看见不少对应时代政治和经济的横幅、广告牌，并没有关于张贤亮的一丝踪迹，即便那些指责张贤亮"背叛农牧场"的老人，也只是在我采访中提及张贤亮时，才似乎想起这么个人。我不由想起英吉利海峡的泽西岛，那是维克多·雨果的流放地，当地人在《海上劳工》中水手日利亚毁灭的那座荒无人迹的岩壁上，修建了一座维克多·雨果的纪念碑，这座纪念碑让俄国作家康·帕乌斯托夫斯基赞叹道："雨果虽死，他的叛逆精神却依然在法兰西徘徊。"法国作家罗曼·罗兰也说过："在文学界和艺术界的所有伟人中，雨果是唯一活在法国心中的伟人。"连那个农场都没能真正记住他，他的精神谈何在这里徘徊过？他又如何活在这片土地上？

此后的 20 多年里，他分别在贺兰县西湖农场和银川市郊的南梁农场接受劳动改造。

五

……

时间能改变什么？对张贤亮来说，劳改结束后，他的身份从劳改犯变成了农场工人，这意味着他获得一种相对的自由：被农场领导批准后，能够去银川城。他开始像个不定期的钟摆，乘坐 6 路公共汽车，往返于银川的老城区和农场之间。他掰着指头给我算账：农场到老城区的票价是四角五分钱，到银川新城区则是三角五分钱，老城和新城之间有十五公里路。如何省下这一角钱？他开始动起脑子。他发现，农场员工烙玉米面饼子用的多是铝制的平底锅，便从农场拾一些破铜烂铁，装进麻袋，乘坐 6 路公共汽车，带到银川老城区的废旧物资收购站。用卖废品的钱买上一两个铝锅，再装在麻袋里。背着麻袋步行十五公里到新城区，再坐 6 路车返回。去银川老城区时带着破铜烂铁，回农场时背着铝锅，再卖给农场员工。

来回之间，就能挣一角钱。有一次进城，错过了回农场的车，到旅店一问，住一宿的大土炕也要五角钱，他因为没有有效证件而无法住宿，只好流落在银川街头。多年后，他回忆道："我在解放东西街徘徊了几遍，夜幕降临，沿街低矮的土坯房里各家各户的灯光一一燃亮。每一扇窗户透出的灯光都散射着一个家庭的温馨。那样的夜晚，我唯一亲近的东西是那天晚上被当成枕头的一个化肥口袋。"

接受劳动改造的二十多年，张贤亮的命运和那时代的中国苦难联系在一起；劳改结束的二十多年，他的命运又和中国的改革联系在一起。命运的镜面前，有人哀叹双鬓的斑白如雪而来，有人惋惜青春的笑容如鸟儿快速飞过。张贤亮却在夜深人静时，偷偷拿出笔纸，记录身经时代的苦与痛，脏与净、红与黑、善与恶。像一只鹰送来天空的寂静或辽阔，他试图给时代送上一幅磅礴画卷。白天，能读的书只有一本《资本论》，如今，摆放在影城里的《资本论》上，游客们依然能清楚地看到他在上面做的批注、写下的感慨。

夜晚，作为记录者的张贤亮开始写作，苦难的生活和民族的命运，在他的笔下不再以诗歌的形式出现了，而是小说。对他而言，夜晚意味着安全和安静，他最喜欢暮色降临，在拉开夜晚的一道幕布后，在一张巨大的保护伞下。煤油灯被点亮，一团光驱走屋子里的黑暗，也赶走了他人生之屋里的暗黑；这团光的中心，他端坐如王，投射到墙上的影子显得瘦弱而渺小，给随后的时代文学创作定格出了一个巨幅画面；灯下疾书的人，和耽误掉的时间赛跑，俯察并书写出时代黑屋里的肮脏龌龊，在黑暗的水域中营造出一座安全的小岛。做饭用的案板，置放在一个废弃的水桶上，成了写作桌，筷子也在夜晚变换了身份，细的一头上，绑着他花两分钱买来的蘸笔笔头。墨水瓶盖打开了，纸张铺开了，"筷子蘸笔"的笔尖在墨水瓶和纸上来回游动，落在纸上的细微声响是一个写作之夜里的低声鸣唱。《灵与肉》《邢老汉和狗的故事》《绿化树》《男人的一半是女人》等后来轰动一时的小说，就是在……一个个夜晚完成的。这几部独特环境下完成小说，连陈忠实也赞叹为"与任何作家作品毫无雷同，是完全属于张贤亮式的独特体验，而且表达得很美"。

这些小说为张贤亮带来了巨大的声名：中国新时期文学的重要人物。

那个时代的作家，多少都有记录时代的写作动机，这让我理解为类似米兰·昆德拉说的"与遗忘的斗争"……成了一个时代的见证。时代之痛，在一些计较个人得失者那里，成了将个人悲伤引入无尽泥淖的向导，让痛苦变得更加锋利且刺伤个人甚至别人，而在有大时代概念者那里，或许就是一种带着苦涩的幸福、财富。就此，张贤亮告诉我："我也觉得我很幸福了，这个幸福是什么呢？就是我和中华民族共命运的，因为不光我自己受难，大家都在受难。"

六

对丰沛广阔的生命而言，仅仅靠一两种成就或许无法承载。文学显然无法展示张贤亮的生命开合度，他找到了另外一条路径。

张贤亮在世时营造的强大宣传氛围，让他创办镇北堡影城的故事不逊色于他的文学创作。当著名导演张军钊拍摄电影《一个和八个》时，为了寻找拍摄地来到宁夏，他和张贤亮的交谈，唤醒了张贤亮关于1961年冬天的记忆。当时，张贤亮在南梁农场接受劳动改造，一个萧索的清晨，他获得了可以去附近集市为农场买盐的机会。那时的贺兰山下，不似现在有那么多树木、酒庄、村庄，冬天的视野更是开阔，我能想象到他前去卖盐的途中，发现那两个废堡时的情形，这种想象也迎合了他的讲述。"它周围是一片荒野，没有任何建筑物，一棵大树都没有。一片荒滩上突然耸立这么两个古堡的废墟，在早上的太阳照耀下，给人的感觉是从地底下生长出来的，给我一种非常大的震撼。"

张军钊的到来，像一把扳手，拧开了张贤亮对那两废弃古堡的记忆阀门：那不就是理想的拍摄地吗？古堡如果有记忆，一定不会忘记它生命中的张贤亮、张军钊和谢晋这三个贵人，他们给古堡带去了一场改写命运的机遇。从古堡回到银川城，张军钊当即向张贤亮表态，影片的主要取景地就在古堡。电影《一个和八个》的拍摄，给古堡的命运改写挖掘了一个小小的泉眼，让古堡流出了一小股电影拍摄之泉，1981年，著名电影导演谢晋想将张贤亮的小说《灵与肉》改编成电影《牧马人》，前来银川找外景时，张贤亮不假思索又把他带到了古堡。《牧马人》的主要取景地就在古堡，让古堡形成了一条影视拍摄之河的上游。

这两部以古堡的荒凉为拍摄背景的电影走红，让张贤亮悟出了一个道理：荒凉原来也可以挣钱。但如何将这种荒凉转化为钱，他其实也没具体的想法，他就像个钓翁，却没有钓具、诱饵、池水，甚至没有鱼。在沙漠中或火星上钓到鱼，才是神话，张贤亮在等待着书写这个神话的机会。

1992年的中国，邓小平的南方谈话在中国掀起了全民创业的热潮，这股大潮被一个词给以形象的体现：下海。政府官员，机关干部，甚至大胆的农民，都像一条条不同种类的鱼，纷纷跳向商海。张贤亮也坐不住了，那两个荒凉的古堡像挂满鱼饵的大钩，从记忆里跳了出来，从贺兰山下向他伸来。

当时，他已经是宁夏回族自治区文联主席，拥有一定量的政治资源和文化资源。废弃的古堡像一条不安分的鱼，在他记忆的水面上不时跳跃，伴生着一种粗犷的活力，推动着他的思绪向一条"出卖荒凉"的捷径走去。或者说，那个古堡更像一块巨大的磁石，不断向他辐射出越来越大的磁力，让他在距离古堡几十公里之外的银川市老城区文化街东59号上的文联办公大楼里，常常感受到一种暗示，甚至一种憧憬：一个优秀的文化人在商业方面也能释放出能量，哪怕这种能量建立在公众所诟病的基础上。

当时的张贤亮无疑是宁夏作家中版税最多的，也是宁夏作家中拥有顶尖级的文化资源者，这两者为他的行动打制了一对飞翼。很多媒体的报道中，都是千篇一律的类似"张贤亮拿出了自己多年积累的作品版权税做抵押，向银行贷款几百万，在镇北堡兴办起了影视城。"那天下午，问他当时有没有顾虑？"怎么会没有？大得不得了！"

政治家也好，军事家也好，企业家也好，聪明的人在成就自己时总会调动外界最大的资源和力量。那个古堡又变得像个鱼池，邓小平的南方谈话给了张贤亮钓鱼的许可证，鱼竿就是宁夏文联：他以宁夏文联的名义，决定在古堡开办一个影视拍摄之地。在他当时的美好想象中，会有很多的剧组，鱼儿一般游到这里，给他带来丰厚的收入和名气。

在张贤亮的记忆里，1992年是极其重要的一个分水岭。尽管很多人在此后一直称呼他为"张主席"，但他的内心里或许更多地将自己开始定义为一名企业家，他已经挽起了裤脚，试图走进中国大地上兴起了的机关办实体的大潮。他拿版权做抵押，向银行贷款几百万，然后将这些钱借给文联，以文联的名义在明堡投资兴办华夏西部影视城。古堡小如水池，但他却将其视为面向全国影视拍摄的一片大海，影视城就如一艘泰坦尼克号，他觉得自己已经成了这艘巨舰的船长。

巨舰没驶多久，就遇上了麻烦。具体说是第二年春天，国务院下达机关事业单位必须和实体脱钩的文件如一股巨浪，将他推回岸边。张贤亮这才发现，面对这片深海，自己进海的工具其实就是个快艇，自己连个救生衣都没备好，使用这艘快艇的权利也被剥夺了。

他意识到自己的莽撞和文人意气了。"那时，我才知道什么叫自己走到悬崖边，什么叫没有退路！"回忆起这段经历时，张贤亮的脸上顿时浮现出了一种无奈，让我读到了一种真实：他并没有外界报道得那么果断、坚强甚至多么有预见性。他那时是焦虑甚至茫然的，但必须在很短时间内做出正确的选择：既要拥有那辆快艇的使用权，又要做好继续下海的准备。

华夏西部影视城的牌子变成了镇北堡影视城，产权人和债务人都变成了张贤亮。也就是说，原来臆想中的巨舰还原成了快艇，一个影视城和一个小镇的关系也逐渐纠结起来。

影视城的产权归到自己的头上之后，或许让他对古堡有了主人的身份感，更加卖力地向影视界"推销荒凉"，继谢晋之后，张艺谋、姜文、陈凯歌、周星驰等著名电影人鱼贯而来，影视作品拍摄留下的景物，在圈内成了苍凉感的代名词。

那时的张贤亮并不是后来媒体报道的那么云淡风轻、闲云野鹤，也不是个空气管理师，拧大阀门后，就能给当时宁静甚至死沉的宁夏文化界和旅游界吹来不可遏制的理想气息，反向，他的生活由创业的热情和一些被他视为障碍的事情带来的焦虑和愤怒构成。文联的事情大多顾不上管了，大多数时间都在贺兰山下的那座古堡，简易的办公室拐角立着一把铁锹，那是那几年陪伴他最多的一个物件。当地农民看到古堡变成了影视基地，有的要撕毁当初协定，乘机提出租地涨价，有的甚至威胁，要赶着羊群要继续回到古堡，双方冲突到最严重时，他提着铁锹冲到和农民对峙的最前线。他起初开发的古堡是一座明代废堡，隔着一条干旱的沙沟，北边还有一座废弃的清堡。夏天，贺兰山下常常会有暴雨。贺兰山是一条留不住雨水的山，那条旱沟在雨季就变成了呼啸的水龙，只要一下雨，他就挽起裤腿，提着铁锹冲到沟边，和员工一起抗洪。

回忆起那段时光，张贤亮用"比农民还农民""哪里有半点作家样"来形容自己。和农民的对峙、谈判并不是点燃愤怒之火的最大柴料，让他感到生气无比的是当地政府、市民对他的不理解，这源于他自作主张的一场广告创意与宣传。

1992 年的一天，不少路过鼓楼的银川市民发现，有人在鼓楼前面正在搭建一块巨大的电子广告屏幕。市民向文物管理部门反映，也有人找媒体报道。但没用，第二天，一块八米高的广告牌竖起来了，把五米的鼓楼正门挡得严严实实。广告牌揭幕那天，斯琴高娃等国内电影明星前来助阵，人们这才知道，广告牌的主人就是张贤亮。

牌子挂了五年，不少市民对此愤怒了五年，认为政府收了张贤亮的好处。而银川市人大和宁夏回族自治区文化厅都先后下发了拆除此广告屏的通知。直到 1997 年 6 月 28 日，那块牌子才拆除。尽管后来的时光证明，那是一件并不明智的事情，但谈及那件事，张贤亮以不屑的口气告诉我：市民和政府的意识都很落后，不懂市场经济和文化创意。

七

暮色将至，房间里的光线明显暗了下来，他的谈兴正浓，让我隐约觉得他好久没有如此尽兴聊天了，他的那只可爱的牧羊犬可能在都督府陪主人的时间长了，在他脚下不安地走动着。他的助理拉开了屋灯，咖啡早就喝完了，一包"555"烟也快抽完了。讲着讲着，他的情绪变得不平静了，越来越大的愤怒像一枚粗针，给他那被儒雅之气包围的身体扎了个窟窿，我能清晰地听见愤怒冲破那个窟窿发出的嘶鸣，甚至让我联想到一个能量泄漏的核电站。这种愤怒其实一直陪伴着他的创业，只不过是媒体报道中的都是树立他如何创业、如何坚强、如何正确的高大形象。开始，他埋怨当时的政策之变把他推向了必须创业的绝地中，是他的经商天赋挽救了处于困境中的他。继而，他也埋怨周围的好朋友不理解自己，比如曾和他关系最好的作家马知遥就非常反对他从商，从 1993 年以后几乎断绝了往来。2019 年 6 月 18 日，我见到马知遥求证此事时，他坦承道："我是不同意他去经商的，那只能让他变成堡主，而且让他心力交瘁，如果他继续单纯写作，会是另一个样子的。"

……

搬到清堡时，整个影视城在中国电影发展史上的里程碑意义已经凸显了出来，很多在这里拍摄的影片已经走进了中国电影史。媒体上报道的那些经验，已经成了经典式、教材性的内容。最让外界津津乐道的就是来这里取景、拍摄的剧组散去后，留下的是后来带给影城娱乐化的场地，而那些走出去获奖的电影，以极大的影响反过来又提升了影城的名气。明、清两个古堡，像贺兰山下突然醒来的双子座，发出了耀眼的光芒，从全国乃至域外而来的游客们，乐此不疲地走在这双子座的光影里，享受着古老的土堡经过张贤亮点石成金后带来的文学、电影、旅游、娱乐等综合体的快乐。

影城的另一个意义还在于它和中国的当代旅游同步，见证了中国旅游的脚步，而张贤亮在这一段时间和旅游界、企业界打交道的时间，要比和文学界的多。第一次采访张贤亮时，他就提出宁夏是中国富庶的盆景，最后一次见张贤亮，是受《中国国家地理》的委托，给该杂志做《宁夏专辑》而前去采访，他自称是宁夏旅游大使，赞叹宁夏的"两山一水"构成了一片福地。

尽管他在这一段时间里完成了《中国文人的另一种思想》《一亿六》等文学作品，却被"伤痕文学"的前浪和成功企业家身份带来的后浪，双双碾压而过！后来的几次采访中，他念念不忘介绍他的这些文学作品，然而，一个人的生命力是有限的，既然上帝不能让一个人同时踏进两条河，那也不允许一个人同时能将两件大事做到极致。

当张贤亮看到自己手书的那十一个大字，被员工写在十一张熟过的牛皮上并依次撑开，挂在通往清堡的路北侧时，他认定这是给自己最大的奖励或认可，认定自己是中国电影向外走的一个重要推手，那十一个大字至今仍高悬："中国电影从这里走向世界"。《红高粱》《大话西游》等影片在国际上获奖，也是对那十一个字的一种诠释。

至今，中国的电影界也公认，没有张贤亮，2004年第十六届金鸡百花奖是不可能落户银川的，而这项大奖对张贤亮的回报之一，就是颁奖地点定在他花五百万元建造的布达拉宫式的"百花堂"。他对中国电影的贡献已经不次于对文学的贡献。申办成功后，他又投资五百万元为电影节建造了中国电影论坛会址，这在前十二届金鸡百花电影节是从来没有过的。当然，和中国的很多论坛一样，这个会址的角色也就那么一次。

"百花堂"建成后不久，我就应邀前去，在那里和他又有了一次长谈，那段时间，整个国家到处飞蹿着一个词：产业。他从影视城命运的黄昏期，谈到了文化产业。他雄心勃勃地告诉我，想出一本书，名字就叫《弄一个文化产业来玩》。估计，他也就说说，那本书一直就在他的计划里。

后来，我每次去采访，他都邀请我去看他的"新作"：高价从南方买来的木制大门和化石，从甘肃、宁夏、陕西甚至辽宁等北方省区请来民间艺术家，展示北方非物质文化遗产，复原民国时期的银川城。他像堂吉诃德那样挥动着一个巨大的划板，在贺兰山下划出一个个时尚漩涡，让古堡里的导游、保安、后勤、演艺人员以及外地来的游客、他的旧友旋进这个涡里。他时而站在漩涡中心，指挥着这些人，形成了一架庞大但效率很高的机器，时而，他又站在漩涡之外，审视着它的不足或享受它带给自己国王般的感觉。他成了外地游客来想拜的牌位，成了宁夏文旅成功的一面旗帜，成了贺兰山下的一个文化标识。其实，我多么希望，他让外界对他的了解，是通过一部部文学作品，让他如歌德所说的"我们要在老年的岁月里变得神秘"，而不是变得不很高级的透明。

八

张贤亮不止一次告诉媒体，他的生命长度是九十岁。按照他在影城中滋润的活法，谁怀疑这个长度呢？2014年年初，影城的工作人员接到了张贤亮的一封公开信："癌症并不可怕！我甚至可以说，知道自己得了癌症反而觉得我的生命展开了新的一页。"恰好这一年，我被借调到北京进行十集纪录片《神秘的西夏》的剧本创作，这部纪录片后来在央视播出后，反响很大，恰好就是他题的片名，我仔细地看那题字，有的地方有细微颤抖，竟然没有落款，可见他是在病榻上完成的。9月，我陪同剧组在青海湖拍摄《神秘的西夏》，在微信上看到张贤亮去世的消息，终因在外而无法去殡仪馆，在众多花圈的包围中，献上一个文学晚辈的礼敬。不过，这样也好，诚如莫言在张贤亮去世后所说的"对这样一位悟透人生的作家，活着不需要恭维，死后也不需要花圈，最好的悼念是重读一下他的书。"我宁愿和一两个真正读过他、读懂他的人坐在一起，表达一种真诚敬意……

殡仪馆，到场者看到的是被装进水晶棺材的张贤亮遗容。那天，我在青海湖边只能想象，他的遗体，就是一篇大气而复杂的文章，躺进了一个大牛皮纸信封里；火葬工在打开焚尸炉时，这封信被投进生命终结处的一个邮筒。他，被邮寄向天国而去。

生前最后的十多年时光里，张贤亮毫不客气地拥有或享受了尊贵的物质生活和各种荣誉。然而，这片土地对张贤亮去世后的敬重逐渐发生了微妙的变化，刚去世不久，有人张罗着兴建纪念馆，不少媒体开设纪念专版、专栏。时光机前的检验冰冷但严正，那些明显带有蹭热度甚至消费文化名人的人，看不到商机时便自动降了"怀念张贤亮"的温，眼光转向了别处，等待着"万事俱备，只欠一死"的其他文人、作家的作古，那些对张贤亮的去世呼天抢地者，硬挤出的眼泪，估计还没到腮边就被时间风干了。

这片土地，这个城市，这个小镇，该在一种怎样正常的、敬重的心理下，对张贤亮给予体面的、长期的表达？也就是说，我们该如何恒久地纪念一位带给这片土地、这个城市以钻石般光芒的人？张贤亮，从文学到影视，留给了这片土地多少文化资产、遗产？这座城市，这里的民众至今拿什么来敬念他？

每每路过镇北堡影城，看到后来出现的"镇北堡镇""镇北堡温泉小镇"等称谓，却看不到"张贤亮大街""张贤亮路""张贤亮文学奖"。他去世的几年间，我每经过影城时，恍如他正踱着优雅而寂寞的步子，走进都督府或百花堂，亲切地招呼一声"小唐"后，拿出一支"555"牌香烟点着，开始讲述他的新想法，新见解。回到现实，看到并没多大变化的影城，我多想看到门口有一尊他的雕像，哪怕半截，因为我不敢奢望，在他曾经工作过多年的地方，会有一尊雕像或一条他名字命名的路。张贤亮去世后，我曾经写过一首诗，每想起他时，也就想起了这首诗：

镇北堡
——献给张贤亮先生

万千官兵的血，难敌一个作家的文章
再坚硬的土，废弃如草
你把荒芜捡起，手里有金子发光
手指微颤，"555"牌烟灰如雪抖落
像那些燃烧后的往事
万千锦绣文章，难敌一双仿制绣花鞋
散场和开场之间，隔着一场笑声
祭词挂在月亮门上
您审阅后，放进一杯热茶
万千掌声雷动，难敌清洁工的横帚
骄傲和寂寞，携手向天上飞
邀请函失踪的黄昏，我们挽手上山

（原载于宁夏智库网。有删节）

"狂士"张贤亮的豪情与另类

汪兆骞

一个多月前，惊闻从维熙老哥因罹患癌症辞世，不胜哀戚，又不禁想起五年前秋季仙逝的张贤亮兄。文学史家把这两位经历历史风雨考验、阅尽人世沧桑的作家，以自己劳改生活为素材创作的《大墙下的红玉兰》（从维熙）、《灵与肉》（张贤亮）等小说，称之为"大墙文学"，认为这类作品冲破了题材禁区，开辟了一个新的艺术领域，给"伤痕文学"留下了一个绝响。

21世纪初，我和维熙老哥受河北一家杂志之邀，有过一次白洋淀之旅。观瞻荷花芦荡，闲聊文坛逸事，悠然而惬意。他说在1984年，王蒙设家宴，几位熟稔作家雅集。美酒佳肴间，王蒙说他在一次文学的会议上，称从维熙是"大墙文学"之父，维熙忙说"过誉，谬奖"。有人问，那贤亮怎么摆？王蒙不假思索道："他是'大墙文学'之叔呗！"众人颔首而笑。

远在宁夏的张贤亮闻之，遂有《关于时代与文学的思考——致维熙》一文，贤亮称维熙为兄，写道："你的《（大墙下的）红玉兰》开了这种题材的先河，所以把我的名字排在你的后面是恰当的。"

张贤亮20世纪50年代始发作品，二十一岁因发表抒情长诗《大风歌》被错划为右派，此后二十余年经历流放、劳改、专政、关监的磨难。他重返文坛后，曾对我说：今天只看长诗《大风歌》的副标题"献给在创造物质和文化的人"，人们就不能不说我张贤亮有超前意识。1979年，张贤亮发表短篇小说《灵与肉》，获全国第三届优秀短篇小说奖而一举成名，后被谢晋改编成电影《牧马人》，观众达一亿三千万，他被家喻户晓。

《灵与肉》写主人公许灵均年纪轻轻被错划为右派，流放到边塞，在管制中孤独而凄怆地度日，只能向被放牧的马儿泣诉。但那里的劳动人民并没有嫌弃他，姑娘李秀芝给予关爱，并与他组成温暖的家庭。他的灵魂也在艰苦磨难和牧民的温暖中更新，渐渐认同劳动者身份，灵魂得到洗涤，精神有了升华。改革开放之后，曾经遗弃他的父亲荣归故国，试图劝说儿子移民美国，继承丰厚遗产，许灵均断然拒绝。小说力求挖掘精神富矿的力量，寻求美的心灵归宿，荡涤着生活之美、劳动之美、精神之美，与王蒙的《这边风景》有异曲同工之妙。一次我到丁玲家拜访，谈到《灵与肉》，她说"是一首爱国主义的赞歌"。这与张贤亮借用屈原的字灵均命名主人公，原本就有对祖国、对人民有"虽九死其犹未悔"之喻契合。尽管小说多少有些以自我感情为中心的倾向，其"超越自我"的理性升华与感染因素还未水乳交融，但从美学意义上讲，小说经由"人的过程"的描写，还是抵达富有意蕴的彼岸。平心而论，迄今张贤亮的"大墙文学"，是被文学史家低估的文本。

张贤亮接着发表了中篇小说《绿化树》《男人的一半是女人》等，使他成为脍炙人口的小说家。它们也都是写知识分子落难的小说，但是张贤亮从不去谴责玩味所遭受的苦难，而是理性又充满诗意地创造了落难者自我的灵魂世界和劳动女性优美的心灵世界，着力表现"伤痕中能使人振奋、使人前进的那一面"，强调炼狱中的精神搏斗、灵魂升腾的自我救赎。这在"大墙文学"中是个异数，与维熙老哥的作品所保持的强烈的社会批判精神，共同构成"大墙文学"的颂歌和悲曲的乐章。

到了1998年，《中篇小说选刊》在福州举行颁奖活动，我与获奖的蒋子龙、陆文夫、张贤亮等齐聚榕城。会后，我与张贤亮有了一次秉烛夜谈。我说读他的小说，带给我一种新鲜感，好像评论界对他的小说所具有的"新时期"意识形态重建和知识分子主体性与合法性的深刻内容，没有足够的观照。张贤亮听罢，跳将起来，使劲地拍着我的肩头，两眼放光说："老弟，多年来我对文学和生活有些思考，准备写些相关的随笔，你为我编本书吧。"

此后多年，我们各忙各的工作，直到2008年我们才兑现了各自的承诺。尽管那时我正紧锣密鼓地忙着为长卷《民国清流》做准备，还是挤出时间编了一套老朋友邵燕祥、蒋子龙、刘心武、张抗抗等人的散文随笔丛书，每人一册，其中就有张贤亮的一本《中国文人的另一种思路》。这是一本关于他思文、参政、经商和生活的集子。

书中贤亮有一篇《一切从人的解放开始》，谈到 1983 年自己成为新增的政协委员，一天他与冯骥才、何士光、叶文玲被统战部邀到中南海座谈。张贤亮大胆地提出"应改变共产党的党员结构""大力吸收知识分子入党"，才能更好地"建设社会主义现代化"。有点书生越位的"狂士"味道，举座皆惊。就在那年，他和二十几位知名知识分子同时入党，新华社还发了消息。作为第六、七、八、九、十届政协委员和常委，他总是以政治家的眼光、知识分子的家国情怀，理性大胆地参政，受到重视。

张贤亮下海经商也搞得风生水起，他在乾隆五年重修的宁夏镇北堡这座废弃边防戍塞的荒原上，硬是建起了名闻遐迩的"镇北堡西部影视城"。从电影《一个和八个》开始，有百多部影视在这里诞生。几年后影城由七十八万元的原始资金，滚动到固定资产数以亿计，此外还收集保存了许多物质和非物质文化遗产，比如铸造于明朝嘉靖三年（1524）与清官海瑞同期的"太平铁缸"就有二十七口。影城具文化、旅游、经济价值，是贤亮的"另类文学作品"。当时的文化部部长孙家正参观后兴致勃勃地题词曰"真好玩"，真是有趣的褒奖。中国作协第六次主席团会议期间到这里参观，蒋子龙动情地说："这是宁夏这片土地成全了他的文化世界，他的文学才华又成全他创造了'荒凉中的神话'！"贤亮去世后，几百位在这里就业的职工，为他举行了隆重的葬礼。"西部传奇"继续辉煌。

贤亮去世前两年，我的一本书参加在银川举办的全国图书博览会。贤亮开车把我接到西部影视城，下榻新建的马缨花酒店。马缨花是他小说《绿化树》中的人物，她曾给予了落难的章永璘起码的尊严，并让他精神到肉体得到温暖。而心灵优美的马缨花，正是张贤亮劳改生活中相濡以沫的红颜知己的化身。

清晨，走出马缨花酒店，到黄河边散步，看着浩荡的大河，听着惊天动地的咆哮声。太阳当头时，贤亮与我在约好的农家小院会合。我们在一盘破石磨边坐下，主人从一口有辘轳的井里提来一桶清汪汪的水，一瓢入肚，清洌甘甜。张贤亮来了精神，讲了一个他刚移民宁夏的故事：一次用木桶到井里打水，失手将木桶掉进井里，只好到井边人家借捞桶的器具。进了院门，见两个穿对襟系襻花袄的小媳妇盘腿坐在炕上缝被子，就说："对不起，我想借你们的钩子用一下。"那两个小媳妇先是惊诧地互望了一眼，突然笑得前仰后合，连声叫："妈哟，肚子疼！"然后这个推那个，那位搡这位："把你的沟（钩）子借给他。""你才想把你的沟（钩）子借给他哩！"两人并不理会十九岁的张贤亮，在炕上嬉笑着撕扯成一团。他莫名其妙，傻傻地愣在那里。过了好一会儿，年纪稍大的小媳妇扭扭捏捏地下了炕，别过羞红的脸，把门后树杈做的钩子递给他。等他去还钩子的时候，又见两个小媳妇拍手跳脚地笑。

贤亮见我发愣，忙说："宁夏的方言中，沟子就是屁股。"他自己先笑了起来："你想想，一个小伙子问人家小媳妇借屁股，这不是骚情、严重的性骚扰吗？"我笑得眼泪都淌出来了，贤亮也放肆地笑，那时已经七十六岁的他满面红光，脸上连皱纹都没有。他去世前，我到北京协和医院看他，他一如既往端茶打卯地说笑："老夫聊发少年狂，我命硬，阎王爷又奈我何！"

说到底张贤亮是位读书明理、至情至善的诗人，不管在政治风云里，还是在文学江湖，总有一腔慷慨不已的豪情，如陆放翁那般"更呼斗酒作长歌"的男儿意态，人格浣洗的真率。张贤亮懂得感恩生活，有了如此丰富斑斓的生活，他才有花样的文章，锦绣的人生。

在返京的飞机上，我想着贤亮老哥收藏在自己庄园里的那块重达一百二十公斤、晶莹的玛瑙底座，上面镌刻着一首他写的诗："寿高三亿年，与我结善缘。万劫摧不毁，化为石更坚。"一生将热烈、尖锐、复杂、矛盾的存在经验，纳入诗境，使诗的抒写与人的存在之间，发出搏击和摩擦，始终盘桓、萦绕着命运的交响，这就是张贤亮，一个有另一种思路的中国文人。

（原载于 2019 年 12 月 6 日《北京晚报》）

张贤亮速写

石舒清

    至少在宁夏的文艺界，缺了张贤亮先生，似乎是不可想象的。

    其实就一个作家的创作量来讲，张贤亮先生写得并不算太多，就量而言，宁夏一些中青年作家已经有不少超过这个量了。但文艺从来就不是用量来比较来衡量的，孤篇压全唐，说的就是这个意思。王之涣传下来的诗只有六首，却是大家耳熟能详推崇备至的诗人。我在多年前有过一个说法，我说宁夏中青年作家加起来也不及一个张贤亮，现在我还是这样的看法。正因为有张贤亮的存在，使得宁夏文学至少在中国西部文学里，处在了一个使人不敢轻看难以忽略的位置。

    我和张贤亮先生虽在同一个单位工作，但交往并不多。记得中央电视台某年搞了一个谈花儿的节目，影视城打电话给我，说张贤亮先生的意思，让我参与谈谈关于花儿，我因为口拙的原因没有答应。后来在影视城有一个什么活动，张贤亮先生得知我住在新市区（今银川市西夏区）边儿上，笑着说那是适合我住的地方，清静自在嘛。我经常想起鲁迅先生对中国知识界的影响，他谈谈《红楼梦》，红学专家从此就不能不重视他的观点；他谈到版画，直到现在，版画界还屡屡提及鲁迅对美术的独特眼光和特别页献。我由此也想到张贤亮先生，读过张贤亮先生给胡正伟先生的画册写的序言，可能孤陋寡闻的缘故，就我的眼光看，那是宁夏范围内关于美术最好的序文。先生才大，因而孤独。我曾有一个设想，陆续列出一百个问题来，涉及方方面面，然后让张贤亮先生来答我所问，如此可成就一本问答集。许多作家，像莫言王蒙贾平凹等，都有类似作品的，能想到做不到，如今只能说遗憾了。看到一些书就会想起张贤亮先生来，比如最近买到一本书，是陈忠实先生周年祭日之际，由人民文学出版社策划出版的一本纪念文集，收集了数十篇纪念陈忠实先生的文章。书出得很气派。读这书的时候，不能不一再想起张贤亮先生来，觉得张贤亮先生也应该有这样一本书的。就在数周前，我又开始重读 80 年代以来的有影响的小说，老实讲，很多当时名声响亮的作品，于今再读，已给人明日黄花之感。同时我也读了张贤亮先生的短篇小说《肖尔布拉克》《初吻》《普贤寺》等，读得我激动起来，视野宏大，情感深沉，有着传世之作的品质。忍不住给好几个朋友推荐了，我说，你如果读哪些小说有上当受骗感觉的话，就回头来再读读张贤亮吧。

张贤亮先生虽然离开了我们，但他的文学遗产将会长久地惠及宁夏，惠及宁夏一代又一代写作者。

（原载于《朔方》2020 年第 2 期。原题《宁夏艺术家速写（六则）》，现题为编者所加）

忆贤亮

高洪波

　　张贤亮是当代中国作家中特别具有个性的一位。他当年因为一首长诗《大风歌》被打成右派，改革开放之后用自己一部又一部的作品赢得了巨大的声誉。我记得最早是《邢老汉和狗的故事》，这部作品在当时我所处的《文艺报》的评论组里引起了大家的重视，一位评论家专门对张贤亮作了评述，这位评论家就是当时的编辑部主任谢永旺同志。后来，张贤亮经常出入我们《文艺报》的评论组，成为大家熟悉的朋友。他性格爽朗幽默，为人大方，喜欢开玩笑，所以人缘特别好。

　　记得在 1984 年，我作为《文艺报》的记者部副主任首次走访大西北，从内蒙古的呼和浩特市开始采访，采访的第一个对象是当时的自治区主席布赫同志，我请他谈关于他所创办的乌兰牧骑的诸多往事。离开呼和浩特，第二站是宁夏的银川，我拜访了张贤亮、高深和我的同学潘自强等，诗人肖川还带我参加了共青团宁夏回族自治区委员会组织的活动，在沙漠上度过了难忘的一夜，事后我写下了一些诗和散文，散文叫《腾格里的呼唤》。就是在那次旅行中，我了解到一个情况：张贤亮由于学历是高中，所以不能享受知识分子待遇，要通过参加高考获得更高学历才能评职称。当时张贤亮倒没有说什么，但是他的一些同事，也是我的一些朋友为这件事愤愤不平。归来后，我给《文艺报》的内参《文艺情况》写了一篇通讯《张贤亮算不算知识分子？》。这篇内参被光明日报社主管的《文摘报》转载，引起了巨大的反响。关于作家的职称、关于"知识分子"的认定，由张贤亮参加高考这一特殊的话题引发出来。

后来，我见到张贤亮，他依然是开心、快活、爽朗的。再后来，张贤亮的小说越写越多，越写越好，《牧马人》拍成了电影，《绿化树》面世，几乎洛阳纸贵，他的影响越来越大，成了全国政协委员，两会期间不断地发表言论。他自称把《资本论》活学活用，以"文化资本家"自居，最典型的事例是他把一座废弃的乾隆年间的古堡改成了有西部风味的影视城，贤亮在里边认真地经营着，投入自己的全部稿费、存款。他在西部影城里给自己盖了一座"都督府"，我去过一次，大厅里悬挂着他自题的一副对联："大漠孤烟独寂寞，长河落日自辉煌。"西部影城成了银川除西夏陵、贺兰山岩画之外的第三个重要的旅游点。

张贤亮在领我们参观西部影城时，充满了自豪。他像个大孩子一样，指着古堡，指着里边一件一件的设计，指着他的员工，开心地笑着，说着，这不再是当年那个被质疑"算不算知识分子"的张贤亮了——他已经是一个成功的知识分子兼文学界的企业家了。他认为很有创意、很得意的一件事是：把黄河的水密封到一个个小的玻璃瓶中，系上中国结，命名为"母亲的乳汁"，结果港澳同胞争相购买。

张贤亮收藏了很多硅化木，还有一方巨大的洮河砚台，上面雕满了龙。这个砚台贤亮很大方地赠送给了我，可惜由于它过于庞大，我把它转赠给了另外一个住处比较宽敞的朋友，然而贤亮对我的情谊让我深深地感动着。

我记得是在 2005 年 8 月，中国作家协会在宁夏召开主席团会议，东道主自然是身为主席团委员的张贤亮，在那次会上他送了我一张明信片，上面写着他的一首小诗：

> 江郎才尽任逍遥，乘风策马过驿桥。
> 东望黄河龙生雾，西眺贺兰凤凌霄。
> 虽美古文多经典，犹喜今日涌新潮。
> 韶华老去无遗憾，指点青山看明朝。
> 附言：乞得骸骨喜吟一

这首诗是他描写自己退休后的一种心境。"乞骸骨"，是古人致仕时上疏给朝廷："希望把我这把老骨头带回老家，不在庙堂了！"带着某种辛酸和凄凉。看了这首诗之后，我当即也给贤亮写了一首小诗。诗是这样写的：

　　千古文章未尽才，岂容张郎独自哀。
　　骸骨乞罢余峻骨，梦圆古堡举世骇。

因为是会议期间，贤亮看了这首诗冲我点点头挥挥手，我们会心一笑。

又过了几年，贤亮病了。他大量地吃着中药，不断地治疗。我记得最后一次见贤亮应该是在 2014 年 3 月，正是全国两会期间，贤亮是老政协委员，他那天专门邀请了我们几个现任的政协委员，到北京他住处附近的一家饭店小聚，同行的有贺捷生将军、张抗抗副主席，人很少。见到贤亮的时候我大吃一惊，因为他的脸上布满了黑点，密密麻麻的，贤亮说这都是大量吃中药引起的，然后他撩开衣服让我看他后背，身上全是像过敏一样的湿疹。贤亮请我们吃饭，微笑着，他领养了一个五岁的小女孩，向我们介绍："这是我的小女儿。"贤亮的公子在替他经营着西部影城，而他领养的这个小女儿是他晚年莫大的慰藉，他看着小女孩的目光里充满着一种怜爱、一种发自内心的对小生命的关切，是人类一种朴实的感情，血缘、血亲在这个时候已经不重要了。那次聚会实际上是贤亮向我们作最后的告别，我记得他认真地跟我说过一句很自信的话："洪波，无论谁写中国当代文学史，我张贤亮都是一个绕不过去的名字。"张贤亮说这话时，语气轻松中透着凝重，事实上他已经知道自己时日无多了。就在当年的 9 月份，国庆前夕，贤亮去世了，享年七十八岁。

一个充满才华的生命，一个对文学事业无比热爱的作家离开了我们，他留下了《绿化树》《牧马人》，留下了一部又一部的电影，留下了一部又一部的小说，也留下了一个属于张贤亮自己的传奇。他把自己最后的对土地、对祖国、对大西北的热爱留在了了不起的西部影城，这是一个南方游子扎根大西北留下的最后的遗迹。

此刻，我想起自己当年为贤亮写下的那篇算是有些冒失的内参《张贤亮算不算知识分子？》。张贤亮算不算知识分子呢？朋友们，请你们来回答这个问题。

贤亮，愿你在天堂安好！

（原载于《光明日报》2021 年 8 月 30 日）

风云未淡定的怀念
——我与张贤亮的交往

张曼菱

又是一年春。早晨的阳光投映东窗，《当代》编辑发来微信，聊起当年人文社风起云涌的那一批作家，她问我："你与谁的交往最深？"

我脱口而出："张贤亮。"

张贤亮，这个 80 年代闪亮中国的名字，堪称文坛巨星。由他作品改编的电影《牧马人》《肖尔布拉克》家喻户晓，脍炙人口。人们已经把他的形象与作品中那个因受屈辱而伟岸的知识分子联系在一起了。

那时没有网络，但张贤亮无疑是中国作家中"粉丝"最众多最热烈的偶像级人物。

我与他有过一段交往，他对我倾吐过精神的历史、作品的原型，我们有过真诚的直达心底的讨论与质疑。我，一个当年刚刚离校的女学生，而今跨过岁月波涛，珍藏着这段交往。

在这个早晨，张贤亮从我心海深处闯来，充盈在春阳的明暗之间。

是怀念他的时候了。风云未淡定，让他的声音再一次回到世间吧。

那时我刚从北大毕业，到天津文联，单位通知我，冯牧来了，要我去见见。

天津，在民国时期是北平大人物的后花园。有几条幽静的马路，连绵不断的欧式花墙，行人可以看见里面的喷水池和优美雕塑。遥望那些隐秘的别墅，难以想象出其中奢华。我循着门牌号找到那个院子，大概只属于中等规格，是个招待所。

一进门，看见客厅中央，冯牧被作家们包围着。我没上前。

我那个时候初出道，不喜欢与作家们扎堆儿。而人家也认为我惊世骇俗，言语举止、穿着都不合群。其实没有什么过节儿。只是我觉得，他们与我想象的不一样。读他们的作品，都是以真诚和苦难名世的。那个时代的作品，就是这个底色。一接触，怎么都是华袍丽容，仿佛养尊处优之辈，谈吐也模拟风雅，走样了！

现在想，作家们也不易，要适应时代和自己的新身份，做了很多功课。

我欣赏着墙上的油画，顺脚走进卧房。门是敞着的，里面洗浴间也是敞着的。我一看，非常精美的地方，水龙头金灿灿的，厚毛巾叠得整齐。于是进去，把洗浴间的门插上，趁机洗个澡。

那时，我还住在办公室里，没有宿舍，一人漂泊。

有人走进卧房，听见水响，敲门了。我喊道："别敲！我在里面洗澡，一会儿就完了。"

这人回到客厅报告了冯牧，众皆惊讶。等到我头发湿漉漉地走出来，众目睽睽，都在看我。我说："冯老，我看您这儿好，就在里面洗了个澡。"

他怔怔地看了我一会儿，点点头，又继续沙发那一圈的谈话。大家对我一向留有见怪不怪的余地，时代宽容，自由度很大。我走到靠门边的椅子上坐下，整理自己的头发。

有人谨慎地推开了门，一条缝。我说："找谁啊？"

外面一个高大的男子，穿着寒碜，神色拘谨，不像文坛的人。他在门缝外说："冯牧同志是在这儿吗？"

"哦。"我拉开门，让他进来。他看见沙发那儿的人群，没有上前去，也和我一起坐在门边的椅子上了。我说："你是谁呀？"他说："我是张贤亮。"

嗯？我不由得打量他。他的中篇小说正在风靡全国。

这个中年男子是有些气魄，隐藏着一股彪猛不驯。他穿一条"的确良"裤子，中缝有像刀片那样的直线。早就不时兴穿这个料子和样式了。他显然刚从不发达的西部来，还把这当作场面上的衣着了。

我说："看见没有，隔壁有乒乓球室，咱们去打乒乓球吧？"

他说："我不会。"

我说："还有其他的游乐呢。"当时这叫"康乐室"。

他说："我都不会。"

我生气了，说："那你会什么呀？"

他说："我会翻墙，偷土豆。"

我愣了，随即哈哈大笑。果然不同凡响。

后来他说，看见我穿一身浅蓝色的运动服，头发乱蓬蓬，脸蛋红红的，一股朝气，使人轻松，他就选择与我谈话了。

他说："我就住旁边，要不我们上我那儿去？"

我说："那不好，我是专程来看冯牧的，一会儿他肯定要过来说话。以后吧。"

几天后，我到这个招待所看望张贤亮。他屋里春意盎然，郁风坐在那里喝茶，还有珠影厂的戴咏素，都是优雅女士。华丽的地毯，又厚又软。房间里的拖鞋已经被两位女士用上，我把鞋脱了，就赤脚坐在地上了。她们都是我的长辈，我觉得坐在地上比较舒服。

郁风夸我漂亮，说以后要给我画个像。而今红颜已逝，我还一直等着呢

张贤亮介绍，戴咏素是戴望舒的女儿。我来劲了，马上说："《雨巷》！"那个时候我们大学生都喜欢这个，它复苏了人们对优美意象的追求。

戴咏素说，她这次也要找我，珠影厂对我的小说《有一个美丽的地方》很有兴趣。这篇小说后来青影厂张暖忻也要，她们是同学，戴咏素让给她了，最终拍成了《青春祭》。

在一个文化复苏的温馨年代，随便一个场合，就会遇上那些著名人物，他们与我这个刚走出校门的青年人平等交往，似曾相识。人与人心灵间的冰雪在融化，春天来到我们中间。

张贤亮看过我的小说，大家都是《当代》的作者，每一期都会通读一下。

他说："你的语言比我强多了！"

我说："你在小说里加进那么多黑格尔哲学干什么？卖弄啊？"

他正色道："我认为是必需的，因为那是我劳改时候唯一的精神寄托。它使我没有忘记我是一个知识分子。"

张贤亮告诉我，他之所以会来到天津，就是因为最初在宁夏拍板"解放"他的那位领导，调到天津了。

而我这个初出茅庐的学子，当时的愿望，就是成为专业作家。我是为了这个离开北京到天津的。

他勉励我说："你一定会成为专业作家。这个宣传部部长可以'解放'我，一定也能'解放'你。"

在中文系，我是一个爱好哲学的学生，一入学就到哲学系听课。黑格尔是我知青时代就读过的。张贤亮总说黑格尔，我告诉他，那些都是陈旧的东西了，现在世界哲学新思潮一波又一波。"你知道波普理论吗？不知道吧？我一进大学就读李约瑟，后来是汤因比的《历史研究》，他是以人类的心灵史的发展来划分阶段的。现在是萨特，存在主义。"

张贤亮听得一愣一愣的，他表示，如果有机会，想去北大听课，延续他的哲学爱好。我承诺给他介绍哲学系的同学。

在他离津的时候，我已经被天津作协聘为"合同作家"，我只要每年拿出作品，完成任务，就享受"专业作家"的待遇。我无所谓，很快天津作协也觉得无所谓了，因为他们认为已经物超所值。后来就没人谈起这个合同了。

从此不用上班，获得了时间与空间的自由。

我跟张贤亮说，我很快会赴京写作，住北大勺园，在那个熟悉的氛围中，我会写得顺。他说，他回宁夏不久，也要来京。我们约定，他的信寄勺园留交我。

在北京又见面了。我总是当面评论他的新作，大概当时没有人会对他这样。我认为他们那一代人，对苏联文学的模仿太重了，从思想主题的发现，到人物性格，到风景语言。张贤亮、叶蔚林、蒋子龙都有这个痕迹。我一篇一篇地对照出苏联小说的模子。

当年我们文学系 1978 级同窗高贤均订有全年的《苏联文学》，所以四年来我们都在阅读和讨论苏联小说，太熟悉了。我以为，越是喜欢的东西，创作的时候越要避开它。不能让别人在我的作品中找出那些世界名著的痕迹。

那时候，张贤亮对外面的社会还是一无所知的，他会问我："你说我能不能当省长？"

那时文学热门，他受到很多领导的接见。

我说："不能。你就是有写作的才能，并没有当省长的才干，资历也不行。"

他又问："你说，我到北京来好不好？"

我说："不好。你适应不了北京文坛，会惹出很多乱子，给自己和大家找麻烦。现在你的弱点毛病都被作品的才华掩盖了，大家欢迎你，隔一阵来开个会挺好。但如果你到北京来生活，情况就会变。你的头脑已经不适应现在了。"

他惘然，有点不服。

我在文坛人眼中是一个惹事的人，可是在张贤亮面前，我成功地扮演了他的良师益友。这个比我大很多的男子，其实内心有很多脆弱和需要补课的问题，他无法向别人求教。因为我是一个与文坛若即若离的孤立者，所以我们成了红尘知己。

我从不去他下榻的酒店。他身边媒体云集，飞红绕翠。张贤亮也很快穿着入时，气宇轩昂起来。我们在人文社附近的中小餐馆见面，享受谈话的乐趣。

我对他的现状冷嘲热讽。他经常声明，他的理想并不是当一个作家。

当年的人很喜欢管别人的事情。去吃饭，服务员要关心我们的年龄，故意向他提问："您多大岁数？"这是提醒我们两个人"不合适"。其实我们不是他们想的那种关系。

张贤亮不想服从他们的眼光，他站起来，走到餐桌外面，那里铺着地毯。他脱了皮鞋，光脚站在地毯上，伸直了腰，双手举过头，然后弯腰手掌着地，连续三遍，把服务员镇住了。

他在表示，他还年轻。我给他鼓掌。这是他最可爱的地方。

他还想去北大上课，还想看我推荐的那些书。他不服气的是他的年华就这样少了一截。

张贤亮是一个睿智的人，他追求坦率的交谈。他对我讲了他的真实经历，让我震撼。我至今认为，他真实的经历，比他在小说里写的那些更有价值。由于他出山以来的各种顾虑，关于文坛与大众的接受程度，他对故事进行了加工变形，符合那个年代的口味，留下一些"自虐"的余音。但是如果他写出真实的自己，将是世界级的名著。

我用陀思妥耶夫斯基来做比对，张贤亮的素材本来是那种灵魂级的珍品。

在苍茫的大西北劳改农场，一位英俊青年到这里接受惩罚。他是那么纯洁，无法与这里的粗鲁、无知与混沌为伍。当他脱衣下河游泳时，劳动着的女性都情不自禁地走上河坝来看他。因为她们没有见过这样经学校体育训练出来的健美身躯。

有一天，农场突然宣布，劳改犯人们要……男女混居……

张贤亮说，农场认为，这使得犯人好管理。人干完活了，有一个窝。漫无尽头的劳改生涯，有了模拟正常社会的温馨组合，省得胡思乱想、争风吃醋。

这种特异的生活，它是不可复制的，但它又是可以理解的。

那些女犯都想跟张贤亮过，因为他年轻、文雅、健壮。而他认为她们中没有一个是令自己心悦的。他也不能违章，最终与他配对的那个妇女有文化，还说得过去。

但张贤亮偶然得知，有农场干部与这位妇女有染。愤怒之后，他冷淡了那个配偶。

当他们都将被释放的消息传来，那个女人把他的箱子扣住了。她说："你不是每天都在写吗，我知道这是你最重要的东西。如果出去后，你不要我了，我就把它交上去，让你重回监狱。"

在一个夜晚，等那位伴侣睡觉后，他悄悄地抱着自己的箱子，走到后山，将那些本子取出，烧毁了。

到分别时，这位伴侣却对张贤亮说："放心吧，好好生活，你是有才华的人。以后你媳妇坐月子的时候，我会来伺候。"

张贤亮说："她真的来了，把产妇照料得非常好。其实，她也是一位知识女性。"

我不由得感叹道："这个女的，可比你那个《绿化树》什么的要深厚感人得多！你写的东西，仿佛就是中国男性在背负着时代的十字架，现实是女性也在其中啊！这个女的，也很难得，最终人性没有磨灭。你应当写她。"

他说："可是如果不是她要挟，我也不会把我那一箱子哲学笔记烧了。"

我说："没必要再为那些烧掉的笔记耿耿于怀。你那种封闭的学习，不过是对自己脑子的体操训练，所以你现在才能有这样的喷发。但作为哲学，你已经落伍很多了，那些东西不可能成为哲学产品，你烧掉它获得自由，是对的。"

他望着我，说："是吗？"

我说："你可以释怀了。想你的文学创作吧。"

她与他都重返正常生活，又有了尊严，也有了相互的怜悯。这让我感到，最初她的威胁，不过是想留住男人，她不会真的诬陷他的。他们在那个时代的遭遇，无数次地令我想到普希金的《致凯恩》：有了眼泪，有了灵感，也有了爱情。

在劳改农场，居然可以展开这样一小角人性空间。这个创举真当载入史册。这样别人无法经历的故事，又有强烈的感染力，可谓文学素材中的一座宝库。

我把自己知青时期写的一首诗抄在宾馆的信笺上给他看：

> 那席卷世界的思想之力，
> 在天空聚集乌云，
> 我看到，一个伟大英雄的幽灵，

几缕小儿女的柔情。

灵魂曾经一千次地屈服

怒火，又把这屈服的假象烧光！

他说："我这一辈子总要回到哲学的，那是我年轻时候的志向，我真正热爱的是哲学。"

当他的《男人的一半是女人》发表，招来很多非议时，我对他讲："你不能说得文雅温和一些吗？那么直愣愣的，横空出世。"

他说："我就是要刺激他们，这般假道学，他们不需要女人吗？这在哲学里是站得住的。"

在他的血管里奔流着华夏男儿的热血和对生命的严肃追索。这是他独特的形象。

那天，桌上有一盘橘子。他一面请我吃，一面取了一个，剥开，撕成小瓣，又把小瓣的皮撕开，现出晶莹的果肉。

我说："你这个劳改过的，吃橘子还这么讲究？"

他说："我儿子最爱吃橘子。我给他剥橘子吃，一瓣一瓣喂他。他不要他妈妈喂，只要我。"

流露的父爱使他瞬间变得天真骄傲。稚嫩的儿子，令他犹如拥有了万物。

过几天他就要回宁夏。想儿子了。

"我要带我儿子到田野上捉蛐蛐，答应过他的。"

这人间天伦，对于他来得很迟，但终于来了。

我说："嗯，在男女之间，你已经看不到真诚了，也就不美了。"

他一愣："让你说对了。"

在他的内心里，对过去，对现在，还有太多没有理顺的东西。依靠强大的才气和意志，在混沌中，张贤亮完成着他对那个时代的文学使命。

等到《肖尔布拉克》发表，我有种感觉，就是他不再只挖掘自己的经历了，他把他的那些感受与对大西北人的爱，都投放到这篇小说里，放在这些苦难的、比他年轻的一代人身上。根子还是西部。离开西部，他就会失根。

有一次他对我说："大西北的美和历史，给这个国家的贡献，就像一个人要有脊骨一样。"

我说："你以为我们西南的草民，还有江南的秀才，就没有脊骨了？"

他说："你明明知道我的意思，不要故意拧了。"

我说："当然，你现在写到我们知青的苦难了。我就是知青，感谢啊。"

知青，尤其是女知青，无论南北，都会被迫地将自己的豆蔻年华抵押出去。

张贤亮这种对比他年轻一代人的怜香惜玉，与他的生活态度是一致的。他还给我讲过一些年轻女性迷恋他的事情，都是带着一种疼惜的语气："她太小了！"

每想到这些，我觉得，他在内心里是有一座道德界碑的，他对纯洁女性是爱怜的。这是中国男子传统的风度。而对于那些狂蜂浪蝶似的人，他是从内心里看不起的。在他的感情里，有鲜活的人性，还有哲学的审视。这形成了他小说特有的魅力，也是他这个人的魅力。

后来我去了新疆，再回到勺园，看到一封他给我留的信，告诉我他来北京的时间地点。我把那封信给人文社白舒荣大姐看了。他已经回宁夏了。我写了一封信寄过去。我说："等你到六十岁，我会来宁夏看你。"

人世颠簸，后面的岁月不再从容。当我在报纸上看到张贤亮的讣闻，不由惊悚。

记忆的长河留下几幅定格画面：

其一，西北荒漠的暗夜中，隐蔽的山丘背后一团火光冲天而起。那是一个视哲学追求为生命的知识分子，在焚烧他的黑格尔哲学笔记。那些燃尽的纸页，曾是陪伴他枯寂岁月的尤言情侣。

其二，青绿的郊野上，一个中年男子在熟练地捕捉蝴蝶、蛐蛐，取悦身边的那个幼儿。

……

张贤亮，最终与《牧马人》里的角色一样，回归他的西部，那片赐予他苦难与文学灵感，还有家园眷恋的土地。他天资过人，早悟出不离不弃的真谛。比起很多离根的人们，张贤亮是圆满的。

我喜欢去发现。从我最初的中篇小说《有一个美丽的地方》到对西南联大的寻觅，以及《中国布衣》的写作，都旨在展示那些被正统文本忽略与遗漏的内容。张贤亮给我讲过的那些被时代与文采压盖的真实经历，存放在一个比他年轻的作家的心里。他是告诉我，人性若在反抗中失却了自我，失却了同类与同情，这才是真正的绝望之境。人性的脆弱与救赎，使我想到托尔斯泰的《复活》。

我以为，张贤亮在其小说中宣扬的所谓知识分子的"原罪"，并非他的本心和本色，而是他在文学"求生"路上的一种妥协。苦难使他成为一个复杂的多层次的人。

他是睿智、杰出的那一代知识分子的代表。他们让自己饱受压抑的生命，借由文学之力爆发出炽烈的火焰，照亮大地。

杜诗曰：

才力应难夸数公，凡今谁是出群雄？

或看翡翠兰苕上，未掣鲸鱼碧海中。

那个以文学之笔呼风唤雨、激动国民之心的时代，永远令我们怀念。

2021 年 3 月 14 日

（原载于《当代》2021 年第 5 期。有删节）

我认识的张贤亮

肖关鸿

我认识张贤亮时他已经成名，但还没有成大名。他的代表作《男人的一半是女人》《绿化树》还没有发表。

那是 20 世纪 80 年代初，我和他一起参加一个文学会议，两个人住一个房间，那时文化界风气简朴，后来如他这样的名家出行是要住套间的。

我们两人一见如故，因为他有"上海情结"。他说小时候在上海生活过，家里很优裕，至今还记得那些老洋房咖啡馆，还有十里洋场的花花绿绿，虽然短暂，但都埋在他心底里。我说我一直生活在上海，即使经历上山下乡运动，我也是留在上海的少数人。他深深地感叹：你是幸运的。

他说他本质上是个"上海小开"，但一辈子生活在大西北荒原，现在他成名了，本来可以回到大城市，却已经习惯了大西北的生活，不想回去了。那是他的命运。

那天晚上他滔滔不绝地讲了他的一生，讲到快天亮了。他说，我们第一次见面，我给你讲这么多，包括从来不讲的隐私都对你讲了，因为我见到你，触动了我心底里的"上海"情结，那是我的"原罪"。多少年来我一直想忘掉它，其实它扎根在我心里。

后来他来上海，我特别介绍上海女作家程乃姗与他认识，我们一起神聊老上海。贤亮说，我太喜欢乃姗笔下的老上海，也太喜欢乃姗身上那股上海女人味，他开玩笑说可惜我们认识太晚了，我也开玩笑说乃姗的老公是我朋友，你就别遗憾了。他得意地哈哈大笑。每次谈到女人他总是这样开心得意地大笑。他后来给我来信还念叨："如果我是自由之身，我飞来上海找乃姗跳舞。"

他的作品在新时期文学中占据了独特的地位。他是第一位把男女之性心理、性饥渴等性话题浓墨重彩、淋漓尽致地进行文学描绘的新时期作家，有人贬为"性文学"，但是文学评论界认为他与后来的那些下三烂的"性文学"具有根本的区别，他的作品蕴含深刻的思想内涵和社会意义。在我看来，那些后来在作品中写性的作家没有一个可以与他相提并论，包括同样著名的作家贾平凹的《废都》，虽然平凹也是我的老朋友，我喜欢他的作品，也尊重他在中国当代文学史上的特殊地位。

据我了解，贤亮的文学思想深受俄罗斯批判现实主义的影响，其实是很传统的，有很明显的俄罗斯文学的痕迹。

贤亮的小说代表作主角大都有过被摧残被压抑的苦难历程，都像他自己一样有过劳改农场生活的背景，唯有一篇作品是个例外，这篇发表在《文汇月刊》上的小说《肖尔布拉克》讲的是一个普通的男人与两个女人的纯情故事，非常感人。这篇小说比一般的短篇小说长一点，比中篇小说又短一点。我一口气读完手稿，激动得马上给他打电话。他大笑：我说过把最好的小说给你！

《肖尔布拉克》荣获当年的全国优秀短篇小说奖，这也在我意料之中。

《文汇月刊》在20世纪80年代的中国文化界影响非常大，因为是本非常特殊的杂志，她跨越文学，艺术、历史与文化各个领域，而且聚集了每一个领域里的最有影响力的作家学者，可谓名家如云，佳作迭出。

这本杂志的编辑要求高难度大，因为每个栏目只发一两篇作品，比如小说，每期一篇。80年代是小说最有影响力的年代，全国杂志编辑对小说的竞争之激烈是人们无法想象的。每期只发一篇小说的文汇月刊，竟能连续荣获全国优秀小说奖，进入小说名刊之列，这在当时也是很难想象的。

《肖尔布拉克》是贤亮的另一面。可惜一般评论张贤亮文学成就的文章很少提到它，只关注他的《男人的一半是女人》与《绿化树》。

后来，这部小说改编成电影，导演是我的老朋友、上影导演包启成。

他读到这篇小说，马上打电话给我说，想拍电影，希望我促成。他当时还是年轻导演，从为汤晓丹《渡江侦察记》的副导演开始他的导演生涯。他第一次想独立执导，希望我支持他，因为贤亮已是大作家，会很挑剔。我一个电话搞定了这件事，促成了他们的合作。这也是我第一次与电影发生点关系。

这部电影拍摄期间，贤亮与包导多次邀请我去宁夏，我因为种种原因没能成行。当年事业心太强，不懂得偷闲，多少次机会我都没能去看看贤亮生活的大西北，现在想想有点遗憾。

（原载于 2021 年 11 月 28 日《南方周末》）

我和张贤亮的故事

李 唯

1978 年，几月我记不得了，应该是冬末初春的一天，我在宁夏银川市的省级文学刊物《朔方》做小说编辑。这一日，彤云密布，黑暗，是那种令人心情不爽的天色，我一个人在小说组偌大的办公室里看稿，其他编辑都因天色早早回家去了，而我不能，我必须坚守工作。我在编辑部里属于小字辈，我由上海复旦大学中文系毕业分配……来这家杂志社就职，还是菜鸟新人，我只有多干活儿。何况我还没结婚，我也无家可回。也正因了我这一份的独自留守，我和我要记述的这个人有了缘分上的交集。

应该是下午了，天色更暗，开始有零星小雨飘落，很冷，我之所以要特别描述一下天气，是想说明这个人当时的处境。有人敲小说组的门，接着一个人披着一身雪花闪了进来，他冻得瑟瑟发抖，穿一件很破的棉袄，拦腰系一根草绳，宁夏人把这叫作草葽子，你完全可以根据这一件棉袄和这一根草葽子把他归到乞丐那一类中。他说他是从银川市远郊南梁农场来的，今天赶大车走了一上午和一中午来市里拉化肥的（或者是拉种子的？我记不清了），顺便来送一篇他刚写的小说。他一直在哆嗦，除了冷，还有业余作者见到编辑的惶恐。

他的小说是写在信笺纸上的，信笺纸是他从农场的小卖部买来的，他当时没有任何门路能搞到那种带格的稿纸。我把他的小说留下，同时记下了他的通信地址，告诉他，我看完后，会跟他联系。然后我请他快回去吧，天越来越黑，他赶车回去还要走几十公里路哩。

他不走，神情期期艾艾的，欲言又止。

最后他鼓起勇气说："李老师（他特别问了我的名字），您要大米吗？"

他说他的大车上有一袋大米，是今天早上出发时特地放到车上的，他在农场种田只有这个，他想把这袋大米送给我。

我已经不记得我当时是怎么回答他的了。我肯定是回答了他的，我回答的核心意思肯定是我不要，我不是有多高的觉悟，因为我没有结婚没有老婆，我要了他的大米谁来给我做熟呢？我也不会做饭。我的这个回答，后来被文学界的各路人马演绎成了各种版本，其中最为辉煌的是我豪壮地说："我不要大米我要人才！"我今天可以负责任地告诉文学界：我绝没有说过这种话！我不要他的大米纯粹是我当时没有一个女人可以给我做熟它。

我没有要他的大米，他很失望，我看出他很失望，他离开我告辞的时候，在暗暗地叹气。大概他以为我不要他的大米，他的小说也完蛋了。

我看着他在冬日飘着雪花的黄昏里蹒跚地走去。

他叫张贤亮，几年后蜚声全国文坛的人。他赶着大车来的南梁农场是宁夏的劳改农场，他当时还是劳改犯，还没有被彻底平反。他拿来的这篇小说叫《霜重色愈浓》，这是他自十九岁因诗歌《大风歌》被逮捕判刑坐牢二十三年之后重新拿起笔来写的第一篇作品。我没有要他的大米，但这篇小说我给他发了，发在《朔方》上，哪一期我记不得了，当时的《朔方》还叫《宁夏文艺》。

从这篇小说发端，张贤亮以令我眼晕的速度一发而不可收，他在《朔方》连续发表了四篇小说后，又拿出来一篇，这篇又是我做他的责编，但不是我一个人，是三个人，有《朔方》的老编辑路展老师，他现已故去，有我复旦的同班同学杨仁山，他后来调到浙江做了一家出版社的社长，现已退休。张贤亮的这篇小说奠定了他在文坛的地位，这篇小说后来获了全国小说奖，又被电影导演谢晋改编为电影上映全国爆红，这篇小说是《灵与肉》，改编的电影叫《牧马人》。这是我最后一次做张贤亮的小说责编，从《灵与肉》开始，张贤亮和《朔方》的蜜月期结束了，从此大火的他开始走向全国，《朔方》再也拿不到他的作品，他开始属于更高级大牌的刊物，如《收获》《当代》《十月》等。有一句话好像说，女人永远也得不到她一手捧起来的男人。张贤亮和我、和《朔方》的文学关系就是这样的。我和《朔方》的同仁们都欢迎张贤亮向着更高远的天地飞翔。

但张贤亮和我、和《朔方》编辑部的其他关系依旧继续，张贤亮和我也成了忘年交，我们无话不说，并且经常相互调侃，亲密无间。张贤亮后来平反也调入了《朔方》，和我成了同事，四十四岁的他生平第一次结婚，他娶的是《朔方》的女编辑，这位女编辑还是我复旦中文系的同学冯剑华，小冯比我大几岁，是我的大姐，他们结婚的时候，因为发展速度太快，张贤亮刚调来几天就把小冯拿下，文坛都知道老张小说写得好同时也是撩妹的高手。编辑部同仁便凑了一副对联献给他们，上联是：昨天还是游击队，下联是：今日已成正规军，横批：速战速决。这副对联以及横批就是我一手贴到张贤亮新婚洞房门楣上的。多少年之后，我和张贤亮伉俪还说起此事，我们三人一同大笑。

再后来，张贤亮越发地火，做了宁夏文联主席，成了我的领导。他见了我自然再不哆嗦，大米之类的话也再不说，同时也因为熟悉和亲密到不分彼此，他开始时不时不客气地拍拍我的脑袋，吩咐我："李唯，去给我买份羊杂碎来，再买一个饼子！"他喜欢吃羊杂碎就饼子。我便去买。我有时候还调侃他："贤亮，你当初答应要给我的大米呢？拿来！"他不客气地回复我："滚！"

再再后来，张贤亮殁了。贤亮兄如今已故去七年，兄与我，与《朔方》编辑部的关系，这一页已经彻底掀过去了，但贤亮兄的一颦一笑，我们在一起时的点点滴滴，常浮现在我的心中。

（原载于 2022 年 3 月 28 日《珠海特区报》。有删节）

大俗大雅张贤亮

傅小平

像张贤亮这般人生跌宕起伏，写作丰富复杂的作家，远不是一篇简单的文字或几个字词可以"论定"的。当我回想起他的时候，却总有两个词——亦庄亦谐、大俗大雅，如孪生兄弟般，携着不可阻挡的气势，穿过词语的丛林里联袂而至。

可堪佐证这一判断的是查建英在《八十年代访谈录》写到的场景。20世纪90年代，中国台湾作家陈映真在山东威海的一个会上发言，谈到他对年轻一代，对时事，对当时文化与环境的忧虑与关切。等到张贤亮上台，却是开口就调侃：我呼吁全世界的投资商赶快上我们宁夏来。陈映真会下去找张贤亮交流探讨，张贤亮却说：哎呀，两个男人到一起不谈女人，谈什么其他。

张贤亮的写作着实是有关女人与风月的。《收获》主编程永新曾在一篇文章中回忆说，当年张贤亮的小说《男人的一半是女人》发表的时候，很多女作家认为他不尊重女性，老作家冰心因此给巴金打电话，让他管管《收获》，但巴金看完之后，得出的意见是：张贤亮的小说似乎有那么点儿"黄"，但是写得确实好，没什么问题。

张贤亮可谓俗到极致。但实际上，与其说他俗，倒不如说他活得自由自在。他敢于把心中所想真实表达出来，他敢于对自己的话负责。

张贤亮也是有智慧的，敢于挑战禁忌或习俗，但他其实极为明白底线和界限所在，他也总能比很多"不敢越雷池半步"的人多迈出一步，他因此成了众人瞩目的弄潮儿和先行者。

听张贤亮漫无边际地神聊，印象中，他什么都谈，谈到了我有所耳闻的一切，也谈到了我闻所未闻的一切。他没有如我们所想谈文学，谈小说。当时真想问问他，为什么不谈，却终究是没问。我想要我问了，他或许会反问我，为什么要谈？文学就得是文学本身？文学不可以是文学之外的任何东西？

张贤亮无疑是热爱文学的。在大起大落的人生里，他变换了很多角色，他的文字风格也在不断发生变化，唯一不变的是他对写作的挚爱。

我曾问他为什么写作？他说就是好玩。我当时并不怎么理解，只有等到他去世后不久，《新民晚报》记者让我回忆与他接触的印象时才幡然醒悟到，他说的好玩并不是玩世，而是一个人真正回到内心之后的真诚与纯粹，而好玩的背后，依然是深切而真挚的关怀。一如他的随性，其实不是随意，而更多的是一般人难以企及、敢于慨然自言"最有争议的作家"的，那种无拘无束的人生境界。

当一个重要人物去世，我们总会禁不住感叹，一个时代逝去了。这句话的另一层意思或许是，另一个崭新的时代开始了。但张贤亮的去世，在我看来很可能象征着一个文学时代的结束。像张贤亮这样由文入商，并且在文学和商业上都有辉煌成就的作家，几乎销声匿迹了。

时隔多年，我依然会想起那次聚会后，张贤亮在他兄弟陪同下沿福州路熙熙攘攘的人行道渐行渐远，最后在拐角处消失的身影。我总是隐隐期望，如他这般的格调和境界，并没有在我们这个世上随风而逝。

（原载于 2023 年 11 月 29 日《新民晚报》）

儒商张贤亮

高　嵩

　　如果我们不假深思，只凭直感把握张贤亮近期生活的表层，那么我们大半会得出这样的印象：张贤亮，作为作家，他出卖的是苦难；作为企业家，他出卖的是荒凉。另外，关于张贤亮的文学观，有些论者以为不好把握，我个人的态度是：把他作品的本文加以封闭，直接从中提取信息；然后，参照他的其他言论进行判断，力求知人论世。

　　客观地说，中国严肃文学的作家，多数人重视经世致用之学。而个人前途的"用世"和不"用世"，又使他们分为两种类型：其一，是"曹植型"（注意：不是"曹植级"）；其二，是"曹丕型"。"曹植型"的作家有一个特点：空有"用世"的雄心而不得施展，因而即使"文窃四海声"（李白自谓语）也颇不以为然。甚至会反过来鄙夷文章不过是"小道"。"曹丕型"的作家，手中握有经邦济世的实权，却偏要把文章抬举成"经国之大业，不朽之盛事"。面对这种情况，如果我们说曹植文学观是什么"小道论"，那就太皮相了。实际上人人都能看出，曹植的诗文，是把命都写进去的。张贤亮作为一个作家，他属于"曹植型"。在他的小说里，通过主人公之口鄙夷诗文的地方，已经不止一处。例如《土牢情话》中男主人公石在，在回答女主人公乔安萍问他啥叫诗人时说道：诗人，就是专门说废话的人。又如《习惯死亡》中，主人公"我"也曾说过：文学，纯粹是一种说废话的勾当。如果我们根据这种"例证"说张贤亮的文学观就是"废话论"，同样是太皮相了。一个卓有文才的人发出鄙夷文章的骚狂语，正可反衬出他有"用世"的宿志。在当今改革开放的巨潮中，"用世"者心愿的施展，不是在政治上作出贡献，便是经济上一试身手。张贤亮走的是哪条路呢？他做了"文化型商人"，即是说，做了"儒商"。

张贤亮，不论作为文化人还是作为商人，他都深知自己凭借的是邓小平的理论和改革开放的大局面。他把这个理论和这个大局面当作现代中国最宝贵的成果来捍卫，因此他常常把党的十一届三中全会以前他自己通过切生切死的体验所把握的那个属于他自己的不算很大的生活板块，置于理性的解剖刀之下，用高倍显微镜把其中"左"倾毒害在人们感性世界和心理世界的微观形态，一丝一缕地、有血有肉地撕给历史看。在他的小说里，主人公的性格展开线和命运扭合在一起，充当着历史的活证。在他这样做的时候，从他胸中爆发的感叹可以概括为这样一句话：愿伟大的上帝——人民保佑，这样的历史千万不要重演！从表面上看——也只是从表面上看，张贤亮似乎喜欢从自己命运的深井里一桶一桶打苦水给人们喝，或者说，他似乎喜欢向人们兜售自己的苦难。实际上，他是要让自己的小说对于被党的十一届六中全会公正批判过的那一段社会生活，提供生动感人的历史的微分。

中国从计划经济向市场经济的转轨，不仅为张贤亮提供了崭新的思想素材和创作素材，也为他生命力的爆发提供了难得的机遇。张家几代人的务实传统，他本人从幼年起获得的经世致用的人生观，以及他本人喜欢搏击风浪孤身问险的秉性，决定他"下海"当一名"文化型商人"。众所周知的华夏西部影视城，是张贤亮的得意之作。现在，它既是电影、电视的拍摄中心，又是声望日隆的旅游景点。这里是奇绝的所在：原先这里只有荒沙野草，废垒残墙，如今这里每年、每月、每日都吸引着本地人和外地人。这个影视城，从立项、投资到设计、经营，都有张贤亮体力和心血的支出。从表层看，他确乎是在出卖荒凉。事实上，这是他的经济意识、文化意识、消费心理分析和艺术幻想聚合起来的一个创造。

一

　　张贤亮，汉族，祖籍江苏省盱眙县人。这一支张家……按父系归于著名的"百忍堂"的堂号。他的祖父张铭是"国民政府"的外交官，在南京湖北路狮子桥有一座园林，雅称"梅溪山庄"。张贤亮有生之初，就在这样的家庭环境中接受熏陶。他的父亲张友农 30 年代初在美国留学，就读于哈佛商学院，由于被东北沦陷后抗日风潮迭起的形势所感召，毅然辍学归国，为东北军领导人张学良将军作了英文秘书的一员，卢沟桥事变后，由南京携眷迁居重庆。张贤亮 1936 年 12 月生于南京。1937 年 11 月日本军队兵临南京城下，他母亲曾经冒着大雪背着他逃到安徽外祖父家。事过五十八年，他在一篇文章中写到这件事：

> 　　在从南京逃往祖籍安徽途中一个下大雪的夜晚，我在她老人家背上哭闹个不停，待逃到安全地方歇下来，才发现我脚上的鞋袜全掉了，裸露的小脚在严寒中冻了一路。自此以后，我有个与别人不同的习惯，就是总穿着袜子睡觉，夏天也必须如此，因为我的脚非要严密包裹起来才能焐暖。

　　这件事使他每当夜里脚冷得睡不着时，就自然而然地想起日本人。在重庆，他六岁时进了著名的巴蜀小学。那时他最难忘的事情是"跑警报"，即躲避日本飞机的轰炸。他回忆说："可以说是日本人的炸弹燃烧弹伴随我成长的。"他在重庆亲眼看到过震惊中外的"大隧道惨案"。

　　抗战胜利后，他随家返回南京老宅时已从婴儿长成少年。那时的"梅溪山庄"已经被日本侵略军糟蹋得破败荒凉，已经既无梅，又无溪，蔓草丛生，假山倾圮。那般景况，自然无碍于少年张贤亮的玩耍，因为假山是立着还是躺着，对于在草地上追蚂蚱的孩子来说无所谓。他在南京上了小学，不过没有多久，他就随父母到了上海；在上海上了一段学，又返回南京。中华人民共和国成立后，1951 年，他随父母由南京迁居北京，那时他已是高中一年级学生了。次年，他的父亲由于一桩未被宣布任何确凿理由、也未被宣布任何确凿结论的"案子"瘐毙于看守所。家庭生活失去依恃，只能由母亲带着他和年幼的妹妹贤玲俭省度日。1954 年，他在北京 39 中学高中毕业。那时他已经读了一些欧美的和俄罗斯的古典文学古著。

1955 年，由于首都北京要变成纯净透明的"水晶玻璃"，将家庭出身和政治历史有问题的居民成批外迁。这样，就有一股北京移民在当时银川地区贺兰县靠近黄河的一片处女地上落了户。这批北京移民总共有三千多人，他们的居民点被划分为四个"村"，合称"京星乡"。张贤亮扶母携妹随大伙迁移到这里，住在其中的一个村子里。那时候，他们各家各户都是土炕、土灶、泥桌、泥凳。那些供吃饭和学生写作业用的泥桌，被用油抹得漆黑瓦亮。小妹贤玲在乡里小学读书。他因为文化程度出众被选作乡文书，但不脱产。那时候，邻居家的男孩子们有一个见多识广的"大哥"，一闲下来就围着他转，逮鱼，游泳，听他像说书艺人一样一段一段讲述《基督山恩仇记》和《战争与和平》等。

1956 年，甘肃省文化干校缺少师资，到京星乡招收了几位青年，其中就有他。其后，他和母亲、妹妹搬到银川市，住在城东北角一个院子里。他分到三间房子，自己住西套间，母亲和妹妹住东套间，当中那间算是"堂屋"，是妈妈做饭和妹妹写作业的地方。有一张矮小的、掉了漆皮的枣红色长方桌子靠着北墙居中摆着，两边放着不带靠背的方凳；有客人来，就在那里招待。

这时的张贤亮每天晚上在他的屋子里读书，备课，改作业和写作业。由于自己"借得人间一枝栖"，又能尽微力赡养母亲，抚育妹妹，他跟社会生活的关系便因而日益升温。他拥抱劳动者朴实的人生，拥抱革命风暴所诞生的、夜以继日地沸腾着建设热潮的祖国：

不管白天或黑夜，
你永远在前进、在燃烧、在喧闹、在诞生着新的歌。

啊！祖国，就是夜里你也醒着！

——《夜》（《延河》1957 年 1 月号）

  他就是这样激情满怀地写了一些抒情诗。他把那些诗投给当时西北最著名的文学刊物《延河》。1957 年《延河》第 1、2、3 期都有他的诗，并且都被排在显要位置。家里的情况当然是十分清苦。他们住的那个院子，坐落在被称作"东校场"的空场北端，地方异常荒僻，院里院外的地面，尽是泛着碱花的白叽叽的硝土。小妹在离家不远的一所小学上学；从家里到学校，中间连条路都没有。每到入夜，黑灯瞎火，四处空旷，野风残墙，狗吠不绝，母亲就管住小妹，不让她出门。正是这段时日，张贤亮胸中有股精神向上浮升。……于是便以难以按捺的激情写了一首政治抒情诗——《大风歌》。……这首诗在《延河》7 月号发表后，引起陕、甘两省文学界的注意，在已经开展反右派斗争的各大院校学生中也引起了议论。当时的情况是：在各个大学中，夸奖这首诗的人很多，理解这首诗的人也不少。然而有的政工型文人竟把它歪曲成借"整风之机煽起反党的大风"。陕西一家报纸刊登了一篇狼牙棒式的文章，题为《这是一股什么风？》。这篇文章一出来，甘肃省的报纸和银川地区的报纸争相效尤，不由分说地把这首诗化装成"反党反社会主义的大毒草"。随之，张贤亮被推上批斗会。向缺氧的矿井里送风过猛反而会引起瓦斯爆炸：这是《大风歌》事件留给人们的一个教训。

  1958 年夏秋之交，张贤亮被定为右派分子，受到"开除公职，劳动教养"的处分，被送往位于银川市西北远郊的西湖农场，进行为期三年的劳动改造。据解释，"劳动教养"，是被定为"敌我矛盾"的右派分子们无权享受的一种"处理人民内部矛盾"的"行政最高处分"，只是由于对右派分了宽大为怀，才将他们的"敌我矛盾按人民内部矛盾处理"。这样，他们当中一些情节严重者，才能享受这种处分。他被送走以后，刚刚十岁的小妹贤玲当然不懂得发生了什么事，母亲只能含含糊糊告诉她"人家说哥哥犯了错误"。小妹从记事的时候起就没离开过哥哥，非要看哥哥不可。母亲无奈，便给邻居家一位瘸腿老太太塞了些钱，请她领小女儿到西湖农场看她哥。一天绝早，贤玲跟着那位老太太上了路。到了西湖农场，天已垂暮。张贤亮见到妹妹，第一句话就是嘱咐她"千万不要哭"。当贤玲看过哥哥，又随着老太太回到家里时，已是星光满天。不久，母亲和小妹便被遣送回北京。到北京后，小妹投考了中国戏曲学校，成绩挺好，只因"家庭问题"未被录取；说来也巧，考试时甘肃省戏曲学校的校长恰好在场，那位校长动了怜才之心毅然将她招到兰州。从此，母子三人，天各一方，只有梦魂迢迢往还。母亲在北京，实际上无家无业，靠了和俞平伯先生长女俞成的至交，在俞家寄住下来，俞老夫妇也待她如亲女。她在俞家时，靠打毛衣从街道办事处下属的编织组换取每月二十几元的微薄收入；除用以自养，还零分碎角地积攒一些寄给儿子和女儿。长年的内心孤苦和忧郁，以及饮食上的过于俭苦，使她染了肺结核，幸有俞老一家关照和慰藉，她才能支撑病体暗自承受精神上的苦难。1969年元月，这位母亲在"文化大革命"风潮的惊吓中溘然长逝。

二

1958、1959、1960、1961年，这是张贤亮在西湖农场接受劳动教养的几年。……他的小说《我的菩提树》，写的就是这个时期的一段生活。1979年平反时，公安机关退还他一本从1960年夏季写到冬季的《日记》。这本《日记》写得像《春秋》一样简略，也很像王安石批评《春秋》时提到的"断烂朝报"。他这部小说，也如《左传》之用史事注释《春秋》，用回想起来的真情实况注释《日记》的条文。……为了避免死亡，他那年逃走两次；一次被抓回来，另外一次自己走了回来。回来受到"饿饭七天"的严惩。一天晚上，他在冰冷中醒来，拿手一摸，身下全是并排堆放的尸体。他翻身滚下来，跌在地上，又不省人事。天亮以后有人进来，才发现他还活着。张贤亮说他曾经死过两次。这是其中的一次。

1960年冬到1961年冬，这一年经历中的细节，还没有进入他的小说。

1961 年 11 月初，他的三年劳动教养结束，由于他已经失去公职，便被送往和西湖农场邻近的国营农场——南梁农场去当农业工人。在中篇小说《绿化树》里，那些艺术幻想赖以生发的素材，便来自他的转场就业后第一个冬天的生活。

1963 年 7 月，张贤亮……又被戴上"反革命"帽子并被判管制三年。还未期满，在 1965 年元月……又被送到西湖农场劳动改造三年。1968 年元月释放，仍回南梁农场当农工，却碰上了"文化大革命"的"横扫一切牛鬼蛇神"。在南梁农场，张贤亮被关入"牛棚"（关押所谓"牛鬼蛇神"的处所），连 1969 年元月母亲在北京病故他都不能获准前去奔丧。1970 年 7 月，他又被从"牛棚"转押到土监狱，至 1973 年才放出来。在他待的那个农场，农工的工资十分微薄，一级农工每月的工资只有十八元……

在土监狱中的那段经历，后来成了他中篇小说《土牢情话》的素材。

……

1976 年 10 月"四人帮"覆灭，使张贤亮的命运获得转机。这以后，他被安排在南梁农场一所学校里教书。为了自拔，他听从曾经在西湖农场共过患难的一位老友的劝告，写起小说来。1979 年第一期《宁夏文艺》上刊登了他的短篇小说《四封信》。"张贤亮"这个名字于是在销声匿迹二十二年之后，又重新出现在中国文坛。那一年，他的右派问题得到平反，他也被调入宁夏文联《宁夏文艺》（《朔方》前身）编辑部任小说编辑。

他的平反遇到了大的阻力。有关人说他"无反可平"。当时在宁夏回族自治区党委主管文教的副书记陈冰同志，以拔山之力将张贤亮从大冤大屈中拔了出来。

三

1979 年至 1985 年的六年间，张贤亮小说的情况大体是：（一）在批判极"左"中揭示人的觉醒和成长，其中包括热情肯定劳动生活和与劳动者相处对知识分子克服弱点的意义。属于这种情况的作品主要有《灵与肉》

《绿化树》《男人的一半是女人》等。在《绿化树》发表后，他曾宣布他要连续发表九部系列中篇。不言而喻，在《绿化树》中捧着《资本论》出场的主人公章永璘，将在其后的若干部中篇中逐步完成自己的性格史和命运史。这一点我曾在《张贤亮小说论》中作了推断。（二）为改革开放中的巨大社会变革呼喊。1981 年 9 月，他在《当代》上发表了中篇小说《龙种》。1983 年 8 月，又在《小说家》上发表了长篇小说《男人的风格》。前者反映国营农场的改革，后者反映城市改革。这两部作品都起了为中国现代化大潮推波助澜的作用。

十几年过去了，借《绿化树》走入读者心中的章永璘，他的性格并未沿着作者预定的纵向的贯穿线向下发展。在《男人的一半是女人》发表后，作者把这条贯穿线掐断了。那以后，我们读到的是他的《习惯死亡》和《我的菩提树》。

1987 年和 1988 年写作《习惯死亡》的一年时间里，张贤亮很少有笑容，总是一副"长怀千岁忧"的沉重神态。那时候，他以自己的体验和思考完成了一个关于民族历史的悲剧命题，那就是："我们的民族衰老了，而她又像小孩子一样幼稚！"（这是他 1987 年夏天忍着牙痛从巴黎回到银川以后，在绿洲饭店的阳台上对我说的一句话。我当时弄不清他的一脸肃穆到底来自牙痛还是来自这种隐忧——高嵩注）1989 年上半年，《习惯死亡》在《文学四季（夏卷）》发表，其后很长一段时间，人们摸不透它的主题所在。有位评论家说它是"两脚兽的自白"，说它在政治上审判什么，如此等等。

……

《习惯死亡》的发表和出版，在张贤亮的创作道路上意味着他本人放弃了九部系列中篇的庞大计划。他显然已经意识到，中国当代文学所承担的时代任务，并不是展开关于知识分子改造的托尔斯泰式的主题，而是要竭尽全力推进邓小平理论的胜利！

这就是张贤亮小说"出卖苦难"的实质。

四

张贤亮是一个用深刻的精神结构同时代对话的人。把他的写作和他的经商全都看成这种对话，对他的了解就会更真确些。他不是纯诗人，纯作家，纯文化人。中国知识分子关心国家大事的传统和他本人对经济与政治的重视，使他的"千岁忧"的性格，恐怕永远改不了了。加以他敏锐的神经，常常使他得风气之先，这一点和他经世致用的思想统一起来，使他容易产生一种响应变革的冲动。这种冲动，据他本人回想，又可能部分地得于祖上的"遗传"。他的祖父留美时学法，他的父亲留美时学商。在近代生活中，法学也好，商学也好，全都是经世之学。著名的"百忍堂"张家的这一支，代代相传的"用世"精神，对张贤亮主体意识的形成，具有很大意义，甚至对他幼年时注意力和选择力的方向，都具有直接的影响。

有这样一件事：他幼年时代，在重庆，跟母亲（还有后来不幸夭折的弟弟）住在乡下，曾经上过一家私塾。教书先生座位后面挂着一副对联，道是："文章西汉两司马，经济南阳一卧龙。"

对于这副对联，一般的学童至多问一问"两司马"指的是谁，"经济"二字是什么意思。但张贤亮却把它理解为应当让文章和经济二者互不相离。虽然他那时不知道对联里的"经济"，一不是指办实业，二不指做买卖，而是"经邦济世"的紧缩语式。他能作这样的理解，家庭的背景决不可忽视。他后来说，从这副对联接受的学以致用的思想，使他终身受益。

在西湖农场劳教（1958—1961）及转场就业后的漫长岁月（1961—1979），张贤亮对《资本论》的反复研读，使他对马克思主义政治经济学抱有浓烈的兴趣。在80年代初期，当一批人批评他的《龙种》（中篇小说）和《男人的风格》（长篇小说）具有"图解理念"的倾向时，他宣告他就是要用自己的小说"图解马克思的政治经济学"，由此可见一斑。在市场经济勃兴之后，他对周围一些人的经济行为颇为扼腕，认为他们的经济行为中既看不出才能，又看不出思想。这一点，颇像他对荒滩野水间一些捕鱼者的低能表现出来的情不自禁的轻蔑。

主观状态如此，那么，当条件一旦许可他在经济上一试身手，他就会立即冲动起来投入进去。

在当今，对于张贤亮的研究者来说，重要的是应该如何理解他。比方说，在邓小平同志著名的南方谈话发表后不久，他就宣布自己要当"红色资本家"或者"红色买办"。在不少人的理解中，张贤亮……实在有些犯傻，至少也有些出语惊人的味道。

如果考虑到改革开放期间市场经济浪潮中的弄潮儿，已经有了成千上万才华出众的党员企业家，那么循名责实，这些词在语义上不过指党员企业家，即为社会主义经济的发展学会驾驭市场和驾驭资本运动的专门人才。这种人才在小生产者的大海和文盲的大海互相融汇的大海里，用不着拿"智商"的尺度衡量他们，他们也是从时代前沿涌出的尖端角色。

五

镇北堡电影拍摄基地，属于宁夏华夏西部影视城有限公司，它的主体是两个用黄土夯筑的古代屯驻边兵的戍堡。其中的老堡居南，新堡居北。老堡建于明代弘治十三年（1500），清初毁于地震，清乾隆年间，又筑成新堡。数百年后的今天，旧堡倾圮，新堡凋残，荒荒大野，苍凉无限。1961年冬天，转场就业不久的张贤亮曾从南梁农场步行三十里，穿过又宽又长的、从南向北灰雾一样匍匐在沙地上的酸枣林带，到这里的集市上向老乡购买过食物。80年代初，他把当时的印象写进中篇小说《绿化树》。对小说主人公章永璘来说，他能在大饥饿的年月从这里买到五斤黄萝卜，这使他陡然增强战胜死神的信心，他在穿行酸枣林带往回走时，情不自禁地吟起诗来：

> 美丽的蔷薇脱落了花朵，
> 和多刺的荆棘也差不多。
> 我把荆棘当成铺满鲜花的原野，

人间便没有什么能够把我折磨。

阴间即使派来牛头马面，

我还有五斤大黄萝卜！

（在《绿化树》中，镇北堡改作"镇南堡"）

"一个土寨子，坐落在山脚下的一片卵石和沙砾中间，周围稀稀落落地长着些芨芨草。用黄土夯筑的土墙里，住着十来户人家……土墙的大门早被拆去了，来往的人就从一个像豁牙般难看的洞口钻进钻出……今天逢集，人比平时多一些，倒也熙熙攘攘的，使我想起好莱坞所拍的中东影片《碧血黄沙》中的阿拉伯小集市的场景。"（第十二章）

这段文字，记录了张贤亮与镇北堡结缘之始。是他，最早从这个凋残的古堡联想到好莱坞。

1981年，他的小说《灵与肉》由著名导演谢晋拍成电影《牧马人》。他曾特地邀请谢晋到镇北堡取些外景。同年，广西制片厂的导演张军钊来宁夏拍摄《一个和八个》，当时担任摄影师的张艺谋，一眼看中了镇北堡，萌生了在这里拍片的念头。六年后，他在这里拍了著名的《红高粱》。其后，著名导演滕文骥在此拍了《黄河谣》。他说过："让银川成为拍西部片的理想的外景地。"过了四年，1993年2月，张贤亮成立了华夏西部影视城公司。

他理解镇北堡，理解张艺谋们在镇北堡采掘到的视觉的诗意。他从荒凉中看到了价值并积极参与了影视艺术家们"化腐朽为神奇"的创造。他通过自己的艺术想象和辛苦的设计与经营，把镇北堡变成了一家企业。拍片者接踵而至。旅游者络绎不绝。80年代初至今，这两个废堡已经招引二十多部电影前来拍摄，并且在国内外出尽风头。《牧马人》连获国内大奖。《红高粱》获柏林"金熊奖"。《黄河谣》获加拿大蒙特利尔奖。这些影片为中国电影走向世界市场开拓了道路。

说来也怪。"凡在这片土地摄制的影片，没有一部不获成功；凡进过两座废墟的演员，以后都成了明星。"张贤亮在一篇文章中写道："只能将这种现象归功于电影艺术家的天才和镇北堡的特殊景观。"

今天，选择宁夏镇北堡为外景地的，不仅有中国大陆的摄制组，而且受到港台及外国电影艺术家的青睐。香港著名导演刘镇伟的《大话西游》，大部分外景取自镇北堡。韩国与我国建交后，到中国大陆拍摄第一部影片《战争与爱》，首场戏就以镇北堡为背景。海峡两岸合作的电视连续剧《新龙门客栈》、中英合拍的影片《归途》，均在此开镜。

"中国电影从这里走向世界"，事实如此。

荒荒大野中的镇北堡变成了"中国一绝"，事实如此。

于是乎，出卖荒凉，成为华夏西部影视城公司的专营项目。

荒凉有价，靠的是什么？靠的是人的头脑里有智慧，靠的是艺术家们"眼睛有水"，能够浇活它。它因为超出一切艺术幻想而能够喂饱艺术家的浪漫主义。这样的地方，可以让导演们才华驰骋，也可以让演员们专注地投入。他们或者他们的艺术思维一到这里，就如同紧张躁动的乳婴将脸颊蹭入母怀，在难得的松弛与安定的心境中进入角色和剧情。在这里，诗人、小说家张贤亮，他用自己的才华呼喊电影艺术家们的才华。

张贤亮用生命来写作。他不是轻佻地走向诗。他也不是轻佻地走向小说。他的重头作品每成一部，他都要"脱一层皮"。

但是据他说，他在华夏西部影视城的构思中所运用的匠心，所花费的心血，"不次于经营一部重头作品"。名导、名片用过的布景，他要亲自请人恢复；展厅橱窗的陈列，他要亲自搜集原物充实；连展厅总序、跋语的撰写和图片解说词的审订，他都事事躬亲。在影视城中漫步，人们会感到有一种统一的艺术氛围在空间氤氲，这种氛围是"张贤亮式"的。比方说，在贺兰山下大野之上，在凝聚着沧桑感的残垣断壁之内，在各自殊异的影视景点之侧，在光秃冷寂的土路边上，在蔓草靡乱的空闲地里，你会发现寸皮无存的枯树上挂着断轮缺辐的大车轱辘，发现半坡村原始居室般的圆锥形草屋，千万不要以为那是某个电影用过的东西。这些全是从张贤亮幻想中跑出来给荒凉添味的东西，是张贤亮为了撼动你的直觉给影视城撒放的"味精"！

长篇幅的影视城《导游词》出自张贤亮的手笔。这篇洋溢着热情、语调亲切、奇趣横生的《导游词》，领着你带上宽阔的文化意识餐饮荒凉，饱食梦幻。他只能是张贤亮！在他的《导游词》里，你可以读到这样的文字："我们必须提醒各位，您在影视城中看到的任何布景，都请别用常规的眼光来衡量，不然您就会觉得它们不合情理。电影艺术家们在这里营造梦幻；电影本来就是源于生活又高于生活的艺术，所以，你在影视城中游玩的时候，等于是在梦境里徜徉，因为在您周围所有的建筑都是超现实的。"

这是名副其实的"导游"，而不是巧言煽惑的"骗游"。不知道什么是"营造梦幻"，就能充分地鉴赏这个影视城，同样，也就摸不透张贤亮小说创作的所以然。举例说，直到现在，还有不少相当有文化的读者将张贤亮小说主人公跟张贤亮本人混淆甚至等同。这样的《导游词》像是张贤亮在向人们现身说法，您想"变废为宝"吗？您想"点土成金"吗？您想"化腐朽为神奇"吗？那就请您学会一种本领：营造梦幻。

经过三年的艰苦奋斗，张贤亮对影视城的经营成功了。华夏西部影视城成为宁夏不多几个赢利企业之一。宁夏党政领导和来自北京的国家领导人对这个影视城表示了热情的关切和有力的支持。

姜文说："我想念镇北堡。"

刘晓庆说："这片荒凉美透啦！"

斯琴高娃说："我非常欣赏镇北堡。"

王馥荔说："在镇北堡拍戏，使我更准确地找到了中国劳动人民朴素、厚实的感觉。"

1995年秋天，张贤亮对一家报社的采访者说："现在，每个省市都千方百计地要推出自己特殊的产品去占领市场，我们发现、富饶的宁夏除了它的资源以外，还有一个资源，这就是荒凉！荒凉也是一种资源，荒凉也可以出卖！"

荒凉这个东西，没有精神上的附加值就不能成为资源。当荒凉成为文化的存在，艺术的存在，当它注入了人的智慧，注入了艺术家的诗情幻想，它才可能成为商品。对"出卖荒凉"的经商策略，来影视城参观的吴邦国副总理就极为赞赏。

（原载于《朔方》1996 年第 3 期。有删节）

像我的张贤亮

章仲锷

有人说我长得像张贤亮，我总反驳道，为什么不是他像我呢？我有一张同他合影的照片，的确两人的轮廓五官近似，但他皮肤红润油亮，体格更"奘"些（北京俚语，壮实的意思），显然是经受过体力劳动锻炼的，不像我完全一副苍白瘦削的书生模样。

第一次接触他是在《十月》杂志社，大约1979年或1980年春，还穿着棉衣的时候，郑万隆介绍我们相识，随后他给了我他的第一个中篇《土牢情话》。应该说这部并未产生什么影响的作品，恰是他后来写的《绿化树》《男人的一半是女人》《肖尔布拉克》等各篇的滥觞。或者说是个中国西部高原的《第四十一》，写得蛮精彩的。篇中的男主人公似乎也叫"章永璘"（贤亮一些作品带有明显自述成分，易张而章，成为敝同宗，深感荣幸）。作为劳改犯仍不守监规，被关进小号（土牢）里。看守他的是位"马缨花"式的女性，好像姓黄，一来二去，"革命"的黄女，与"反革命"的章郎便相好起来。依我看，是时作者正风华年少，人也高大标致，完全有可能被那位"觉悟不高"却感情丰富的女"看守"看中，天理终于抵不住人欲，爱神之箭一下便把两人穿在了一起，就像《牧马人》里所演示的那样。待到章郎"改正"之后，好像与黄女还有一次温馨的会面，但重温旧情已是灵与肉明显分离，令人顿生不胜今昔之感了。……

后来，我办《文学四季》时又发了他的《习惯死亡》，到《中国作家》后又发了他的中篇《无法苏醒》，这两篇作品都给我和贤亮带来了麻烦。……"批评"接踵而来，甚至谥为"两脚兽"，真是切齿之声可闻。不过毕竟世道变了，贤亮依然是政协委员、作协主席团委员，而那位最严酷的批评者却在作协全委的竞选中落败了。后者，也遭到一家杂志的批判，那显然是按计划推出示众的。贤亮列为第二名，实属不凡，对他的"待遇"够高的了。但文章的水平实在不高，对《中国作家》的"批判"也还停留在"文化大革命"中那种"难道……"抡棍子的模式水平上，不见有什么长进。

有一年贤亮曾专门邀我和崔道怡、白崇人（《民族文学》副主编）三人专程去宁夏访问游览。他陪我们看了他的得意之作，就是那个拍了很多部电影（像《双旗镇刀客》等）的古堡，他夫人领着我们看了西夏陵。我印象里，他在银川的确知名度相当高，除了因他手中这支笔外，还在于他接受新事物快，往往得风气之先，而且具有经济头脑，"下海"很早，成绩也颇可观。这同他早年在狱中钻研过《资本论》和政治经济学有关。他有时不免出语惊人，但细琢磨还是挺有道理的，例如今年初政协会上，他在小组发言，差点被误认为是经济学专家；还有前几年在纪念抗战胜利五十周年之际，他痛斥死不认账的日本军国主义，表示要抵制日货。我很钦佩他的胆识，曾为文表示响应。还有件事我至今难忘，那次我们去银川，在市场上买皮货，我携带的四百元钱被窃，他得知后采用付讲课费的方式给我补回。他待人之忠厚的一面，我是有感受的。

对于贤亮一直有些绯闻传言，据我冷眼旁观，应该说，风流或许难免，但并不下流。他还是很顾家的，对夫人与儿子常挂心头。有一次他夫人冯剑华携儿子去庐山度假，他提前打电话让我帮助安排在北京的住宿和转车事宜。另一次冯剑华的一组散文寄给《中国作家》，他也私下里打电话来关照。

贤亮可能是因为受过大磨难，见过大阵仗的，所以显得非常豪放豁达，用北京话说，就是"什么也不论（音'赁'）"。拿起笔来敢题词，下到舞场什么迪斯科、探戈、华尔兹都敢招呼，所以练就了挺像样的一笔行书，还参加过全国书法展览呢；进舞场更是八面来风，小青年自然崇拜大作家。不过有一年在山东威海开会，一些女作家对他那种讲氛围情调、投入式的跳法，纷纷退避三舍。贤亮倒也泰然自若。

　　后来又传来他与宫雪花打交道的传闻，我细读了他写的那篇文章，故意写得迷离扑朔，让人煞费猜详，实有自我"炒作"之嫌，也许贤亮要的就是这种效果。

　　贤亮像我，但内向的我真的愿意像他，特别是在性格上。

（原载于 1998 年 7 月 3 日《中国绿色时报》。有删节）

好人张贤亮

南 台

张贤亮是著名作家，而且，名已"著"到连"著名"二字都不用加的程度，这谁都知道。现在又冒出来一个"好人"，怎么说呢？

这是我的感觉。

早先，就听宁夏文联的同志说过"贤亮绝对是个好人"的话，有了一点印象，但没有切身感受，不知道他们说的"好人"还有"绝对"是什么意思。后来，我们有了一点交往，才明白了"好人"的含义。

我们第一次交往，是1990年。我准备出一个短篇小说集，但觉名气不够，便想找个名人写序，说白了，就是想找个名人帮衬一下。很自然地，便想到了张贤亮。但他肯不肯呢？名气大到他那个份儿上，我等无名之辈，能请得动吗？想着，便写了一封信去探情况，因为只是想"探情况"，所以信便写得很随意，想着要是有"情况"了，再郑重写一封去。谁知不几天，桌上摆了一封信，看字体很陌生，便很随便地撕开来，却一下愣住了，是贤亮写的序！序中说他看过我的一些作品，而且收到信时还正看着我发在《当代》上的一个中篇。序中谈了他对我的作品的评价，还谈到了对我这个人的看法。这使我意外而且感动，本以为上这座山有很多困难，在山下做了许多准备，活动着手脚打算攀登，却意外地发现已经到了山顶。"喜出望外"几个字似乎还不能完全表达那时的心情。因为这几个字比较表层。当时确实内心有一种比较深的感动，不由便在心里冒出了"真是个好人哪"的感叹。

这是我第一次把他和"好人"两个字相联系。

序写成了，该怎么报答贤亮呢？最简单的办法就是给钱，但给多少合适呢？多了我拿不出来，少了又拿不出手，而且，这序，在很大程度上是一位名人对后进者的提携，一给钱，似乎玷污了这种帮助。思来想去，没有个好法儿。恰好这时碰上在国内已很有了些名气的河南省书法家宋文京，他同时又是一位镌刻好手，我忽然有了主意，贤亮当时正在练书法，一方好印对他来说该是适当的吧？于是，央了文京同去商店挑了一方狮印，就请他给刻了一方印章，并且刻上了"送给一位好人"的题款。我没有按惯常的做法刻一首诗或一句名言，而是这一句大俗话。但我对这句大俗话非常满意，因为这是我最想说的一句话。它比任何诗、词、名言都更能表达我的心声。而且，不给钱，给他一方印，我自觉也还比较的"雅"。

印章刻好了，我去送给他，他面上露出笑意来，说："谢谢，我要给你写一幅字。"我没吭气，转身走了。我这是来还债，你再写一幅字给我，我又欠你的人情了。走在路上，我心里想，他已经忘了给我写序的事，真是个好人啊。

我把这事儿讲给文联的同志听，他们便"嘿"，说："这算什么呀！可见你还不了解贤亮，对他来说，这根本不算什么，他那个人啊，谁的忙他都帮，某某某（一个大家眼里名声和品行都不怎么样的人）怎么样，连她的忙他都帮，就不要说像你老兄这样的大好人了！"

的确，宁夏的业余作者，凡出过书的，几乎都请他写过序，我还没听说他拒绝过谁。这是很不容易的。除了时间和精力的损失外，还有个名誉损失问题。给业余作者写序，是一种提携，要尽量说好话，因为他们比较脆弱，经不起严厉的批评。对一个成名作家来说，这比较难。虽是给别人写序，读者可是在看写序者的文章，违心地说话，不仅是一种痛苦，有时候还会遭到读者的误解。不知道写序内幕的读者还以为是水平问题或是不负责任。这就是一种牺牲。如果他只顾自己，就不会背这包袱。

这使我想起了几年前，外地一位作家想出本小说集，当时出版社已经开始搞经济核算，出集子是要赔钱的，出版社把得较严，一般情况下都不接受，贤亮也知道这情况，但他还是耐着性子简直像恳求似的说："你们先不要急着拒绝，能不能先看一看稿子，要好，就出，要不好，就退。行不行？我也不难为你们，你们也给我一点面子，好不好？"我在旁边听，心里实在过意不去，就越权插话，说这事儿由我来联系。他似乎舒了一口气，立即握着我的手说："好，这事儿我就拜托你了！"说完，人也显得轻松了。我当时的感觉是，谁找他帮忙，他都接过包袱来背着，也不管这包袱有多重，该不该接。背上，还就不放下，直到有个结果，才喘口气。

有一次，我无意间写的一篇小文章得罪了一位在文化界很有影响的老同志，这本来是我们两个人之间的事，但他没有来找我，却把火发到那个刊物的主办单位去了。这主办单位的头就是张贤亮。这种事很难缠，一般人都不愿沾。但贤亮却没推，单位上几个头开会研究，作了三条半决定。"三条"比较正规，虽然连"党组"都动用了，但却都是文联本单位内的。而那个"半"却是由贤亮出面找我谈话，意思当然是教育我了。这却有些不大好办，因为我是外单位的，虽然从文联系统来说，我也是个"联员"，但毕竟不是一个单位，没有实际的上下级关系，名气再大，也管不到我头上。但贤亮还真找了，打电话来约，说他有个事儿想找我谈谈，问我有没有时间。我因为事先已得到情报，知道他要"谈"什么，便推说有事顾不上，没"谈"成。这事儿过去很久了，但我却一直记着，觉得他为人的厚道，不滑头。以他的名声，这种事儿完全可以不管的，但他却把自己的面子放在后面。

贤亮还是共产党员，党员有党员的要求，开会不许迟到，要按时交纳党费等，不管名气的，他似乎有做得不到的地方。开会，其他的党员同志便严肃地指出来。我不是文联的人，听他们转述，那些同志还真批，贤亮呢，也不发名士脾气，一条一条找理由解释，我听了哈哈大笑，觉得双方都那么可爱。

1996年，他去深圳签名售书，我陪着，他问我吃没吃过蛇肉，我说没吃过，他便要请我去吃蛇肉。我们到一家蛇餐馆，刚坐下，便有一老一少父女俩过来卖唱，还没有开口，他立即掏出十块钱给了那老汉。老汉说了谢，拉胡琴要唱，他马上摇手，说："不不不，你们到别处唱吧。"人走了，他叹一声，说："我看到这种人心里就觉得可怜。以前我穷的时候，哪怕身上有一毛钱，几分钱，也摸出来给他们。"我无言，但心里却记住了他的善。

有一次，我去他那里办事，办完要走，他说你别走，坐下。我便坐下，以为他还有事。但坐了半晌，他一句话也没有。我问有什么事吗？他摇头说："没事，今天没人，咱们聊聊天。"我不知道他想聊什么，一时不便开口。他也就那么默坐着，好久，才说："你说人活在世上，到底是为了个啥？你就说我吧，名也有了，利也有了，地位也有了，可我不快活。平常找我的人很多，但不是办公事，就是要稿子，没有一个人坐下来和我聊聊天。"我一时接不上话茬，便看着他身后的书架发呆。……我们便从佛学谈到气功，从气功谈到身体，又从身体谈到人生，从人生谈到疾病……他忽然想到杨仁山（原《朔方》编辑，现为浙江人民出版社总编），说杨仁山有思想，是个能聊出东西的人。

我们聊得很乱，我觉得没聊出什么东西，但我却强烈地感到了他的寂寞：一个在外人看来功成名就的人，许多人都想从他身上榨取东西，却没人想到和他交朋友，给他一些温暖，给他一些友谊。

从他那里出来，我在心里想，贤亮，我愿成为你的朋友，我愿在你感到寂寞时和你一起散散步，聊聊天。我不是一个很好的谈客，但我却是一个忠实的朋友，我有耐心倾听来自朋友那里的任何倾诉。倾诉，是一种释放，能消解心中的郁闷。但人不能面对墙壁说话，得有受众。所以，倾听，也是一种付出，它需要同情心，需要有"善"来作资本。俗话说，善有善报，像贤亮这样的人，会有很多好听众的。

1997 年 11 月 12 日，宁夏召开了长篇小说研讨会，我的《一朝县令》也在其中。我去参加讨论会，在楼梯上碰见贤亮，他招手说："嗨，你的《一朝县令》写得挺不错。真的！"我说："谢谢！你看了吗？"他说："看了。真的挺不错。我说的真话。书现在就在我的书架上。""书在我的书架上"，意思就是"上架书"了？我知道他忙，除了自己的事外，还有文联的事，还有他的公司……但他还看了我的《一朝县令》。这是我没有想到的。更没有想到的是，讨论会开过的当天晚上，他还和宁夏新闻出版局党组书记吴宣文一起到我家来看我。可惜我不在家，错过了。这是很遗憾的。听吴宣文讲，他们是步行横穿银川市到我家的。这真是太令人遗憾了。我觉得又欠了他的情。

（原载于《福建文学》1998年第8期。有删节）

张贤亮漫记

陈继明

我上大学的时候，张贤亮因短篇小说《灵与肉》名噪天下，谢晋领着朱时茂、丛珊等人来到宁夏，拍摄由该小说改编的电影《牧马人》，张贤亮带他们去他劳改过的南梁农场选外景地，我跟去看热闹，第一次看到张贤亮。

那可能是冬天，天气很冷了，张贤亮穿着一件青色的羽绒服，就是那种早期的羽绒服，里面装着鸡毛，用针脚走成许多个方格子，每一个格子都鼓成个小山包。当时，我觉得，张贤亮穿着这件衣服还是够帅气的，有一种人气正旺，会像气球一样高高飞起来的样子。但也透着微微的寒酸，令人想到，他是刚刚才从南梁农场的枯冬景象里走出来的。还记得张贤亮人很瘦，有一双长腿，有一头黑发，脸色很好，笑容欢畅，倒像是刚从书斋里走出来，哪有一点"劳改"过的痕迹？我甚至记得他包着一口闪光的金牙，后来再见时着意看过，并没有，只是牙齿很整齐很白亮而已。显然，那是我的错觉，表明了当时我的审美局限，我大概认为像张贤亮这样的大人物，应该镶着金牙才好吧！

第二次见他，距离第一次没几天，我所在的大学请他来讲课，上千人的阶梯教室里，我在最后面，他在最前面，中间是密密麻麻的人头。一个老头陪他来，那个人因为熟悉他，而被人羡慕。那人帮他看条子，他拿过条子，扫上一眼，马上就可以从容作答，应变之灵敏，口才之出众，令我们大为敬佩。我在想，十九年的"劳改"生涯怎么一点没伤着他的皮毛？

他身上根本没有刚刚成名初出茅庐的味道，有的只是外交家的自如、小说家的沉郁、商人的精明、诗人的敏锐。同学们全都被他迷住了。有一些故作刁钻的提问，在他的智慧面前简直是小儿科，不等他作出回答，同学们已先哈哈大笑。

接下来有五六年没再见过他，这五六年里，我毕业后分配至某山区小县教书，并开始学着写小说，其中的一点动力其实与他有关。我记得他是《朔方》的小说编辑，于是便暗下决心写出好小说，投给《朔方》，经他的手发出来，其意义就不只是发表，更是被堂堂张贤亮看中了！实际上我偏居一隅，消息闭塞，我并不知道张贤亮只做了一两年编辑，我开始写小说的时候，他早就回家当了专业作家，而且我投给《朔方》的第一篇小说，正是因为他的原因才被退回来的。我那个小说名叫《初雪》，是一个关于中学生早恋的中篇小说。我收到的退稿上，有编发过的痕迹，编辑用铅笔标明了字数，还改了错别字。编辑来信说，我的小说正准备重点推出时，张贤亮写出了同样关于中学生早恋的《早安，朋友》，于是，我的稿子被撤了下来。我非但没有懊恼，反而感到自豪。在我看来，以任何方式和张贤亮联系在一起，都是一件令人兴奋的事情。这事在那个小县城还掀起了一定的风波，很多文学爱好者开始对我另眼相看，我的学生们也把我视作仅次于张贤亮的作家。很多年之后，我重新看了自己的《初雪》，羞得无地自容，点一把火烧掉了。

第三次见张贤亮，正是因为写作。我在《朔方》等刊物上发表了一些小说，被认为"起点不低"，而且还"不土气"，差不多成了宁夏文坛的新生力量。那时，张贤亮已经是宁夏文联和宁夏作家协会的主席，宁夏文联和宁夏作协预备和宁夏广播电视大学合办一个作家班，缺个班主任，由宁夏作家协会常务副主席吴淮生先生推荐，我成了这个班的班主任，等于交了大运，从偏僻的山区小县调到了赫赫省城，不仅和张贤亮同居一城，而且还有机会时不时向他汇报工作。我印象中，张贤亮对这个班是得过且过的，甚至稍稍有些轻视。他好像还直接说过，作家是培养不出来的！这令大家有些丧气，但心里都承认张贤亮不是以主席的身份而是以作家的身份说这话的。有一次，请了包括张贤亮在内的几个作家来班里讲课，讲台上整整坐着一排作家，张贤亮居中，我作为班主任坐在最边上。那张照片，我现在还保留着。不过，偶尔看见时，我羞得头上直冒汗！当时我一定以和张贤亮并列而坐为荣！可我清楚地记得，当时我觉得边上的自己轻得像个稻草人！

不久，我成了《朔方》的编辑。

这可是张贤亮做过的事情。

我们的办公室都在三楼，我在第一间，临着楼梯，张贤亮在最里面的一间，他每次上楼我都能看见。虽然我们已经认识，但我很少主动和他打招呼，哪怕是出于下级对上级的礼貌。见了其他领导，我会早早就笑着问候，但对他，反而漠然视之。我觉得这样很不好，心里常有不安，但又很固执。不过我也相信他不会计较的，否则他就不是张贤亮。事实也证明了，他确实无所谓，见怪不怪。有什么事情，偶尔去征询他的意见，他会很热情，很随和，甚至会递烟给我，有一种慈父般的魅力。有一次他没烟了，让我下去给他买烟，我买了一盒方盒、黄色的"555"给他，他表扬我说："知道我抽什么烟！"他硬要把一盒烟的钱给我，我也便不推辞，接了钱，还给他找了零头。

"陈继明你来一下。"有一次他在楼道里喊。我吃了一惊，他竟知道我的名字？虽然不像大家那样简称"继明"，仍然十分亲切。

他要我去给他拉纸写字，写着写着，一个字的草写他不会了，要查草书字典，我趁机显摆了一下，用他的毛笔写在了半片宣纸上。

他便不再查字典，也丝毫不意外。

他只是完全按照我的写法写了！

哈哈，想想我那个得意！

紧接着他发现，我相当会侍墨，某个字即将晕成一团的时候，我急忙拿纸团压一下，刚好抢救出一个不大不小的白点。

"密不透风，疏可走马，看样子你懂！"他笑着说。

我说："我也练字！"

"比我的怎么样？"

"没你的好。"

他笑得很开心，很受用——那时候夸他字好的人，远远没有夸他小说好的人多。我看出，他像孩子一样喜欢别人夸他的字好。

他不知道我夸他暗含目的的，趁他高兴，请他给我写字。尽管已经写过几幅了，他仍然会爽快答应。有时甚至是主动给你写。

后来我就常给他拉纸，有一次写完有点晚了，我们一起下楼后，他说："我们去洗脚吧。"我没吭声，犹豫了一会儿就撒谎说有事，先走一步。当时我心跳怦怦的，不可想象，我和张贤亮坐在一起洗脚，是什么滋味。这显然是和他发展个人关系的机会，但是，我有我的担忧，我害怕，和一个大师一同洗脚，有损我心目中的大师形象，我想，他洗脚没问题，但最好不是由我陪着，这样的荣耀还是让别人得着吧。

我和张贤亮始终没有私人来往，有我的原因，也有他的原因。他其实是一个孤独的人，不喜交往，疏于应酬，更愿意待在一个人的小世界里。我印象中他是没有朋友的，哪怕看到他周围人影绰绰，也深信他其实永远是一个人。后来他搞了"影视城"，让那儿成了一个旅游胜地，每天都是人山人海，然而，他仍然是一个人。他的安静，他的个人世界，是不可忽略的一个事实，令我相信，这个喧哗混乱的世界，被一双智慧沉静的眼神打量着，总显得有希望有盼头，这样的一双眼睛应该被好生保护才是。

我祝他永远安静，永远安详。

我要深深地祝福他。

（原载于《文学界》2009 年第 1 期）

好大一棵树

追忆张贤亮，感谢他对时代真实而细微的记录

何晨阳

有人说他张狂，有人说他真实。为文，他著作等身，经商，他富甲一方。生于南京、成名于宁夏的作家张贤亮走了，同时也给社会注入了新话题。众多读者甚至一些九〇后通过各种途径来哀悼这位老人。他的文字和思想为何如此让人留恋？

北京大学教授张颐武评论称，张贤亮曾是影响一代人青春的人物，他的作品在写实中有强烈的抒情性和丰富心理描写，他个人在潇洒幽默的外表下有来自苦难的坚韧和生存智慧。

谈到张贤亮，不得不谈他被读者贴以"伤痕文学"标签的作品，如《灵与肉》《绿化树》等，由于惊人的细节刻画和还原能力，以及本人现实生活中本色的表露，他的作品总是给人别样的震撼。也正因此，他的小说成了中年人回味反思过去、年轻人了解父辈经历的一面镜子，这也让他从不缺青年拥趸。

文学作品在写实、写意之外，还有让人思考的一面。与一些"苦难"作家乐于以"那段日子"为噱头炒作自己、自我封圣相比，张贤亮则坦荡、率真得多，他不回避一些非议，但也从不主动给自己贴金，即便十年前被"封"为"中国作家首富"时，他也只是以"丐帮首领"的调侃作答。

文人只是张贤亮的一面，他在经商上也做得非常成功，这就不得不说为游客熟知，拍出过《牧马人》《大话西游》《红高粱》等作品、被誉为"中国电影从这里走向世界"的西部影城。影城这种在荒芜中被造出的一片繁

华，似乎与张贤亮本人的性格耦合，因为不管是在农场劳动、还是在那段艰苦岁月中，他始终把自己当成生活的改造者，而非顺从者，他是那段历史的忠实观察记录者，却不是故步自封、沉湎其中的批判者。

对人也是如此。张贤亮是个极具争议的人物，有人认为他敢说真话随性而为，亦有人认为他与"高大上"的潮流格格不入，但抛掉种种标签，率性而为的世俗，岂不就是很多人苦寻却不得的一种境界。

如今斯人已去，重新思考，我们才明白，文学就是文学，文学作品反映了作家的经历和心声，凸显了那个时代，它为我们提供谈资的同时，更多的是延展我们经历的长度和宽度，不一定非得画上框框、贴上标签。

我们追忆张贤亮，不仅仅是因为那几本脍炙人口的小说，更多的是感谢他对时代真实而细微的记录，能让未曾亲历却试图观察那个时代的后来者擦亮眼睛执着向前。一个作家，能做到此，殊为不易。

（发布于新华社网）

作家张贤亮肺癌医治无效病逝，享年七十八岁

石剑峰

9月27日下午2时，作家张贤亮因肺癌医治无效在宁夏银川去世，享年七十八岁。他的追悼会将于9月30日在银川举行。

作为《绿化树》《男人的一半是女人》等的作者，张贤亮是新时期以来最具代表性和影响力的作家之一，20世纪80年代的"右派写作"揭露了"文化大革命"与反右的苦难，同时开拓了身体、欲望和生命的写作，这在当时具有很强的争议性。

张贤亮的争议性还在于，他是最早下海的作家，1992年12月在邓小平南方谈话后，1993年初他创办宁夏华夏西部影视城有限公司，担任董事长，该公司下属的镇北堡西部影城已迅速发展成为中国西部最著名的影视城，《双旗镇刀客》《新龙门客栈》和《大话西游》等经典影视剧都在那里拍摄，他也成为宁夏商界的风云人物。

张贤亮的上一部长篇小说是2009年在《收获》上发表的《一亿六》，这部……小说试图以"精子危机"来揭示中国社会的危机，这同样是一部充满争议的小说。

张贤亮的文学写作、人生经历、个人言论，在复旦大学图书馆馆长、当代义学研究学者陈思和看来，"他就是一个异端"。

作家王安忆对澎湃新闻记者说，早前听说张贤亮得了重病，一直在积极治疗，"但这么快就离开，也感到很突然"。

王安忆认为，张贤亮的小说在20世纪80年代影响很大，他是80年代

最具代表性的作家之一，对于新时期文学有开拓性。"我最喜欢他的小说是《河的子孙》，我认为这是他最好的小说。"

《收获》编辑钟红明则对澎湃新闻记者表示，《收获》一直关注着张贤亮的病情，"但还是很意外"。

据钟红明介绍，2009年，张贤亮在《收获》发表《一亿六》之后，他有一个庞大的写作计划，就是写自己的家族史，他说那是他最想写的，他说写下来不是为了发表。

"我知道这些年他已经写了，但写得很艰难。现在很遗憾，我们看不到这部作品了。"钟红明说，"在我的心目中，他是一个潇洒、生命力旺盛、思维极度活跃的人。"

钟红明评价张贤亮：他对社会、历史、经济、政治制度的思考深入而一针见血，而文学细节的描述又非常生动，他的作品常常掀起风暴。

"同仁还一起到张贤亮的镇北堡玩过数日。住在他的马缨花休假中心。穿行在他放羊，读《资本论》的城墙洞，他寄信给母亲的邮局，去过他的四合院……"钟红明回忆说，"他讲述作家的想象力，比如印在馍馍上那个手指印就源自想象……他描述过，众多向日葵一起燃放的季节，就在他的镇北堡影视城，因为季节原因我们当年没有看到。"

钟红明以为还会有机会目睹，然后再一次听见张贤亮爽朗的笑声，"很忧伤，他现在就离去了"。

1936年12月，张贤亮出生于南京，张贤亮的父亲曾留学美国，后为国民政府官僚，1949年被关押，后死于狱中。1937年12月，日军攻占南京前夕，随家人逃离，幸免于难。

1954年，十八岁的张贤亮从北京的高中肄业，前往宁夏贺兰县插队，不久任宁夏省委干部文化学校（应为甘肃省委第二干部文化学校——编者）教员。

张贤亮十四岁开始文学创作，1957年因在《延河》文学月刊上发表长诗《大风歌》而被打为右派，接受劳改、管制、监禁达二十二年，其间曾外逃流浪，1979年9月获平反。

劳改、管制、监禁的二十二年是张贤亮在新时期写作的最重要素材，他也因此被划为所谓的"右派作家"之一。这段人生经历，张贤亮在不同场合都曾回忆过。

……

"文化大革命"等政治运动是张贤亮写作的母题之一，是他一辈子写作的主题，"因为这就是我的命运，无论是此前的《绿化树》《男人的一半是女人》《习惯死亡》《我的菩提树》等，还是《青春期》，都笼罩和纠缠在这样的记忆中。"

……

张贤亮在 80 年代是所谓右派作家。陈思和告诉澎湃新闻记者，当时的右派作家大都集中在北京和江南，这些右派作家回家了，有一种苦尽甘来的感觉，唯独有少数几个作家留在了当年流放的地方，张贤亮就一直在宁夏。

"正因为他在宁夏，使得我们的文学地图更宽阔，而他的作品又是与他受难的地方紧密联系在一起。因为他的写作与那块土地联系在一起，这使得他的右派写作跟其他人不同，与当时的主流文学也不一样。"陈思和说。

张贤亮是江苏人，因为政治关系流放到大西北，最后却在那里生活了半个多世纪。对于这个南方人，大半辈子生活、写作在宁夏，张贤亮在对《收获》编辑钟红明时曾说："我大半辈子在宁夏，我毕竟生活了五十四年。沈从文写湘西，湘西出名了。孙犁写白洋淀，白洋淀出名了。贾平凹写商州，商州出名了，还有陈忠实的《白鹿原》。我为什么不写我的第二故乡呢？"张贤亮说："我是个理想主义者。"

据陈思和介绍，张贤亮原计划用九本作品写苦难史，叫《一个唯物主义者启示录》，后来只完成了《绿化树》《男人的一半是女人》等三部，"因为他后来兴趣转到下海去了，所以没有完成，这挺遗憾的"。

王安忆对澎湃新闻记者说："张贤亮本人受了很多苦，几十年遭受摧残，他被划为右派作家，右派的经历是这些作家写作的主要成分，对社会有很强的批判性。右派作家和我们这些所谓知青作家，在年代上好像是同一时期的，但他们的写作要比我们成熟很多，他们的经验更为深刻，社会批判意识要比我们更强。"

······

关于《男人的一半是女人》还有一段鲜为人知的故事。

张贤亮写完这个小说之后，就到美国艾奥瓦州参加聂华苓创办的国际写作班，和他同期的作家有后来获得诺贝尔文学奖的土耳其作家帕慕克。

《男人的一半是女人》发表时，张贤亮正在美国。发表之后，国内正好兴起了一股反对自由化的运动。

"我的这个小说被当作批判对象之一。我在美国一点都不知道，但美联社却发表了一篇文章，以我的小说受到批判为例来说中国又将进入政治运动，我由此才知道自己和自己作品在国内的处境。在我结束写作计划的时候，聂华苓专门给我开了一个告别宴，我当着与会近百位中外作家和记者表态，表示对中国的改革开放和文化开放有信心。"张贤亮回忆。

"张贤亮最早用一种朴素现实主义······虽然观念性并不强。他的写作······也揭露人的身体和欲望。"陈思和对澎湃新闻记者说，"像《男人的一半是女人》直接表现人的生理感受，比如饥饿和性，这在当时是最早的，当时的中国还没有人这样还原的人欲望，这种还原生命的书写放在当时的背景下，是有很大争论的。但就是因为有争论，证明其写作的独特性，不平庸。他把苦难和人的生命本能结合起来。"

在陈思和看来，张贤亮是一个异端······他用身体和生命来写作；之后他又最早下海，有很长时间不写作，但赚了很多钱，又是异端。

"所以知识分子都不喜欢他。他的争议性也为写作带来了活力。"陈思和用"异端"来描述张贤亮的人生和写作。作家王安忆则对澎湃新闻记者说，张贤亮是一个具有"复杂性"的人。

1961年劳改时，张贤亮认识了一个地方，这个地方后来被写进了《绿化树》，它就是镇北堡。

邓小平南方谈话之后的 1993 年初，张贤亮便创办了宁夏华夏西部影视城有限公司，并担任董事长。该公司下属的西部影城，就位于镇北堡，现在已发展成为中国西部最著名的影视城。

当时，张贤亮担任宁夏文联主席，他用自己的版税做抵押，创办了后来的镇北堡华夏西部影视城。1994 年，国家要求党政机关、事业单位必须和第三产业脱钩，张贤亮就成了民营企业家。

第一部到镇北堡拍摄的电影是 1981 年张军钊的《一个和八个》，经张贤亮介绍去拍摄的。然后，谢晋根据张贤亮的小说《灵与肉》改编的电影《牧马人》也在这里拍摄。

在拍摄《一个和八个》时，镇北堡给参与拍摄的张艺谋留下了深刻印象，所以之后的《红高粱》也在镇北堡拍摄。此后，陆续到这里拍摄的还有吴天明根据张贤亮小说改编的《黑炮事件》，滕文骥的《黄河谣》，陈凯歌的《边走边唱》。

镇北堡成为影视基地后，在镇北堡拍摄的最有名的电影是周星驰的《大话西游》。如今这个影视基地成了宁夏旅游的招牌，也为张贤亮带来滚滚财源。

张贤亮曾说："经商让我的生活充实了很多，事实证明我的选择是对的。"他给附近的农民提供五万至八万个就业机会，"影城有上千人靠我吃饭。我当作家时，不可能有五十万人都看过我的作品，但现在每年却会有五十万人来看我的镇北堡西部影城"。

张贤亮上一部长篇小说是充满争议的《一亿六》，有评论直接说它低俗。

为此，张贤亮在与《收获》编辑钟红明的对话中解释说："我觉得写作这部长篇，给了我很大的创作上的启示，就是我信马由缰，带有很大的随意性和直率性，因为我手头写的这个长篇，的确写得很苦，我在雕琢它，在精雕细刻它。可越是精雕细刻，就越困难，所以常常处于停顿状态。本来我想敷衍，所以信马由缰直率表达，可越写，最近二十多年来的社会现状，就一下子涌到我的脑海里了，收不住了。……我是凭我的直觉写，一写就要写我的关注点。"

"中国人的低俗，首先是从知识分子开始的。中国也没有几个真正的知识分子。这二十多年我看到了太多怪现状。"张贤亮说。

（发布于澎湃新闻网。有删节）

张贤亮与肺癌同行的最后日子

张 弘

肺癌：在生命的最后时刻与世隔绝

9 月 20 日，记者在银川西部影视城没有见到张贤亮，他的助理马红英说："他现在正在休养，除了家里人，谁也见不到他。"次日 20 点，西部影城举办二十一周年红毯盛典暨"奇幻夜游"启动式，张贤亮同样没有出席。

西部影视城的导游、刚毕业不久的龙玉玉刚到这里工作了半年。她说，自己是以前来这里实习时听说了张贤亮的文学成就和创办西部影视城的经历，出于对张贤亮的崇拜，于是来这里工作。但是，"这半年我没有见到张主席"（张贤亮此前担任过宁夏文联的主席）。

8 月 19 日晚，由宁夏回族自治区党委宣传部、宁夏文联主办，《朔方》编辑部、宁夏作协承办的"紫色梦想杯"首届《朔方》（2011—2013）文学奖颁奖典礼，在镇北堡西部影城举行。张贤亮获特别贡献奖，但他没有出席。《朔方》主编，宁夏文联副主席哈若蕙最后见到张贤亮，是今年 1 月在西部影视城文联举办的一次活动上。她记得，"当时，他和领导们一起谈笑风生，声音很大，还说'反正我患了癌症'，见到我也是'小哈小哈'的，基本和以前一样"。

张贤亮以前的哥们儿，比他小一岁的回族作家马知遥 21 日告诉记者："我前两天和他的妹夫、妹妹一起吃过饭，他们说，张贤亮前一段到北京治疗了一个月，刚回来没几天，现在连他们都见不到张贤亮。"

张贤亮是去年10月查出肺癌的，到他前天去世，将将一年。一年之中，这个罹患肺癌的病人，从谈笑风生到闭门谢客，在生命的最后时刻，把自己与外界隔离了起来，直到生命的终结。

除了外出有事，张贤亮生命最后近二十年里，绝大多数时间都在西部影视城内。马红英称，大多数时候，张贤亮会早起练毛笔字，看看报纸杂志或者美剧，然后去几百米外的影视城办公楼或影视城里面转一圈；下午，他回来写自传。如果天气好，没有刮风，傍晚的时候，他会到古城墙上散步。"有时候，他会和影视城的员工聊聊天，他从来就不是一个高高在上的老板。"

对于张贤亮罹患肺癌，助理马红英相信"肯定和抽烟有关，他有六十年的烟龄"。作为此前一直和张贤亮换烟抽的哥们，马知遥说："我们都喜欢抽雪茄型的香烟。但是，他'气相'不好，抽几口就灭掉，过一会儿又接着抽。"

而宁夏文联前党组书记杨继国也证实了张贤亮抽烟的习惯。他还说："张贤亮曾经戒过烟，并且成功了。但是他到北京开会，有人告诉他，抽烟会养成依赖性，一个长期抽烟的人，突然戒掉，身体可能会不适应。然后，他就又开始抽起来了。"

孤独："张贤亮很可怜，因为他没有朋友"

个人在文学上卓有建树；引领、扶持了宁夏文坛一批作家；影视城经营运作颇具规模且运作良好……这些集中在张贤亮身上，无疑为他赋予了传奇色彩。然而，马知遥却对张贤亮的这些"成功"不屑一顾："张贤亮很可怜，因为他没有朋友。"

张贤亮成名于20世纪80年代中期，那时的张贤亮无论是在全国还是在宁夏，都如日中天。但是，"那时，张贤亮告诉我，他有时在晚上把自己关在办公室，坐上半个钟头"。

在参与西部影视城之前，马知遥和张贤亮走得很近，他们经常相互串门，马知遥说，张贤亮的儿子张公辅一直记得自己做的鱼很好吃。而90年代中期之后两人关系疏淡了很多。"因为我觉得中国人素质很低，你没必要去搞一个影视城去忽悠大家。"马之遥说，此后，两人关系仅限于逢年过节电话问候，最后一次见面还是两三年前一次在体检的时候遇到，但是仅限于寒暄，没有过多的交流。有时出了新作，张贤亮也会送自己一本。

哈若蕙说，确实没有听说张贤亮有特别好的朋友，自己作为后辈，与张贤亮的往来主要是工作上的。

张贤亮的孤独，在他生命最后若干年里一如既往。杨继国与张贤亮相识多年，两人曾一个在宁夏文联任党组书记，一个做文联主席。但是，他也觉得张贤亮很孤独。"他确实没有特别亲近的朋友。我们俩一起工作时，还经常能说上话。后来不在一起工作，往来就少了。他曾经告诉我，有时候感觉很孤独，就在镇北堡住所独自思考、练书法。他有时也会和人一起打麻将，但是因为他名气大，地位高、又比较年长，后辈和年轻人也不可能和他特别亲近。即便是外出参加活动，他也不爱游玩景点，更多的时候喜静不喜动，喜静不喜闹。我感觉，这与他前半生受难的遭遇有关。"

宁夏作协副主席、出生于20世纪60年代的郭文斌，算是近年来和张贤亮往来较多的文坛后辈。但是，"我们之间共鸣较多的主要是在传统文化以及灵魂、精神等方面"。2013年，《江南》杂志编辑让郭文斌联系张贤亮做一个大访谈，郭文斌给了编辑张贤亮的电话。不想编辑来电说，联系的结果是，张贤亮说除非对话人是郭文斌。郭文斌觉得以后有机会，就没有急着做。不料，这成了永久的遗憾。

……

马红英说，去年10月查出肺癌之后，"他的精神状态和情绪并没有什么变化，基本和以前　样"。

快乐："社会缺少传递快乐的人"

作为宁夏文坛的领头羊，除了自己的创作之外，张贤亮对于宁夏文坛的贡献巨大。杨继国记得："宁夏的后辈作家出版著作，请张贤亮作序，他从不拒绝。宁夏文联的前任主席和党委书记，配合上多少有些不尽如人意。我们两合作那些年，是宁夏文坛收获最丰的时候，不仅出现了宁夏文坛'三棵树'、'新三棵树'，而且作家都成林了。不仅在文学上声势喜人，在其他的文艺领域也同样如此。"

马知遥 20 世纪 60 年代毕业于中央美院，因思想问题"发配"到宁夏，80 年代初因当面顶撞某……领导，不愿在原来的系统待下去。他写过两三篇有关……生活的小说，后来，张贤亮运用自己的影响力。把他调到了文联。马知遥说，"那时，他还没有当上宁夏文联主席，但是，领导很重视他的意见，投票时，三位有决定权的领导中，两位投了赞成票。就这样，我调到了文联。为了不辜负他的'知遇之恩'，我后来创作了我唯一的一部长篇小说《亚瑟爷和他的家族》。80 年代末，我查出了癌症，他在宁夏安排了最好的医院和医生为我治疗，病愈后，他还托人带给我一千块钱。"

无论是否在文联任职，张贤亮对于宁夏文艺界的关注和热心都不曾稍减。杨继国记得，卸任文联主席之后，张贤亮准备设立一个奖，奖励在文学创作上获得成绩的宁夏作家。已经在文史馆工作的杨继国说，"如果只奖励文学界，那文艺界其他的领域怎么办？"最后，促成了"镇北堡西部影城文艺奖"的设立，规定的奖励范围包括宁夏回族自治区文联所属各协会的文艺家所创作的荣获全国文学艺术奖项的作品。

而近些年与张贤亮关系颇为密切的郭文斌，提到张贤亮对自己的提携，更是感佩不已。

2006 年，我强烈地感受到，世道人心滑坡，社会急需传统文化，就自不量力地开始学讲孔子，推广传统文化。之后又提出安详生活的理念，首先在全国高校宣讲，受到欢迎。出乎我意外的是，随着影响的扩大，支持和反对的声音同时到来。有那么一段时间，反对的声音更加强烈，我感觉压力很大，如果不是市上主要领导的鼓励支持，我都有些打退堂鼓了。

就在这时，我接到了贤亮主席的邀请，让我到影视城给全体员工讲一堂。那是一个让人难忘的下午，主席在百花堂等着我，同样鼓励我一番之后，居然让马红英老师给他点了崭新的两千元钱，亲手给我，说这不是讲课费，是他对我弘扬传统文化的奖励，我说我怎么能拿主席的钱呢。他说，如果你不拿，就是生分了，再说，你不能拒绝我对你的奖励啊。我就只好接受。他说，本来他也要听课的，但是怕他坐在台下，我放不开讲，他就等着看光盘吧。不久，我果然收到印有影城漂亮封面的光盘。我的心里有种说不出的感动。我非常清楚，他一定知道了我当时面对的压力，就用这种方式表示对一位弘扬传统的晚辈的支持和呵护。我也确实从中得到了很大的心理支持，更加坚定了推动传统文化的信念。

2008 年 6 月 29 日，我有幸被选为奥运火炬手，跑宁夏第八棒，贤亮主席跑完第一棒，协助"央视奥运"解说火炬传递，这当然是宁夏的骄傲。回到家，还沉浸在一种节日的兴奋之中，手机响了，一看，是贤亮主席的来信，出乎我意外的是，祝贺之后是道歉，说他漏掉了一个我的重要荣誉。

2010 年，我安排副主编郭红通读了贤亮主席的全部作品，给《黄河文学》采写一篇有关主席的深度访谈，采访中，当话题进入到传统文化，郭红顺便讲到我近年推广的安详生活理念，不想贤亮主席说："我跟他一起去大学讲课，他讲得很好，能契合大学生的需要，他有这种状态，把它发挥出来，感染别人，很好。他活得很快乐，能把快乐给别人，我们社会恰恰缺少这样的人。"

张贤亮曾说自己的主业是"快乐，追求快乐，创造性地追求快乐"，现在，他大概是想把这生活态度传达给更多人了。

青年："我不知道张贤亮，但是知道西部影视城"

作为宁夏的"文化名片"，张贤亮的文学事业和西部影视城，对于宁夏文化事业的贡献不言而喻。早在 2008 年本报记者采访他时，他就说自己要写一部自传，而且会写到自己的家族。病发前，张贤亮透露，这部著作正在修改之中。马红英告诉记者："这部著作没有最后完成，可能只有等以后发表了。"

相比未完成的自传，张贤亮一直自称西部影视城为其"立体的作品"。时至今日，它已经成为银川、宁夏旅游的重要景点。老银川一条街让游客见识了民国时银川的街景和布局，而"语录塔"等布景则展示了"文化大革命"时代人们习见的生活场景。助理马红英从影视城 1993 年创立就跟着张贤亮从文联来到这里工作，她对于现在的影视城颇为自豪："这里的每一个景点都有文化的内涵，都有一段来历。走马观花需要两个多小时才能看完，如果仔细看，至少需要整整半天时间。去年，我们接待游客约一百一十万。"

经过张贤亮的创意、策划、管理，在"一片荒凉两座废墟"的基础上，镇北堡西部影城已发展成中国最具规模的影视城及"中国古代北方小城镇"的景区，获得国务院颁发的"国家 5A 级旅游景区""国家文化产业示范基地""国家级非物质文化遗产名录代表作综合开发试验基地"及"亚洲品牌五百强""中国品牌一百强"称号。

马红英说，西部影视城现有员工四五百人，员工待遇普遍比同行要高。现在，影视城的员工大部分都有房有车。不仅如此，影视城还带动了影视城周边产业的发展，如葡萄酒庄。另外，周边的房价也因为西部影视城的带动，有了很大的提升。这是张贤亮，留给这个城市的痕迹。

银川人对于张贤亮，不同年龄段的人看法不一。在去银川的飞机上，一名五十多岁的同行旅客说，自己以前当兵时，曾发表过几部小说，但后来放弃了文学创作。"我见过几次张贤亮，后来知道他男女关系的事情后就不喜欢他了。几年前，他在银川市中心鼓楼的西边竖了一个很大的广告牌，为西部影视城做广告，很多银川人反对，但是，这个广告牌过了几年才拆掉。"

出生于 1970 年的宁夏大名出租汽车有限公司的哥李和林说："我从 80 年代就读张贤亮的著作，到现在也还经常读。我们这一代人肯定都知道张贤亮，但是，八〇后、九〇后可能就不知道了。我儿子读张贤亮的书，突然觉得很难理解。"

李和林的判断，在一位 1988 年出生的出租车司机身上得到了印证。"我不知道张贤亮，但是知道西部影视城。"

（原载于 2014 年 9 月 29 日《新京报》。有删节）

"我在等死，不是开玩笑"
——作家张贤亮，资本家张贤亮

朱又可

张贤亮告诉《南方周末》记者，如果不是阴差阳错，他早就是跨国资本家了，"怎么可能写小说"？

2013 年秋天，张贤亮把自传片段交给《南方周末》发表。

2014 年春天，他豁达地告诉《南方周末》记者："我在等死，不是开玩笑，我现在是肺癌晚期，如果我明年这时候还活着，我再给你写东西。"

2014 年 9 月 27 日，张贤亮辞世。

2014 年 9 月 30 日上午 10 点，银川殡仪馆最大的悼念大厅里，拥挤着据说一千五百人。电子横幅的大字"沉痛悼念张贤亮同志"下，轮番播放张贤亮在各种场合的照片。张贤亮躺在鲜花中，身上覆盖着中国共产党党旗。"中国共产党的优秀党员……"宁夏文联党组书记兼主席郑歌平在致悼词时这样开头。

中央政治局常委、全国政协主席俞正声，全国政协副主席王正伟、白立忱送的花圈摆在吊唁厅右边的最前面。

与张贤亮的巨大知名度相比，媒体对宁夏的认知成为笑谈。CCTV 新闻频道播报张贤亮追悼会消息，把"银川镇北堡西部影城"读成"银川镇，北堡西部影城"，随后做了更正。腾讯娱乐的新闻标题干脆把追悼会挪到了"西宁市殡仪馆"。十多年前，当地的报纸就在连续讨论"宁夏在哪里"，因为很多信件地址写的是"甘肃省宁夏"。

按说张贤亮和电影界关系密切，他的《牧马人》《肖尔布拉克》《黑炮事件》等九部小说改编成电影，张艺谋的《红高粱》等从张贤亮的镇北堡西部影城走向世界，但电影界几乎对张贤亮的离世没有反应。

告别大厅外的花圈足够多，"备极哀荣"。作家杨争光看了网上的现场照片后疑惑："这是在八宝山吗？共和国如泣的歌者走了，应该有万人志哀的场面。"门口右边第一个花圈的落款"贤妻冯剑华"。头发花白、这天着深色衣服、身材依然挺拔的冯剑华，站在接受慰问的家属行列首位，她旁边站着浓眉高个的八〇后儿子张公辅。

张贤亮的"原罪"

1980 年，经过二十二年劳改和劳教，从西湖农场回到银川的张贤亮，跟比他小十来岁的散文组编辑冯剑华做了《朔方》的同事，两人最终结婚。张贤亮见到未来岳丈时鞠了一躬，这深得冯剑华父亲的心："此子面相不凡，不愧是大家庭出身，将来必有大出息。"婚礼并不浪漫，在单位会议室举办，冯剑华亲手缝了一红一绿两床缎面被子。他们搬到偏远的一间小房间，每天挤公共汽车上班。

演员朱时茂送来了花圈，他的花圈旁边是贾平凹的。《灵与肉》是婚后张贤亮写的第一部小说，一夜成名，次年，儿子张公辅出生，小说随后被导演谢晋拍成了电影《牧马人》，朱时茂因在电影中扮演刚平反的知识分子许灵均而成名。

那年四十四岁的张贤亮给冯剑华的印象是，因为长期"改造"人变得格外谦卑，在编辑部逢人就叫老师。他去北京等地出差回来，总会带些烟茶等小礼物送人，冯剑华不以为意："为什么总是你送别人礼物，别人怎么不送你？"

她感觉他总对政治风浪有一种怕。一次"清除精神污染"，张贤亮的一篇小说受到批判，深夜，冯剑华发现张贤亮辗转反侧，她说："怕什么？你是城墙头上的麻雀，见过阵仗的人，大不了把你打回农场，我带着孩子跟你去！"张贤亮这才稍稍安下心来。

冯剑华是根正苗红的红五类，父亲是煤矿工，她初中毕业留在矿上当了工人，后来又穿上当时最被艳羡的军装，1974年被推荐为"工农兵学员"，上了复旦大学中文系，同学中有作家梁晓声。毕业后，冯剑华回银川进了《朔方》编辑部。

与妻子新时代的……身份相反，张贤亮有"原罪"的旧官僚资本家累及整个家族，爷爷是民国外交官；父亲从哈佛商学院毕业回国后弃政从商，死于1948年（应为1954年——编者）；母亲也在美国留学过。

黑洞洞的枪口，不是意识流，是非虚构

中国文联副主席冯骥才送的花圈排列在中国作协主席铁凝、党组书记李冰等人的附近。1985年，张贤亮的长篇小说《男人的一半是女人》在巴金主编的《收获》杂志刊登，引起轩然大波，他对性描写禁区的大胆突破，也让一些老作家不安，据《收获》杂志的叶开回忆，冰心就给巴金写信让他"管一管"。

正和冯骥才在美国访问的张贤亮，得知国内又开始批他。美国的好友劝他趁机申请政治避难。张贤亮又一次体验到"无法控制的一丝心肌的颤动"。他在国外发表"爱国主义"声明给国内同仁和"组织上"传递信号。回国后证明又是一场"虚惊"。

还有另一种怕深植张贤亮的内心。张贤亮曾几乎饿死，那增加了他生活的勇气；另一次，他被"陪杀场""假枪毙"，留下的创伤是终生的。"他时常做同样的噩梦，梦见被拉去枪毙了。"冯剑华对《南方周末》记者回忆。黑洞洞的枪口不时出现在他笔下，读者以为是意识流手法，冯剑华认为那是非虚构。

20世纪80年代末，大墙文学的另一个代表人物从维熙给张贤亮打电

话征集签名，冯剑华接了电话，代为答应。后来，有人准备批判张贤亮，冯剑华把责任揽了过来："名是我让签的，张贤亮不知道。"这一年，张贤亮最花心思字斟句酌写成的长篇小说《习惯死亡》发表，冯剑华那时就认定，这是张贤亮的"巅峰之作"。

中国作协副主席李敬泽代表组织出席了追悼会，他拥抱了冯剑华。几年前编辑《中国新文学大系·1980 年代卷》，李敬泽曾系统地阅读了张贤亮的作品，认为张是被低估的作家，部分因为"他对于小说家的身份和成就不特别在意"。

张贤亮几篇有名的小说最后都加上了"爱国主义"尾巴。《灵与肉》结尾，许灵均谢绝从美国回来的父亲接他一家去美国，而留在了劳改农场学校；《习惯死亡》则在结尾让主人公从美国回到中国西部那片荒原，并且回到最初的那个女人那里，小说最后有番对话：

"你看，我都成了这副样子了，你还来找我干啥？"

"也许这就是我的爱国主义吧。"

李敬泽认为，张贤亮最被忽视的就是《习惯死亡》。他不同意把张贤亮作品里的"爱国主义"归结为简单的政治正确，"他复杂得多，从来不做简单的选择题"，"仅仅从文本叙述去揣度他的选择，会忽略他的作品与现实选择的混杂、暧昧与精神上的疑难。他是在与所处的时代思想互动走在最前列的作家"。

劳改农场里的《资本论》笔记

余秋雨送的花圈摆在吊唁厅的入口处。他也是曾到访西部影视城的众多名流之一。自从小说被拍成电影、获得各种文学奖项，冯剑华发现，张贤亮在劳改队养成的谦卑很快消失了。

张贤亮的张扬、健谈逐渐显现，常能主导谈话的方向和气氛，跟郭德纲、余秋雨在一起神聊，他谈锋的机智和诙谐一点不逊色，在某些官场交往中他也谈笑风生，跟领导拍肩搭背就像对待兄弟。

冯剑华认为还是环境给予人的"身份感"更重要。"要是一天到晚让人呵斥、打骂,你怎么能神采飞扬起来?"

邓小平南方谈话之后,年近花甲的张贤亮也决定下海。1993年他购买有二十来户牧羊人栖居的古城墙和戈壁滩来建西部影城,跟二十多户牧民一一交涉,拿出了当时积攒的全部存款。

"多亏了他二十多年劳改生涯中跟农民打交道的经验,他既了解农民质朴的一面,也了解农民狡猾的一面,最后劝这些牧民搬走了,搬迁费也给得高。"张贤亮也曾在小说中写道,"我"历练出了一种"狡猾"。

劳改队既有和张贤亮一样被打成右派的知识分子,也有没多少文化的刑事犯,和他们二十多年的共处,让他在《我的菩提树》等书中对知识分子的人性有透彻的洞察:那些人"把嘴当 × 卖"。冯剑华观察,张贤亮对知识分子人性弱点的判断,到老年也没有改变。这也促使他设法摆脱这种弱点。

"我搞文学纯粹是阴差阳错,如果不是1949年解放,我早就是跨国资本家了,怎么可能写小说?开玩笑!"1998年,《南方周末》记者第一次在银川拜访张贤亮的时候,他开怀大笑。

冯剑华看过丈夫在劳改农场读《资本论》的笔记,她认为那一定程度上是张贤亮商业活动的理论指导。

"我爸爸唯一的敌人是平庸"

吊唁厅门口有个哭成泪人的人——农民书法家牛尔惠,他守了三天灵,腿都跪瘸了。听过张贤亮讲课的回族文学爱好者马克从宁夏中卫骑摩托车一百多公里来吊唁,牛尔惠又陪他一起跪。

牛尔惠的父亲过去被打成右派。牛尔惠中学毕业后四处流浪打工,遇到了张贤亮,人生从此改变:从摆摊卖字到搬进影视城里的四合院"都督府",做了张贤亮练书法的"书童"。夜里,跟张贤亮陪练书法的时候最安静,但张贤亮思绪有时难以回到几案,干脆坐下来抽烟,说他看了不快的新闻想骂娘。牛尔惠入选了几本全国书法名家辞典，当上了 2008 年北京奥运火炬手，也成了影视城里有房有车族。在"知恩堂"，牛尔惠把父亲的照片和张贤亮的照片并列挂上。影视城的三百多个员工大多是像牛尔惠这样的农民。

"别看他外面很风光，其实晚年的张贤亮很孤独。不管别人怎么评价，我从他身上体会到了温情和慈爱。"2007 年获得鲁迅文学奖的银川文联主席郭文斌告诉《南方周末》记者。张贤亮自己给员工讲管理，也请不同的老师来讲，郭文斌也曾受邀来讲过"寻找安详"。

十年前张贤亮从宁夏文联主席的位置退休，搬到影视城，郭文斌就是他在银川的一二知己，从那时起，他发现张贤亮的注意力转移到传统文化上，也默默地做慈善。张贤亮每年给医疗机构捐款一百多万元，帮助看不起病的人。后来，他从一家福利院领养了一个女儿毛毛。

冯剑华的印象中，办企业之初，张贤亮更多的压力是怕企业亏损。二十年经营后，镇北堡西部影视城已是 5A 级旅游景区，被评为中国文化产业的示范基地。

张公辅在悼词中平静讲述父亲留给他的精神遗产："我敬爱的爸爸是一名战士，唯一的敌人是平庸。"他还要继续父亲在最后几年开始的帮助病人的"救生工程"。曾跟父亲的友人韩美林学画，毕业于四川美院动漫专业的张公辅，准备以后去学现代管理课程。

大动物、小动物

张贤亮在小说中预言"作者"死于肺病，因为抽烟的缘故，预言应验了，只不过不是小说中的六十五岁，而是七十八岁，算长寿了。

张贤亮住在北京的医院，拒绝手术。2014 年 9 月 17 日，他出院要回镇北堡的家，救护车十几个小时从北京开到银川，路过山西，到了忻州，他让停车，吃一碗山西刀削面再上路。

9 月 27 日上午，儿子张公辅还想送父亲去医院，张贤亮说："你能不能干脆点？"他不同意抢救。下午两点，昏迷了四个小时后，张贤亮辞世。

"他是大动物，我们是小动物。"很多人可能关注张贤亮的传奇经历、他的创业和财富，但李敬泽认为，真正的财富是张贤亮的文学作品。某种意义上，李敬泽同意张贤亮的骄傲，他曾说："我的时代还不配读我的作品。"

两年前，张贤亮给冯剑华在影视城不远处买了一户农家院落，她特别喜欢那里的俭朴生活，在院子里种了吃不完的瓜和菜。

结婚三十四年，冯剑华体验到了和张贤亮做夫妻的幸福，也经历了痛苦与磨难。"他给我的幸福我接受，给我的痛苦我也接受。家家都有本难念的经，只不过难处不同或没有明显表现出来罢了。"

悼词最后，张公辅说，他父亲交代，碑文写上这句话：

"他来了，又走了。"

9 月 30 日下午 3 点左右，遗体火化后，干燥的银川下了一阵雨。晚上，出席完葬礼回到自家阳台上的郭文斌，看到贺兰山顶出现了美丽的晚霞。

（原载于 2014 年 10 月 9 日《南方周末》。有删节）

张贤亮，在天堂那边玩儿好

舒晋瑜

六年前，我初次到宁夏。来到这座陌生的城市，只为着拜见一位陌生而又熟悉的知名作家。他的名字和一座影城、一座城市紧紧地联系在一起，说影城因他而存在，或者城市因他而夺目，并不过分。

他就是张贤亮。十九岁因诗歌《大风歌》被打成右派，四十三岁因《绿化树》等作品闻名遐迩。他的一生有着众多职务：宁夏作协主席、文联主席……连任二十五年的政协委员。但他最爱的是"作家"的称谓。

在以《绿化树》女主人公马缨花命名的茶楼，我见到了张贤亮。因为劳累，他的声音有些沙哑，但表述清晰、敏锐，出口成章。在他的书房，挂着他一帧照片，年轻美丽的母亲抱着周岁的张贤亮。他自豪地说："只有这样的母亲才能生出我这样的儿子！"

张贤亮常常有惊人之语，多年前谈到自己的作品，他就曾经自信地表示："我提出来的理念都是有前瞻性的，我和中国大多数文人的思路不一样。"

如今，那自信而略有些得意的声音恍若响在耳边，却是斯人已逝。

他将成为这片土地永久的书写者。

一

他的书写并不枯燥，而是有趣味的书写，是有魄力的书写。

宁夏的影视城中，马缨花茶楼就是张贤亮自己设计的，花纹是他趴在地上去画的，竹子是他亲自安排移栽的，小到"马缨花"几个字是镂空还是悬空，大到整体布局都是他一手操办。整洁幽雅的茶楼从设计到落成只用了短短四个月的时间。我由衷地赞叹其环境优美，赏心悦目，他仰头哈哈一笑："玩嘛！"

他的确是个很"贪玩"、很"会玩"，也"玩"出了名堂的人。

当了二十五年的政协委员，张贤亮有二十五年的参政议政经验；作为作家，他还亲自操办企业，因而比一般文人在身份上更多元化，思路也和别人不一样。张贤亮说，收录书中的诸如对改革开放以来的得与失、民营企业与文化产业的发展方向等论述都很精辟。

让张贤亮感到自豪的是，将来谈到中国文学史，谈到20世纪80年代这一章，他是不能回避的人物。"有幸我的经历和中华民族的经历同步，民族遇到灾害我也遇到灾害，民族开始复苏，我也开始复苏，民族开始崛起我也开始崛起，民族兴旺发达我也开始兴旺发达……"张贤亮这样解释自己广泛受到媒体注意的一个原因，"我不是一个传奇，我传奇的是和国家民族的命运同步。"

作为一个当代中国作家，张贤亮提倡首先应该是一个社会主义改革者。只有作家自身具有变革现象的参与意识，作品才有力量。张贤亮曾把自己的创作分两方面：一是文字创作，一是立体创作。"创作也是玩，文学也是玩。文学是我一生的副产品。我在创造性地追求快乐。我现在还在写作，但要突破过去的作品有很大难度，这是个既艰难又有乐趣且具有挑战性的玩意儿。活了这么一大把年纪，回首往事，不胜感慨，总想给后人留下一点人生经验和'亲历'的历史。中国人是一个健忘的民族，或说是患有选择性记忆毛病的民族，而历史最珍贵的部分恰恰是那惨痛的、人们不愿意回忆的部分。历史和物质一样，越是沉重的部分质量越高，密度越大。我认为在文学中再现那个部分是我的一种责任。"

二

　　20世纪80年代，他首次将镇北堡写进了小说《绿化树》，在书中称"镇南堡"。1980年，张贤亮分到宁夏文联，正好广西电影厂的导演张军钊要拍根据郭小川长诗改编的电影《一个和八个》。摄制组从陕北采景一直到宁夏，都没有找到理想的地方。到了银川，他们请宁夏文联的干部协助他们找。张贤亮就把镇北堡介绍给文联干部，叫人领摄制组去看。《一个和八个》是镇北堡拍摄的第一部电影。后来导演谢晋来这里拍了根据张贤亮的小说《灵与肉》改编的电影《牧马人》，后来谢添又根据张贤亮的小说《邢老汉与狗的故事》拍摄了《老人与狗》，陈凯歌来拍了《边走边唱》，滕文骥来拍了《黄河谣》，由于张贤亮的介绍，镇北堡逐渐有了影视城的雏形。此后，《黄河谣》《红高粱》等获得国际大奖，被誉为中国第一部经典武侠片的《双旗镇刀客》以及徐克的《新龙门客栈》、周星驰的《大话西游》系列陆续从这里诞生，镇北堡影城名声大噪。

　　和镇北堡影城的当地人聊天，发现他们对张贤亮的推崇是由衷的。据统计，镇北堡西部影城为周边农民每年提供五万个工作岗位，原来举目荒凉的地方被张贤亮带动成为繁荣的小镇，这也使张贤亮感到自豪。他说："一是平地打造出景观，二是领着一群农民工在打造文化产业。我这一生中，最值得宽慰的是，我写好小说的同时，为中国西部平添一处人文景观。未来的镇北堡影视城将脱胎为以集中展现中国北方古代小城镇民俗风情为主题的文化大观园，镇北堡将和西夏陵一样永远矗立在中国的西部。我一生无憾。"

　　镇北堡西部影城成为银川首家国家5A级旅游景区、国家文化产业示范基地、国家级非物质文化遗产名录项目保护性开发综合实验基地，2011年，镇北堡西部影城又荣获"中国十大影视基地""亚洲金旅奖·最具特色魅力风景名胜区"，这在全国影城也是绝无仅有的。余秋雨说它是宁夏的一个"文化气场"，易中天为它题了一首诗："荒野一堆土，居然八阵图。捉刀写世界，仗剑走江湖。大隐何妨市，立言未必书。壮哉镇北堡，真是不含糊。"来这里考察并留下题词的各级领导很多，张贤亮最欣赏的是文化部原部长孙家正的话："真好玩！"他想，小说的最高境界大概也不过是"真好玩"而已吧！

三

香港岭南大学中文系教授许子东评论称，张贤亮是"当代中国十来位最重要的作家之一"，并认为张贤亮"集一代中国知识分子的智慧、屈辱、才华和弱点于一身"。他表示："在文学史上，20世纪50年代的作家群，当以王蒙和张贤亮为代表。他的代表作，应是《绿化树》与《男人的一半是女人》。"

张贤亮的小说可分为两类：一类是有个人经历、个人情感及个人影子在内的，如《灵与肉》《绿化树》《男人的一半是女人》《习惯死亡》《我的菩提树》《青春期》《初吻》等；一类是根据传说或现实发生的事件铺陈出来的，如《邢老汉和狗的故事》等。前者，无须多说，如将它们组织起来重新编排改写，几乎可以成为自传了。《一亿六》里的国学家小老头和《习惯死亡》中的作家章永璘在精神气质上一脉相承，对此，张贤亮说，作家的笔下，所有人物都有自己的影子，不论正反两面。只是他所有小说里没有反面人物，他说："我大概比较宽容。"

对于只有六万平方公里、六百万人口的宁夏，张贤亮觉得这是个好地方，干扰少，物欲刺激比较少，还是比较方便埋头写作的地方。他说："我在玩，把写作当作玩，我要把作品写完，就没玩的了；没玩的，不就玩完了吗？"他笑着说："我不想把它玩儿完。"

可是，还有些"贪玩"的张贤亮，不得不去这世界的另一边，继续他好玩的事业。悼词最后，他的儿子张公辅说，他父亲交代，碑文写上这句话："他来了，又走了。"

（原载于2014年10月20日《工人日报》）

一个作家的"野蛮生长"

——张贤亮的人生考察

王鸿谅

不管是张贤亮的农场生活，还是他的创业故事，我们寻访到的可做旁证的故人们，无一例外地保持着多年的沉默。他们见证着张贤亮的复杂性，也认同他绝境求生的意志力和才华。江南才子的天赋和劳改多年磨难，造就了现在的张贤亮。而旁人的沉默，刚好帮助他完成了一个孤证的叙述——成为理想中的那个自己。

荒滩移民

张贤亮初到宁夏是 1955 年 5 月，落脚在贺兰县通义乡的黄河滩边，成为京星农牧场的第一批北京移民。母亲陈勤宜和妹妹张贤玲一同迁来，母亲已经四十六岁，妹妹才七岁，安顿落户后，在农牧场的花名册上，十九岁的张贤亮是户主，妹妹当时还随母姓，叫陈贤玲。

"田野上纯净的空气仿佛争先恐后地要往你鼻子里钻，不可抗拒地要将你的肺腑充满，天蓝得透明，让你觉得一下子长高了许多，不用翅膀也会飞起来。"这是张贤亮为数不多的对京星农牧场生活的回忆，只不过模糊了具体地点。"那时，我在宁夏农村举目望去，几乎无一不是古代场景的再现。……农业劳动，都和汉唐古墓刻石上的'农家乐'一样，洋溢着原始的淳朴。""移民们都是北京市民，虽然不会农业劳动，却会玩耍，不乏会钓鱼的人，他们用一根细木棍系根棉线，棉线一端再挽根弯铁丝，连鱼饵都不用，垂在河湾浅滩边上，居然能把几斤甚至十几斤的鲤鱼、鲇鱼钓上来，令我煞是羡慕。"

站在贺兰县的角度，并没人想刻意亏待这些北京移民，国家实行了生活供应制，所需口粮等均由安置办负责统一购买并送到安置点，按月发放供应。"每人每月供应食粮 17.5 公斤（白米 4 公斤、白面 1.5 公斤、黄米 14 公斤）、食盐 0.5 公斤、香油 4 两（1 斤为 16 两）、菜金 1.5 元，每户冬季发无烟煤 100 公斤。"供应标准甚至高于当时当地群众的生活水平。当时移民中最出名的，并不是张贤亮，而是袁世凯的六姨太叶蓁、儿子袁巨勋和两个孙子袁家伟和袁家振。

当时毫无名气的张贤亮，后来却成为北京移民中最著名的人物。他的命运转机始于 1956 年秋，政府听取了移民的需求，将移民中的知识分子和有特殊技能的人才介绍到机关、学校、煤矿工作。1956 年秋，甘肃省第二文化干校从京星移民中招聘了十二人做文化教员，有张贤亮、刘小钧、尚毅、宋多儒、王惠恩、张洁和高钧等。1957 年，意气风发的张贤亮开始了诗歌创作，歌颂"新时代的来临"，连发了四首诗歌，分别是《夜》《在收工后唱的歌》《在傍晚时唱的歌》和《大风歌》，分别刊发于这一年《延河》第 1 期、第 2 期、第 3 期和第 7 期。

张贤亮的才气于是从北京移民中凸显出来，"有才华"这个论断，此后成为贯穿他一生的评价，尤其是文化程度并不高的农场同伴们，用来描述他的第一个形容词，就是"有才华"。

因言获罪

可惜，厄运也随之而来。《大风歌》发表后，迅速遭到了《人民日报》的批判，在"反右"风潮里，张贤亮迅速被打成右派，1958 年被发配至西湖农场劳改。面朝黄土背朝天的人生，从此持续了二十二年，贯穿了他的二十二岁到四十四岁。最年富力强的年华，他的人生在西湖农场和南梁农场之间辗转，前者是劳改，后者是劳动。名义不同，自由度不同，但工作内容大同小异。

西湖农场与南梁农场只有一桥之隔，都在银川西郊，张贤亮先后两度在西湖农场劳改服刑，分别都是三年，1958 年至 1961 年，1965 年至 1968 年，罪名都源自《大风歌》。西湖农场如今大部分被改造成了湿地公园。当年的劳改往事，已经无迹可寻。张贤亮自己留下的西湖农场记述，是他人生中最惨烈的部分，被误以为死亡丢进太平间的死人堆，半夜醒来，爬出死人堆敲门，后来得到一位杨姓医生救治，靠吃乌鸡白凤丸才恢复了元气。

决定他命运的文件，张贤亮自己只从档案中找到过几张"雪莲纸"。"1979 年我平反时，给我平反的单位从我的个人档案里只找到一张二十一年前押送我到劳改农场的小纸片，类似'派送单'的东西，我名字后面，填写的是'反党反社会主义坏分子'，而不是右派分子，除此之外，再没有一份证明我是右派分子的法律依据，更没有说明为什么要把我打成右派的原因。即具体的反党反社会主义言行。这张纸我见了，只有巴掌大，纸质脆薄，比现在公共厕所里放的最差的厕纸还差，我认识这种纸，那叫'雪莲纸'，用稻草造的，因为它不经磨损，不耐存放，一般只写个便条，写信都不用它。而这劣质的雪莲纸，却奇迹般地在我档案中静静地陪伴了我二十二年之久。拿出来还灿然如新。"

1965 年被判为"反革命分子"接受公审。"那天，农场就有三十多人在台上一字排开，银川市法院来宣判，我判得还算轻，'戴上反革命分子帽子，管制三年'。1979 年平反时，我才看到'判决书'，仍旧是薄薄的雪莲纸，但比巴掌大，如现在 B5 打印纸那样大小，油印的，长达好几页，办理平反的干部仔细看了后大吃一惊，他吃惊的是我的坦白书。原来，先前我听了反动言论不汇报被揭发出来，农场生产队书记责令我写份坦白交代材料，我竟写了份万言书。坦白交代了我的真实思想。不过这份坦白书，在'文化大革命'中又成为我升级为'反革命修正主义分子'的罪证。""我生在 1936 年，但直到今天我的户口本、身份证上填写的却是 1938 年出生……1968年2月第二次劳改释放，劳改农场开具的释放证上填写的是1938年。又是一张'雪莲纸'。"

生活的磨难里，他写下的最伤痛的记忆，是母亲的去世。1968年……他偷偷回过一次北京，只来得及跟母亲短暂相聚，因为发生了西单爆炸案，就被眼尖的"革命群众"揪出来，关进了派出所。母亲花了五天，筹到了给他买票回兰州的钱，当晚，他就连夜被红卫兵遣送到了火车站。此后，他再也没有见过母亲，只收到了一封载有母亲死讯的电报。等到再有机会拿起笔，张贤亮愿意书写下的记忆，是对母亲的敬仰和歌颂："她从一个贵妇人沦落为在街头靠手工编织毛衣糊口的老太婆，仍始终保持着高雅的风度，我想，只有受过旧社会高等教育的妇女才经得住人生的反复折磨。她虽然身材矮小骨瘦如柴，却是一个文化的载体，即使变成化石也令人敬仰。她好像是一座贵族文明雕塑出的塑像，专门留给后人瞻仰那过去的永不复返的时光，并且时间越往后越会放射出古典的光泽而历久弥新。"在镇北堡的纪念堂里，放着陈勤宜的巨幅照片。2008年张贤亮担任宁夏的奥运火炬手第一棒，跑完后，他拿着属于自己的火炬回到镇北堡，开始了另一场传递，亲手把火炬捧到了母亲的照片前面。

农场往事

从银川市区到南梁农场大约三十公里，根据张贤亮小说改编的《牧马人》和《老人与狗》分别在这里取景。张贤亮先后都陪着来过，不过，在老南梁人的记忆里，1992年《老人与狗》拍完后，张贤亮除了回来参加过朋友崔忠怀儿子的婚礼，就再也没有回过南梁。他们还记得张贤亮在喜宴上吃席，"别的都不要，就指明要吃玉米面糊糊"——那是六七十年代物资匮乏时期，南梁农场最主要的充饥食物。那一次，张贤亮带着老婆孩子一起来的，还留下了罕见的一张合影。留在宁夏农垦六十周年的纪念文集里。

南梁农场有三个老居民点，张贤亮被分配在三队，最西边靠近祁连山的居民点，南梁农场办公室主任高晋国回忆说："当时所有的'五类分子'都集中在三队。"跟张贤亮相熟的人，高晋国想了又想，说"现在找不到几个了"。"张贤亮不多跟人接触，很孤傲。干农活的时候，半小时休息时间，大家闲谈，他是中心，大家都会围着他，听他讲故事。"关系好的人，崔忠怀肯定算一个，他也是个右派，被判了十二年，1960年来到南梁农场，后来也到南梁中学当老师，现居北京。崔忠怀也是个不愿意回忆往事的人，高晋国说："农垦六十周年要写回忆录，是我去跟崔忠怀约稿的，我们还在学校里共事过，他一开始都拒绝了，说了好久，才写了一篇。"崔忠怀写的回忆，叫《我爱沙枣树》，他真的只写了树："50年代，贺兰山下还是一片荒滩，一个连一个的沙丘犹如大海的波涛。自从开了西干渠，西沙滩上建了许多农场，垦荒者铲平了沙丘，开了渠道，挖的第一个坑，栽的第一棵树就是沙枣树。记得栽树那天刮起了五六级的西北风，狂风卷着沙砾直打人的脸，太阳完全被风沙吞噬了，刚栽下的小沙枣树被风吹歪了，吹倒了，有的被连根拔起。"

数来数去，跟张贤亮还算关系不错，还在农场里的，就只有当时三队的大厨彦灯标了，人称"老灯"。老灯是个大嗓门，人还没到，声音先进了门。他随身带着两张跟张贤亮的合影，一张是农场时期，一张是拍摄《牧马人》的时候，在老场部门口。老灯1960年随父亲来南梁，十四岁，给领导做过通讯员，后来去银川学了一年做饭，回来就到三队食堂做饭，做了十几年，后来调回场部，一辈子都贡献给了南梁农场。口音虽还是江浙味，脾气却已经很西北……

"我开始不认识张贤亮，我是跟一个姓陈的北京知青关系好，他跟我说张贤亮有才华，很看好张贤亮，要我打饭时候照顾张贤亮一点，我才注意到张贤亮。食堂里的饭我来管，一勺多少我来掌握，多给一点少给一点，谁也不知道。他也会来厨房帮我做事，担水，挑炉灰，择菜。"老灯倒也很坦诚，"我一个大老粗，字不认识几个，张贤亮他能跟我聊什么？就是我能让他多吃两口饭。那时候我就叫他'张老修'，后来他成了名人了，我也照样叫他'张老修'"。老灯带来的合影里，农场时期那张黑白合影，就是他、陈姓知青和张贤亮三个人，都是精瘦的模样。

老灯记得，"文化大革命"时期，张贤亮是被当成坏人"陪斗"的，每天要"早请示，晚汇报"。当时农场里的人来自五湖四海，复转军人、东北干部、北京知青、天津知青，都有。"各种派系，我都不参加，我就负责做饭，做四十多人的饭菜。"在老灯记忆里，张贤亮的女人缘一直不错，"文化大革命"期间，已经有人在照顾他。"那个女的也是吃过苦的，兰州人，在西湖农场劳改，后来跟劳改队的一个干部结婚了，可她就是喜欢张贤亮，要跟丈夫分开。她丈夫很生气，不给她饭吃，也是北京知青来找我，要我偷偷接济一下她。"这个女人姓陈，在南梁农场并不是一个隐秘的存在，上了年纪的三队老人都知道，还记得她很能干，做的面条很好吃，干活是一把好手，"把张贤亮伺候得非常好，'文化大革命'期间也跟着张贤亮一起陪斗"。

杨庆寺的父亲1979年调来当三队的队长，跟张贤亮做了邻居，"一排房子九间，他家住东头第一家，我家住西头第一家"。当时张贤亮已经调到南梁中学，成了杨庆寺的老师，杨庆寺就管张贤亮叫老师，管这个女人叫"陈阿姨"。杨庆寺一点也不避讳这段交往，还在纪念农垦六十周年的文章里做了详细回忆："陈阿姨碰到我会叫我到她家去，像待亲生儿子一样待我，给我讲述张老师过去的成就，讲他受的磨难。""记得陈阿姨一谈起张老师，脸上总是流露着满足和幸福的笑容。""记得临近冬天，是一个周六，他在家里忙碌了一天，晚上我到他家去玩时，看到他在正房东侧拼接出来的套间里用土坯搭了一个土炕，用砖砌了一个写字台。写字台砌得很精巧，桌面用水泥抹得很光溜，写字台前的土坯墙上用小楷字写了'锲而不舍'四个字。其实接出的套间就是厨房，东墙开了一个不到五十厘米的口子，屋子里光线很暗，白天看书写字也必须打开电灯。每天傍晚，陈阿姨都会从晒场上背些草将炕烧热。也就是从那时起，张老师卷着旱烟，在这间小屋子里开始不分昼夜地写作。写他曾经受过的折磨和不能忘怀的右派分子"。

这排房子还在吗？在高晋国、杨庆寺和老灯心里都不太确定，但仍旧决定带我们去找一下。从场部往西，大概十来分钟，先经过的是当年张贤亮劳动的田地，老灯记得特别清楚，以一条水渠为界，左边四十亩归张贤亮管，右边三十亩是马宗义的媳妇在管。"马宗义是赶大车的，他媳妇会经常给张贤亮送饭。"再往前，是晒谷场，坑坑洼洼的一块水泥地，被土丘包包围合起来，老灯跺着地面告诉我们，以前是夯实的泥地。当年三队在这里晒谷扬场，扬场是两人一组，男女搭配，农忙季一个晒谷场会分布五组人，张贤亮扬场是一把好手，在整个南梁都是出名的。这段赞叹背后，又加着一个浪漫故事，似乎张贤亮还有一段扬场时期的恋情也发生在这里。现在晒谷场晒的不是稻谷，而是枸杞，红艳艳地躺在木板大匾上。

一路往三队走，田边有零零散散的砖房，垃圾遍地。高晋国告诉我们，这些不规范的建筑，都是西海固自流民的房子。终于到达当年三队的居民点，60年代最早的土坯房已经没有了。高晋国回忆说，最早张贤亮住的肯定是土坯房，他的身份还没有资格住砖房，平反当上老师之后，他才搬进了砖房。这一时期，先后与张贤亮同住过的人，老灯和杨庆寺只能数出三个：最早是个日语翻译，也是坐过牢的，三队的人叫他日本特务，然后就是老灯的老父亲，接下来就是陈阿姨。

老灯一进居民点，就先认出了当年的老仓库，大门紧锁空在那里。他坚持说，自己和张贤亮以及北京知青就是在这里合影的，拿出照片来对，明明不一样。老灯和杨庆寺凭着记忆，找到了70年代张贤亮居住的屋子，运气不错，这一排房子虽然格局有了变化，搭建出了院子，但当年的老房子依然还在。一间十八平方米的砖房，虽然当年张贤亮接出来写作的套间已经拆掉，从正房里开的门也填上了，但门框的方形痕迹还在，杨庆寺一眼就认了出来。

这房子里如今住着西海固的自流民海金学一家，他2010年从固原迁徙过来，一家四口，两个儿子，他说老家修铁路，火车从家门口过，"把家毁了，没法过了"，他实在等不及移民政策，过不下去了，就自己出来了。屋里那个黑色的钢铁炉子，是他一路背过来的家当。他也一路问过几个地方，三队这边很荒凉，但是房子相对便宜，一万多元能买下一间，他买了两间，又花六千多元租下了十几亩地，种枸杞，把日子过下去。如今大儿子已经上小学了，在场部那边的南梁小学，每天都要接送。老二才两岁，还在咿呀学语。三十年时光过去，贫穷依然是这里的底色。

声名鹊起

老灯记得，张贤亮跟他说过，如果二十年他还翻不起来，这辈子就完了。"二十年快到头的时候，他真的翻起来了。"

张贤亮翻身，没别的，还是靠他的才气。1978 年下半学期，张贤亮被调到南梁中学教书，每天骑着破自行车，从三队赶去场部。高晋国是 1979 年到的南梁中学，跟张贤亮共事。

南梁农场的办公室主任高晋国曾经跟张贤亮在南梁中学共事。1978 年下学期，张贤亮先调到南梁中学，高晋国是 1979 年去的。他模仿了一段张贤亮上课的风格，把书夹在腋下进教室，翻到当天要上课的页码，再反扣在讲台上，然后什么都不看，就开始滔滔不绝地讲。"他从来不做教案，不用讲义，也不按照老师参考书规定条条框框来讲，他就是过目不忘，娓娓道来，学生们都喜欢听。" "1979 年 8 月假期，全农垦系统的老师去灵武农场培训，张贤亮去给老师们讲课，也是一样，一本书就开讲。"张贤亮教语文，但杨庆寺说，张贤亮的数学也很好，他有一段时间，每周六都在张贤亮三队的家里补习数学和英语。英语是张贤亮 1978 年之后跟着广播自学的。

这个时期，张贤亮重归创作路，只是，他不再写诗了，只写小说，张贤亮自己解释说："诗人必须是将假象当作真相的人，只有假象令人兴奋，令人哀伤，令人快乐，令人愤怒。真相只能让人沉思和冷静。自从经历了皮破骨损，满身伤痕，尤其是 1960 至 1962 年的大饥荒，我从劳改队的破停尸房爬出以后，世界上再没有什么能使我感情产生波动，在瞬间爆发出灵感的火花了。人一务实，便无诗可言。我已失去了诗的境界和高度。"

但是在小说领域，张贤亮的才华迸发出来。他从 1979 年开始发表小说，

《四封信》《四十三次快车》《霜重色愈浓》《吉普赛人》，接连发表在当年的《宁夏文艺》上，分别是第 1、2、3、5 期，都是头条。创作再一次改变了他的命运，张贤亮自己回忆："我在《宁夏文艺》连中三元，都是发表在头条位置，这果然引起了时任自治区党委书记陈斌同志的关注。在他的过问下，我才获得彻底平反。后来将我从农场调进宁夏文联上班，是当时宁夏文联主席石天同志主持，具体操办的是陈葆泉。""记得第一次到宁夏文联，也就是《宁夏文艺》编辑部开我作品研讨会，文联在一个电影机械配修厂楼上办公，黑黝黝的走廊臭烘烘的，一间间办公室跟洞穴似的乱七八糟。会议室其实是乒乓球室，大家围着乒乓球台正儿八经地对我评头论足。"

张贤亮把自己的才华，归功于童年所受的古文启蒙教育，因为获得了良好的启蒙，所以当"母亲将我送进正规小学，一年级的课文是'来来来，大家都来上学堂'之类。从头到尾所有的字我早已认得了，颇有一种优越感，于是就找课外书来读。家中除箧藏的线装书，还有很多闲书，都是大人随手买的小说诗集，那些闲书启发了我幼稚的想象力，让我进入一个虚幻的世界。茨威格笔下赌徒苍白而纤长的手指，常在我眼前神经质地颤动，我也能听见《战争与和平》中小姐们裙裾窸窣作响，我记得那时就看过今天仍很畅销的《飘》，还有一本现在再也找不着的题为《琥珀》的英国小说，'非典'时我曾想起它，那里面有 17 世纪欧洲闹黑死病的可怕场面。当然还有《基督山伯爵》的快意恩仇和《三剑客》的潇洒"，"书里的字虽然是印在薄薄的劣质黄草纸上，纸面凹凸不平，夅出扎手的稻草秸秆，但一个个字似乎都经过了过滤，没有一丝污秽，字字遗世独立，洁净挺拔"。

杨庆寺的记忆里，自从张贤亮到南梁中学教书开始，"陈阿姨"就越来越不快乐，"她比起在三队的时候消瘦多了，我隐约感觉到她有些孤独，只有她养的那只大黑猫每天陪伴她"。1980 年，张贤亮就调走了。"临走前他送我一套《英语广播》教材，并告诉我，做事要锲而不舍，你的英语很差，要好好学。至于陈阿姨，至今我也不知道她是什么时候离开南梁农村的，又到了什么地方？我的确很想念她……"

调到宁夏文联不久，《宁夏文艺》改为《朔方》，张贤亮成为《朔方》的编辑，进入了专业作家组。他认识了同为编辑的冯剑华，两人组成家庭，很快生了儿子张公辅。张贤亮的创作黄金期就此展开，1980 年到 1993 年，他几乎每年都有几篇新作问世，而且都会引发巨大的社会反响，成为新时期文学的标志人物。他凭借着这些作品，开始平步青云，成为宁夏文联主席。这个"主席"的称谓，跟了他后半生。在这个过程中，他开始不断书写自传性文字，并且在流传中被认定为他的真实人生。而这人生中的旁证，或者与他的生活早已相去甚远，于是，张贤亮越来越得以完成他强大而整的叙述，构建起他理想中的自己。

　　老灯说，他后来跟张贤亮的关系也淡了，但他还是很肯定张贤亮的——"给我解决过不少实事"。老灯的儿子女儿上中学，都是找的张贤亮帮忙。"他写个条子过去，我儿子就上了一中，女儿上了二中。"高晋国在旁边补充："一中、二中和九中，是银川最好的学校。"1993 年镇北堡西部影城开业，张贤亮只请了南梁农场的三个人，场长、书记和老灯。同样也是一饭之恩，张贤亮的报答，在老灯的回忆里，结束于 90 年代。"崔忠怀婚礼过后，他要我帮他在农场挖一株枯死的沙枣树送去影视城，我找车送过去了，问他手下的人要了一千块钱，后来跟人一起去问他要了一幅字，他给别人都写了好几个字，给我只写了一个'梅'字，我还骂他，他就解释给我听，还在旁边题了一首诗。"张贤亮的死讯，胡晓明和老灯都是从别人那里听到的。胡晓明在追悼会上送了花圈，而老灯没有去。

　　　　　　　　　　（原载于《三联生活周刊》2014 年第 42 期。有删节）

80 年代的张贤亮作品：争议、突破与脱节

付晓英

"最好的作品"

走小说创作这条路并不是张贤亮原本的设计，他最初希望能往学者的方向发展。1979 年平反后，他先给《红旗》杂志投了很多政治经济方面的论文，无奈全部被退回，经人劝说后才开始尝试文学创作。幸运的是，他遇到了自己的"贵人"，从第一篇投稿《四封信》开始，他投给《宁夏文艺》的稿子就接连被采用。曾在宁夏文联和《宁夏文艺》工作过的虞期湘曾经回忆说："1979 年，《宁夏文艺》还是双月刊，可是在 6 期刊物上接连发表了张贤亮的 4 篇小说，从《四封信》到《吉普赛人》《邢老汉和狗的故事》《在这样的春天里》，推广力度之大可想而知。"

尽管最初发表的小说影响力不大，却帮助张贤亮打开了进入文坛的大门。1980 年，文联把他调入《朔方》（由《宁夏文艺》更名）担任编辑，张贤亮从此开始了专业文学创作。之后《灵与肉》发表，风靡一时，引人注目，也因此，当时《十月》杂志的章仲锷和张守仁对张贤亮有了更多关注。"1980 年春天，张贤亮从宁夏跑到北京，不知道怎么就找到了章仲锷家里，当时我也在，我们三个人一起喝酒吃饭，谈了什么现在已经不记得了，但是都很高兴。那是我和章仲锷第一次见张贤亮，不过见面前就已经注意到他，觉得他很有才华。"张守仁对本刊回忆说。这之后，张贤亮与《十月》的关系逐渐密切，1981 年，《十月》经章仲锷之手刊发了《土

牢情话》。1984 年，章仲锷调去《当代》杂志后，张贤亮又把中篇小说《绿化树》交给了张守仁。

《绿化树》叙述的是出身于剥削阶级家庭的知识分子章永璘，被打成右派，备受迫害，但出于生存本能，想方设法填饱肚子。章永璘自我思想改造的动力，来自他对马克思《资本论》的阅读。而农场青年女工马缨花对他关爱备至，马缨花有过不幸的经历，也没有多高的文化，但她向往知识，追求美好的事物，她的爱给章永璘的生命注入热烈的活力和希望。在号称"美国饭店"的马缨花的家里，章永璘一边读《资本论》，一边享受着"主妇加牛肉白菜汤式"的生活，同时也在精神与物质、灵与肉两个世界之间徘徊。不久，章永璘就被召到场部，重新管教，再一次失去了人身自由，也永远失去了马缨花。只是在几年后一次偶然的机会，他得知，"马缨花"还是一种植物，又名"绿化树"。二十年后，章永璘再返农场时，一切都已面目全非，经过多方探听才知道马缨花早已跟着哥哥回到青海。

回忆起最初看到《绿化树》手稿，今年八十一岁的张守仁依然很激动。"小说寄过来，我一口气看完，兴奋不已，觉得自己这辈子怎么能捞到这么一条大鱼，就好像在开采矿山的时候，这么大的一个金块落到了我的手里，太幸福了。"他告诉本刊，当时《十月》有一套自己的用稿标准："作品的文学性要强；要有独特性和创新性，要能让人看了以后觉得耳目一新；小说的语言还要很精彩、很优美。"在张守仁看来，《绿化树》完全符合甚至超越了这些标准。"文学说到底是人学，他在小说里写了饥饿和苦难，他已经落到了地狱底层，但是在底层，他看到了人间的温暖和光明，写出了马缨花和章永璘之间温暖的感情，这是非常可贵的；他的人物塑造得很鲜活，尤其是马缨花这个形象，'就是钢刀把我头割断，我血身子还陪着你哩'，非常生动。还有细节，他写到白面馍馍上印着的那个指纹，让我终生难忘，情感是看不见的，他能把情感形象化、雕刻化，这样的细节是绝无仅有的。"张守仁告诉本刊记者，他对《绿化树》几乎没有做过任何修改，直接签发在 1984 年第 2 期《十月》的头版上。"很多作品需要编辑的修改和指导，像李存葆《高山下的花环》，当初我也修改过，但是《绿化树》不需要，写得太棒了，是张贤亮一辈子最好的作品。"

　　能成为"最好的作品"当然不只是因为小说在语言、细节等写作技巧层面的高超，更重要的是，小说尝试着突破当时文学和思想领域的一些禁区。"在《绿化树》中，他越过了'爱'的边界，进入肉欲的广阔世界，这种勇敢的越界行为，在当时无疑具有激活沉寂社会的功能。那个时代人们谈'爱'是抽象的，不涉及肉体，甚至取消了性差别。张贤亮无疑是超前的。"这是当时对这篇小说的评论。

　　第二年，处于创作巅峰期的张贤亮又在《收获》上发表了长篇小说《男人的一半是女人》，这部小说与《绿化树》有互文性，男主人公仍然是章永璘，女主人公则换成了黄香久。

　　小说描写章永璘在经历了第一次劳改释放后，再一次被送进劳改农场，遭受精神与肉体的双重折磨。一个偶然机会，他碰见了在农场水渠中裸身洗澡的女犯人黄香久，在心中留下了难以磨灭的印象。八年后，章永璘与刑满释放的黄香久重逢，经人撮合，结为夫妻。新婚之夜，章永璘发现自己由于长期的精神压抑导致阳痿，在多情豪迈的妻子面前，失去了自己的独立和尊严。面对妻子的出轨，他忍受着羞辱、自卑等情绪折磨。而在一次抢救国家财产之后，章永璘突然爆发，恢复成一个正常男人，但他陷入了对妻子出轨的厌弃，最终背弃黄香久流浪他乡。

　　小说中细致地描写了女性的肉体，并第一次在两性关系上进行铺陈，虽然对此经过了审美化语言的处理，但仍然不可避免地在当时的社会上引起了轩然大波。《收获》执行主编程永新在其《一个人的文学史》里回忆，小说发表后受到很多质疑，也遭到很多女作家的抗议，冰心甚至写信给巴金，让巴金"管一管"。可贵的是巴金当时回复，这是一部严肃的文学作品，没有迎合市场化的倾向。之后有统计显示，《男人的一半是女人》的评论文章加起来有两百多万字，是小说体量的十几倍。尽管争议不断，当年依然有很多人喜欢这部小说，北京大学中文系教授陈晓明就是其中之一，他向本刊回忆当年的感受时说："那时候，《男人的一半是女人》包括《绿化树》，都是让我们非常兴奋的作品，几乎人手一册，争相阅读。有些作品会让你激动，对思想的冲击力很大。比如说，高行健的《有只鸽子叫红唇儿》、礼平的《晚霞消失的时候》、靳凡的《公开的情书》，这些作品都书写了一种爱情，但那个爱情是让你激动的、是思想性的爱情，是思想之爱。而张贤亮的作品会让你兴奋，让你感到洋溢了一种生命和身体的快乐，这是中国'新时期文学'所少有的。《男人的一半是女人》在欲望和身体的书写上是破天荒的，虽然有人认为其过分媚俗，但却在当时打开了一扇门，也为当代文学书写身体率先做出了一种挑战。"

突　破

正是因为作品中鲜明的文学意义，北京大学中文系教授李杨才将张贤亮视作 80 年代的一个标志性人物，他甚至认为直到张贤亮出现，"反思文学"才真正具有反思的意义，不再停留于对"他者"的控诉，而转向对自我的审视和批判。"'伤痕文学'和继起的'反思文学'的兴起拉开了'新时期文学'的帷幕，张贤亮是这一时期绕不过去的人物。'伤痕文学'和'反思文学'建构的是一个善恶对立、黑白分明的世界，而张贤亮率先走出这种二元对立，尤其是他的代表作《绿化树》和《男人的一半是女人》，以全新的视角讲述了中国知识分子的精神史。"李杨向本刊记者分析说。

陈晓明也说，在 80 年代上半期的文学中，张贤亮非常重要。"如果只数出五位作家，其中就一定包括张贤亮。"陈晓明告诉本刊，90 年代开始写文学史时，他重新研究了张贤亮的作品。"他的故事叙述得非常好，比如《灵与肉》，有一个很充裕的历史背景，它是关于资本家的，跟同时期其他作品非常不同，空间感就不一样。在很多作品中，张贤亮写出了知识分子对命运的反思，对现实境遇的挑战和不愿意屈服的意志，我觉得这都是很感人的。像章永璘这样一个人物，虽然带上了时代印记，他身上有张贤亮赋予的那种矫情，不断地思考祖国、国家这些宏大的政治概念和老套的政治术语，但知识分子在这样一个历史境遇中，在西北荒茫大地上的那种挣扎、不可屈服以及与命运抗争的状态，在小说中表现得非常饱满，也非常真实。"而《收获》杂志副主编钟红明则向本刊评价说，张贤亮非常大胆，"他能描绘到人性深处，许多人都会在作品中'伟视'自己，但他是正视自己。他的作品给人的冲击，还不在于正面描述人性的冲击，而是他有一种坦然的目光"。

作品的所有内涵和意义，都要通过写作技巧来呈现。陈晓明很推崇张贤亮小说中的叙事和结构："他的作品中始终有一种三重结构，第一个是苦难的叙事历史施加在人身上的创伤；第二个是回到自我内心的渴望和反思，包括他读《资本论》、思考祖国的命运，都有某种思想层面的存在；第三个是在苦难叙事中的情爱叙事，使得作品包含了双重韵律，显出了纵深感。在他笔下，爱情都体现着肉欲，不管是章永璘与马缨花的情感，还是章永璘与黄香久的情感，都充满了欲望和本能。张贤亮的书写表现出一种对女性身体的迷恋，这导致他专注于活生生的女性本身，与过去那种纯粹的'精神之爱'的书写完全不同。"更大的突破在于，小说中女性形象的塑造极为成功，而这一点恰恰是当时的文学创作所欠缺的。陈晓明分析说："当代文学在很长时间里遗忘了书写女性，比如王蒙的作品中几乎没有女性形象，我听他讲过《蝴蝶》的故事原型，非常动人，其中有一个女性就是他的邻居，很漂亮，但他在小说中完全没有写到这些。《芙蓉镇》写到了女性，但她是一个传统的、农村的、在伦理秩序中出现的女性。《青春之歌》的女性形象是在党的教育下一个概念化和意识形态的产物；《百合花》里的女性形象又非常淡雅简略。而张贤亮的女性是没有被传统规训的、没有被知识分子话语包裹的、没有被时代的意识形态侵蚀的女性。而且在那个时代，女性的身体等很多东西没法展开，有些小说中提到了女性，连她们身材怎么样都不知道，但在张贤亮笔下，不管是马缨花，还是黄香久，都是饱满生动、有生命活力的。不管他带有多么鲜明的欲望的色彩，在当时的文学环境中，张贤亮对女性形象的书写确实是超越了此前所有的作品。"

当然，张贤亮小说本身也存在局限性。"他是有可批评的地方，但是这个批评不能剥离开那个历史情境。一方面，他的作品抓住了历史，书写出知识分子要站起来，要有勇气去反抗自己的命运的意志，这个很真实；另一方面，他没有把施加历史迫害的那只手清晰地勾勒出来，但这似乎已经超出了张贤亮的能力。"陈晓明说。

脱　节

张贤亮的小说中有种"伤痕之美"的特质，这将他与同时代的其他作家区分开来，并使他的作品更加独特，也更有影响力。对于"伤痕美"，张贤亮也曾公开谈过，他写过一篇文章叫《从库图佐夫的断臂谈起》，讨论托尔斯泰作品《战争与和平》中的人物库图佐夫的断臂，他认为它表达了生活的沧桑和不幸，但这种沧桑和不幸的经历，都成为生命强大的一种证明，他在此基础上确认作品和人物的意义，所以张贤亮笔下的章永璘们，也因为伤痛和伤痕，构成生命的一种证明，他在作品中要写出这种证明，而不是施加伤痕的那种历史。正如陈晓明所言："苦难退隐到幕后，叙述进入到一个动人的情爱故事中。""知识分子的受难史被写成了崇高史，抹去了主体的苦难伤痕，也抹去了历史的非理性和荒诞性，在他笔下，主体在任何给定的磨难中，都能感受到爱与美，主体并没有因为蒙受苦难而异化，而是在特殊的情境中，痛苦最终造就了他。"但是，到80年代中期后，时代发生了变化，文学与政治的关系有所疏离。"人道主义和人性论的讨论逐渐使文学中的人性描写突显出来，但张贤亮依然没有脱离他惯常的叙事逻辑，还在试图从'文化大革命'时期知识分子的苦难史中挖掘伤痕的美感。他依靠时代的一种背景来确认和放大作品的意义，但时代已经发生了变化。"陈晓明说，"因此，基本上在80年代，在《男人的一半是女人》之后，张贤亮的作品就开始与这个时代脱节了。"

此后，张贤亮选择转向改革文学，他塑造了某种改革的英雄和开拓者家族，但是这类作品基本上写得很"假大空"。再到后来，"八五新潮"出现，张贤亮的大部分作品也被时代抛在身后。"我问过很多学生，他们表示《绿化树》《男人的一半是女人》还是能读下去的，《土牢情话》和《邢老汉和狗的故事》也很经读，但是其他作品就很难说了。"陈晓明说。

至于张贤亮自认为小说的文学价值被低估，不同人自有不同的评价标准。夏志清读了《男人的一半是女人》，认为"张贤亮是80年代中国大陆最杰出的作家，其才华不仅远非同时代中评价甚高的阿城等人能比，甚至可以与张爱玲、沈从文等量齐观，其水准应在老舍、茅盾这样的小说家之上"。而陈晓明则评价说："就我们研究的80年代上半期的文学而言，他获得的荣誉和在文学史上的地位还是挺恰当的。"

（原载于《三联生活周刊》2014年第42期）

张贤亮：好大一棵树

庄电一

张贤亮与宁夏，密不可分。他是宁夏的一张文化名片。

宁夏文联副主席刘伟告诉记者，他在宁夏文联工作了二十多年，几乎每次到外地出差，总会有人打听张贤亮的情况，或是文学创作，或是生活起居。当然，还有一些人常常问："张贤亮还是你们文联的主席吗？"

其实，张贤亮早已卸任了，不过，他还是宁夏文联的名誉主席。虽然不再担任实职，但他仍然关心着宁夏文联的工作，而大家对这位七十八岁老人的关注度，也并没有因其年龄的增高、创作的减少而有丝毫减弱。

张贤亮，以骄人的创作实力和文学成就，以及在文化产业开发上的非凡作为，让世人瞩目。

家喻户晓

"宁夏有个张贤亮。"这是20世纪80年代初人们津津乐道的一个文化现象。目睹他当时近乎井喷式的文学创作，小说一篇接一篇地相继问世，有人惊呼：张贤亮值得关注！

有人说，看了张贤亮的小说，才知道有宁夏。作为一个文学爱好者，记者当年也曾关注过张贤亮，不但关注他，而且羡慕他、敬佩他。

1979年，当时宁夏的文学刊物《宁夏文艺》还是双月刊，可就在那一整年的六期刊物上，竟然接连发表了张贤亮的四篇小说，而且每一篇都不同凡响,《吉普赛人》《邢老汉和狗的故事》《在这样的春天里》至今令人印象深刻。

张贤亮当时只是锋芒初露,但记者的好友李松柏却以十分肯定的语气说:"张贤亮将来肯定会成为大作家。"记者当时还觉得这有点不可思议,但没过几年,预言就得到了验证。

很快,张贤亮就不满足在本地的文学刊物上发表作品了,他的作品在《当代》《十月》《收获》等重点文学刊物上频频亮相,其创作实力令人刮目。

许多读者至今对他的创作还如数家珍:短篇小说《灵与肉》《邢老汉和狗的故事》《肖尔布拉克》《初吻》;中篇小说《河的子孙》《龙种》《土牢 情话》《无法苏醒》《早安!朋友》《浪漫的黑炮》《绿化树》《青春期》《一亿六》;长篇小说《男人的风格》《男人的一半是女人》《习惯死亡》《我的菩提 树》。几乎篇篇都有影响,篇篇都有不小的知名度。

此外,张贤亮的长篇文学性政论随笔《小说中国》,散文集《飞越欧罗巴》《边缘小品》《小说编余》《追求智慧》《中国文人的另一种思路》等也都备受瞩目。

张贤亮曾三次获得全国优秀小说奖,多次获得全国性文学刊物奖。他的小说有九部被改编成电影或电视剧,他的作品被译成三十种文字,在世界各国发行。

这样的文学成就,不仅在宁夏绝无仅有,在全国作家中也实属罕见。众望所归,张贤亮成为中国新时期最有影响的作家之一。正因为如此,高等院校的当代文学教材中为他单设了章节。

为了表彰张贤亮的文学成就,20 世纪 80 年代中期,宁夏曾为他举行隆重的表彰会并给予其三级工资的奖励。

张贤亮的文学成就,自然引起了各类媒体的关注,前来采访的记者纷至沓来,有关他的报道,更是不可胜数,而且前后持续了二十多年。有的记者,专程为他来到宁夏;有的记者来到宁夏,便希望采访他,把他当成"新闻的富矿"。

一些社会名流、文化名人来到宁夏,一般都要求与张贤亮会面,他也总是热情接待。这种状况，从 20 世纪 80 年代一直延续至今，在他创作进入高潮时，是如此，在他创作减少时，依然如此。

"生不愿封万户侯，但愿一识韩荆州。"诗人李白的这两句诗，正好反映了当时一些人的心态。

评论家阎纲以《宁夏出了个张贤亮》为题，分析介绍了他的文学成就。"宁夏有个张贤亮！"一家刊物更是以此为题刊发了长篇报道。

当时，宁夏文坛上"二张一戈"（张贤亮、张武、戈悟觉）颇负盛名，尤以张贤亮为领军人物。张贤亮，这三个字在宁夏几乎是家喻户晓。

立体文学

其实，张贤亮既不是在宁夏出生的，也不是在宁夏长大的。他到宁夏时已是一个十九岁的青年。

张贤亮祖籍江苏盱眙，1936 年生于南京，父亲曾在国民政府里担任要职。1955 年，他与母亲、妹妹随两千名北京移民一起来到宁夏，在贺兰县的黄河岸边落户。

后来，这批北京移民在当地组建了京星农场，而高中肄业的张贤亮，凭借良好的文化基础，到宁夏不久就担任了文化教员。但没过多久，他便因在文学刊物《延河》上发表诗歌《大风歌》而被打成右派。此后，张贤亮被安排在西湖农场、南梁农场等地"劳动改造"，所受错误处理也在此期间不断升级，时间长达二十二年。

张贤亮能在冤案平反之后在文学创作上异军突起，绝非偶然。虽然历经艰难，但他始终没有消沉。相反，他利用一切机会学习、思考，甚至将《资本论》反复"啃"了多遍。所有这些，都为他以后的文学创作奠定了基础，积累了素材。

张贤亮的成功，并不仅仅体现在文学创作上。

1988 年，张艺谋执导的电影《红高粱》斩获国际大奖，其主要外景地银川西郊的镇北堡也逐渐进入人们视线。1992 年，记者在《光明日报》

和《人民日报》上分别发表了题为《红高粱"红"了镇北堡》《影视界看好宁夏"外景地"》的文章，这也是有关电影《红高粱》外景地的最早报道。

两篇报道吸引了镇北堡所在地贺兰山林草试验场时任场长袁进琳（现任宁夏回族自治区人大常委会秘书长）的关注，他不仅将这两篇报道大量复印，广为散发，而且就此率先提出恢复外景地、发展旅游事业的初步设想，得到各方的热烈响应。在具体筹划时，大家一致认为此事应该由张贤亮牵头，借助他的名望和号召力促成此事。

张贤亮果然不负众望，他不仅当仁不让地扛起了这杆大旗，而且不断完善、提升最初的创意，使这个昔日废弃多年的、充满羊粪气味的古城堡，逐步发展成为今天的镇北堡西部影城和5A级旅游景区。

作为当时被邀请的唯一记者，我至今仍记得大家1993年初在林草试验场的两间小平房里开会筹划的情景。为了促成这件事，张贤亮可谓不遗余力，他不仅拿出了自己的所有稿费，而且还动员国外的朋友为此投资。

记者也满怀激情地给予呼应，马上在《光明日报》上发表了《中国西部影视城第一笔外资到位》的报道。可以说，西部影城的每一个创意，都来自张贤亮，都凝聚着他的智慧和汗水。

经历二十多年的不断更新，镇北堡西部影城的各项功能日趋完善。近年来，在景区内复原的老银川一条街等诸多景点，更是极大丰富了影城的内涵。

张贤亮曾对记者说："如果说，我创作的小说是'平面文学'的话，那么，西部影城就是我创作的'立体文学'。"

我相信，这样的"立体文学"，是没有几个作家能够创作出来的。

现在的西部影城，集观光、娱乐、休闲、餐饮、购物、体验于一体，成为中国西部题材、古代题材影视剧的最佳外景拍摄基地，已被文化部确定为"国家文化产业示范基地"，成为"宁夏之宝，中国一绝"。

张贤亮创造了这一"宁夏之宝"，他又何尝不是"宁夏之宝"？

扶危助困

20世纪80年代，张贤亮声名鹊起，各地纷纷向他伸出橄榄枝：请他讲学的络绎不绝，甚至一些地方更是以极为优厚的待遇邀请他去安家落户，希望他能成为那里的文化名片进而产生"名人效应"。

张贤亮也曾多次应邀出访国外，海外定居对他来说易如反掌。但是，张贤亮哪都没去，他"不可思议"地留恋这个曾经让他"在盐水里反复泡过、在碱水里反复煮过"的地方，留在了这个曾被不少人误读、经济文化至今也够不上发达的小省区。

张贤亮热爱宁夏这块神奇的土地，为她奉献着自己的光和热。

改革开放初期，外界对宁夏了解较少，有人甚至把寄给张贤亮的信寄到了宁夏以外的地方，信封上居然出现了"甘肃省银川市""青海省银川市""甘肃省宁夏银川"等莫名其妙的写法，《宁夏日报》就此展开了"宁夏在哪里"的讨论。

宁夏渴望被认知。

张贤亮为此感到不平，他不仅利用外出的机会宣传宁夏，而且亲自撰文赞美宁夏。这位作家把面积不大、人口不多的宁夏称作精致的"盆景"。这个提法，既新鲜又形象。

张贤亮热心慈善，扶危济困，为宁夏人民做了许多善事、好事。在最近十几年里，他连年向希望工程捐款。哪里受灾、谁有困难，他都会伸手援助。2010年，他发起"救生行动"，此后每年都拿出一百五十万至一百八十万元，救助那些家庭困难的大病患者。很多患者通过他的资助，得到了及时医治，缓解了经济压力。

"希望工程特殊贡献奖""中国十大慈善人物"等，这些奖项和称号是对张贤亮慈善事业的最好注脚。2010年，他又出任了"宁夏慈善大使"。

……

而对宁夏的文学艺术事业，张贤亮更是给予全力支持。宁夏文联原副主席冯剑华告诉记者，对那些获得了全国性奖项的文艺成果，他还要比照奖励标准再补发一次奖励。

宁夏文联现任主席郑歌平向记者透露，张贤亮虽然不在文联工作了，但他仍然关注宁夏文学艺术事业的发展，仍然把文联的事当作自己的事来办。

2012年，中国文联在北京举办"百花迎春"活动，其中的"宁夏板块"邀请张贤亮参加。当时，张贤亮正在生病，但他还是带病前往。当有关人员向他通报准备创立宁夏文艺基金并希望得到他的支持时，张贤亮当即表示同意，并希望有关部门尽快拿出方案。

一杆大旗

张贤亮的影响广泛而深远，超越了文艺界，超越了知识界，超越了省界，甚至超越了国界。

在宁夏回族自治区成立五十周年之际，张贤亮被评为"影响宁夏五十年人物"。随后，他又被评为"宁夏当代名人"，这对他来说都当之无愧。

《朔方》（其前身是《宁夏文艺》）杂志常务副总编、作家漠月对张贤亮的文学成就给予了这样的评价，他是"挺立潮头、具有高度社会责任感和历史使命感，并且善于用文学形式表达思想、观点的作家"，其作品具有时代性、思想性、前瞻性和预见性。

冯剑华则称赞张贤亮："自觉超越苦难的历程，在真理的天堂里寻找并试图解答国家和民族的命运"，他的小说"体现了一个人道主义作家高尚的情怀、社会责任感和道德良心"。

宁夏文联副主席刘伟对记者说，张贤亮虽然年近八旬，但他始终紧跟时代，对政治问题很敏锐，思想一点儿也不僵化，有些见解甚至是超前的。他过去是、现在依然是宁夏文艺界的领军人物。

张贤亮曾经长期担任宁夏文联主席、作协主席，在组织宁夏文艺家进行艺术创作中，他发挥了重要作用。但漠月认为，张贤亮对宁夏文学艺术的主要贡献，还是影响、引导和带动三个方面。

"张贤亮是一杆大旗!"漠月对记者说,他很好地发挥了标杆作用,他让宁夏许多作家有了学习的榜样,也提振了他们的信心:宁夏,同样可以产生有全国影响,乃至世界影响的大作家。

宁夏文艺界曾以"好大一棵树"来比喻张贤亮,也曾为这棵树的孤独和宁夏文艺界在一段时间内的沉寂而感叹、忧虑。

然而,在张贤亮这杆大旗的感召下,宁夏的青年作家很快地成长起来。先是崛起了"西海固作家群",紧接着又形成了以石舒清、陈继明、金瓯为代 表的"三棵树",随后又产生了季栋梁、漠月、张学东等令人瞩目的"新三棵树"。中国作协等单位还在北京专门为宁夏的"三棵树"和"新三棵树"现象举办了研讨会。

无论是"三棵树",还是"新三棵树",都是以张贤亮这"好大一棵树"而为榜样的。

现在的宁夏,"作家林"枝繁叶茂,新秀俊杰更是如雨后春笋,成为一道耀眼的文学景观。对此,张贤亮感到很欣慰。

有人评价,宁夏的文学成就在全国处于"中等偏上水平",对于这样一个只有六百多万人口的小省区来说,相当不易。其中,张贤亮的作用功不可没。

坦然面对

对于张贤亮的作品,很早就存在争议,可谓仁者见仁,智者见智。

20 世纪 80 年代初,中国青年报曾就张贤亮的中篇小说《绿化树》展开了长达数月的讨论,各种评论针锋相对。紧接着,他的长篇小说《男人的一 半是女人》也引起广泛关注。"男人的一半是女人",甚至成为一句流行语。如此密切关注一个作家的创作,在那个时期并不多见。记者至今仍记得,一位熟知的语 文教师对张贤亮的创作大发议论,随后也提笔加入上千人的评论大军之中。

张贤亮的有些小说,曾经被人误读。他的《早安!朋友》因为写了中学生的早恋和性觉醒，甚至一度遭到封杀。2010 年，他创作的《一亿六》也是毁誉参半。面对各种评论、非议，乃至不公平的对待，他总是坦然面对，很少站出来辩解或反驳。

1988 年，宁夏回族自治区成立三十周年前夕，要拍一部献礼影片，开始弄了几个剧本都不能通过。于是，有人提议请张贤亮出马。

张贤亮临时受命，不讲条件，不计报酬，很短时间就拿出了电影剧本《我们是世界》。然而，不幸的是，这部由西安电影制片厂拍摄、耗资一百多万元的电影，最终的结果是：除了宁夏自己买了两个拷贝之外，全国各大电影公司无一问津，甚至在宁夏也没有放映几场。

为了寻找失败的原因，吸取其中的教训，1989 年，记者就此进行了多方采访。当然，这个采访不能"放过"张贤亮。

张贤亮的真诚与坦然，让记者至今难忘。对于别人的评论，他虽然不能同意，但也没有一概否定。对于亲手创作的剧本，他也没有做过多的辩解，甚至没有要求记者写好报道后送他审阅。

这篇报道一出炉，社会反响强烈，张贤亮并没有为此给记者找过任何"麻烦"。相反，他与记者的关系变得更紧密了。

20 世纪 90 年代中期，镇北堡西部影城遭遇难题，居住在镇北堡内的几户农民拒不搬迁，甚至对前来拍摄影视剧的剧组漫天要价。张贤亮无可奈何，只好给我送来有关材料，希望通过媒体反映相关情况，让影视城尽快纳入良性发展的轨道。

2012 年 11 月，一条"张贤亮包养五个情妇"的谣言在网上疯传，引起社会一片哗然。这对于这位年过七旬的老人构成了不小的伤害。

记者就此事展开深入采访，并在《光明日报》上作出了"以正视听"的报道。真相大白，造谣诽谤者浮出水面，然而张贤亮却采取了宽容的态度，一再表示不追究造谣中伤者的责任。非但如此，他还设身处地地为那个涉世不深、偶然犯错的年轻人说了不少好话。

张贤亮的宽宏大量，让许多人感动。

郑歌平赞赏张贤亮的为人和境界，尤其令他敬佩的是，张贤亮的多才多艺。见到书法家，他能聊书法；碰到美术家，他能说美术；遇上音乐家，他能 谈音乐；接触戏剧家，他能讲戏剧；而与有文学修养的人谈古典诗词，那就更不在话下了。无论说到什么，他都能说出个子丑卯酉，都能谈出真知灼见。

逢年过节，宁夏文联组织慰问活动，张贤亮都会婉言谢绝，也不肯接受任何慰问品。他总是对有关人员说，我这里什么都有，什么都不需要，你们还是去慰问别人吧。

2008年，张贤亮成为宁夏第一棒奥运火炬手。他在现场激动地说："我始终感谢这片土地，感谢生活在这里的六百万同胞！在宁夏，我没有虚度年华！"

同样，宁夏人民也感谢张贤亮的特殊贡献。2014年初，宁夏回族自治区政协委员、宁夏文联副主席哈若蕙向政协会议提交提案，呼吁兴建"张贤亮文学馆"以表彰他对宁夏文艺事业的杰出贡献。

宁夏有张贤亮，是宁夏的幸运；张贤亮在宁夏，更是他的骄傲。

（原载于2014年8月8日《光明日报》。有删节）

张贤亮：向生命的梦幻和暧昧开眼

陈映真

1980 年后，中国大陆出现了不少传奇性地跃升文坛的作家。张贤亮就是其中的一个。1979 年之前张贤亮经过五次政治上的挫折，不但是长期被打成右派，而且还是个"反革命分子"。今天，他成了大陆上知名的小说家，是少数文艺界出身的"政协委员"之一。生于 1936 年的张贤亮，在 1980 年之前，从来没有写过小说。

……

张贤亮身处极为贫困的宁夏。"长期以来，宁夏地方有四分之一的人民不得温饱。"他说，"作家和知识分子不能因为别人造成的错误，把问题推给别人去解决。问题还得要我们自己来面对、思考和解决。"作家对自己和人民、国家的遭遇、失败与挫折，有切肤之痛，所以写作的时候，自然就要求自己去表现自己和社会的命运和状况，探求问题的根源。"这样一来，主题、内容上迫切的要求，与技巧、艺术上的要求，有时就不能那么一致。"张贤亮说，"何况大家都中断太久了，起步时，不免艺术技巧上比较直截。但表现技巧上，一般而论，都进步得很快，表现上也很有创意，很多样化……"

1957 年，张贤亮因为《大风歌》一诗，被打成右派。1979 年，著名的……王蒙都摘了帽子回北京去了！"我还因为头上有一顶'反革命'帽子，一直到 1980 年，还在宁夏劳动。"他笑着说。二十多年来，下放、坐牢的张贤亮，从来没搞过文艺创作。"那时候，一直认为通过社会科学才能理解我们的社会，读了不少马恩的原典。"他回忆说，"不论如何，我还相信马克思、恩格斯的东西，是观察、理解和分析世界和社会的比较准确的方法……1957 年后二十年间，我遭受五次重大打击，能继续活下来，还真靠的是这些社会科学让我在精神上有个支柱。"

在那个时代，他一边下放劳改，一边写一些政治、经济学和哲学的论文，寄到理论刊物上，全被退回来了。"有一个朋友说……我不如写些文艺性的东西。"

1980 年吧，张贤亮急着想改变自己的处境，就写了一个故事，投到宁夏的文艺刊物。"1979 年以后，刊物编辑可以只凭作品的质量而不是作者的阶级和历史来决定用稿，我的东西就以显著地位登出来了。"张贤亮说，"我想了，如果这样写就叫小说，我看我还能写很多。"他的作品一篇篇刊出来了，引起宁夏党组织的注意，从而得以平反，摘了帽子。1980 年，他正式被选到中国文学工作的岗位上。

为了写小说，他拼命学习、看书，越觉得文学是个严肃而值得他终身以赴的事业。他觉得，七八年来，他的创作思想经历了一些变化。1979 年，他写东西，纯粹是想引起别人注意他的存在，从而改变他的命运。"写了一段时间，我开始觉得，写作是为了不让我过去二十年来的生活在中国大地上重复，我写了一些黑暗的体验与生活。"张贤亮说，"再写下去，我觉得光是记录和揭发还不够，应该在作品中进一步分析和探索造成那些问题的原因，作家于是就得比较深入地探索中国的政治和社会体系了，这时期的作品，社会性强，有人叫'改革文学'。可是今年春天开始，我的创作思想又开始起变化。"

他说，年初以来，他的创作进入了一个"新的领域"。"长期以来，许多自以为明白不过的东西，现在开始有些糊涂了。我开始主动地迎接而不是忽视、躲避生命中某些暧昧、不明、梦幻般的领域。"他说，"我被这种感觉迷住了。我试着想写一种感觉而不是思考。"他的话让人难以理解。不是说作家对中国和人民的 命运有深切的责任吗？不是说他有不错的马恩的底子吗？不是说历史的唯物论和唯物辩证法是认识世界、社会和人的"尚为有效"的工具吗?

　　张贤亮似乎一时还说不清楚。他说写人的具体命运易,写"命运感"难。他说他目前的"不明白"难。那是一个历经……磨难后的生命的"不明白",和青年们的不一样。他说他一生戏剧性的起落本身,就叫他对"命运感"有着特别的感受。总之,他这回要在没有任何预设的目的和意念下写个长篇,"而且写得很激动……"他说。

　　这些话,除了等着看他正在写的作品,一时也无法让人理解。不过,长时期为外加或自觉的使命写作,对生命中的"暧昧"和"不明白"产生强烈的倾向, 在艺术上,也未必不是好事吧。人们应该等待他的新作,才能明白那到底是不是张贤亮文学真正的"新领域",还是一次也常见于创作生活中的失败。

　　……

（原载于《人间》1987 年 11 月 5 日总第 25 期。有删节）

就《青春期》访张贤亮

陈继明 / 采访　石舒清 / 记录

1999 年第 6 期《收获》杂志隆重推出著名作家张贤亮的新作《青春期》，同时由经济日报出版社出版单行本。像张贤亮的每一部著作都会引起格外关注一样，2000 年 1 月 18 日下午，收集了不少读者意见的青年作家、《朔方》编辑陈继明就《青春期》采访了作家本人。

陈继明：张先生，依照惯例，《朔方》要转载您这部小说。我这段日子也着意询问了一下不少读者对这部作品的意见和看法。今天我受《朔方》委托来采访您，想把一些读者的看法传递给您，同时也想听听您本人自己对这部作品的看法。

张贤亮：本来冯主编说只转载《文学报》上的小说摘要，我同意。后来说要全文转载，开始我不打算在《朔方》登，因为，第一，篇幅太长；第二，我是《朔方》的名誉主编。但你们有惯例，那就登吧。稿酬就不要了，首先我发这样一个声明。

陈继明：我到书店去问了一下，普遍反映销得很快，一些书店已经卖完了。在银川也听到看到一些评论，也有读者反映说不怎么样。

张贤亮：读者有批评的权利。一部分人说不好；这很自然。但是中国现在还没有形成科学的文学批评，中国的科学文艺理论体系还没有完全形成。一时的批评在我看来不过是读后感而已。一部作品最终的评价还得由历史判定，不会如此匆忙。而且，对于一个成熟的作家，读者会产生一种较高的预期值，往往要把他的新作和他过去的代表作做比较。如果哪个作家换了一种写作手法，读者就可能一时感到陌生和不太适应，甚至会排斥。但《青春期》毕竟是我最小的孩子，我个人是偏爱的。

陈继明：您说这部作品表达了您的一种世纪末的情感与关怀，对此您能不能更明白地谈一谈？

张贤亮：在千年之交，在迎接新世纪的时候，人们有欢呼，也有焦虑。有人欢呼新世纪将是"龙的世纪""中国的世纪"，有人也听信诺查斯玛丹的预言说世界行将毁灭，恐慌莫名。人类又有一种普遍的心理特质——选择性地回忆与遗忘：令自己高兴的就尽量去回忆，不好的则竭力回避。我觉得在展望新世纪的一刻，重要的是反思我们过去所受的苦难、挫折，反思我们所饱尝的痛苦。只有这样才能鞭策和鼓舞我们前进。因为对未来的憧憬、想象、构筑的蓝图等，它毕竟是虚幻的，而过去我们所经历的却恰恰是一个真实的历史地带。我这部作品有人看来不大高兴，我认为是很自然的，因为它违反了人类的心理特质：不愿再提过去那个苦难的时期。但是我偏要提！所谓"哪壶不开提哪壶"。如果，现在，中国已经把那段灾难时期总结得非常精细而且汲取了足够的经验教训，我再整天唠唠叨叨，像祥林嫂一样，那就很没意思，事实是，我们的总结和汲取还不够。那一段岁月，凡经历者都有切肤之痛，我再次将它凸显出来，可以提醒人们在我们探索前进道路的历史时刻，认识到什么路都可以走，就是不能走回头路！我常常讲，我们无视中华人民共和国成立以来所取得的伟大成就是不对的，但我们无视中华人民共和国成立以来我们所付出的惨痛代价及不必要的牺牲更是不对的！有两个民族是值得世界尊敬的。一个是犹太人，一个是德国人，犹太人至今牢记他们的苦难，德国人至今不忘他们的罪行。所以这两个民族总站在现代文明的前列。而我们却"记吃不记打"，于是便常常吃亏，赶不到前面去。有些人责难我的作品充满了荒诞感，写到了一些粗俗的东西，我不理解，为什么责难我？却不去责难制造和产生这种荒诞和粗俗的根本原因？

陈继明：有读者反映，他们对您作品里那种一贯的思辨性的段落很喜欢读，觉得很过瘾，但一看到劳改队、左啊、右啊一些文字就感到不耐烦，对此您在写作的时候是否还有所料及？

张贤亮：这样说吧，每一个作家都有他的历史使命，每一个作家都有他的局限性。历史把我造就成这样一个时代的作家，我就必然会体现这个时代的局限并承担这个时代的使命。现在世界上有了我这样一种声音，并非多了，而是还不够。《青春期》多了一些调侃的、黑色幽默的调子，实际上是我对这一现象的无可奈何与愤懑的反映。

陈继明：的确如您所言，您的这部作品里面黑色幽默的成分多了，隐喻的成分多了，能否说小说的因素同时减弱了一些？这使得您这部作品在文体上有些无法归类。

张贤亮：《青春期》是一种边缘文体。《青春期》这部小说已不是传统意义上所认可的那种小说了，它既是散文，又是小说，甚至是杂文、论说文，形成一种综合文体。

陈继明：这与读者对您的作品的阅读习惯和期待是相悖的，所以造成了读者阅读上的不习惯或失落感。

张贤亮：你刚才那一点说得很对。因为我的小说内容多半是关注左啊、右啊一类社会历史与现实问题，所以就要在写法上求变，从《绿化树》到《男人的一半是女人》有些微变化，从《男人的一半是女人》一下子跳到《习惯死亡》，变化就大了一些，到《我的菩提树》变化就更大了，《我的菩提树》成了一种日记体纪实文学。写《青春期》，我首先考虑到现在正处于社会转型期，人们心态浮躁，生活节奏紧张，没耐心用大块时间读长小说，用零星时刻来阅读长篇思想上难以连贯。因此我尽量把小说压在十万字以内，采取场景化，每一章节是一个场景，像话剧一样。

陈继明：块状结构？

张贤亮：对！我采取边缘文体来写这部小说，只有这样一种文体——不仅能容纳我的叙述，还容纳我的感受，更重要的是容纳我的思考，而且还表达出一种精神。

陈继明：尚未写就，却已成竹在胸的小说决定了只有采用这种文体？

张贤亮：只能如此。

陈继明：您曾讲过您所有的小说都是政治小说，那么这一部呢，是否也是……

张贤亮：依然可以这样说。再加一点，如果我不"下海"经商，就不会发现这样一种社会现象：现在大力发展民间企业，中国的民间企业正相当于西方的资本积累时期。西方资本积累时期的主要矛盾是资本与劳动的矛盾，而现在，我们的企业并非资本与劳动的矛盾，更不是资本与政府的矛盾，而是民间企业与地方邪势力的矛盾。政府应当给企业营造一个良好的环境是非常重要的。现在民间企业大力发展的难点在于周边环境的不宁静与干扰。譬如，一些经营好的企业现在政府实行"挂牌保护"措施，那么许许多多未被政府"挂牌保护"的企业怎么办呢？从侧面看，这个措施也表明政府对一些地方邪势力尚无可奈何。我之所以在《青春期》里写到这点用意也在于此，在这种地方邪势力面前，若无一种"青春期"的勇气、魄力、胆识、断然手段，则必倒台无疑。我觉得，面向 21 世纪，我们这个民族有成功的经验，也经历了若干的失败，也有失败的教训，可以说，我们这个民族是成熟了，我们不缺乏想法，不缺乏信息，缺乏的正是青春的勇气和胆量。我们这个民族就像装在玻璃瓶中一样，对外部世界看得一清二楚，却迈不开走向外部世界的步子！这可以说是我写《青春期》的初衷，强调勇气、大胆！

陈继明：从"青春期"这么一个角度谈这么大的一个主题，本身就有些黑色幽默。

张贤亮：是啊，我无可奈何，只能从"性"上去表现。

陈继明：可以说，您这篇小说构思本身就很黑色幽默。

张贤亮：面对这样一个人们想遗忘过去的局面，我尤可奈何！我的忧国忧民只能从这个上面体现出来，变成一个笑话。

陈继明：那么，您觉得小说的情节部分与感知部分有无游离现象？

张贤亮：从文学上说并没有游离。实际上，根子还是在人物的性格上，情节与人物的性格紧密相连。如果主人公是一个懦弱的、回避的、畏首畏尾、畏缩不前的人，就不会有那样昂扬的精神状态。黑色幽默实际上是一种俯视。

陈继明：您说到性格让我想起了您这篇小说中的女主人公，她和您以往塑造的女性形象或者说女性性格有什么区别？过去是否更诗意、更单纯一些？

张贤亮：这个更粗犷。

陈继明：也更复杂？

张贤亮：倒不是，反而更单纯一些。因其单纯，因而更显得真实。

陈继明：您塑造的这一形象在文学史上是否有似曾相识差可一比的？

张贤亮：我读的中外文学作品也不算少，就我个人的阅读范围来看，我没有见过这样一个文学形象。至于说这是一个讲"性"的，有人说她只有性爱而无爱情。实际上，这是她的爱情表现的一种方式。那才是真正的舍身。

陈继明：这一性格身上应该说有着很丰富的社会因素和时代因素，可以这么说吗？

张贤亮：原始的因素倒更多一些，她恰恰没有受到所谓"文化"的污染。

陈继明：读者对您的人物的期待可能还是马缨花黄香久那样的。现在读者对您这部新作持两种态度，一种认为这是您的又一部力作，评价非常之高，也有不少人认为它比不上您以往的某几篇具有代表性的作品。

张贤亮：这任读者评判好了。别说当下的作品，就是经历了时间考验流传下来的作品，读者依然有评判的权利和各种各样的说法，这是不足为怪的。

陈继明：据我了解，年轻人持批评态度的多一些，您认为原因在哪里？

张贤亮：这是我焦虑的地方。持批评态度的年轻人多一些，因为他们对我们过去那段生活很隔膜。我在书中就说过，对中国那段历史，现在从大学到中学到小学，正趋遗忘，人们对过去那段时间没有记忆了。那么请问，究竟是未来决定着我们将来是什么样，还是过去决定我们将来是什么样？我认为，是传统决定着我们的未来，而不是未来决定着我们的未来。这是很自然的哲学逻辑。而我们把我们所经历的那些东西丢掉了。我们只是一味地去向往一种美好的东西，我们脚底下踩的却是一摊沙子。

陈继明：现代人不那么忧国忧民了，他们阅读一部文学作品时的期待也似乎有了变化。

张贤亮：他们只是期待阅读的愉悦，而不是从阅读里面得到认知，尤其是对历史的思索。这就是为什么现在比较轻松通俗的小说、散文风行的原因。

陈继明：这种小说写的时候另外的一些东西可能思考得多一些，我想问，创作过程中是否始终伴随着足够的激情？

张贤亮：是的，有激情，有焦虑。

陈继明：一些读者总喜欢把您的新作拆解了与旧作做比较，比如在情节方面与《绿化树》做比较，把思辨的段落与《习惯死亡》做比较，他们觉得通过比较，《青春期》里这两部分似乎都比先前弱了。

张贤亮：我的偏爱与读者的阅读效果之间出现错位这是很正常的。就我个人来说，人物塑造上和《男人的一半是女人》是不一样的。甚至与《习惯死亡》所诠释的那个主题也大不一样。《习惯死亡》，它的主题就是"完结"，而《青春期》的主题则是"没完"。在《习惯死亡》中，人的幸福被摧残了，折磨不仅摧残了人们的性，而且从根本上摧残了人们对幸福的感觉，不管以后多美好他已经感觉不到幸福了。而《青春期》不谈感觉到感觉不到幸福，而是塑造了一个执拗地去争取新生的人物，哪怕完了也要争取没完！

陈继明：总而言之，我觉得《习惯死亡》还是一部很有实力的中年作家的作品，而《青春期》却是一个老人的作品。

张贤亮：我不这样觉得。我觉得《习惯死亡》是主人翁已经感觉到完了，而这部作品则是没完。从力度上说，《青春期》是一部青年作家的作品。

陈继明：但实际上是有无奈的。

张贤亮：这个我前面已经讲过了。

陈继明：某种荒谬感，使读者感到还是"完了"。

张贤亮：（笑）

陈继明：应当说这部作品对读者有选择。

张贤亮：任何一部作品都是适合不同读者的。只有一些轻松的东西更可能适合所有的读者，亦即可以雅俗共赏。一种沉思的带有思考结晶的作品，是不容易甚至不可能被雅俗共赏的。

陈继明：您认为《青春期》是不是一部沉思的作品？

张贤亮：应该说是的。

（原载于《朔方》2000 年第 2 期）

我的人生就是一部厚重的小说

张 英 万国花／采访

20 世纪 50 年代初读中学时，张贤亮就开始文学创作，1955 年来到宁夏，任文化教员。1957 年在"反右"运动中因在《延河》杂志上发表诗歌《大风歌》被打成右派分子，在贺兰县西湖农场和银川市郊的南梁农场劳动改造达二十余年。1979 年彻底平反恢复名誉，重新执笔后成为"新时期"以来中国当代重要作家之一。代表作有《灵与肉》《邢老汉和狗的故事》《绿化树》《男人的一半是女人》《习惯死亡》《我的菩提树》以及长篇文学性政论随笔《小说中国》。

1993 年初，作为文化人"下海"的主要代表人物，张贤亮成功创办宁夏华夏西部影视城有限公司，成为中国作家里的"首富"。如今，宁夏华夏西部影视城公司下属的镇北堡西部影城已成为宁夏重要的人文景观和旅游景点。

在镇北堡西部影城，你有时很难分辨是演戏还是生活：一边有剧组扛着摄像机在拍戏，一边是穿上戏装的游客在表演"模仿秀"。"中国电影从这里走向世界"的标语和"来时是游客，走时成明星"的广告语挂在城堡外的广告牌上分外耀眼。

在《大话西游》中唐僧受难的火州柱和牛魔王府邸的中间，有一座与整片荒漠混为一体的黄土堆砌的二层小楼。外院是影视城办公室，内院是私宅。正房门前的一块匾上醒目地写着：安心福地。这是张贤亮的办公和居住的地方，他住在这里已经有十二年了。

六十九岁的张贤亮接受了本报记者的采访。

我的命运决定了我的小说

记者：办企业以后，你写的小说越来越少了，距离上一部长篇小说《青春期》，你已经有六年没有长篇小说了。

张贤亮：我已经写好了一部关于五代人的家族史的长篇小说，一直放着反复在改。说实话，我挺担心以前的那些读者会对我有过高的期望值，这部小说发表出版会让他们失望，因为现在的读者的趣味已经被电影、电视剧改变了，他们能够安静地坐下来看一部和现实无关的小说吗？现在的文学评论也有问题，不够宽容，评论家不读小说，不关心小说的思想、主题，随便翻翻可以写一大篇评论来，另外一种就是骂派批评，动不动就语出惊人，抱着找不是的态度写文章，还有人身攻击，太极端了。所以我不急于发表作品。

中国文学后起的一代，比我们年轻的，他们已经创作出非常好的作品。要想对自己超越，要想在文坛上继续引起关注，对我来说是一个挑战。

一个作家没有发表东西，不代表着他不在写作。现在写东西，时间不是问题，自我挑战才是最大的问题，《亚洲周刊》评选20世纪一百位优秀作家有我一个，一百本优秀小说也有我的作品。我经历了那么多的沧桑，所以我写小说不再对故事、情节感兴趣，而是对人的命运、对人的生命现象感兴趣，而这个东西是适合写哲学论文的，很难把它写成小说，我的困难就在这个地方。我现在要超越这些作品有困难。

记者：能谈谈这个长篇小说吗？

张贤亮：我的小说，万变不离其宗。我一直在想，我们总在提社会进步、人类进步。而一个人的灵魂，就是一个基因，穿行在五代人的肉体上，不管时代、环境怎么变化，它的内在其实是没有变化的，人与人的关系，在社会里的沉浮，他的行为、个性、性格、为人处世是没有什么变化的。

在这个思考的背后，我讲述的是一个时间跨度一百多年的家族五代人的故事。活到这个年纪，经历过这么多的事情，写这种东西比较适合，对生活命运都有了一些体会。在小说里我一直在关注着这个变化中的社会，关心着人的命运。

我相信命运，我的命运决定了我能写出什么样的东西，写到什么程度。另外我认为，伟大的作品通常需要时间。十年过去了，与我同时在文坛上竞技的同辈人也没有看到他们写出伟大的作品。

记者：你在 2005 年第 1 期《收获》专栏《亲历历史》中发表的《美丽》，又是讲述一个"文化大革命"的故事，过去了那么多年，你为什么一直在讲述这个主题？

张贤亮：这可能是我一辈子的主题，因为这就是我的命运，无论是此前的《绿化树》《男人的一半是女人》《习惯死亡》《我的菩提树》等，还是《青春期》，都笼罩和纠缠在这样的记忆中。

　　……

米兰·昆德拉说过，记忆与遗忘的斗争，就是真理与强权的斗争。我写作完全是出于对社会的责任感，我把那二十二年的艰难岁月，和那时中华民族经济接近于崩溃边缘的状态，在小说里表现出来，为的就是不让那段岁月再重演。我们经历过什么，我们走过什么样的路。从我个人的角度来说，在那十几年里，有我的青春和生命最宝贵部分，它影响我一生，也影响到我的家庭，千千万万的中国人，我怎么可能忘记这些经历呢？如果有人读我的作品，对那段历史有所认识，那我将非常高兴。因为这正是作家的使命。

记者：你不仅出版了长篇政论随笔集《小说中国》，我还记得你那篇引起强烈反响的《我为什么不买日货》，对你这样一代人来说，相比文学来说，社会和政治好像一直是你们感兴趣的对象。

张贤亮：那篇文章是在纪念反法西斯战争胜利五十周年的背景下写的，我写这篇文章也是有感于现在的人对历史的遗忘，我在文章里发表了这样激愤之辞，但是后来我发现很难做到这一点。现在在这个经济全球化的背景之下，用排斥某个国家的商品的做法，既是不可能的，也是不可行的。不过我总是想强调我那篇文章的后记里的犹太人的一句寓言："斧头被发明以后，森林害怕得发抖。神对森林说：只要你不给他提供柄，他便不能伤害你。"因为成长的环境和历史、文化原因，我们这一代人，不管你愿意不愿意，社会和政治都会影响到你，然后它成为你生命里的一部分。

中国文学现在已进入一个很正常的状态，在 20 世纪 70 年代末 80 年代初，中国文学曾在中国社会中占着非常重要的作用，那是因为中国人包括中国文学被压抑了二十年之久的一次反弹，聪明人都在搞文学。那时候中国文学担当了一个思想解放的作用。我很有幸地成为这个先锋队中的一员。后来社会出现了其他机会，他们就去忙别的去了，我们现在说文学进入了边缘化，不如说中国作家都需要这样一个调整和适应的过程。

我的生意是卖"荒凉"

记者：为什么你在九年前会突然选择下海呢?

张贤亮：1992 年小平南方谈话后，全国掀起了办三产的热潮。宁夏文联也不例外，我是宁夏文联主席，文联没有钱，想把一座大楼押给银行，可这座大楼是国家的财产。那怎么办呢? 我作为主席，又是宁夏文联的法定代表人，我想创办企业，那我只好拿自己在海外的译作来抵押。他们给我付了版税，外汇存单拿到银行去抵押，这就是资金的来源。

后来我们办了这个现在我所经营和管理的镇北堡华夏西部影视城。1994 年，党中央又有了党政机关、事业单位都要和第三产业脱钩的文件。我脱钩后就成了民间企业家。这正是我非常困难的时候，一个实体刚刚开始起步是不会有利润的，全部的债务都压在我身上，这也就是我为什么全力以赴要去办企业的原因。如果我不办企业的话，我就破产了。因为我所有的存款都押在银行。为了还贷款，我花了大量精力在做生意上面。

当时这个公司号称有九十三万资产，但是资金没有全部到位，只有七十八万，我占了其中五十万，拥有绝对控股权。经过苦心经营，很快影视城就发展起来了，到了 1995 年，已经还清全部贷款，开始盈利。

记者：你是怎么发现镇北堡这样一个好地方的呢？

张贤亮：发现这个城堡是很偶然的，1961 年的冬天，我戴着右派分子的帽子，从宁夏贺兰县的一个农场释放出来，转入银川附近的南梁农场当工人。当时，我已经有了一定的自由，可以去赶集去买盐。同事告诉我说附近有个集市在镇北堡。我就去那里买盐。我看见这个城堡的时候，它周围是一片荒野，没有任何建筑物，一棵大树都没有。一片荒滩上突然耸立这么两个古堡的废墟，在早上的太阳照耀下，给人的感觉是从地底下生长出来的，给我一种非常大的震撼。

一进入这个镇北堡里面，居然熙熙攘攘的，还是个小集镇，我马上就联想起好莱坞拍中东电影的场面。我觉得很有审美价值，后来我才知道它实际上是明代或清代建造的边防戍寨，后来我就把镇北堡写进了小说《绿化树》里。

再后来办企业，文联办企业总得和文化沾点边，我就想起了这个镇北堡。

记者：好像它成为电影外景地跟你也有关系。

张贤亮：是的。第一部电影是张军钊的《一个和八个》，摄影师是张艺谋。那时张艺谋默默无闻。我刚刚平反，从劳改队里放出来。张军钊、张艺谋他们为了取景，一路找到宁夏来，找到了当地的文化机关，文化机关也不清楚有什么合适的地方，就来找我。我刚从农村回到城市，知道有这么一个地方，就叫文联的人带他们去。

第二部电影是谢晋根据我的小说《灵与肉》改编的电影《牧马人》，我就把谢晋给领来了，他一看特别满意，当时就决定在镇北堡拍戏。谢晋也非常欣赏镇北堡特殊的韵味，十二年后的 1993 年，他又将我的小说《邢老汉和狗的故事》拍成电影，又来到镇北堡。

镇北堡给张艺谋留下了强烈的印象，所以几年后，他拍《红高粱》的时候，又来了镇北堡。在《红高粱》杀青那天，将自己的一双胶鞋埋入镇北堡的土地下，并且发誓说，如果这部片子不能成功，他将永远不再走电影这条路。《红高粱》在中国上映后，不但获得多项大奖，而且也在西柏林影展上得奖，张艺谋就这样一炮红了。

后来吴天明准备拍我的《黑炮事件》，我把他也拉了过来，但是他最终没有拍，而是由黄建新拍了。滕文骥到镇北堡拍摄《黄河谣》，陈凯歌来这里拍摄《边走边唱》。一部部电影拍了出来，镇北堡也在电影界有了名气，在电影人圈内一个一个地传开来了。来拍电影的人就更多了。

记者：能够在小说里对《资本论》分析得头头是道，所以经营对你不是问题。

张贤亮：经营管理不成问题，我学《资本论》必须要搞清楚这点。我在当右派的二十二年中熟读了《资本论》，它无形中练就了我具有一种历史唯物主义的处世态度，使我往往有一点前瞻性。《资本论》在今天已经不是一部时尚读物，可是我要说，它仍然是一部能够指导我们怎样建设市场经济的必读书。我"下海"后便自觉地尽可能按照这部书里通行的市场经济规律办事。在"知识产权"的概念在中国还不广为人知的时候，我要恢复在镇北堡西部影城拍摄的著名影片的场景，将它们转化为旅游商品之前，就主动付给影片场景设计者一笔不小的费用，以取得利用它们的权利。设计者那时还很惊异甚至不敢接收，他还没有意识到他自己拥有一种叫"知识产权"的东西。如果今天要我支付知识产权费，我将花数十倍上百倍的费用。

另外，首先必须要建立一种公正的雇佣劳动关系，是在市场经济下运行的劳资关系。我对我手下的员工首先是把他们当作平等的人看待，给予适当的报酬，现在我已经给他们同行业在银川最高的工资。我把这叫作分享，而不是剥削。

记者：你的镇北堡华夏西部影视城一直在赚钱，你是怎么赚钱的？

张贤亮：以前向剧组收钱就很少，现在剧组来拍戏是不交钱的，以此吸引剧组。我和他们签约时就说好，他们在这儿拍戏，我会维持好秩序，但必须允许游客参观。因此，即便在冬天甚至大年三十拍戏也会有游客。

电影电视拍摄后留下的场景道具还可以迅速转化为旅游资源。我的小说《青春期》里有一段话，在央视春节联欢晚会上也说过："要在市场取得个人的巨大成功，必须把别人的需要放在第一位。所以市场经济本质上是为人民服务的。"剧组需要什么，游客要求什么，我们都必须做到，这是成功的保证。现在我为剧组提供水、电、群众演员、道具原材料，基本上是成本价，这么低廉的价格是全国所没有的。即使以后不拍戏了，我仍有足够的景观和影视娱乐资源可以让游客过一把明星瘾。

现在，我们年收入的98%靠旅游。

经商让我的生活更丰富

记者：好像这个影视城已经成了文物保护单位。

张贤亮：（笑）这个古堡之所以会被列为文物，就是因为文物保护单位见我赚了钱，他们就觉得有利可图，就把它列为文物保护单位，实际上它的文物价值不大，其他地方还有几百处这种古堡，里面住的就是农民，根本不是文物。

这样的城堡当时在西北部共建了五百多处，现存两百多处。宁夏还有比这更完整的城堡，但是它们都默默无闻。列为文物保护单位以后，我向剧组收场租费的50%要交给当地的文管部门。随着影城的名气越来越大，我们的门票也是越来越高，从五块涨到现在的四十块。

记者：在你十几年的经营里，困难主要来自哪些方面？

张贤亮：困难不是来自于经营，而是其他原因，"地头蛇"也就多起来了，他们会千方百计以非法手段分得一杯羹。比如当地有权势者打影视城的主意，把古堡周围的地以十几元一亩，全包给自己家人种树，准备向我要土地使用权转让金，当天，我叫人开来两辆推土机，将树和渠推了个精光。

还有地头蛇看着眼红，带着三四十人，拿着家伙，把我们影视城的工作人员全都赶走，由他们来卖票收钱。我对他说："告诉你们的头，他家有几口人就让他准备几口棺材，我张贤亮能叫一片人富，也能叫一家人家破人亡……"吓退了那帮人。

当地的政府部门有人见我们操作得好，呼吁收回国有，说不能成为我张贤亮的私有财产。唉，很困难啊，现在他们在附近建了一小洋楼、饭店、疗养院，白白的瓷砖贴过的现代化墙壁，破坏了我们古堡的周边环境。

为什么我没有像横店那样提供住宿，在旁边两百米远就有一个很好的宾馆，有关部门办的，其实也是想借我这块牌子。国防教育基地也出来了，其实还是开旅社。

记者：怎么解决这些问题呢？

张贤亮：写小说我可以决定别人的命运，让许灵钧和李秀芝结婚他们就结婚，让章永璘和马缨花最后没有结婚就没有结婚，他们就不会在一起，是由我来决定主人公的命运。而经商呢？往往是你的命运、你的行为、事情的结果是由别人来操纵。所以你必须在别人操纵的时候要学会反操纵。靠什么呢，靠法律和勇敢。我的各种身份（比如全国政协委员、文联主席、作协主席等）还能起一些作用，还有政府上的支持，银川和宁夏的领导对我还比较关照。

相对权力来说，其他问题比较容易解决。现在最麻烦的是土地问题，没人能想象我今年才拿到土地承包使用权，都十一年了，都已经成了一个中外知名的影视城了。以前按照政府的文件，土地是属于一个农场的，农场以土地入股，是我的一个大股东。但是里面实际居住的是牧民，按照文物承保来说它又是属于文管局的，三家在扯皮，我一个使用者要伺候三个主人，你说累不累？对农场来说，它已经不可能回去种树了。而文物单位也看到，靠这个影视城，它所谓的文物才能很好地保存。

现在我跟三个单位都还在周旋，但下面的问题解决就可以了：第一，承包的问题。我向农场承包到2043年，每年交土地使用费五十元／亩，国有企业是没有这一项的。第二，文物保护单位。现在有新文件，文物保护单位不能向被保护单位收费，但我逢年过节会感谢他们的支持。第三，搬走的牧民是给一些公益性捐助，只要我活着我就会一直给他们。我改善了他们的居住条件和生产条件，他们原来的房子都要快倒了，我给他们造了房子、打了水井、通了电。一年还要给这二十二户几万块钱，公益性的，不是每户，所有都交给队长。

市场经济是分割经济,给他一点利益不就行了吗? 最后就周旋过去了。所以在中国搞民营只能曲线前进。

记者:从以前的文人到现在的商人,你喜欢哪种活法?

张贤亮:经商让我的生活充实了很多,事实证明我的选择是对的。最好的深入市场经济方式莫过于创办经营一个企业,这让我对于社会体制改革了解得更深刻,比做专业作家的时候接触社会更密切,对我的写作很有帮助。当然这并不是说我再写东西就是写影视城、写商业,而是通过这个对人生感悟越来越多,让小说的细节丰富。我的书不会变成写市场经济大潮,仍然会是写体验人生命运感的故事。这样比我整天什么都不干只坐在书斋里更感性。

可以这样说,写作、办企业都是我的副业,正业是我这一生的经历。我给附近的农民提供五万至八万个就业机会,影城有上千人靠我吃饭。我当作家时,不可能有五十万人都看过我的作品,但现在每年却会有五十万人来看我的镇北堡西部影城。

与同时代的人相比,我感觉上天对我不薄,要知道在当时的社会环境下千千万万人死掉了,千千万万个活下来的人中,也没几个达到了我今天的成就,这些都是上天对我的眷顾。

现在,我觉得我最大的财富,就是我比一般的人拥有更多的丰富的人生感受和经历。我的人生经历其实就是一部厚重的小说。我曾经在小说里写过,我感谢命运⋯⋯给了我这么一个丰富的人生经历,我死而无憾。

（原载于 2005 年 2 月 2 日《南方周末》。有删节）

张贤亮：我什么时代都怀念

夏　楠／采访

"在 20 世纪 80 年代，广大读者把中国作家当成是思想代言人，一触及到敏感小说就洛阳纸贵，对思想解放有莫大的推动。现在的文学就是'熊市'。"

这位有过二十二年牢狱之灾的人，1979 年平反，1980 年加入中国作协。

"勇气，这是 80 年代最可贵的东西。"张贤亮说。他认为这是整个 80 年代最具有价值遗存的东西。他更是凭着勇气在这个被他形容为"不断突破禁区"的时代爆发。他是中国 80 年代作家群中第一个写饥饿、第一个写性、第一个写中学生早恋、第一个写城市改革的作家。《男人的一半是女人》《我的菩提树》入选为"20 世纪一百部小说"。1993 年后，他变身为影视城的老板，从十一年前的负债经营至今作为 4A 级旅游风景区，固定资产已达五千万元。"我最自豪的一点就是，影视城虽说不是文学作品，但却是我非常得意的文化作品。"他强调说，"我觉得自己像是个酋长吧，因为宁夏更像是一个小部落。"有人说张贤亮是中国作家首富，他哈哈一笑："总比说我是中国作家首饿强吧。"他不时招呼着他那只从澳大利亚运来的英国喜乐蒂狗。这个年近七旬的作家最喜爱的事就是开着他最爱的宝马狂奔在高速路上……

《新周刊》：二十五年前你被平反，随后又加入中国作协，当时有什么理想？

张贤亮：就是非常多的话要说，想把积压了二十多年的生活体验、想法都统统倒出来。《习惯死亡》是我个人最满意的作品。当然我也买了《百年孤独》《追忆似水年华》《尤利西斯》，可是每本书我都没有看下二十行。当时欣赏的人是英文教材 Follow Me 当中的那个外国老师，在电视上会定期播放。那时还喜欢看电视剧《大西洋海底来的人》。

《新周刊》：请描述你记忆中的 20 世纪 80 年代，最为怀念的人？你们一拨成名的作家还有王蒙、陆文夫、蒋子龙、冯骥才、铁凝、王安忆等人，对 80 年代有什么特别贡献或价值？

张贤亮：那是充满着希望、激情、憧憬的年代，未来有多种可能性。20 世纪 80 年代给我印象最深的是胡耀邦。在 80 年代，广大读者把中国作家当成是思想代言人，一触及到敏感小说就洛阳纸贵，对思想解放有莫大的推动。我们没有达到一定深度，但很多社会问题和历史问题是从文学中反映出来的。

《新周刊》：80 年代的作家跟今天有何不同？

张贤亮：80 年代的作家的社会责任感比较强，所写的也是一个群体，文以载道，以天下为己任。和 90 年代后的作家对比，现在的作家写个人感受多一些。但在艺术性上，80 年代的确是比现在的作者要弱，如果说我们那时的表述是直白的，那么现在就更讲究技巧。

《新周刊》：那个时代的人最怕什么？

张贤亮：最怕"反复"。我们不是充满了很多美好的愿望吗？改革开放越深入的话就越艰难，因为另外一边的声音也很强，也有疑惑，但是我们不能走回头路，这也是当时整个 80 年代的作家心态。

《新周刊》：你现在符合 80 年代的期待吗？

张贤亮：自己在 90 年代以后写东西少了，主要是 90 年代文学边缘化了。很多电影、电视、网络这些都将读者分流了，他们也不需要作家为他思考了，他自己也可以思考。觉得现在的文学就是"熊市"。

《新周刊》：是否觉得现在与 80 年代有着很大差别？觉得这种差别是什么？

张贤亮：第一个，社会上表现的积弊越来越多，使人困惑。第二个，主流意识形态还没搞清楚。现在有人认为很多社会问题是因为改革开放带来的，事实上根本不是……

《新周刊》：你会怀念那个时代吗？

张贤亮：会。什么时代都怀念，即使我那段劳改的日子，今天打的馒头比别人大点儿，捡了一个烟头，就会很幸福！现在别人说我是"作家首富"却没感觉到半点幸福。另外一个就是年轻。凡是我年轻时候遇到的事情都值得我怀念。苦难会让美的东西的闪光点，超过美本身。现在呢，会审美疲劳。

《新周刊》：你觉得自己能适应这个时代吗？

张贤亮：玩得非常好。我当年在牢里读三册马克思，觉得对未来的共产主义根本没有描绘，但是都提到把谋生的需要变成享乐，就是"劳动娱乐化"。所以想过共产主义并不难，只要从事让你高兴让你快乐的事情就好了。我也确信我是中国最大的一个玩家。

《新周刊》：想对现在 80 年代生人说点什么？

张贤亮：我的思想是比年轻人还超前的，但要是作为教导者什么的，那就别——中山大学、武汉大学跟我约了好几次去演讲，几百上千人听我一个人讲，不好玩了。

（原载于《新周刊》2005 年第 15 期。有删节）

张贤亮出卖荒凉：中国旅游的经典教案

张　强　张　涛　张雪梅

1993 年，张贤亮领衔创办了宁夏华夏西部影视城有限公司。如今，宁夏华夏西部影视城有限公司下属的镇北堡西部影城已成为宁夏重要的人文景观和旅游景点。

在镇北堡西部影城拍摄的电影《大话西游》中唐僧受难的火刑柱和牛魔王府邸的那块实际场地中间，有一座黄泥土堆砌的院落，这是张贤亮一手设计并建起的作为他的办公和居住的地方，正房门前的一块匾上醒目地写着：安心福地。张贤亮在这里住过十四年。

张贤亮最得意的"经典著作"

"一片荒凉，有文化装点成奇观；两座废墟，经艺术加工变瑰宝。"这是镇北堡西部影城展厅大门两旁的一副对联。

从 1992 年 12 月张贤亮在破落不堪的镇北堡建起了西部影城（1993 年 4 月 14 日正式成立——编者），到今天游人如织的景象，中外一百多部电影、电视剧相继在这里选景拍摄，镇北堡西部影城由此被誉为"中国西部一绝"。

影视城一般耗资巨大，动辄数千万上亿元人民币，因其场景都是固定建筑物，摄制组不能轻易改动，所以不少影视城的实际利用率并不高。张贤亮一直在思考一个问题：1961 年见到镇北堡时它是以什么东西吸引了自己呢？后来又是什么招来了这么多影视摄制组呢？不就是镇北堡那种中国西部的自然与人文混为一体的特殊景观吗！这种观是镇北堡最重要的资源，万万不能因建影视城而毁掉。所以他决定将专家设计的模型弃之不用，自己坚持的原则是：保持并利用古堡原有的奇特、雄浑、苍凉、悲壮、残旧的景象，突出它的荒凉感、黄土味，让电影艺术家们从中发挥他们自己的想象力和创造力。

从影视城的大门开始，张贤亮就主张让游客一来就感受到荒凉的意蕴，所以"中国电影从这里走向世界"这座荣誉的标记，也镶嵌在一块残破的黄土墙上。"旧堡"周围也并不是用砖，而是用西北特有的酸枣刺围成护栏；大门是用未经创制的木板钉起来的；大门两边的门柱，是仿西夏陵墓的两座土堆……

这一切，都出于一种精心设计。张贤亮特意在大门外的南面竖立起一块标语："中国人在任何条件下都能创造出轰动世界的奇迹！"

2004年9月18日，镇北堡西部影城成功接待了中国电影金鸡百花奖颁奖仪式。2005年8月，又成功接待了中国作家协会第六届第八次主席团会议。中国作协全体主席团成员对镇北堡西部影城的景观建设一致给予好评。作为一个作家，通过创办经营镇北堡西部影城，张贤亮积累了市场经济的丰富经验，总结出"文化是第二生产力"的论断，以镇北堡西部影城的成功，证明了文化在科学技术之后也是产生高附加值的重要手段，为我国加强文化产业建设和西部大开发提供了另一类范例。

将北方古代小城镇融入现代生活

毫不夸张地说，张贤亮以"出卖荒凉"为创意，经过他十四年的精心打磨，镇北堡西部影城已成了"中国旅游的经典教案"。荒弃多年的废墟上崛起让世人瞩目的影城，这之中融进张贤亮多少的智慧和心血！

张贤亮兴致勃勃地对记者说："我的企业是一张白纸。"因为是"一张白纸"，张贤亮就会像诗人一样，尽情描绘和勾勒镇北堡西部影城丰富而独特的文化。所以，与中国其他影视城相比，在张贤亮特有的灵感和气质下，镇北堡西部影城的发展潜力和空间就大得多了。山西平遥古城只能发展以晋商为中心的文化，周庄小镇也只能发展江南的文化，而张贤亮说："镇北堡西部影城则是'中国北方古代小城镇'，所以，只要是古代的、北方的，就可以进入镇北堡西部影城。"在张贤亮这位"创意大师"的指挥下，镇北堡西部影城以后还要复制古人的娱乐方式、生活方式、战斗方式。"只要跟古代沾边就可以用。"张贤亮很自信地说。

现在，在镇北堡西部影城，来自全国各地的游客们已经可以观赏和尝试纺线、织布、剪纸、吹糖人甚至是打月饼等生活方式，而在不久的将来，打铁、造酒、酿醋，还有斗鸡、跑狗、斗羊等游戏，甚至是一些古代的战斗场面，都将出现在镇北堡西部影城。一个"中国北方古代小城镇"，将融入我们的现代生活中！

"我的企业也是不可复制的"

从七十多万元起家，十四年之后张贤亮已拥有上亿元资产，很多人对作家张贤亮在经商方面的成功表示惊奇。张贤亮说："我在经商方面的成功应该归功于我一开始就对自己所做的事情有预见性。"

20世纪90年代初期，镇北堡西部影城开始建立的时候，张贤亮就很有远见地认为，这里不能像国内众多的影视城一样以拍电影为主要目的，而是要将两个古堡建成中国北方古代小城镇的"缩影"和"投影"，这也就是起名"影城"而非"影视城"的真正含义。

张贤亮从影城开始建设的时候，就有意识地将这里作为一个中国古代北方的小城镇来建设的。他自己出资搬迁这里原住的农民，除了当时的拆迁补偿外，还给从影城迁出的农民每年七万元的赞助费，这在其他地方是没有先例的。

张贤亮还将拍摄区周边三百多米的地段、八千多米各种水电暖等线网全部埋藏于地下，使这里从一个无水无电无路的地方变为一个水、电、暖、通信设施自成系统、内部基础设施全部实现现代化的现代化影城。

张贤亮说，搞旅游，必须要有文化的眼光，要有化腐朽为神奇的能力。所以，在影城创办初期，张贤亮就用心从民间收集了众多的民间工艺品和古代人的生活用品。现在，这些东西已经逐渐消失了，有些已经价值连城了，甚至无法用金钱来衡量。他在全国各地收集各种各样的文物、古董，可以说，现在的西部影城已经是一个遍地是宝的地方了。张贤亮指着记者坐着的木椅说："这都是百年杨木、清朝时期的古董，每一把椅子都值几十万元。"

十四年时间，张贤亮始终按照自己的思路"改造"着西部影城。他说"从出卖荒凉到出卖历史文化，这才仅仅是一个初步的跨越，以后还有很长的路让我做这件事"。回忆起那段最难忘的苦难日子，张贤亮称是《资本论》这部经典巨著开启了他在经济领域的飞扬和驰骋，给了他不同于常人的敏锐和远见。当然，张贤亮经营企业的成功应该归功于他文学的成功以及张贤亮本人的个人创造和魅力。

也正因为如此，张贤亮认为，他所经历过的特殊时代背景，他所经营的镇北堡西部影城，以及他当年收藏的价值连城的"宝物"，全都是不可复制的。

"我的书就是农作物当中的一种，叫韭菜"

2007 年 7 月新浪网给张贤亮开了博客，很多网友都在留言询问张贤亮的小说什么地方能够买到，有什么样的版本等。对此，张贤亮很幽默地说："我的书就是农作物当中的一种，叫韭菜。"他解释说，因为他把版权放得很开，所以很多出版社都用不同的版本出版过他的小说及散文，还有和其他作家的合集，比如×××精粹，×××五十强，等等，版本繁多，就如同韭菜一样，割了一茬又一茬。令人惊叹的是，由张贤亮精心耕种的这些"中国特色"的"韭菜"，被翻译成近三十种文字在世界各国发行，不少国家如美国、日本、韩国、法国、比利时等还在不断地出版发行张贤亮的作品。

"小说和商品一样，有一种在某一时期是时尚产品，它就能火爆一时，还有一种是长销产品，它并不时尚，可它能年年卖、天天卖。我的小说就属于后者。"张贤亮侃侃而谈。"我写的人性是放在特殊环境下展开的，很有可读性，这些特殊时代的环境很难再现，所以，这段东西就特别珍贵。读者之所以喜欢我的作品，是因为那种在特殊时代当中展开的人性也是不可再现的，他们会很惊奇。"

也正因为如此，很多读者开始怀念张贤亮的作品，20世纪60年代和70年代出生的人在经历了复杂的人生后重新捧起了张贤亮的小说，八〇后的年轻人也在越来越繁华热闹的文学背后，寻找着张贤亮的小说中最复杂最美丽也最珍贵的东西——人性。所以，融入中国命运变迁和作家个人命运变幻的张贤亮的作品就成了长盛不衰的精神食粮。

"最好的深入市场经济的方式莫过于创办经营一个企业"

从以前的文人到现在的商人，张贤亮更喜欢哪种活法？张贤亮回答："经商让我的生活充实了很多，事实证明我的选择是对的。最好的深入市场经济的方式莫过于创办经营一个企业，这让我对于社会体制改革了解得更深刻，比做专业作家的时候接触社会更密切，对我的写作很有帮助。当然这并不是说我再写东西就是写影视城、写商业，而是通过这个对人生感悟越来越多，让小说的细节丰富。我的书不会变成写市场经济大潮，仍然会是写体验人生命运感的故事。这样比我整天什么都不干只坐在书斋里更感性。"

张贤亮认为，写作、办企业都是他的副业，正业是他这一生的经历。他说："我给附近的农民提供五万至八万个就业机会，影城有上千人靠我吃饭。我当作家时，不可能有五十万人都看过我的作品，但现在每年却会有五十万人来看我的镇北堡西部影城。"

年届七十的张贤亮生发感叹："与同时代的人相比，感觉上天对我不薄，要知道在当时的社会环境下千千万万人死掉了，千千万万个活下来的人中，也没几个达到我今天的成就，这些都是上天对我的眷顾。现在，我觉得我最大的财富，就是我比一般的人拥有更多的丰富的人生感受和经历。我的人生经历其实就是一部厚重的小说。我曾经在小说里写过，我感谢命运……给了我这么一个丰富的人生经历，我死而无憾。"

（原载于 2007 年 9 月 28 日《现代生活报》。有删节）

张贤亮：一个启蒙小说家的 80 年代

马国川 / 采访

小说家成了老百姓的代言人

《经济观察报》：看资料，你是 1979 年才被"解放"的吧。

张贤亮：对。1957 年我因为发表长诗《大风歌》而被列为右派，遭受劳教、管制、监禁长达二十二年，直到 1979 年 9 月才获平反。但是 1978 年我就预感到中国社会要"解冻"了。

《经济观察报》：你的预感来自哪里？

张贤亮：说起来有些戏剧性。1978 年的一天，我偶然听到农场干部之间的对话，说邓小平提出"让一部分人先富起来"，我就预感到中国将迎来一个新时期。其实早在此之前，我在一份"坦白书"中就提到，"我相信，共产党内一定会有健康的力量出来改变目前的政策"。没想到，不到半年我的第一篇小说《四封信》就在《宁夏文艺》发表，接着我就获得平反，并且"彻底恢复名誉"。

《经济观察报》：你的写作也从此一发而不可收，《邢老汉和狗的故事》《灵与肉》《肖尔布拉克》等小说，都引起了极大的反响。

张贤亮：这些小说都充满了人性的故事。在长达二十多年泯灭人性的教育之后，人性故事在国人中激起巨大波澜是正常的。不过更重要的是包括《初吻》《绿化树》《男人的一半是女人》《我的菩提树》等小说在内的"唯物论者的启示录"，这是以章永璘这一右派知识分子为主人公的一系列小说。

《经济观察报》：《男人的一半是女人》挑战了当时社会的性道德观念，一时洛阳纸贵。

张贤亮：《男人的一半是女人》第一次大胆地在当代严肃文学中描写了健康的性，确实很前卫，但这种"前卫性"更多来自那个特殊时代。性是生理的也是社会的，极"左"路线使得中国人的性观念被压抑、扭曲，导致许多人生理和心理上受到了伤害。

《经济观察报》：可以说，你的小说起到了启蒙的作用。

张贤亮：80年代的启蒙不是凭空而来的，不是由少数文化精英举着"赛先生""德先生"大旗掀起的思潮，而是一种迸发式的、普遍式的，是受到长期压抑后的喷薄而出。它打碎了手脚上、思想上的锁链，整个社会突然产生了一种前所未有的张力。我们要说80年代，必须要说到80年代以前，因为历史是不可割断的。不说过去，80年代的思想解放、改革开放就没有历史依据，今天的人们就会觉得80年代是凭空而起、突然冒出来的。

《经济观察报》：之所以要思想解放，针对的就是思想不解放。

张贤亮：过去我们是死人束缚了活人。所以70年代末80年代初，我在文学上的一个功绩，就是和新时期的文学家们一起，一个一个地突破禁区。新时期作家真实地反映了长达二十年的极"左"路线对中国经济、社会、文化等各个方面造成的伤害，尤其是深入到人心理上的伤害和扭曲。这是我们这一代文学家对于中国历史的贡献，我有幸是参与者之一，而且是主力之一。

《经济观察报》：20世纪70年代末到80年代之间的"新时期文学"，在世界文学史上是一个奇特的现象。

张贤亮：是这样。它对思想解放、对拨乱反正、对中国社会的进步都立下了很大的功劳。那时，从精英人士到普通老百姓，几乎人人有话要说。小说家成了老百姓的代言人，说出了老百姓想说而不敢说的话，说出了老百姓想说而说不好的话。所以一部小说出来，才会出现人们争相阅读的现象。我觉得这是值得中国文学史大书特书的一件事情。

《经济观察报》：在《绿化树》的最后，你写到章永璘走上了红地毯。事实上，你成为全国政协委员，也走上了"红地毯"。

张贤亮：我成为全国政协委员是1983年，而《绿化树》是1984年发表的。当然我不否认章永璘的身上有我的影子。章永璘走上红地毯，受到了许多批评家的批评。《绿化树》译成英文时，译者杨宪益、戴乃迭先生希望我将章永璘走上红地毯那一段删除，但我坚持不删。后来的日文译者、俄文译者、波兰文译者及其他几种文字的译者，几乎都提出这种意见，认为"太俗气"，但我依然坚持自己的意见。

《经济观察报》：为什么？

张贤亮：那一年我和作家何士光、冯骥才、叶文玲同时成为全国政协委员。我们四个作家刚刚从灰头土脸的世俗生活走出来，第一次步入壮丽的人民大会堂"参政议政"，怎能不感慨万千？他们不能了解，我这双跨过死人堆、二十年之久没有穿过袜子的脚踏上人民大会堂的红地毯是一种什么样的特殊感觉。试问我同辈作家，虽然我们都是从艰难困苦中摸爬过来的，但有谁在二十年间穷得连袜子都穿不上？

《经济观察报》：重要的不是是否走上了红地毯，而是在走上了红地毯之后能否保持知识分子的独立性。

张贤亮：只要给我一个平台，我便会口无遮拦，无所畏惧。大会中的一天，当时的中央统战部部长召集了十几位新增的文学艺术界政协委员到中南海座谈。当时，文艺界最迫切的问题就是拨乱反正和平反冤假错案，发言者纷纷反映本地区、本单位存在的问题。我当时针对中国共产党党建问题提出了自己的看法。我以为没怪罪我已经算走运，没想到两个月后的一天，我们宁夏回族自治区党委宣传部文艺处处长刘德一同志给我来电话，叫我去宣传部"谈话"。到他的办公室，他很神秘地从抽屉里拿出份文件，在我眼前一晃，说，"你在政协会上说的话，耀邦同志做了批示了。"他只让我瞥了一眼，我只看到是一份发给各级党校的什么红头文件，有关我的话的批语头一句是："这位作者的话值得注意。"

"必须和健康的力量同行"

《经济观察报》：入党也是在这一时期吧。

张贤亮：1984年。在长达二十年的时间当中，知识分子一直是改造的对象，除了制造导弹、原子弹的理工科专家之外，绝大部分知识分子都被排斥在工人阶级之外。"文化大革命"时期，知识分子被列在"地富反坏右叛徒特务走资派"之后，成为"臭老九"。所以1984年我与二十几位知名知识分子同时入党，影响非常大，新华社还发了消息。

《经济观察报》：但你一直是被左派人士攻击的对象，甚至被称为资产阶级自由化的代表人物之一。

张贤亮：我怎么会成为资产阶级自由化人物之一？就是因为1986年我就说，要给资本主义平反。

《经济观察报》：那是在什么场合谈到的？

张贤亮：那是给温元凯的一封信。1986年他邀请我到杭州参加一个关于改革开放的座谈会。我没有去成，就给他写了一封信。我说，自1949年以后资本主义被批判得体无完肤，认为它是一切罪恶的渊薮，是人类社会悲惨命运的历史。可是按照马克思主义的说法，资本主义是人类社会必经的一个阶段，而且人类社会只有经过了资本社会才创造了如此巨大、丰富的财富。……资本主义在人类历史上起着不可磨灭的作用，它为人类创造了非常大的一笔精神财富和物质财富，这些是我们必须继承的。后来，这封信以《社会改革与文学繁荣——与温元凯书》的题目发表在《文艺报》上，惹了大祸。

《经济观察报》：正赶上反对资产阶级自由化。

张贤亮：把我当作了"自由化思潮"的代表。当时小道消息到处跑，你知道，在中国小道消息有时候比官方消息更可怕。有一则小道消息说，中央已经拟订了一个名单，还有二十多人"待处理"，我就在其中。那时开各种会议批判"资产阶级自由化"，我作为宁夏的文艺团体负责人不得不参加这些会议，每天灰头土脑地听各种"帮助"。为了帮助我和发表我文章的《文艺报》解围，中国作协负责人请老资格的马克思主义学者胡绳出面讲了几句话，大意是说，张贤亮是个写小说的，对马克思主义研究不够，谈社会改革的理论问题有错误、表达不准确，是可以理解的。不久，猛烈的批评就刹车了。我当时不知情，不知道为什么没有结论就偃旗息鼓了。

《经济观察报》：到今天仍有人说你有"爱资病"，爱资本主义之病。

张贤亮：我一直是在风口浪尖上。

《经济观察报》：虽然不断受批判，但是你一直没有倒过。

张贤亮：一直没有倒过，我连续二十五年当选全国政协委员。有人把我看作是一个风向标。我一直不倒的原因，就是我一直牢牢地把握着邓小平的改革开放路线。

《经济观察报》：你选择的是更现实的路径。

张贤亮：我们必须和健康的力量同行。这不是策略的考虑，而是一个根本立场问题。中国只能是这样的改良主义。不断地改良，不断地完善，中国再也经不起暴力的折腾了。

《经济观察报》：但是近年来，因为贫富差距扩大等问题，民粹思潮在社会上有所抬头。

张贤亮：我们的问题不在于贫富差距。任何时候都有贫富差距。也不在于贫富悬殊，而在于各个阶层当中是不是有流动性。一个良好的社会制度，是能够把被统治阶级——也就是弱势群体——当中的优秀人物不断提升到上层人物的，而在上层的人物，通过自由竞争的方式，它也可以落到底层去。

《经济观察报》：你认为我们现在没有这样的通道？

张贤亮：缺乏这样的一个流通通道，中国彩票为什么会这么火爆？因为中国穷人想改变自己的命运只有买彩票，撞大运。改革开放这么多年，社会分层又以另一种形式出现，而且表现得十分鲜明和突出。我们怎样在各阶层之间建立一种完全开放的机制，并能在制度上保证不分阶层、不分出身、不分财产，在人民中间挑选优秀人物进入领导集团，并能把无德、无能、无耻的官员及时罢免、撤换，还需要我们付出更大的努力。

《经济观察报》：靠什么建设这样一个通道？

张贤亮：民主。我是一个改革开放的既得利益者，我会不惜生命保卫我自己的利益。但要保护自己的既得利益，必须有两个根本的保证，一个就是让更多的人分享改革开放的收益，一个就是我们的制度不断完善。所以如何破解这个问题，是放在执政党面前的一个任务，也是一个挑战。当然，我们还要重新收拾被摧残的传统文化……在全社会营造符合时代潮流的人文精神，这同样是一个非常艰巨的任务。

（发布于经济观察网。有删节）

张贤亮：传奇在于和国家命运同步

舒晋瑜

夏初，来到宁夏这座陌生的城市，只为着拜见一位陌生而又熟悉的知名作家。他的名字和一座影城、一座城市紧紧地联系在一起，说影城因他而存在，或者城市因他而夺目，并不过分。

他就是张贤亮。十九岁因诗歌《大风歌》被打成右派，四十三岁因《绿化树》等作品闻名遐迩。他的一生有着众多职务，宁夏作协主席、文联主席……连任二十五年的全国政协委员。但他最爱的是"作家"的称谓。

在以《绿化树》女主人公马缨花命名的茶楼，我见到了张贤亮。他身材颀长，上身着一件蓝色条纹的衬衣，下身是一条深蓝的牛仔裤，休闲而不失品位。因为劳累，他的声音有些沙哑，表述清晰、敏锐、出口成章。

听说，马缨花茶楼是他自己设计的，花纹是他趴在地上去画，竹子是他亲自安排移栽摆放。小到"马缨花"几个字是镂空还是悬空，大到整体布局都是他一手操办。整洁幽雅的茶楼从设计到落成只用了短短四个月的时间。我由衷地赞叹其环境优美，赏心悦目，他仰头哈哈一笑："玩嘛！"他的确是个很"贪玩"、很"会玩"，也"玩"出了名堂的人。

败也文学，成也文学

在张贤亮的书房里，有一张放大了的照片，是他的母亲抱着周岁的张贤亮，母亲美丽优雅，仪态万方。张贤亮的语气颇为自豪："只有这样的母亲才能生出我这样的儿子！"从四岁开始，张贤亮在母亲的教导下背《四书》，读《古文观止》。"我是独生子，而且是张家的单传，十二岁以后才有妹妹。小时候家里很娇惯我，我十岁都不会系鞋带。但是母亲对我管教很严，我没少挨母亲打。"对于这样的教育方式，张贤亮是赞同的："我一天大学没上过，但是我可以给大学生讲文学课。这些都来自小时候的储备。"

1957年，张贤亮发表了长诗《大风歌》。当时正值"反右"运动最激烈的时候，张贤亮被打成了右派，之后被戴上了各种帽子，开始了他长达二十二年的劳改生活。然而他的不屈在于，这二十二年并没有荒废，"去劳改队，我把自己的日常生活用品和书籍都带去了，别的书都被没收了，恰恰《资本论》，他们一看是马克思的著作，让我留下了。其实这本书是临走时硬塞进去的，因为很厚，可以当枕头。"这偶然的一塞，改变了张贤亮人生的命运。《资本论》教给他基本的道理，就是生产力决定生产方式。张贤亮说，刚开始的时候，马克思的思想没打动自己，但这是一部文采华美的科学著作，仅就政治经济类作品，他至今没有看到有人能在文采上超越马克思。"看了之后我就知道……错的不是我。也正是因为这一点，使我有了继续活下去的希望和信心。"

张贤亮说，自己是作家中背负"身份"和"成分"担子最沉重的一个。直到1978年年底，张贤亮还在银川市附近的南梁农场劳动，头上戴着好几顶帽子。但他不着急，他认为平反是迟早的问题。"我自认为对经济学、对马克思有一定的认识，就写了几篇这方面的文章，投给《红旗》杂志。《红旗》不接受自由投稿，所以稿子都退回来了。"这时候一个朋友建议他写诗，但是二十二年没有写诗，他已经写不出来了。他写了小说《四封信》，投给了《宁夏文艺》。居然采用了，放在头版头条。"我写第三篇小说时，被当时在宁夏主持工作的老干部陈斌发现了，他就问张贤亮是什么人，写得好！一查我是戴帽子的右派，陈斌说要想办法摘掉。"

1979 年 9 月，张贤亮平反了。很快，他被调到宁夏文联当编辑，之后参加了北京电影制片厂的电影剧本写作训练班。在这里，张贤亮大开眼界，他想，艺术应该有像人生一样广阔的宽度。

勇闯禁区的领军人物

让张贤亮感到自豪的是，将来谈到中国文学史，谈到 80 年代这一章，他是不能回避的人物。他说，自己是中国第一个写性的，第一个写饥饿的，第一个写改革开放的，第一个写中学生早恋的，第一个写劳改的。张贤亮因此招来很多非议。

经历了那么多苦难，张贤亮的性格依旧……"这是我的秉性。只要给我一个平台我便会口无遮拦地侃侃而谈，无所畏惧。自那时以后的二十五年，我连续任第六、第七、第八、第九、第十届全国政协委员，直到今天超龄退出。"在很多高校演讲，他都大声疾呼："凡是希望改变中国的有志之士，都要争取加入共产党！……"二十多年过去了，不只知识分子在党内已占多数，市场经济中的主力军——优秀民营企业家也大批入党，证明了中国共产党有"自我改造"的大无畏的勇气。

"有幸我的经历和中华民族的经历同步。民族遇到灾害我也遇到灾害，民族开始复苏，我也开始复苏，民族开始崛起我也开始崛起，民族兴旺发达我也开始兴旺发达……"张贤亮这样解释自己广泛受到媒体注意的原因，"我不是一个传奇，我的传奇是和国家民族的命运同步。"

一不小心弃文下海

1980 年，张贤亮分配到宁夏文联，正好导演张军钊要拍根据郭小川长诗改编的电影《一个和八个》，张贤亮就把镇北堡介绍给正在采景的摄制组。《一个和八个》是镇北堡拍摄的第一部电影。后来大导演谢晋来这里拍了根据张贤亮的小说《灵与肉》改编的电影《牧马人》，后来谢添又根据他的小说《邢老汉与狗的故事》拍摄了《老人与狗》，陈凯歌来拍了《边走边唱》，滕文骥来拍了电影《黄河谣》。由于张贤亮的引荐，镇北堡逐渐有了影视城的雏形。

1992 年邓小平的南方谈话，掀起了中国的经商热。张贤亮认为作家要深入当前市场经济生活，最好的方式莫过于亲自操办一个企业，就趁着这个潮流"下海"，创办了宁夏华夏西部影视城有限公司，他把所有的外汇版税全抵押进去了。公司的基地在镇北堡，称为"镇北堡西部影城"。后来中央又下文件，指示所有党政机关群众团体必须和下属的"三产"脱钩，张贤亮一不小心成了民间企业家。

对此，张贤亮倒觉得，自己下海经商适得机会。"90 年代文学已经衰竭，文学逐渐离开人们的视野。文化多元化了，人们的业余时间分流了。90 年代起，人们开始向钱看了，而又是 90 年代，我该写的都写了，完成了时代赋予的历史使命。'火山爆发期'过了，进入了休眠状态。我们这一批新时期的文学作家逐渐退到二线。80 年代风云一时的旗手也开始进入衰退期。在那个历史状态下，我尽到了自己的历史责任。"

"我自认为是精英"

管理作协文联与影城，张贤亮是完全不同的两种思路。对于作协，他采取的态度是："主要是给人宽松的环境。不管是最好的管法。"但恰恰是他的放手，他担任作协主席的几年间，宁夏的作家们是最团结向上的。而对于影城，他却事无巨细，亲力亲为，一竿子插到底。

他的确具有管理者的天赋。因为他有超前的眼光、严密的思维和大胆的魄力。创办影视城是在 1992 年，当时已有很多美国大片进口，从画面来看，尽是三维动画。他立马就想到未来电影发展，是依靠高科技来达到导演想象的自然环境和人类超自然的功能。影视城没有前途了。怎么办？"趁中国在城市化建设中把大量明清的古建筑当垃圾处理时，我全部原价收回。我认识到正在消失和已经消失的东西是有价值的，就把那些东西收来置换电影电视中的场景。他们的作坊是破三合板做的，我弄成真的，慢慢地古堡里面全是古董和文物，我就想，中国北方古代小城镇才是未来的发展前景。这是几代人都做不完的事情。"

张贤亮有一句著名的话："要在市场上实现个人的最大利益，必须把别人的需要放在第一位。"在影城管理中，首先他要求员工工作时间放弃自由；其次他把企业办成了员工的第二家园，这样员工便有了依附性，有了凝聚力。再次必须要有利益驱动精神，每月为员工兑现奖金，有员工评议表，不允许泄露隐私。

"我自认为是精英，但不是不爱护农民。我是贵族，能真正关心农民的贵族。很多革命者出身都是贵族。"他富有作家的悲悯情怀和愿意无偿付出的爱心。在影城，有个无驾照的农民工，爬到拖拉机上开车摔死在工地，安全部门认定属于交通事故，责任自负。但张贤亮连保险赔偿在内一次性抚恤十二万多元，还每月给他母亲发放六百元补贴。他认为，企业对下属有人性化关怀，才能真正调动员工的劳动积极性。汶川地震发生，他当即组织全体员工捐出一天的工资抗震救灾，并立即开通川籍员工专线电话用以和家人联系，优先安排川籍职工返乡探亲。而他本人，很真切地希望领养一个灾区的孤儿。

张贤亮来到镇北堡时，这里只是一处城堡的废墟，他领着一帮农民工打造文化产业，可说是"寒天饮冰水，点滴在心头"。现在西部影城已成为国家 4A 级旅游景区，被旅游业界和媒体广泛征集游客意见评为"中国最佳旅游景区"之一的宁夏旅游热点。张贤亮说，这是自己另一类型的文学作品。文化部部长孙家正为影城题词"真好玩！"张贤亮很开心，他想，小说的最高境界大概也不过是"真好玩"而已吧！

"我改革开放前什么样，现在是什么样，这个现象体现了改革开放过程的变化。"张贤亮说，"我对中国的前途乐观，我对企业的前途也乐观。我是改革开放的受益者，我就会尽一切可能保卫自己的既得利益。我通过实践体会到保卫自己既得利益的两条方法，一是使广大人民群众都受益；二是改革开放的制度不断完善，对于制度性的建设提出建议。"

作家首先应该是改革者

作为当代中国作家，张贤亮提倡首先应该是一个改革者。只有作家自身具有变革现实的参与意识，作品才有力量。张贤亮说："作为一个作家，'下海'的经历丰富了我的创作素材。这几年我虽没有发表重要作品，并不等于我没在写作。现在中国文坛的风气不正，信仰迷失、礼崩乐坏，也不是发表重要作品的时候。"他说，另一方面，在20世纪70年代末80年代初同时出道的"新时期作家"中，又有谁在21世纪初发表了重要小说呢？不少人已转写散文或研究《红楼梦》了。

张贤亮把自己的创作分两方面，一是文字创作，一是立体创作。"我现在还在写作，但要突破过去的作品有很大难度，这是个既艰难又有乐趣且具有挑战性的玩意儿。活了这么一大把年纪，回首往事，不胜感慨，总想给后人留下一点人生经验和'亲历'的历史。中国人是一个健忘的民族，而历史最珍贵的部分恰恰是那惨痛的、人们不愿意回忆的部分。历史和物质一样，越是沉重的部分质量越高，密度越大。我认为在文学中再现那个部分是我的一种责任。"

但是评论家们对新时期作品的文学艺术性评价不是很高。虽然那些作品在中国文学史上留下了独特的不可替代的一笔。对此，张贤亮很自信："我的艺术性是站得住的，我是从人性出发，一开始就接触到了文学的本质，一开始就应用了小说的基本手法。"直到今天，北大的研究生能成段成段地背诵他的作品。"世界上没有一个国家像中国的新时期文学那样推动社会的进步，没有哪个国家的文学在20世纪和社会现实那么地紧密结合，深受广大读者喜爱。新时期作家的群体，对社会发展和社会进步的贡献，至今没有估计充分，将来人们会看到，思想解放首先是作家的思想打开。"

近几年，除了应付各种事务性工作，张贤亮有更多的时间进行阅读，他要补上早年因写作而落下的阅读课。"小时候孔子、孟子的书我都读过，儿时学的东西都深深印到脑海里，但不知所以然。80 年代初南怀瑾的书出来了，他提到的所有章句我都熟悉，我从他的书中加深了对我读过的书的理解，所以对我影响最大的应该是南怀瑾的书。"

多年来，张贤亮的作品不断被翻译到不同国家，至今已有三十多个版本。以色列只有七百多万人口，《绿化树》在这里却有一万多册销量。谈到中外作品互译比例悬殊，张贤亮认为这和中国国力有关，中国过去一直和世界脱离。中国成为世界大国还是最近这几年的事情。有些文学作品……价值不高，主要还是关注中国人特殊年代中的生活状态。

（原载于 2008 年 7 月 25 日《人民日报（海外版）》。有删节）

"精子危机比金融危机更可怕"
——张贤亮专访

河　西／采访

　　著名作家张贤亮写了一部"低俗"小说！

　　这一新闻自打张贤亮的新作《一亿六》在《收获》上全文发表的那天起，就在媒体、网络和公众方面引起了极大的争议。恨之者鼓动要"枪毙"张贤亮，爱之者则觉得张贤亮只是说出了当下中国的实际情况，根本无所谓"低俗"可言。对于各种批评意见，张贤亮本人则显得云淡风轻："我的《一亿六》出来后，有争议也不怕。"

　　去年，当张贤亮在四川一张科普小报上看到一则关于精子危机的文章时，他忽然感到一种前所未有的创作冲动，他说这是第一次，他小说中的人物在他的笔下说话、行动，令张贤亮欲罢不能。于是，《收获》主编李小林的短篇小说约稿，得到的却是一部二十三万字的长篇小说。"金融危机并不可怕，最可怕的是精子危机。"张贤亮强调。

　　这到底是一本昆丁·塔伦蒂诺式的"低俗小说"，还是把低俗作为卖点？从张贤亮初衷来看，对于中国社会日益低俗化的倾向，他是深恶痛绝。所以，一直以反思反右时期文学写作而著称的他，这次走了一回余华路线，也多少有一些王小波"不能证明自己无辜，就倾向于证明自己不无辜"的意思。"咱们低俗就低俗到底！"张贤亮近乎赌气地对笔者说。

河西：《一亿六》的故事是否还是要表达您一贯的"灵与肉"的母题？

张贤亮：不是，我的这本新小说《一亿六》的的确确是个意外的任务。那是在科普小报上看到了一篇小文章，是金融危机之前，那时还没有到后来的金融风暴、金融海啸，那时候中国还没有什么感觉，2008年9月份嘛。李小林催稿子，来了好几个电话。我非常感激《收获》，《收获》在1985年发表《男人的一半是女人》时，冒了很大的风险，现在的人不可想象。所以我一直很感谢巴老，感谢《收获》，也正因为如此，李小林主编给我打电话，我都是答应的，都给她写。

那天她跟我约稿子，说写个短篇吧，但是我想，短篇写什么好呢？我当时手头正在写一个长篇，写得很苦，从1989年开始我就在断断续续地写这部小说，我想超过我的《男人的一半是女人》，超过《绿化树》和《习惯死亡》，这对我自己来说是一次挑战。虽然写作也快乐，但是也很辛苦。李小林也只要求我写个短篇，但是终究是半道当中插这样一个任务进来，让我不知该如何下笔。凑巧，突然看到报纸上这条新闻，很有趣，现在金融危机并不可怕，最可怕的是精子危机。我觉得很有趣，马上就决定了写这个题材。

同时我一直对宁夏在全国的知名度太低感到愤愤不平，于是乎我就把这个故事放在宁夏。地点就选好了，人物呢？我也一直关注底层弱势群体，在政协会议上，我也为弱势群体说话，于是就把人物设定在弱势群体身上。最底层的人是谁？就是进城的农民工啊。这些进城的农民，混得最惨的，男的拾破烂，女的去卖淫，我就选了两个混得最惨的农民工来做我的主角。但是谁知道呢，我一动笔，完全失控，抛开了我原来正在写的那部长篇。我有很大的解放感，我肆无忌惮地信笔发挥，事实上，我在四十天当中完成了这部二十三万字的长篇。人物在我笔下完全是自己跑出来说话、行动，当然，我对我笔下的这两个人物是抱有偏爱的。

这就说到低俗了。这个低俗恰恰是我最近这么多年来感受最深的，我感受到我们的社会正在低俗化，我就要把低俗展现给读者看。关于社会的低俗化，我有一篇文章还没写完，正在写，说的是我们社会为什么会低俗化？

第一，我们中华文化的传统中断了，而新的核心价值观没有建立起来。

第二，改革开放一开始，我们的思想或精神上比较脆弱的时候，国门一打开，20世纪80年代初，一个邓丽君席卷全国，大量的西方或港台文化进来了，商业文化席卷全国。

第三，那些没有什么文化的人，成为了社会中的主流。你看，一个包工头就是亿万富翁，这些人没有文化准备，既没有传统文化，又没有现代的革命文化，这样的人成了主流，而且这些人还特别容易接受西方和港台的商业文化。

第四，我们的教育产业化了。本来是应该作为公共享受的资源的，现在成了产业，成了商品，因而不得不使人们向钱看。

第五，我们应该有独立批判精神的知识分子、学者和文化人，但现在很多都官本位化了。

这几个原因综合起来，我担心的是，社会普遍的低俗化，包括你们媒体，其实我给你们媒体讲过很多很正经的东西，结果都不登，登的就是八卦、猎奇、耸人听闻的话。我说了很多正经的话，结果我一看，断章取义，又说我坐什么车了，穿名牌了。一方面有这样媒体，另一方面也应该看到，正是因为有这样的读者才有这样的媒体，因为读者喜欢看这样的内容嘛。我自己不怎么上网，但是一上网，我就看到铺天盖地都是阿娇复出啦，艳照门啊，这样的新闻要大大超过正新闻。这是很危险的。

河西：那么您写这样一部小说，主要目的还是要将这种低俗的现象展现给大家看？

张贤亮：我也无法批判它，的的确确我也是偏爱这两个人物，我怎么去批判他们嘛。他们就是在这样一个环境中成长起来的，而且这个社会也不是我的批判就能够改变的。现在的情况是大家想回到过去过清贫的日子也不行了，你走在大街上，所有的世界名牌都在诱惑你。而且，我们的消费社会、娱乐社会使人们不断地产生欲望。

我是很坦率的一个人，为什么会写出这样一部小说？这部小说和《绿化树》《男人的一半是女人》《习惯死亡》等都不一样，就是因为我突然有一种解放感，没有太郑重其事，结果很大的随意性产生了。我觉得小说至少，从故事上来说，情节还是曲折的，人物还是栩栩如生的。人物情节是他们自己从我的脑海中跑出来的，我并没有刻意去构想他们。

河西：通过您对这种低俗现象的反思，您觉得我们需要做一些什么样的工作才能遏制低俗？

张贤亮：我觉得这不是我们应该负担的职责，但是我们应该呼唤精神贵族，我们在物质上不一定有很多的物质财富，但精神上也应该要有贵族品位，要有贵族气质，要高尚，要有格调，但是我们没有办法，就说我小说中的"二百五"吧，他怎么去追求崇高？什么是崇高他并不知道。我们的教育也有问题，我们的应试教育只教书不育人。我的"二百五"就很典型，他们也没有什么羞耻感。我们连最起码的公民教育都没有。这很让人担心。

河西：现在还在文联和作协担任领导职务吗？

张贤亮：我已经退了，我已经七十三岁了，也可以说已经"横竖横"（意思是可以不顾一切）了，所以就不用顾忌这些了。

但是这部小说给了我很大的激励，一个七十三岁的人，还能够在四十天内写二十多万字的长篇，而且这部小说让我体验到一种从来没有过的创作冲动，人物自己会产生出来，自己会出来说话。它给我现在正在写的这部小说，在创作方法上有很大启发。我以前写得太正儿八经，太多艺术加工，太多修饰，反而搞得很不自由，灵感也出不来，思想又展不开。

河西：《收获》发表的时候把您的一些关于身体的用语给改了，您好像很不满意？

张贤亮：那个我是不满意，但是上海文艺版，我也有不满意的地方。他们是保留了那些关于身体方面的用语，但是他们太抠字眼，完全用"咬文嚼字"的规范汉语来处理我的小说，他们也太过认真了。四川话多半是说"嘛"，啥子嘛，对不对？他们都给改成了"吗"，可是啥子还是啥子，变成了"啥子吗"，看上去很怪，完全不搭配嘛。我一开始就声明我是用四川方言来写作，结果这样一改，虽然是个小地方，但是味道就变了。我在博客上写了篇文章，就对这个问题发表了一些我的看法，说明这些地方的细微区别。在这个问题上，《收获》倒是处理得不错，因为李小林是四川人，所以她知道这些话是四川话，应该用"嘛"字来表述。当然《收获》那边，一些通俗的用语他们给改了，也有不对的，那些都是人物说的话，并非我张贤亮说的话嘛。

河西：怎么会用四川方言来写作这部小说的呢，您又不是四川人？

张贤亮：我最早看那篇科普小报的报道，就是在四川重庆。而且我周围活动的人，都是四川人。我非常熟悉四川话，我一岁的时候住在四川，直到十岁才离开。我说的第一句完整的话就是四川话。我不是说要宣传一下宁夏吗？把故事的背景放在宁夏吗？可是我发现宁夏话我很难写出它的特点来，不容易变成书面语。所以我写这部小说就变成，宁夏我要宣传，但是说话用四川话，我觉得用四川话说话很生动。我跟你说，我现在到四川去，我现在说的四川方言，当地的四川人听了都会说，你说得太地道了。为什么呢？因为我是小时候在重庆，那是六十多年前的时候，现在那个地方的四川方言，多半已经受到了电影、电视、广播的影响，不正宗了，就像上海话一样。

河西：您接受南方某人物媒体的专访我看了，我的第一印象是这个人像王朔，您平时说话也是这样的吗？

张贤亮：我跟那个记者也聊了两个小时，说了很多很严肃的话，但是她最喜欢的还是我那些不严肃的话。……所以我对媒体也不抱太大的希望，我希望我对社会低俗化倾向的担忧，为什么我们社会会低俗化，媒体也能关注一下。我的要求不过分吧？

河西：这样快人快语是否会得罪很多人？

张贤亮：我就是快人快语！我快人快语得罪的人多了，但是我不在乎，这有什么呢？最好的就是你坦率，坦率的话，即使现在我得罪了你，你事后想想也就这么回事，我要跟你绕圈子说话，说得你很高兴，你发现了会觉得这个人太虚伪，我何必呢？我喜欢你就喜欢你，不喜欢你就不喜欢你。但是我这个人还有一点好，我能够在任何人身上都找出一点优点，能够理解人，媒体和网络对我这样，说要枪毙我，但是我都能理解他们。整个社会是低俗化的，连我自己都低俗化了！是不是？我非常想追求崇高，追求典雅，可是存在决定意识，整个社会存在这样的氛围，使得你不得不随俗。哪个人能够脱俗？

河西：比如周星驰的电影，一开始也被认为低俗，可是一旦它被接受，并被文学史、电影史所经典化后，它又会成为一种传统。您怎么看这个问题？

张贤亮：你说得很对，所以说世事难料。我的《男人的一半是女人》发表之后也是给批评得体无完肤，现在也被公认是三十年来的重要作品，谁知道《一亿六》将来会怎么样？咱们俗就俗到底，看看这个社会是个什么样的社会？低俗的社会！小说中的"王草根""二百五"等人最后不是都成功了吗，虽然他们使用了这样或那样不正当的手段。我们的市场经济是不是出了一些问题？才会出现了三聚氰胺？

河　西：一亿六这个数字除了和精子有关，是否还有别的特殊含义？

张贤亮：没有。那篇科普小报的小文章就写道，很早以前，正常人的精子在一亿三至一亿六，从 20 世纪 50 年代工业化以后开始下降。我小说里写到的数据都是真的。卫生部也做过统计，我得说这是科学的。

（原载于 2009 年 4 月 13 日《21 世纪经济报道》。有删节）

张贤亮：我是复杂的中国人的代表

张慧憬

我身上集中了强盗、流氓、劳改犯、书生、英雄、作家等各种人的特性，我就是一个复杂的中国人的代表。

我身上的确有流氓特性，不过是大流氓的特性。影视城（指张贤亮任董事长的镇北堡西部影城）建立不久，有人在影视城前面种树，我就给部下打电话，说你给我准备一个推土机，把树全部给我推倒。如果不是那次把树推倒，现在那片地已经是人家的了。这，一般书生能做得出来吗？书生没有办法，就找领导。而我采取的方法是以暴制暴，这是那个时代给予我的特质。

我儿子是八〇后，他自然很善良，继承了我的本性。其实我本性是一个很善良的人，有一些"恶劣"之处，那都是手段，与狼共舞你得有这种狼性。书生懦弱？我从不懦弱，只有在女人面前我才懦弱。

不仅你说我没有右派气质，见过我的瑞典国王的弟弟也这么说。他之前见过一个知名的右派，说那人满脸忧郁，没有脱离劳改的阴影。劳改生活没给我造成什么影响，也许就是耽误了生儿子。哦，孙子也耽误了。

曾经的年代是不能倾诉的，那个时代人们互相猜忌，不可能说真心话。我现在说的都是真心话，我在英国、法国，到哪里都跟记者说内心话，因为真诚才能打动人。你跟我谈话有没有听到一些老朽的话？显然没有嘛。

每个中国人都在探索

我在最新的那部小说里讲了一个"开心果瓶"理论："文化大革命"年代好比把一瓶开心果底朝上反过来，就是把五千年的东西翻了个底朝天，传统的旧东西都不行了。从此，中国人的心乱了，怀疑的种子也撒在中国人心里头了。

邓小平的功绩是打开了瓶盖，让开心果撒在地上乱蹦跶。从此，中国透气了，不再处于密封状态。这是一次猛烈的冲击，每个人都受到影响，都在乱蹦跶，同时遇到前所未有的问题。因为我们已经不在瓶子里待着了，面对新环境新世界，我们在五千年的历史经验中找不到解决新问题的指导办法，每个人都在摸石头过河。潘多拉的盒子打开了，就不可能再合上了。我们必须经历蹦跶的混乱过程，而这个过程总是人心浮躁的。大乱才有大治，人心浮躁过后才能恢复平静，这是一个必然的过程，不用担心。

我在香港书展上说，现在社会有低俗化倾向，我的小说把它展示出来了，可是，我对我们国家的前景还很乐观。因为两千年前，中国就有人喊"世风日下"，现在不是还这样吗？一千年前中国就有人担忧"人心不古""礼崩乐坏"，也不是过来了嘛。我不忧虑……真的没什么可忧虑的，现在很多人杞人忧天。操那么多心没用，听听鸡叫，逗逗狗多好。

现在很多事情我就是玩，写小说是玩，管理影视城是玩，各种社会活动也是玩，今天跟你聊天也是玩。我要郑重其事接受采访，那不把我憋死。对于小孩的教育也是玩。小孩就是听其自然，听天由命，儿孙自有儿孙福，他有他的命。

爱情是简单的事情

我在一次演讲中说过，我没有经历过惊心动魄的爱情，才会有小说里对爱情的美好想象。惊心动魄的爱情多半是青春时期的产物，我二十一岁开始劳改，平反时四十三岁，之前根本没法谈恋爱。对一个男人来说，四十三岁以后也不可能对爱情有什么美好追求了。感情不过是个过程。经历这个过程，现在我对我身边的女人非常依赖。

我一直对走过我身边的女人说：爱情要以悲剧结束才显得美满，比如罗密欧与朱丽叶、梁山伯与祝英台，东西方的爱情经典，都是悲剧。不是男人的狡猾，是我已经看透了人生，这样才能避免很多麻烦，不仅仅是我单方面的，也是双方的麻烦。如果我和一个女性产生爱情，最后又不能修成正果，对她的伤害会比对我的伤害更大。毕竟我对什么都有一定的心理承受力，而女人的心理承受力总是弱些。

在我生活中出现的几个女人，都非常好，对我非常好，就这一条足矣，还要怎么样？不要把爱情看得太复杂了。其实非常复杂的问题都是非常简单的，可以简单化处理的。

我母亲出生于一个大家族，受过高等教育，也经历过"文化大革命"……她把婚姻想得很实际，说只要找一个关心你的人就可以了，不需要关心出身、文化程度这些东西。也许有些类似出身的母亲教育儿子要找个门当户对，有感情交流、思想沟通的妻子，会在乎很多抽象的东西；我母亲觉得找个女人好好过日子就可以了。

1975年，我和一个劳改中的女人在一起。她对我真的很好，我没袜子穿，她到处捡破的劳保手套，裁下来给我做袜子。我在田里干活，太阳那么晒，连棵树都没有，中午她给我送饭，我远远看着她提着小包裹，心中感觉很甜蜜、很温暖。我也对她好啊，该干的体力活都是我干的。她平反之后，虽然哭着不愿意离开我，我还是让她回兰州去过更好的生活了。毕竟当时我前途未卜，而我知道有一种爱叫作放手。

知识让我充实

我写过一首诗，其中有句"平生故事堪沉醉"——我一辈子活得够让人沉醉的了，够本了，比谁都充实。不是我愿意这样活，是命给我的，我就接受了。没有什么不高兴，如果我说不高兴，其他作家会"打死"我的。

有人说我是全世界作家中生存状态最好的一个。

我始终认为上天待我不薄。没错，我劳改二十年，这不是我一个人的二十年，是整个民族的二十年，之后上天给了我优厚的回报。对于命运的安排，还是不要怀有恨意为好。不管怎样都不要"贪、嗔、痴、慢、疑"，这五个东西千万不要有，你才能快乐。再说，荒谬的时代，你恨谁去呢？

劳改二十年，我读通了两本书，一本是《资本论》，一本是《易经》。我觉得知识让我过得很充实。当然知识让人痛苦，这种痛苦和没有知识的人的痛苦层次是不一样的。有知识的人的痛苦可以用知识去化解，没有知识的人只能用行为去化解，冲动地释放自己的痛苦，常常造成更大的不幸、更大的痛苦。很多杀人犯其实并不想杀人，是因为情绪无法宣泄，以杀人来宣泄痛苦的情绪，最后伏法，是更大的不幸。

我当然不知道自己会活多少岁，我只知道今天在这喝茶挺享受的。我不知道明天的事情，说不定明天又来了个王小姐，也说不定谁也不来了，我就一个人坐着。我不管明天的事情，更不管死后的事情。过去的事？你管它干什么，已成定局。

我无所畏惧，已经劳改这么多年了，还害怕什么呢。……我绝对不会自杀。……我也知道曾经辉煌过，历史上、中国文学史上永远不会抹掉我这一笔。不是在乎这个，这是已成定局的事实，我就接受。

（原载于《新周刊》2009 年第 18 期。有删节）

六十年，印象深刻的文学往事·我们这一代作家

傅小平

今年5月，影视城来了位特殊的客人，我的旧相识谭嘉。时光催人老，转眼已是过去二十多年，当年风华正茂的女"干将"，而今已然是一位亲切可人的老太太。席间，我们谈起往事。抚今追昔，甚是感慨。

那是1985年，我受邀去美国参加聂华苓他们组织的一个"国际写作计划"。当时美联社发布信息说，国内正在开展"清除精神污染"运动，首当其冲的批判对象就是我。因为其时，我出版了备受争议的小说《男人的一半是女人》。在这次访问的结束仪式上，面对来自五十多个国家和地区的作家，我发表了一个声明。具体说了什么，现在印象有些模糊了，但我清楚地记得，我说了相信改革开放的话。当时有同行的冯骥才在场，谭嘉是我的翻译。

此后仅过了一年，经济学家温元凯邀请我到杭州参加一个关于改革开放的座谈会。我没有去成，就给他写了一封信。信里，我提出资本主义是人类社会必经的一个阶段，呼吁"给资本主义'平反'"。后来，这封信以《社会改革与文学繁荣——与温元凯书》的题目发表在《文艺报》上，结果我被当成了"自由化思潮"的代表。

为了帮助我和发表我文章的《文艺报》解围，中国作协负责人请老资格的马克思主义学者胡绳出面讲了几句话，大意是说，张贤亮是个写小说的，谈社会改革的理论问题有错误、表达不准确，是可以理解的。不久，猛烈的批评戛然而止。我当时不知情，不知道为什么没有结论就偃旗息鼓了。

记得在此期间的一次会议上，我被推为与会作家的代表出面会见媒体记者。劈头碰到的第一个问题，就是问我怎么看当时开展的"批判"运动，它对作家有着怎样的影响。我回答说：相信作家经过了这个运动之后，政治上更成熟了，艺术上也更精益求精。时隔多年，这话现在听起来未免有顾左右而言他的意味，但说出了一个确凿的事实。经过这些年，我们的作家，政治上的确成熟了，尽管有的变得过于世故，另一方面，艺术质量提高了。

就拿我来说吧，我此后于 1989 年推出的《习惯死亡》，从艺术上说是有超越的。只是因为我的《绿化树》等小说影响太大，使得它的价值被长期掩盖。我想，要对这部小说有足够的认识，该等到四五十年以后吧。很幸运的是，尽管这么多年我始终处在风口浪尖上，但始终保持了探索的勇气和热情。之后，我开了现在的影视城，很多人以为我从此以后不写作了。这不，今年我又推出了《一亿六》，我不说这本书达到怎样的艺术高度，但它的市场影响是不可小看的。

现在看来，在 20 世纪 70 年代末 80 年代初，文学曾在中国社会中产生了非常重要的影响，那是中国人和中国文学被压抑了二十年之久的一次反弹。可以毫不夸张地说，那时候中国文学甚至担当了一个思想解放的先锋队的作用，我很有幸地成为这个先锋队中的一员。将来谈到中国文学史，谈到 80 年代，我和我们的这一代作家是不可回避的，因为我们已经在中国社会的发展历程中打下了自己鲜明的印记。

（原载于 2009 年 9 月 17 日《文学报》）

最具永恒价值的是人间烟火

和　歌／采访

　　早上 5 点半，外面仍然星光灿烂。我背着包奔赴机场，在飞驰的出租车中看天空一点一点明亮起来。头天夜里我几乎睡不着，一直为即将到来的采访兴奋不已。对于张贤亮先生，我一直带着几分好奇。这不仅是因为他富于传奇色彩的经历，他在文学创作和商业上的成功，更多的是因为他在各种场合所展现出的自信和别具一格的态度。这种态度是与生俱来的，那是对自己的智力和能力的信心，对社会和人生的洞察力。有机会与这样的人面对面交流，是一种莫大的幸运。

　　将近中午我才到达镇北堡——著名的西部影城。借由某种机遇和突发奇想，它成了荒凉和艺术的双重象征。我看过几部在其中拍摄的电影，但置身其中，还是觉得震惊。它的类似废墟和壮观，纯净的黄土色衬着纯净的蓝天，无比华美，那是一种直接、单纯的美学，单纯却显出打动人心的力量。只有对这块土地的种种风物和脾性有深入了解的人，才能把它与电影和文化联系到一起。

　　终于见到了慕名已久的张贤亮先生。他身材高大，温文尔雅，走起路来脚步轻巧无声，有一种你能感觉得到的谨慎。采访在影城里著名的百花厅进行，那里曾经是第十三届百花电影节的主会场。坦率地说，采访的内容我觉得非常满意，但谈话的过程却比较艰难。张贤亮先生独特的个性和精彩的见解，出乎我的意料，我需要不断地调整提问的方向才能挽救被他否定的诸多问题，这些小小的调整使谈话过程显得更加生动，也更为曲折，事后再看，觉得很有趣味。

如果把张贤亮先生早期的小说，和他后来的小说拿来比较，就会发现他创作的风格发生了很大的变化。在《绿化树》和《男人的一半是女人》中，以及如《肖尔布拉克》《灵与肉》等中短篇小说中，他与世界的关系更为私人化一些。他借助于人物的感官来表达对世界的感知，那感知不仅独特而且极为细腻，层次十分丰富。因为他书写的是他二十二年来对生活的尖锐感受，比如对于饥饿的描述，对于食物病态的渴求和敏感，对于人与人之间复杂而微妙的敌意和善意的区分，等等。即使没有情节的帮助，这些感知和描述，已经十分令人震撼；即使作为人类体验的记录，也十分珍贵。在那个时期，有过相似体验的人并不在少数，但能把这种残酷最终置于一种质朴的人间温暖中，并赋予它一种永恒的诗意的作家，非张贤亮先生莫属。说他甫一开始小说创作即达到经典的水准，并非妄言。

文学作品其实揭示的是作家与这个世界的关系，作品的每一行字，都是他看世界的眼睛。但在张贤亮先生后来的作品中，因为他与这个世界相处的角度发生了变化，从而看世界的眼光也极为不同。因为在长期的劳改生活中，曾经的诗人一直苦读马列著作。虽然最终没有成为一个理论家，但这个过程无疑给了他一种理论思考的方式和习惯，他不停地对生活进行审视，并向自己拷问生命的意义。他试图去用更广阔的视角来理解世界，把握社会。他不再满足于与世界达成过去那种私人化的关系，他做了更具社会性的探索。在《龙种》中他探讨改革，在《习惯死亡》中他探讨生命的意义，在他最新的作品《一亿六》中，他力图全方位地描画社会的方方面面，甚至无惧于别人说他低俗。如果说作品中丰富的细节，一如既往地展示了张贤亮先生观察生活、阅读生活的能力，但如他所说，更是他仍然保留着对人类的信心和爱的证明。他与世界的关系也因而更加立体，他对于抽象的他人，也更宽容了。"因为理解，所以慈悲。"

或许是因为张贤亮先生过于传奇的经历，浓缩了中国一段过于喧嚣的历史，他的作品中有很多细节，带有荒诞的色彩。他对于自身命运的感知，也有极强的偶然感。他认为那段时间中国国家的命运尚且是在大人物的翻云覆雨中，个体的命运更是变幻莫测。沿着这样的思路，他自然而然地得出悲观的结论，我们都生活在一个不值得认真对待的时代，而人生不过是一个玩笑。

长逾三个小时的采访结束后，我跟张贤亮先生一起去看望他收养的女儿。她皮肤雪白，目如点漆，像个小公主，正站在四周有栏杆的小床上吃晚饭。见到爸爸来，甜甜地笑了，小嘴不停地说，爸爸背背，爸爸背背。刚才还在悲叹人生荒诞的张贤亮先生，弯腰拉着她的小手，顺着她的节奏柔声说，好好吃饭，爸爸就背。

看着这动人的场景，我想，那无尽的苍凉只停驻在屋外壮观的废墟里，在这小小的童床边，满溢着给予我们生活勇气的人间温暖。这也在不经意间印证了张先生的另一句箴言：最具永恒价值的，恰恰是人间烟火。

"二十年目睹之怪现状"

和歌：读了您的《绿化树》和《男人的一半是女人》，我相信它们就是经典。在那个时代，您一出来写作，似乎就没有受到当时种种教条的束缚，而直接达到了那个时期甚至是这个时代文学创作的一个高峰。

张贤亮：我觉得这没什么，其实就是历史使然。

和歌：经典自有一种特殊的气息和节奏。读这两部作品时，就有这种感觉，从第一行开始就能感受到一种节奏、一种气息，你会直觉到它就是经典，被它吸引着一直读下去。

张贤亮：谈到节奏，我并没有去刻意地构思或是创造出一种节奏。但是，谈到写小说的技巧时，巴金先生曾说，最高的技巧是没有技巧。我写东西都是一气呵成，我的眼睛就是这样受损的。文学艺术主要的要素是天赋。我的很多作品，翻译成外文，国外的读者也觉得能读下去，其中的原因之一就是一气呵成，它有一种内在的节奏和旋律。就像是音乐，你不能听半截，尽管它后面节奏是固定的，旋律是重复的，但它最后有一段是华彩段。

和歌：那种气质是，只用一句话就把人带到一种氛围里，接下来读者就欲罢不能。

张贤亮：我们谈到技巧这方面，就是谈到写作的最高境界了。写一部作品时，你必须要有热情和冲动。有了热情和冲动一气呵成，加上你个人的禀赋，它的节奏和旋律都不需要刻意去追求，你内在的东西自然就会转化为艺术品的内在气质。

和歌：在《绿化树》中有两条线，一条是写实的，一条是您自己的思考和反省。我觉得您的写法很经典，您在文学上的师承主要来自哪里？

张贤亮：我这个人写东西就一定是信马由缰，放纵自己，从来不谋，从来不策划，从来没有提纲，即便二十多万字的长篇，也没有提纲，一气呵成。我把我内在的东西外化，外化到我的作品中。外化的东西也一定有我的内在的东西在后面。

和歌：是您心灵的投射。

张贤亮：我没有设定写《绿化树》要打造成什么，传递什么信息，宣扬什么观念。整个看来，《绿化树》里面我没有什么观念，《男人的一半是女人》也没有，《习惯死亡》里面也没有。

和歌：以前我看过您的一些书，但这次重读的时候并不是说只被您独特的经历所吸引，相反，特别感动的是您在所有的细节里对于生活的了解和把握，还有对于人性的感受力，对于最艰难的生活所作的诗意的表达。我很认同白烨说的，您的《绿化树》和《男人的一半是女人》这两篇作品是"历久弥新，无可替代"。有人说，苦难对于作家来说，诚然艰难，但也是养料。读您的作品，虽然也知道您受过很多苦，但也很感恩您那段经历，能给我们留下如此的杰作。

张贤亮：不应该这样。有很多作家、大师，绝大多数是没受过苦难的。托尔斯泰生来是个贵族，住在世袭的庄园里，一直到晚年不愿住了自己跑出来。巴尔扎克穷一点，莫里哀也是穷一点，但他们还有绝大部分伟大的作家没有经历过苦难。所谓苦难磨炼一个作家，不是必要的，苦难折磨死了多少有才华的人。中国的历史就更独特了，中国有些大师是经过了苦难，反倒写不出来了。

和歌：是失语了？

张贤亮：不仅失语，有的连生命也失去了，所以话不能这么说。并不是说我不经过苦难就写不出东西来，一个作家、艺术家的天赋是很重要的，如果我不经过这个苦难，我会写出更多更好的作品，但也许不是这类题材。

和歌：无论您是否经历苦难，我想您对人性的了解和表达的内在能力是一样的，可能会更好更深刻。但这段经历把您对生活、生命的体验和理解，从一条小道上推到了极端，逼到了绝境，比如饥饿。

张贤亮：对，我那段时间的经历还没有完全地宣泄出来、表达出来，毕竟是有政治原因，即使是在 20 世纪 80 年代那段比较开放的时间。

和歌：在您写劳改生活的作品中，我读到的都是对于人生和人性的正面解读和感受，比方说马缨花，她作为一个文学形象，很有魅力，让人忍不住想要去知道接下来她怎么样了。您在那样冰冷的环境里捕捉和传达出来的却是温暖，冰冷那么长，温暖那么短，您却捕捉到了。

张贤亮：这都是宿命，是上帝假我之手写出来的。其实那段时间，我没有表达出来的东西还有很多。现在我正在写回忆录，写出来可能比这个要全面，但还没有到发表的时候。

和歌：您针对劳改生活经历的写作并不是很多，好像您把它们中的一部分写成了那些杰作以后，就转移了方向。不知您觉得您最重要的经历是哪一段，您最愿意表达和呈现的是生活的哪些方面？

张贤亮：人生是不能预料的。1956 年我已经开始写诗了，而且小有名气，在中国诗坛上算是后起之秀吧。我与中国当代其他作家是有所不同的，我所有的作品都接触到生活的方方面面。

和歌：不是书斋里的，更不是象牙塔里的。

张贤亮：一不是书斋里的，二也不是专写农村题材或是城市题材，我的视野还是很广阔的。我最近在《收获》上发表了长篇小说《一亿六》，其实是李小林逼出来的。2008 年我看到报道，说金融危机不可怕，可怕的是精子危机，我看得直发笑，本想写个短篇的，后来写成了长篇。我写作没有规划，每天写两个小时，写了四十天，里面每个人物都呼之欲出。这部作品是基于我对现实生活的观察得来的。发表这部作品，与 80 年代发表《男人的一半是女人》一样是要冒险的。人们认为《收获》是严肃文学刊物，不应该发表这样的作品。

和歌：当时的评判标准现在已经变了。

张贤亮：这次人们的用词是"低俗"。现在不是在扫黄吗，而我在《一亿六》里写得好像挺黄。前段时间在上海，四十多个记者把我围在那里，向我挑战，批《一亿六》低俗，说《一亿六》当初定调就是低俗。说它低俗的不是文学评论家，也不是读者，是记者。

和歌：接下来呢，严肃的评论有吗？

张贤亮：有，是在《文艺报》上。那期发了半个版，一边儿是批评我的，说我低俗；一边儿是表扬我的，把我捧上天，说是突破性的新作。我留都没有留，我从来不在乎别人说我什么。

和歌：如果任由人云亦云，网上的一个标题就能给一个作家几年辛苦的作品定性。您可以不在乎，但这是评论界的遗憾，他们没有发出自己富于洞见的、独立于流俗的声音。我记得您还写过改革题材呢，当年我可是从收音机里一字不落地听完您的《龙种》。

张贤亮：我的作品人物群落比较大，视野比较广。还有《男人的一半是女人》《男人的风格》，都是当时写的。新时期当代文学，我第一个写性，第一个写饥饿，第一个写知识分子的苦难，第一个写中学生早恋。我在当代文学里的冲击性比较强。

和歌：您涉及这些题材时，只是因为创作冲动到了？

张贤亮：我没有刻意，也没有想要表现自己多么勇敢。我能够有这种突破性，在于我无所顾忌。

和歌：您能这样勇敢，是因为对您来说没有禁忌？

张贤亮：你想，我二十多年的劳改生涯！

和歌：突破禁忌的这种特点，是不是一方面因为您天性中比较喜欢挑战，还有就是多年的劳改生涯，使您早把生活看透了？

张贤亮：无所畏惧了。

和歌：会不会让您心肠更硬？

张贤亮：如果会让我心肠更硬的话，就不会有那么多细节！如果会让我心肠更硬的话，我怎么会如此关注小人物、关注贫困儿童！如果会让我心肠更硬的话，我怎么会对社会的负面价值和现象如此排斥！《一亿六》我写的是改革开放以来"二十年目睹之怪现状"，写的是小人物。

和歌：您现在与普通人有联系吗？

张贤亮：现在没有多少联系了，当然现在我生活周围的人都比较高层了。为什么会写到呢？因为我看到周围普通人的生活有的还比较苦，我知道那种状态，所以就更为他们痛苦。

和歌：您有过切肤之痛，知道一把米、一把柴对他们的含义。

张贤亮：我现在算是功成名就。越是这样，越是知道底层的人不容易。……如果我心肠硬了的话，怎么会注意到这样的细节？

和歌：等于是做工的准入门槛很高，她们没办法，即使做保姆也有门槛。

张贤亮：现在我就不收任何一个员工的抵押金、保证金，包括我家的保姆，而且我还要保证影城员工收入的增长幅度一定要高于CPI的增幅。

和歌：这种涨法在中国私企中应该是首位。

张贤亮：应该如此，我一直认为企业应该是员工的第二个家。镇北堡西部影视城今年被国家选为文化产业示范基地，这不仅是块牌子，更是责任。影视城要在经营管理和企业发展上起到引领示范作用，更要在人文环境的营造上起到示范作用。

和歌：您这样就解答了我的问题，有的人在见到许多苦难之后就变得麻木了。

张贤亮：这事实上是现实的"逼良为娼"，这四个字当时在我脑海里活蹦乱跳。《一亿六》里面还有个人物叫"二百五"，她其实是我对现在教育的批判，中学的教育大有问题。

和歌：是指应试教育？

张贤亮：单是应试教育吧也没有关系，中国台湾、香港都在应试教育，没有应试也不可能，但至少他们对于女学生有专门的自珍自爱自重的教育。对那个"二百五"来说，她知道进厕所男女有别，但没有羞耻教育。

和歌：有德育课。

张贤亮：……可是对于女性如何进行自我保护，一点儿都没有涉及。

和歌：您太敏锐了，确实如此。现在有性知识教育，但没有自我保护教育。……

张贤亮：我在书中借"老头子"的话说，现在是男无绅士，女无淑女。……我实际上已经可以不关心这个了，我写它的时候已经七十二岁了。

和歌：您本可以一笑置之，跟您没关系了。

张贤亮：这里面跟我个人已经没有关系了，包括里面的"王草根"是如何起来的，他们发家的过程，就是买卖土地。

……

每部作品里都有真实的我

张贤亮：我没想到李小林能登《一亿六》，她看了以后说，贤亮你真把这个社会看透了。她只把其中她觉得不雅的话删掉了。我说那不是我的话，那是文中的人物说的话，挺遗憾的。

和歌：就像塞林格的《麦田里的守望者》那样，如果把文中所谓的"脏话"都删掉，就大为逊色了。如果对社会的洞察达到相当的程度，会不会得出悲观的结论？

张贤亮：不悲观。毛泽东说过的一句话我最赞成："牢骚太盛防肠断，风物长宜放眼量。"就是要宏观地看，要知道我死了这世界也还存在，我对改变这个世界无能为力，我只能做到力所能及，就是说还是应该旁观。

和歌：又介入又旁观。作为作家，您算是相当深入地介入到社会生活中的了。您以前是不是说过，不主张有专业作家？

张贤亮：因为专业作家制度，绝对不是提高作家文学创作水平的制度。文学生产力不是一个好词。不过现在专业作家越来越少了。本来我不赞成专业作家，但现在赞成了。因为政府能养那么多吃官饭的汽车司机，上百万！那养上百个专业作家又有什么不可以？

和歌：很多重视文化的国家，会给艺术家、作家提供一些能让你活下去的适当资助，前提是你真正地展示了你的才华。

张贤亮：……这反映了一个国家的包容度，正因为有这样的包容度它才能强大……

和歌：在《习惯死亡》里面，最突出的一点儿就是"完了"。您为什么会把它的主旨定为"完了"？是对于什么的"完了"？

张贤亮：对于一切的"完了"。你想，主人公对于什么是幸福都感觉不到了。为什么？因为中国这一代知识分子已经麻木了，作为一个知识分子的责任感和良心可以说是泯灭了。

和歌：有点儿像加缪说的《局外人》的那种感觉了，无法进入到生活中的悲喜里。

张贤亮：所幸的是我有多面，并没有因为觉得"完了"就颓废，转到实业上也取得了成功。

和歌：那是您一段内心经历的投射？

张贤亮：对，如果你经历了那段，就会觉得真的一切都"完了"，人生也好，社会也好，国家也好，都"完了"。

和歌：但看起来主人公在那段时间却是功成名就，什么都有了。

张贤亮：因为只有一个什么都有的人才会感觉到什么都"完了"。如果什么都没有，他还在追求，就不会觉得什么都"完了"，因为一切都还在追求的过程中。而且，里面还透露出来，主人公将来会自杀，因为所有的他都经历过了。

和歌：人生的哪种阶段和状态都不足以留住他。应该说"完了"是个形而上的命题，是想要揭示人生的意义。

张贤亮：就是连人生的意义都不值得去探讨了。

……

和歌：假如让您重新选择的话，您是想要一个充满戏剧性的人生，还是一个温和宁静的人生？

张贤亮：命运是无可选择的！我不讨厌戏剧性的人生，我的人生特别有传奇性。像我写过的，去陪着枪毙，死里逃生，乌鸡白凤丸救命，等等，这些都是真实的经历。这些东西都超乎想象，是非常荒诞的。真是滑稽！荒唐！我们在劳改队的时候吃康复丸。什么是康复丸？主要是糠，加点儿红糖和黄豆粉，不加不行，不加就捏不成丸。就这样的东西，每天也只能吃两丸，那算是药。可劳改局给劳改人员配药是有比例的，专门配有妇女用的药。这个农场有一千个人，女犯人没那么多，乌鸡白凤丸就多了。那个医生用乌鸡白凤丸给我治病，不是有想象力，他是没办法。

和歌：您的哪部作品自传性更强？

张贤亮：除了《一亿六》之外，其他的全有，全都揉碎了放在里面。《一亿六》算是虚构的，但里面的人物全都是真实的，是社会性的。像托尔斯泰说的，《战争与和平》他把自己劈成两半，每部作品都有他的影子，每部作品里都有真实的我。

我信仰传统文化里我喜欢的那一部分

和歌：我觉得在《绿化树》里面，您面对马缨花时，有一种特别明确的知识分子身份的自我确认，您不时地要去读书，经常反省你们之间的差异，对环境的评价，是一个知识分子在审视生活，审视自己。您在当时的生活中就是这样一种状态？

　　张贤亮：这个没有办法。一个作者，你的经历是被迫的，强制你扮演这样一个角色，一个劳改犯，一个农民。……

　　和歌：您那个劳动跟"五七"干校不一样，您成了戴罪之身，"五七"干校在精神上是平等的，都是知识分子在一起的，一起吃糠咽菜，虽然精神受到压制，但是平等的。

　　张贤亮：……我开始时判了三年，再加三年再加三年……总共二十二年。刀子割人是疼，但一下子就过去了，我是被人用锯子割。三年就是一千多天，数着过日子嘛，越过越短嘛。终于盼到了日子，出去还是让人管制，是"劳改劳教释放犯"，你还是犯人！还有个帽子！你已经判了三年，赎了罪，出来应该是公民了，但不是。我那二十二年一直是在这种情况下度过，但我觉得有希望。

　　和歌：您为什么能一直抱有希望呢？

　　张贤亮：因为当时没有别的书可看，只有看《资本论》，头一页是马克思的头像。管教干部只要一看到你看的书上的头像是马克思，也许他连那三个字都不认识，但他就允许你看。……

　　和歌：您……通过读马克思主义著作而有了信心。这很有意思。

　　张贤亮：这点我很感谢马克思主义，所以我自命为"原教旨马克思主义"。……

　　和歌：西方一般是把马克思当成是经济学家看待的。

　　张贤亮：是这样的。现在哈佛、剑桥、牛津，谈经济都绕不过马克思，就像谈现代物理学绕不过爱因斯坦。

　　和歌：他的学说对世界上几个大国的经济形态产生了重大影响。

　　张贤亮：包括现在的经济危机，马克思都说过，资本主义周期性的经济危机。《资本论》的第一、二、三卷，特别是恩格斯的第三卷，专门谈到这个。我最近发表一个谬论，现在中国人究竟是在信仰什么？分析起来，中国人是没有信仰的，人没有信仰是不行的。

　　和歌：灵魂无处安放。

张贤亮：现在这些新富阶层，他们的心里未必会有穷人平静。你去做个统计看，现在因为心灵空虚、没有信仰而自杀的，和因为穷而自杀的人相比，肯定前者更多。你见过几个穷人因为活不下去而自杀的？

和歌：在赤贫的状态下，求生的本能起很重要的作用。现在中国人的精神领域，缺少一点儿高贵的引领。

张贤亮：说穿了是缺少信仰的引领。信仰对人有精神的支撑作用，它能让人度过艰难的时光，对于造就一个大国也有着重要作用。而我们现在，文化混沌、杂乱无章，还没有建立起人的终极目标。价值观失范，文化秩序混乱，用以感召人们的核心文化精神苍白无力，多数人心中除了钱之外似乎没有其他支撑，找不到精神家园。你看现在法律越来越多越严密，如《中华人民共和国婚姻法》排除"小三"的权利，最近又出台规定子女每月必须看望父母几次等，恰恰表现出社会道德的普遍缺失，有用法律来替代道德的趋势，这不是教育培养公民道德的好方法，更不是好兆头。

……

在我们中华传统文化中，孔孟是儒家的代表人物，儒家学说是一种伦理学，是封建社会的行为规范。儒家不讲神，没有所谓的"上帝"。当学生问到孔子："人死后怎样？"孔子回答："未知生，焉知死！"你连现在怎么活都不知道，哪能知道死了以后怎样？这就是高明之处。中国传统文化一开始，从周易、老子、孔孟、庄子、荀子等都不讲神，只讲"天"。……人有"报应观"，就会"勿以善小而不为，勿以恶小而为之"。

和歌：那您认为要解决信仰的问题，当下中国应该从哪里着手？

张贤亮：重构文化。现在国家大力提倡文化产业，我们对文化产业的政策也可谓优厚。可是，用发展种植业来打比方：有了农田，水利设施也完善，气候也适宜，然而发展种植业最重要的还是种子。不论种小麦、水稻、高粱、玉米，关键是要有优良品种。把文化作为一门产业，生产出的产品要在全国全世界销售，不言而喻，先决条件是你的文化要"优良"……你有独树一帜的文化，经过艺术的提炼加工成为商品，才能在世界文化市场上占有一席之地；你的文化越独特，有超强的吸引力，你占有的市场份额就越大。"种子"也就是文化本身还不具备国际竞争力，即使艺术提炼得再精致，加工得再精细，也调动不起文化消费者的多次消费欲。

所以我说，我们现在面临的最大问题是重构文化，要按照列宁说的"继承人类一切文明成果"，在重新整理中华文化传统的基础上广泛汲取全人类创造积累的文化成果。中央号召我们努力建设国家的"软实力"，其实"软实力"并不"软"。你必须具备有普遍凝聚力、强烈感召力、无可置疑的说服力的文化价值体系，你的文化产品在世界面前才能"硬"得起来。我对中国文化的重建还是充满信心的。我国的政治体制和文化体制的改革正在积极稳妥地推进中，政治文化生态已逐渐改善，人们的自由度空前扩大，在这种生态环境中已出现了能够独立思考、敢于说话的知识分子，已具备了产生文化大师的土壤。历史上的任何变革和进步都是由精英分子带领的，我料想不久的将来，中国不仅仅是一批而是各个文化领域都有大量的精英涌现出来。

和歌：前段时间读到有个现在当红的青年作家到一位著名的老画家家里去做客，回来后写的文章通篇都是对画家家里的富有的羡慕，简直是通篇都在流哈喇子，让人十分吃惊。

张贤亮：这正是这一代人的特点，是那个人能够成名能有粉丝团的原因，就是物质主义，衡量人就用是否有钱。现在什么是成功人士？就是有钱人。你看励志书，全是教你怎么赚钱，怎么升职，没有精神上的励志。中国最古老最传统的东西，说是孔子……事实上孔子只是中国传统文化的代表之一，不能代表整个中国文化。

……

对命运我没有丝毫埋怨

和歌：我觉得您的整个人生态度，其实是很强悍的。

张贤亮：是是，我不强悍我活不到今天。

和歌：那么多年艰苦的生活，没有把您骄傲的头给摁下去。

张贤亮：第一呀，我从来不骄傲，我其实不是一个骄傲的人；第二，从来没有一个单独的强制在我身上。……

……

和歌：这是您看问题的角度不一样。有的人可能会注重一个符号，比方说是劳改犯，就不痛快。

张贤亮：有的人可能会很埋怨很牢骚。

和歌：对呀，他们出来说不定会怎么控诉呢，而您确实把它们化成了养料。

张贤亮：所以我现在出去一看别人干活就来气，腰来腿不来，跌倒爬不起。我七十多岁干给他们看，也比他们强，西北地区所有的农活我都会干。我劳改的地方离这儿二十公里，就业的地方离这儿十五公里。

和歌：这儿是您的福地。您有这样的经历，对人生的态度会不会有所不同？是不是更能面对残酷，更能无视一般的准则，对人生更洒脱？

张贤亮：我特别积极。……

……

和歌：除了您的儿子，还有镇北堡，您最得意的作品是什么？

张贤亮：还有我的小女儿。我这个小女儿，就是我做慈善带来的，从1995年开始。我不是每年捐一百八十万的吗？真是善有善报。有一次我去参观宁夏福利院，非常感动。我说宁夏别的地方跟世界接轨没有我不知道，但福利院是接轨了，连智力障碍的孩子都能弹钢琴，这要花费多大的努力。最让我感动的是洗尿布的地方，三百多个孩子里有七八十个襁褓中的婴儿，他们用不起尿不湿，只能用白布，那个地方洗尿布的工作人员穿得像医生一样，把尿布洗得雪白，再用很长的暖气管道烘干，那么大的地方一点儿都不臭。我觉得他们很了不起，当时就捐了钱。他们问我，张主席你想不想领个孩子？说有个没残疾的。抱来一看，跟我就有磁场。我们今年3月2日抱来的，十个月大了她还不会站，可能是前期有点儿营养不足。这个孩子先是被遗弃在医院的长凳上，后来又给送到收容站，送到这个福利院才两个月，遇上了我。

和歌：真是有缘分，她太幸运了，是您人生莫大的安慰吧？

张贤亮：她现在才会走，会叫爸爸妈妈，很可爱。

和歌：写作给您带来的最大的收获是什么？

张贤亮：我写作是为了平反，是做平反的敲门砖。1978年的时候，右派都平反了。王蒙……他们都平反了。我没有平反。为什么没有呢？那时候说平反的必须是右派，其中有一条说，右派分子后来再犯错误的，不在此列。我不是反复很多次吗？已经升级为反革命分子。我有一本书《一切从人的解放开始》，其中就写了这段经历。不能平反，我就还得要劳动。那一年我已经四十二岁了。

和歌：已经人到中年了。

张贤亮：说实话，我原来劳动方面是非常强的，能扛两袋大米四百斤，而且要上跳板。五十斤一袋的面，我能一次扛八袋。重叠着放，有技巧。可是一过四十，1976年，我明显感觉干不动了。我那时很傻，我写政治经济学的论文投给《红旗》杂志，我不知道在那里没有介绍信是发表不了的。我有个老朋友平反了……他说："张贤亮，你写什么论文嘛。现在报纸都有副刊，不需要介绍信，你写了投给它，农场特别缺老师，你就可以调到农场中学去，你不是会写诗吗？"听了他的话，我开始写诗。头一首诗我写张志新，但是写得不像过去那样了，写不出来了。那干脆写散文吧，写小说。头一篇叫《四封信》，投给《宁夏文艺》（现在叫《朔方》），想不到头版头条给发表了。我当时心说，这就叫小说？那我还能写。接二连三地投出去，连发了三篇头条。写到第四篇的时候，我们自治区党委有个副书记叫陈冰，他管意识形态，每期都看，他就问这个张贤亮是谁？写得很好啊。别人告诉他张贤亮如何如何。于是银川市法院、检察院、公安局还有我原来的单位一起调查，发现我怎么成了反革命的呢？就是因为不认错。于是就给我平反了。所以写作是我的敲门砖。

和歌：其实也是为了生存。

张贤亮：主要是改变身份。那时候能生存下去，毕竟是农业工人嘛。就是为了改变身份。我以前根本没有写过小说。

和歌：很想看看致使您被打成右派的那首诗《大风歌》。

张贤亮：可以给你一份，包括《人民日报》批判我的文章。

和歌：在哪个时期您写作时觉得最自由？不仅能充分地表达，更能无障碍地表达？

张贤亮：在哪个时期我都如此，80年代也是如此。那时候我刚出来，像火山爆发，岩浆要出来那样。我已经劳改了二十二年，也看到了改革开放不可逆转。虽然那时候也有反自由化反精神污染了，但我每次都能化险为夷。现在更没问题了。

和歌：为什么生活没有压垮您？我觉得您始终有一种比较骄傲的风度，一种高贵的姿态。

张贤亮：因为我觉得上帝对我不薄。虽然前半辈子让我受苦，我出劳改队都四十三岁了。但后半辈子把我想得到的都给我了。我原来没儿子，现在有了；想要一个女儿，现在也有了。特别好。

和歌：年老的时候，儿女绕膝，感觉是不一样呀。您出来以后觉得人生给您最大的回报是什么？

张贤亮：求之不得，得之不求。我没有刻意地想要什么，但都给我了。当时我只不过是想宣泄一下子，如此而已。没想到有名，名也有了。办影城拿的是我自己的钱，没想赚钱，钱也来了。我随便指指点点，居然把一片荒凉变成了一个5A级旅游景区。就是说我从来没想要过的也给我了。

和歌：您从文学创作里面得到了什么收获？我是说精神上的。

张贤亮：不过是使我名利双收而已嘛，精神上丝毫没有影响我。

和歌：您是认为所有这些作品只是把您原来的沉淀给发掘出来，并没给您本身带来改变？

张贤亮：没有，一点儿都没有，丝毫没有改变我作为人的本质。

和歌：我发现您真是坦率！您还不承认呢，我觉得这就是霸气呀。

张贤亮：这不是霸气，这是诚实。它没有给我带来什么改变，我原来是什么样现在还是什么样……坦率地说，现在我对什么都能看得惯，对什么都能容忍，对命运丝毫没有埋怨，我什么气也都能受。因为我常常想，如果没有邓小平，没有十一届三中全会，我今天的命运会是什么呢？男的农业工人是六十岁退休，我今年七十四岁了，已经退休十几年了，我今天就是个孤寡老人，在芦苇湖里给人家看芦苇。

……

最具永恒价值的是人间烟火

和歌：从作品看，您是个谨慎的人。但您给我的感觉，还是挺高傲的。

张贤亮：原则我有，但我从来不骄傲。我对我儿子常说："你不要骄傲，路边的小石头不起眼，可是说不定哪天小石头就把你绊倒了。我经历得太多了。"

和歌：我说的高傲，并不是说您鼻孔朝天的意思，是说您面对批评的时候那种笃笃定定的态度。

张贤亮：那是因为我不在乎人家说我什么，也不是骄傲。你数数中国文坛里的作家，像我这样的作家是经常被批评争论的。其实我和老中青几代作家的关系都很好，你不会从他们嘴里听到我的什么什么事，顶多会听到一点儿笑话。我从来不参与文坛的各种争论。"口不臧否人物"，至少这点我是做到了。

和歌：现在在写作上，您对自己还有要求吗？有梦想吗？

张贤亮：没有。我已经到了写自传的年龄。我的自传会有点儿虚构的成分，不像别人那样具体到某年某月某日。我写的是传记体文学作品。我的一生，你说是传奇也好，实际上折射出中国的一段历史。我很喜欢美国电影《阿甘正传》，一个智力障碍的人，美国几十年的历史都在他身上发生了。

和歌：您的自传会有点儿荒诞的元素吗？

张贤亮：会……

……

和歌：您认为"文学的干净"这样的提法有没有意义？什么样的文学

作品更接近我们理想中的缪斯？

张贤亮：我同意陈建功的看法，文学的干净首先是人格的独立。说到缪斯，就要说到希腊神话，即使是希腊神话，它也不是很干净，它也有很多世俗的东西。只有世俗的东西它才能成活。就拿我们今天奉为经典的《红楼梦》来说，它也有很多世俗的东西，没有世俗的东西它怎么存活？

和歌：当然只有人间的生活做载体它才能存在。

张贤亮：最具有永恒价值的，不是不食人间烟火的东西，恰恰就是人间烟火。……你说《金瓶梅》干净吗？可它的艺术价值高于《红楼梦》，没有前者就没有后者。当时它们都是禁书。

……

和歌：尽管如此，也还是请您对《黄河文学》的读者们说几句话，鼓励鼓励大家。

张贤亮：这么说吧，不管这个世界给我们开什么玩笑，我们毕竟还是能从读书中获得片刻的心灵宁静。

和歌：非常感谢！

（原载于《黄河文学》2011 第 1 期。有删节）

对话张贤亮：从来不走套路的作家

傅小平 / 采访

是人物语言"低俗"，不是小说低俗！

记者：您的小说（《一亿六》）发表以后，在读者圈内引起了很大争议。有人拍手叫好，也有人斥之为低俗，更有人读后表示失望，他们认为从这部作品来看，张贤亮的创作已不复有当年的创新和突破能力。新作语言太大白话了，有一些不必要的粗口，而在性描写上，泛滥不说，相比当下一些作家直接、率性的叙述风格，反而显得缺乏力度。对此，您怎么看？

张贤亮：首先我想澄清一点误解。有些媒体提到我的小说引起争议，被指低俗。我想问的是，他们所谓的读者在哪儿？说不好就是记者自己，甚至没看过小说，就凭道听途说来事儿的记者，能代表读者的声音吗？我可以给你举个例子，有一位民工就曾告诉我，他春节回家坐了二十多个小时的火车，一口气就把小说读完了，并觉得心灵得到了抚慰，看到了生活的希望。这才是我写作这部小说的初衷。

要说这部作品"低俗"，就人物的语言来说，的确说得没错。《收获》杂志在编辑过程中，就以语言"低俗"，会对读者起到不好的误导为由，对其中一些语言进行了改动，还对有些段落做了删节。对此，我觉得挺遗憾。其实很明白浅显的一个道理：小说中的语言是根据人物自身的身份、个性来安排的，并不是由作家本人决定的。你让一个拾破烂起家、大字不识一个的民营企业家说文绉绉的话，那就完全不对路了。

说到这部小说，没有创新、突破，那明摆着是一种偏见。我想有一点是显而易见的，你看我们现在很多作家要么写历史故事，要么写个人情感，很少有人直面现实。在这部小说里，我拿"精子危机"作为故事的入口，展开了一幅当代社会的真实图景。不夸张地说，医疗、教育、就业、环境危机和法制漏洞等当今社会方方面面的现实问题，在里面都有反映！试问当前有几个作家，有我这样的勇气？而在写作形式上，认为我说大白话也好，讲粗口也好，单论通篇以对话的形式，合乎逻辑、不紧不慢地步步推进，在当下写作中就很少见到的吧。再看看，我的小说人物、故事、写作手法，那都可说是前无古人的。在开头，我就告诉读者我要写一个伟大人物，但是写完了这个人还没出生，在他娘的胚胎里，所以叫"前传"。这个以前有人写过吗？只有我写过！

至于性的描写，没像有些作家那样来得凶猛、直接，这个我承认。简言之，可以说，我的小说里面没有性描写，更没有玩味性的过程。要有，那都是人物自己在说，而且，你也看到了，但凡涉及性，我写得不低俗、不露骨，适可而止。当然，通过"精子危机"切入小说主题，这种隐喻的写法会被人说成是在卖关子，但我自认为，只有通过这种方式才能把小说的主题传达出来，也只有这样才能把故事讲得好看。

记者：有读者看完小说后大感意外，他没法相信，这部小说居然出自当年写下《男人的一半是女人》《绿化树》等经典作品的作者之手。作为一个见证时代风云变幻、有着丰富阅历的作家，您没有选择从自己身边熟悉的生活中取材，而是假借这么一个特殊的题材来创作，让人不禁怀疑，张贤亮是不是创作力已经枯竭？

张贤亮：我要的就是他们这种意外的感觉，你以为我张贤亮只会苦难、劳改和反右？这是一般读者对我的误解，我从来就不是一个习惯走套路的作家，我的写作很多元化。可能许多人不知道，后改编成电影《黑炮事件》的小说《烂漫的黑炮》是我写的，中国第一部无厘头闹剧《异想天开》也是我写的。我的套路多着呢。当年有谁会想到在一片荒凉的西部戈壁上去建造一座辉煌的影视城呢？但我做到了。我就是不守常规，不会走同一个路子。小说只要有趣，有可读性就可以了。

我给你透露一下写作的情况。写作《一亿六》最初只是因为欠了《收获》主编李小林一篇文债。我曾答应给《收获》写一个短篇的，但一直没有写。正巧去年9月金融风暴卷来，大家都惶惶不安。我看到一篇报道却说，当前金融风暴其实并不可怕，更可怕的是人类本身能否延续下去。因为我们人种越来越衰弱，精子越来越不行了。我当时觉得很震惊。此前，我就听说：某地建立精子库，结果来捐献的一百多人精子质量都不合格；还有就是国家权威部门统计，中国每八对夫妻就有一对不孕不育。这就是我们的现实！它一下把我给抓住了，一发就不可收。没想本来只是一个短篇的构思，写着写着就变成了长篇。

你大概想象不到，我笔下这些人物全都是我"编"出来的。我没有这方面的生活经历，也没有这方面的朋友。只不过是道听途说，比如跟几个朋友在酒吧里，听别人顺口说了一两句，我捕捉到，抓住一点，发酵出来。每一个作家都有他的敏感区，虽然没有原型，但是在亢奋、疯狂、梦幻的写作状态，他脑子什么都跳得出来的。我当时是"疯魔"了，只是写，花了不到两个月的时间就完成了。

现在写东西就一个字：玩

记者：您在小说结尾做了"植入性广告"，将镇北堡西部影视城写了进去。有读者发表异议说，作为该影视城的董事长，张贤亮的这种做法不够大气。你自己怎么看？

张：说白了，我这么做就是要打广告，这种植入性的广告现在不是很多？赵本山年年都在春节联欢晚会上打广告，为什么就不允许我在自己的小说里打？更重要的是，我很为宁夏抱不平，宁夏在全国知名度太低了，无论是文化还是其他方面。我是这里的文联主席，有这个义务。

记者：那何不干脆把小说的背景选在宁夏，让故事里的人物说宁夏话来得更加直接？

张：我有这个私心啊，但故事的叙述让我偏离了这个私心。我让小说里的人物说四川话。因为，我小时候一直生活在四川，抗战时期，我们一家人从江苏迁到重庆，我写四川话是想纪念一下我的童年。

记者：可以说，从您走上文坛之后，无论世事如何变幻，您都是一个站在风口浪尖的代表性人物。其间，写作、经商、从政，您个人的身份也经历了几次变化。在诸多的变化中，有什么是没有改变的？

张：我确实"多变"，因为我反对的就是一成不变！要说没有改变的，那就是我始终是一个作家，始终在坚持写作。前些年，一直有人在说我已经"退隐文坛"，看到我这部小说后，这种说法不攻自破了吧。实话告诉你，我就是写得慢，我故意的。工作之余，写作就是我唯一的消遣，我现在是在一种完全自由的状态下写作，这样的创作就是一种快乐，一种享受，书写完了，就定型了，就没得玩啦，所以，我一定要慢慢写。

记者：在很多场合，您都强调自己小说是写着玩的。但似乎玩得特认真、特专业，在玩味中渗透自己的严肃思考，在我们的理解里，玩更像是一种说辞。往后在写作上，您还会玩出什么新的"花样"？

张：玩，那才是写作的最高境界。说到底，写作不就是一种娱乐性的劳动嘛。正儿八经地写作，岂不是苦不堪言？这些年，其实我一直在写一部作品，只是发表得少而已。《一亿六》其实是插在这中间写的。在这部小说里，我选择了以前那种风格，但我也会做一些创新，叙述、情节都会有新意，故事到时候又有得人说的，但我还在乎别人怎么看吗？不在乎！我都已经老了，现在写东西就一个字：玩。

（发布于新浪网。有删节）

编后记

　　本书是应冯剑华老师之约，为纪念张贤亮先生逝世10周年而选编的。

　　感谢冯剑华老师的信任与包容。在选编过程中，冯老师对所录文章未提出任何异议——尽管冯老师可能对个别文章中的提法、观点未必完全赞同，甚至完全不赞同。冯剑华老师的这种包容是大家所熟悉的，也早已为大家所钦敬，这从诸多纪念、回忆张贤亮先生的文章对此多有提及、褒扬便可证明。

　　感谢唐晴女士、王佐红先生对本书出版的全力支持。感谢马春宝、张强、张涛（阿尔）等师友给予的鼓励、意见。感谢张富宝关于选编篇目的宝贵建议。感谢海晓红为初稿所做的校对工作。

　　特别感谢责任编辑申佳女士，感谢她的专业、敬业，特别是担当，不仅使本书避免了不少可能的错讹，更重要的是，使本书最大限度地保留了更多值得保留的文章。

　　最后，感谢所有选文的作者，是他们，为读者留下了一个较为完整的张贤亮及其文学世界，让读者有机会走近张贤亮，愿意走进张贤亮的文学世界。

王宏森

2024 年 7 月